Tina Harnesk

Als wir im Schnee Blumen pflückten

TINA HARNESK

ALS WIR IM SCHNEE BLUMEN PFLÜCKTEN

Roman

Aus dem Schwedischen
von Susanne Dahmann

List

Besuchen Sie uns im Internet:
www.ullstein.de

Wir verpflichten uns zu Nachhaltigkeit

- Papiere aus nachhaltiger Waldwirtschaft und anderen kontrollierten Quellen
- Druckfarben auf pflanzlicher Basis
- ullstein.de/nachhaltigkeit

MIX
Papier
FSC FSC® C014496

List ist ein Verlag der Ullstein Buchverlage GmbH

Gesetzt aus der Albertina powered by *pepyrus*
Druck und Bindearbeiten: GGP Media GmbH, Pößneck
ISBN: 978-3-471-36070-5

Für die Kinder

Ejvind & Flora
Jon-Ánte, Joar, Máhtte, Erik, Signe,
Dag-Biehtar, Antaris, Edith, John & Daria

… & für dich, den Mann, der mir einen Hund
versprochen hat,
wenn ich ein Buch schreibe.

Your move.

PROLOG

»Eanu, erzähl mir die Geschichte von dem Rentierhirten, der eine Háldin getroffen hat!«

Die Stimme des Jungen klang beharrlich, sie kullerte durch den Raum wie eine Handvoll frostiger Preiselbeeren.

Máriddja lag nebenan in der Kammer und hörte, wie Biera durch ein Zuckerstück zwischen den Zähnen den Kaffee einschlürfte, bevor er die Tasse auf die Tischdecke zurückstellte.

»Na, die hast du ja schon oft gehört, aber ich erzähle sie dir wohl noch einmal«, antwortete Biera dem Jungen mit gespielter Ergebenheit.

Seine Frau wusste, dass er es liebte zu erzählen, denn das Erzählen hatten seine Eltern ihm vererbt, und die hatten es ihrerseits von denen übernommen, die vor ihnen die Pfade des Lebens gewandert waren. So schufen sie Erinnerung, und so hinterließ ein Volk ohne auf Papier festgehaltene Worte seinen Abdruck auf einer Erde, die es nicht zu verändern beabsichtigte.

Vor allen Dingen liebte er es, dem Jungen zu erzählen, der nun mit halb gesenkten Augenlidern auf der Küchenbank saß und die Zuckerdose aus Birkenrinde auf dem Tisch zwischen ihnen kreiseln ließ. Máriddja zupfte etwas an dem Kissen unter ihrer Wange, suchte einen ihrer beiden Zöpfe heraus und legte ihn so zurecht, dass sie bequem in der erholsamen Dunkelheit liegen konnte. Sie schloss die Augen.

Auch sie liebte seine Geschichten, vor allem solche, die so wie jetzt zu ihm kamen: Indem ein Kind sie einforderte. Dort, in der Finsternis der Kammer, sah sie vor sich, wie sein Blick in die Ferne wanderte, während er nach den Worten in sich fahndete, nach dem jungen Rentierhirten suchte – und wenn Biera ihn gefunden hatte, verwandelte sich seine Stimme in die eines anderen und tastete sich durch das Flackern des Holzofens bis nach draußen in die Dunkelheit vor dem Fenster. Schließlich hallte seine Stimme in allen Winkeln des Raumes wider und lockte Wesen aus den Schatten. Plötzlich hörte Máriddja das Klicken der Hufe und die Rentierleiber, die sich auf den offenen Weiten bewegten, dazu den Wind, der durch ihren Pelz fuhr und sie um die Mäuler kitzelte. Und da kam er, der junge Rentierhirte. In wortlosem Zusammenspiel mit seinem Hund lief er den Zuhörern entgegen. Die Wurfleine schwang ein wenig mit, als er über die Steine sprang, und das Messer schlug gegen die Außenseite seines Oberschenkels.

»Nun, es war so«, begann Biera gedehnt, der Tonfall dumpf und schwer wie das Läuten einer Kirchenglocke. Seine Stimme war von den Erinnerungen der Vorfahren erfüllt, die Worte strotzten vor Klarheit. Unmöglich zu sagen, ob jene Kraft, die er heraufbeschwor, von ihm Besitz ergriff oder ob der Rentierhirte in diesem Moment die Kraft besaß – und sie alle mit ihm. Sogar die alte Uhr an der Wand schien vor Erwartung innezuhalten, als Biera auswendig aus dem Buch der ungeschriebenen Geschichten vorlas.

»Eines Sommers waren ein junger Rentierhirt und sein Hund allein mit der Herde draußen im Fjäll. Es gab viel zu tun, und Hund und Hirte waren beide müde, als sie sich zum Schlafen ins Lavvu legten. In dem Feuer, das fast niedergebrannt war, knisterte immer noch heiße Glut zwischen den Steinen. Beinah hätte den Hirten der Schlaf schon übermannt, wie er mit geschlossenen Augen auf seinem Beutel lag, als plötzlich ein Kratzen am Zelttuch zu hören war. Er sah auf, schaute mit zusammengekniffenen Augen ins Halbdunkel und bemerkte, wie sich etwas gegen die Zeltwand drückte, also setzte er sich auf. Klingendes Lachen war zu hören und leise Worte, auf die neckende Weise der Mädchen. Er horchte und sah drei Silhouetten draußen erscheinen. Sie kabbelten miteinander, und als eine von ihnen gegen die Haut der Kota geschubst wurde, konnte er die Form eines Körpers erkennen.

»Den ganzen Tag schon hast du aus der Entfernung gespäht. Jetzt schau mal richtig hin!«

Da begriff der Rentierhirte, dass er es draußen mit Háldimädchen zu tun hatte, denn andere Mädchen gab es hier weit und breit nicht. In der Überlieferung und in den Sagen der Samen waren diese Wesen ganz nah, Seite an Seite mit ihnen, jedoch nur für diejenigen sichtbar, welche die Fähigkeit dazu besaßen. Es gab viele Geschichten, und er hatte alle gehört, die es in seiner Familie gab. Das Vittervolk seinerseits nannte die Samen ihre Vettern, und es gab Methoden, mit ihnen in Kontakt zu treten und sie zu überraschen, sodass sie stehen blieben und man sie anfassen konnte. Manchmal blieben sie sogar da.

Der Hund, der tatsächlich schon geschlafen hatte, war wach geworden, jetzt starrte er auf die Mädchen, sein ganzer Körper angespannt. Ein Knurren ließ seine Kehle beben und verstummte erst, als sein Herr ihm übers gesträubte Fell strich. Mit der anderen Hand griff der junge Mann nach der Messerscheide im Gürtel, und lautlos wie ein Geist zog er den Hornschaft und die scharfe Stahlschneide heraus. Als der Leib der Frau das nächste Mal gegen die Zeltwand fiel, war er bereit – vorsichtig stach er sie mit der Messerspitze in den Po, sodass auf der Haut des Zelttuches eine kleine Blüte aus Blut wuchs.

Draußen wurde es still, als hätte sich dichter Nebel übers Fjäll gelegt. Der Wind hielt die Luft an, die Bäche hörten auf zu singen, und das sanfte Knistern der Glut verstummte abrupt.

Dann wurde das dicke Tuch auseinandergezogen, und die Frauengestalt beugte sich in die Öffnung, um sich sodann mit sanften Bewegungen auf der anderen Seite des Feuers niederzulassen. Sie sah auf. Mit glänzenden Augen, dunkel wie Teiche, schaute die Háldin ihn an, bis fast keine Atemzüge mehr den Weg aus seinem Körper fanden.

Lange betrachtete sie ihn auf diese Weise, als wollte sie sein Innerstes erreichen. Schließlich lächelte sie und sagte mit fester Stimme:

»Du wolltest mich halten. Nun wollen wir sehen, ob du mich auch zu behalten vermagst.«

Ihr Samisch klang altertümlich, und als sie weitersprach, war ihre Stimme stark und ruhig.

»Ich werde deine Ehefrau werden, und mit mir bekommst du meine ganze Herde als Brautgabe. Ich werde dir gesunde Söhne und starke Töchter schenken, und wir werden glücklich sein. Doch eines musst du versprechen.«

Das Herz des Rentierhirten pochte. Er konnte nichts anderes tun, als zu nicken, erfüllt von Glück und Erwartung.

»Du darfst niemals jemandem erzählen, wie ich dein wurde oder was ich bin. Du darfst mich niemals so nennen, als gehörte ich nicht zu deiner Welt.«

Der Jüngling räusperte sich und gelobte mit Eifer und Ernst, zu tun wie geheißen. Dann ging er – wie von dem Mädchen erbeten – hinaus zu dem Platz, an dem seine Familie ihre heilige Sieidi, die Opferstätte aus Stein, errichtet hatte, und schaute mit zusammengekniffenen Augen hinaus in die helle Sommernacht. Nicht einmal die Mücken schienen sich in jener Stunde zu rühren.

Er hörte eine große Rentierherde sich nähern. Mit der Wurfleine in der Hand folgte er dem mächtigen weißen, stolzen Sarven mit dem Blick, wie sie es gewünscht hatte. Schließlich warf er. Und als es ihm gelungen war, den starken Rentierhirsch zu sich zu ziehen, da teilte sich die Herde, und die Hälfte folgte hinterdrein. Die Rentiere wurden regelrecht angesogen, strömten mit gereckten Hälsen hinter dem Leithirsch her und auf den jungen Mann zu.

Es kam, wie das Mädchen gesagt hatte. Sie heirateten, doch während der gesamten Zeremonie gingen sie beide entgegen dem Uhrzeigersinn im Kreis, und der Priester seines Dorfes las das Vaterunser rückwärts. Der weise Schamane sah wohl alles, was die Braut war, unterstand sich aber, darüber zu sprechen. Die Kinder kamen eines nach dem anderen, und durch die ansehnliche Herde der Braut war die Familie reich. Ihnen gelang alles, und sie hatten großes Rentierglück.«

Mit einem Mal war es still in der Küche. Langsam drehte

Biera die Kaffeetasse und schaute nachdenklich und vielleicht mit Seherblick in den Kaffeesatz.

»Und was war dann?«, fragte der Junge.

»Das weißt du doch. Eines Abends fuhr der Ehemann mit den Fingern durch das schwarze Haar seiner Frau und flüsterte ihr ins Ohr. *Geliebte Ehefrau, meine Liebe … meine Háldi* … Die Ehefrau erstarrte zu Stein. Und so langsam, wie eine Wolke am Himmel von der Sonne gleitet, wandte sie sich ab und zog die Kinder an sich. Ohne ihn auch nur anzusehen, gingen sie allesamt schweigend durch die Öffnung der Kota hinaus. Und der Mann musste voller Entsetzen zusehen, wie seine Familie ebenso wie in der Entfernung die Rentierherde sich auflöste und eins wurde mit den ersten Sonnenstrahlen, die auf den Boden fielen.«

Máriddja schauderte es unter ihrer Decke, und sie wartete darauf, dass der Zauber gebrochen würde, so wie es immer geschah, wenn Biera verstummte. Eine Snusdose wurde mit einem Klicken geöffnet. Biera schob eine wulstige Prise ein. Der Junge schwieg eine Weile. Dann fragte er:

»Aber warum ist sie denn verschwunden? Wenn sie ihn doch geliebt hat. Dann hätten die Kinder und sie doch auch bleiben können.«

Biera schien gründlich nachzudenken, ehe er Antwort gab. »Obwohl sie Liebe für ihn empfand, fehlte ihr wohl in ihrem tiefsten Innern etwas. Ich glaube, man hört niemals auf, sich danach zu sehnen, wohin man gehört. Was man auch wird und wo man auch landet, ist das Herz doch verwurzelt.«

Seine Stimme klang so zeitlos, so schicksalsgesättigt, dass Bieras Ehefrau wusste: Er hatte den Blick.

I

GRÜNES LICHT FÜR JÁBMEMÁHKKÁ

Mitten im schwärzesten Wolfswinter ereilte die alte Dame ihr Urteil. Sie hatte sich konsequent geweigert, dem Blick der Ärztin zu begegnen, in deren Zimmer Kunst mit übertrieben aufgetragener Farbe an den Wänden hing. Vermutlich waren diese grässlichen Landschaftsdarstellungen eigens ausgewählt worden, um genau solche Gespräche einzurahmen, dachte Máriddja zynisch.

Frau Doktor Skruvlenius wartete auf ihre Reaktion und blickte derweil milde und mitleidsvoll unter den schwach grünlich schimmernden Augenbrauen hervor.

Tatsächlich sahen die Brauen in Farbe und Form ein wenig seekrank aus. Wie Larven mit Restalkohol hockten sie über der Brille der Ärztin. Vielleicht eher wie Eidechsen. Bewegliche und kalorienarme Mini-Eidechsen, die wie Pfeile über die Stirn zeigten, als die Ärztin in bedächtiger und gut eingeübter Anteilnahme mit ihr redete.

Könnte es das Licht sein? Im Zimmer roch es stark nach Desinfektionsmittel und Lilien. Máriddja hob das Kinn, um besser zu sehen. Rote Haare bekamen manchmal ja durchaus einen grünlichen Schimmer, wenn man in saurem Wasser duschte. Oder war es umgekehrt? Nicht doch! Das Salzwasser war es, das die Körperhaare grün färbte. Das hatte sie im Fernsehen gesehen, also musste es stimmen.

Die Ärztin summte gedämpft und beruhigend. Offensichtlich war die alte Dame, der sie eben die traurige Nachricht hatte überbringen müssen, sehr schockiert.

»Das hier ist schwer, Maria, das verstehe ich. Leider gibt es keine schmerzlose Weise, eine so *unfassbar* traurige Nachricht zu übermitteln.«

Die Augenbrauen schaukelten dabei in schnellem Tempo, ehe sie über den Augen der Ärztin wieder ein mitfühlendes A formten.

Máriddja zog ihre eigenen Augenbrauen hoch zur Stirn hinauf, um herauszufinden, ob sie sich wie Reptilien anfühlten, doch leider war dem nicht so. Sie bedauerte es. Eine solche Fertigkeit wäre eine große Freude gewesen. Die Nasenlöcher weiteten sich vor Anstrengung, als Máriddja ein weiteres Mal versuchte, das wunderbare Mienenspiel der Ärztin nachzuahmen. Deren klinisch gezupfte Haarbüschel hatten sich jetzt in dem Versuch, den ausweichenden Blick ihrer Patientin einzufangen, unmöglich tief über die Lider gesenkt.

Konnte man eine solche Fähigkeit womöglich erlernen, fragte sich Máriddja und beugte sich in dem unbequemen und viel zu tiefen Sessel interessiert vor. Sie merkte, dass der Mangel an Reaktion die Ärztin zu belasten begann.

»Wie sieht es denn bei Ihnen zu Hause aus?«, erkundigte sich Frau Doktor Skruvlenius, den Kopf anteilnehmend schräg gelegt. »Gibt es da einen Partner oder einen anderen nahestehenden Menschen, der Ihnen helfen kann, das hier zu verarbeiten?«

Diese Ärztin hatte wirklich eine ärgerliche Art, ihre Fragen so zu artikulieren, als wäre Máriddja schwer von Begriff.

»Wir werden natürlich alles tun, was wir können, um Sie in dieser Zeit zu unterstützen. Es gibt hier ein Gesprächsangebot, und ich kann Ihnen sogar Psychopharmaka verschreiben, wenn Sie meinen, dass Ihnen das helfen würde. Was denken Sie?«

Trotz der sanften Stimme war Máriddja auf der Hut und plötzlich wieder voll und ganz im Raum anwesend. Die Augenbrauenanalyse musste warten.

»Ich bin verheiratet, und der Alte wird schon gut für mich sorgen. Jetzt, da ich weiß, wie die Dinge liegen, brauchen wir nichts.« Máriddja machte Anstalten, sich zu erheben. »Ich danke für die angebotene Hilfe.«

Doktor Skruvlenius hielt sie mit einer ausgestreckten kühlen Hand auf. Die zwei Reptilien krochen über ihrer Nasenwurzel aufeinander zu und beschnüffelten sich gegenseitig.

Die freundliche kleine Doktortatze ruhte auf Máriddjas eigenen krummen Fingern wie Blütenblätter auf einer Krüppelkiefer.

»Ich verstehe, dass dies hier schwer zu begreifen ist, Maria, aber wenn Sie das Gefühl haben, dafür bereit zu sein, dann erzähle ich Ihnen gern von den Alternativen, die wir anzubieten haben. Und auf jeden Fall gibt es auch ein Gesprächsangebot für Ihren Ehemann.«

Máriddja erschrak so, dass sie vergaß, sich darüber zu ärgern, dass die Ärztin sie ein weiteres Mal mit einem falschen Namen angesprochen hatte. Sie schüttelte die Hand der Skruvlenius ab und antwortete: »Nee, der ist nicht so fürs Reden. Wird das hier wohl eher gelassen nehmen. Glaube nicht, dass es ihm irgendwelche Sorgen bereitet.«

Jetzt hüpften die Eidechsen so, dass die Stirn Falten warf. Sie versanken in den Runzeln des Gesichts, als wollten sie ihr Erstaunen oder ihr Entsetzen verbergen.

Unglaublich, was für eine Begabung diese Frau besitzt, dachte Máriddja beeindruckt und verlor den Faden.

»Ja, aber es ist doch selbstverständlich, dass es schwer für ihn werden wird. Einer solchen Situation ohne Unterstützung zu begegnen, ist für einen älteren Menschen wirklich nicht empfehlenswert!« Die etwas monotone Stimme von Skruvlenius gewann in erfrischender Weise an Lautstärke. »Nach so vielen Jahren Gefahr zu laufen, seine andere Hälfte zu verlieren, ist ein *schweres* Trauma!«, schärfte sie ihr ein.

Máriddja rollte den Kopf in einer zustimmenden Bewegung vor und zurück und sagte dann: »Aber er hat all seine Hunde selbst weggemacht, glauben Sie also nicht, dass der Mann zartbesaitet ist! An den meisten von denen hat er sehr gehangen. Klar hat er ein bisschen geheult, wenn er dachte, dass keiner es sieht, aber dann dauerte es nicht lange, und er war wieder wie neu!«

Die Ärztin war entsetzt. »Aber Sie vergleichen das hier doch wohl nicht mit dem Einschläfern eines Haustiers, oder? Ich meine …« Ihre Augen wirkten tellergroß, und sie war nahe daran, ihre Professionalität zu verlieren. »… Sie sind doch trotz allem kein Hund, sondern seine Ehefrau, oder? Ich bin sicher, dass es nicht …« Sie war außer sich. Dann sammelte sie sich wieder und fuhr mit nüchterner Stimme fort, fest entschlossen, den vorgegebenen Routinen für das Aussprechen von Todesurteilen zu folgen. »So. Wie ist es denn bei Ihnen geregelt? Wohnen Sie in einem Altersheim oder vielleicht mit Haushaltshilfe zu Hause?«

Máriddjas Herz machte einen erschrockenen Satz in ihrem Brustkorb, im Mund schmeckte es plötzlich nach Schuhstroh, und ihre Worte kamen kurz und rasch.

»Nein, keine Haushaltshilfe. Wir mögen keine Fremden bei uns rumlaufen haben. Wir kommen gut klar, verdammt gut sogar. Haben noch nie mit irgendwas Hilfe gebraucht. Wir sind nicht im Geringsten unsauber oder krank, keiner von uns«, erklärte sie der Ärztin, getrost vergessend, was hier eben unmissverständlich über ihren Gesundheitszustand festgestellt worden war.

Skruvlenius räusperte sich enervierend lange und legte den Zeigefinger in einer nachdenklichen Geste über ihr Kinn.

»Ich denke, dass wir dennoch Kontakt zu Ihnen halten sollten, Maria, um zu sehen, wie es geht. Es gibt wie gesagt vieles, was wir immer noch für Sie tun können, auch wenn der Ausgang unausweichlich ist«, sagte sie fürsorglich, aber auch deutlich.

»Nun, dann sind wir hier ja wohl so weit, oder?«, entschied Máriddja und erhob sich ungraziös von dem wenig ergonomischen Sitzmöbel. Die Knie knackten, als sie sich hinabbeugte, um ihre Mütze vom Fußboden aufzuheben, die sie sich danach über die Haare zog.

»Wie Sie wünschen. Wir haben ja Ihre Adresse, dann werden wir uns in ein paar Tagen bei Ihnen melden, wenn sich alles ein wenig gesetzt hat.«

Die Ärztin streckte ihr die Hand hin. Máriddja beantwortete die Geste, indem sie sich ordentlich in das Taschentuch schnäuzte, das die Ärztin ihr im Vorgriff auf das Gespräch gegeben hatte, und reichte es dann der rothaarigen Frau zurück. Die kleinen glänzenden Salamander im oberen Teil des Gesichts sahen erstaunt aus, doch sie beherrschte sich, nahm das Papiertaschentuch entgegen und sagte auf Wiedersehen. Dann blickte Onkologin Dr. Runa Skruvlenius der kleinen Alten hinterher, die mit offener Jacke wie eine zerzauste Krähe im Gegenwind murmelnd über den Linoleumboden flatterte. Bei der stimmte wahrscheinlich nicht nur körperlich was nicht, schien sie zu denken, während ihre Salamander faul in der Hitze ihrer Wechseljahrswallungen dösten.

• • •

Máriddja eilte, so schnell ihre krummen Beine sie trugen, durch den Flur des Krankenhauses zum Ausgang. Auf dem Weg zur Haltestelle, wo der Bus in einer Dreiviertelstunde kommen würde, wühlte sie ihr altersschwaches Handy aus der Tasche der Steppjacke – und warf es in den Mülleimer.

Über das hier würde keine Menschenseele etwas erfahren. Dieser Scheiß war allein etwas zwischen Máriddja und ihrem Schöpfer.

Niemand würde rangehen, wenn die grüne Ärztin anrief. Das Klingeln, das sich anhörte wie auf Lifestyle getrimmte Stechmücken, würde in einem muffigen Plastikgrab zwischen Zigarettenkippen und zerknüllten Süßigkeitentüten widerhallen. Die Batterie des verdammten Telefons würde noch vor Máriddjas am Ende sein.

Das war mal sicher.

• • •

In dieser Nacht erwachte Máriddja mit feuchten und schmerzenden Wangen jammernd aus einem Traum. Biera lag zu ihr gewandt mit einer schweren Hand auf ihrer Taille.

»Du hast geträumt.« Ihr Gatte sah sie ernst an. Wie ein katholischer Priester, der soeben eine besonders schwere Beichte abgenommen hatte. »Von ihm, glaube ich …«

Máriddja atmete immer noch heftig und brachte ihre Atemzüge mit ganzer Willenskraft zur Ruhe.

Es gab keine Antwort, die sie ihm geben konnte, sie sah ihm nur mit geweiteter Seele in die Augen. Umfasste seine gealterte Hand, und Biera drückte sanft zurück.

»Ich vermisse ihn auch.« Bieras Stimme war dunkel wie die Dämmerung.

Schweigend lagen sie einander zugewandt im Finstern unter der Decke, während beider Gedanken in dem schmalen Raum zwischen ihnen widerhallten. Máriddja stellte sich vor, wie sich sein warmer kleiner Fuß auf ihrer Handfläche anfühlte. Aber inzwischen wäre er natürlich ein erwachsener Mann, dessen Fuß weder in ihre Hand passen noch eine so schöne Schlafstellung bieten würde. Wenn er überhaupt bei ihnen im Bett schlafen würde, was natürlich nicht der Fall wäre. Er würde auf dem Küchensofa schlafen, das vielleicht ein bisschen zu kurz wäre, aber Máriddja würde ein Kissen unter seine Waden legen, damit sie nicht einschliefen, wenn sie raushingen. Und dicke Socken. Auf jeden Fall würde sie dafür sorgen, dass er was Ordentliches an den Füßen hätte, wenn er sie schon unbedingt aus dem Nachtlager heraushängen lassen wollte. Fror man als junger Mensch an den Füßen, dann bekam man als alter Schmerzen, das wusste jeder.

»Es ging doch wohl gut beim Doktor heute, wie du gesagt hast?« Biera klang, als würde der größte Teil von ihm schon schlafen.

Máriddja sah ihn verstohlen mit kurzsichtigem Blick an und tat dann so, als würde sie gähnen. Dabei strich sie ihm beruhigend über den Handrücken.

»Alles gut, frisch wie ein Obstkern. Nicht der kleinste Mist, um den man sich Sorgen machen müsste!«

Sie gab ihm einen kleinen Kuss auf den Daumennagel und schob sich ein wenig von ihm weg, damit er nicht merkte, was sich in ihren Atemzügen verbarg. Die Hand ihres Mannes ruhte immer noch auf ihr, als er mit rasselnden Altmännergeräuschen und angestrengtem Pusten wieder einschlief.

Biera Rijá schlief nun wie ein Kind, und die Gewissheit beruhigte und erschreckte seine Ehefrau gleichermaßen.

Als sie das Kissen herumdrehte und ihre Atemzüge tiefer wurden, hätte sie schwören können, die flaumige kleine Stirn von Heaika-Joná an ihren Lippen zu spüren. Und seinen Duft.

Máriddja sog ihn ein, wie eine Tiermutter den Geruch ihres schlafenden Jungen einsaugt. Sie ließ die Gedanken verdämmern, bis sie nur noch Luft und Kohlendioxid waren und stille Schmerzen, deren Wurzel sich hinter ihrem Nabel befand.

2

BIERAS VERLORENES MESSER UND MÁRIDDJAS VERLORENER VERSTAND

Sie wohnten einige Kilometer außerhalb des Ortes auf einem Berg recht weit über dem Meeresspiegel. Entlang des gekrümmten kleinen Wegs im Bergdorf namens Sarvesoajvve lagen Hütten und Höfe verstreut in einem ebenso krummen Birkenwald mit einigen uralten Tannen darin. Von den am höchsten gelegenen Häusern konnte man bis nach Guovddo sehen, dem einzigen zusammenhängenden Ort der Gemeinde. Winters glommen die Leuchten auf dem Slalomhügel wie Weihnachtslichterketten hinauf nach Sarvesoajvve.

Hier besaßen Biera und Máriddja Rijá ein Haus. Es war nicht groß, zwei Zimmer und Küche und ein paar Wirtschaftshütten, aber es verfügte zumindest über ein funktionierendes Wasserklosett und eine Satellitenschüssel. Vielleicht könnte die Holzverkleidung einen neuen Anstrich gebrauchen, vor allem auf der Südseite des Hauses, doch die Rijás selbst fanden das unwichtig an der Grenze zu unnötig. Möglicherweise täten der Auffahrt ein paar Schaufeln Kies gut, doch auch das bereitete ihnen keine Sorgen. Das Zuhause genügte, wie es war, so war es schon immer gewesen.

Nein, auf den vielleicht etwas nachlässigen Zustand des

Hauses musste man keine Gedanken verschwenden. Biera beunruhigte etwas völlig anderes.

Er kniete beim Holzkasten und fegte mit einem Auerhahnflügel sorgfältig Spreu und Asche von den Bodenplatten. Die Finger waren heute krumm und voller Schmerzen, und er ahnte einen herannahenden Wetterwechsel. Das Thermometer auf der Außenseite des Fensters war in den Schneewehen, die sich gegen die Scheibe lehnten, kaum zu erkennen. Darüber hinaus hatte das Licht es auch heute nicht bis hierher geschafft. Lediglich ein matter Widerschein des Himmels gegen die Schneedecke erhellte den Tag. Glomm gedämpft in den trockenen Flocken und infizierte die Gedanken mit weißer Dunkelheit. Das Quecksilber im Thermometer war derselben Ansicht: Hier herrschte richtiges Kaltwetter.

Biera hängte den Flügel an dem Riemen, der um die Schulterfedern gewickelt war, mit vor Kälte steifen Fingern auf einen Nagel. Der Feger drehte sich in der Wärme vom Ofen ein paarmal, und die Federn des Auerhahns glänzten im Feuerschein. Von alters her war er im Haus als Besen benutzt worden, vor allem um den Kamin herum, doch jetzt sah er langsam ein wenig mottenzerfressen aus. Im Winter würde er einen neuen Auerhahn schießen müssen. Hinter der Ofenklappe knisterte das Feuer, und Biera sah verstohlen zu seiner Ehefrau, die bei der Spüle auf einem Küchenstuhl vor dem alten quäkenden Radio saß und das Schlagerkreuzworträtsel löste. Er wischte den Schmutz auf die Schaufel und ging über den Flickenteppich zum Mülleimer unter der Spüle. Damit er rankam, zog Máriddja zerstreut den Fuß in der dicken Socke weg, der im Takt der Musik wippte. Die Frau saß aufgeplustert da wie eine kleine Krähe auf einem netten Ast und sah zufrieden aus.

• • •

Doch völlig entgegengesetzt zu der Stimmung der Frau war Bieras eigene. Er konnte sein Messer nicht finden. Das saß sonst immer wie ein Körperteil an ihm, wie festgeschweißt im Gürtel. Nun fühlte er sich seltsam nackt: nachgerade verstümmelt ohne die Bewegung des Messers an der linken Hüfte. Mehrmals täglich griff seine Hand danach, um Fisch auszunehmen, Brot zu schmieren und alles andere zu tun, wozu ein gutes Messer taugen könnte. Er hatte es selbst gefertigt und kannte seine Form und seine Kraft in- und auswendig. Immer schob er es sofort zurück ins Leder, eine automatische Bewegung, und jetzt konnte er nicht begreifen, wo es geblieben war. Das war alles höchst seltsam und tatsächlich ein wenig unbehaglich. Die Abwesenheit des Messers beunruhigte ihn – aber noch etwas anderes fütterte seine Anspannung.

Biera schaute wieder zu Máriddja hin, sie hielt den Bleistift reglos über die Zeitung, so als würde sie scharf nachdenken. Auf dem Kopf trug sie wie immer eine Mütze, und über den Rücken liefen ihre beiden Zöpfe wie stille graue Winterbäche. Sie trug ein Flanellhemd und einen Rock mit Schürze, die aussah, als hätte sie den Fußboden damit gewischt. Abwesend hatte sie auf seine Frage nach dem Messer geantwortet, das läge neben dem Trockenfleisch auf dem *Norrbottens-Kuriren.* Was bemerkenswert war, dachte Biera, weil sie doch beide wussten, dass das geräucherte Trockenfleisch wie immer an seinem Nagel hing. Außerdem hatten sie nichts anderes abonniert als den *Norrländska Socialdemokraten*. Sie hatte etwas spaßig ausgesehen, als er sie darauf hingewiesen hatte, und dann angefangen, von seinen kaputten Handschuhen zu reden.

Womöglich hatten die Háldi das Messer mitgenommen, grübelte Biera. Das machten die manchmal. Da musste man sich nicht drüber aufregen. So wie er die kannte, würde es bald wieder da liegen.

»Leiht es gerne aus, aber ich brauche es bald wieder«, sagte er sicherheitshalber und so leise, dass seine Lippen sich kaum bewegten, während er die Füße in die Stiefel schob. Aber er war überhaupt nicht sicher, ob die Unterirdischen das Messer hatten, und schon gar nicht, wie es um seine Ehefrau stand. Máriddja hatte sich in letzter Zeit verändert. Sie grübelte irgendwie und war – seltsam. Ein besseres Wort fiel Biera nicht ein: In der letzten Zeit hatte sich Máriddja seltsam verhalten. Sie sprach oft von der Vergangenheit, auch über die Dinge, die sie sonst niemals erwähnten. Die verborgenen und schmerzhaften. Und mehrere Male hatte sie schon das angesprochen, was seit vielen Jahre so gut wie unausgesprochen zwischen ihnen gelegen hatte. Biera flüsterte die Buchstaben in seinem Innern. Spürte den Geist des Jungen in seiner Seele, und in seinem alten Herzen wisperte es die ersten Töne des Joik. Dann rieb er sich mit seiner harten, sehnigen Hand die Stirn, um sich zu fassen, und zog die Mütze auf.

»Ich geh mal eben raus.«

Draußen auf der Treppe, umgeben von kalter Luft, als stünde er im Dunst, dachte Biera an den Krankenhausbesuch vor ein paar Wochen. War es da vielleicht um etwas Schlimmeres gegangen als die Kontrolle, von der Máriddja gesprochen hatte? Jetzt bissen die Januarwinde ihn mit scharfen Zähnen in den Leib – auch innen. Sie war einfach nicht mehr sie selbst. Biera fror. Was, wenn sie bei so einem Demenzdoktor gewesen war?

Hearrá don áigá, sie war doch wohl nicht auf dem Weg in die Kindheit?

3

DAS ENDE

Scharfes strenges Tintenband
Durch Familien durch das Land
Königssiegel biss wie Brand
Fällt von alter Hand

Jedes Mal wenn Kaj im Laufe des vergangenen Jahres seine Mutter besucht hatte, wünschte er sich, dass sie sterben würde. Dafür schämte er sich nicht einmal. Möglicherweise begriff seine Mutter, worauf er hoffte, und gönnte ihm das auch, denn sie beendete alle ihre Zusammentreffen mit einem bedauernden Seufzer durch die Nase. Als würde sie sagen: *Tut mir leid, diesmal wieder nicht.* Und die trügerische fette Dame Tod schürzte fräuleinhaft die Lippen um ihren Trauergesang. Jedes elendige Mal.

Es war nicht so, dass Kaj seine Mutter leiden sehen wollte. Ganz im Gegenteil gönnte er ihr eine sanfte Fahrt zu einem friedlichen Abgang, wie ihn sich wahrscheinlich alle sehr kranken Menschen in ihrem tiefsten Innern wünschten.

Und er war aufrichtig bemüht, es für sie richtig zu machen. Wenn er meinte, dass ihre Lebensflamme im Verlöschen begriffen war, spielte er zarte Volksweisen über Vöglein für sie, über Frauen, die ihr Fensterlein öffnen und hinausspähen wollten. Er hielt ihre Hand und schenkte – und nahm – summend Trost.

Doch dann war wieder dieses nasale Seufzen vom Krankenbett zu vernehmen, und er gab ihr einen Abschiedskuss auf die grauen Mamalocken. Er nahm sein Buch, seine halb gegessene Tüte mit Schokodragées und sein Handyladekabel. Ebenso zutiefst, wie er eben noch seine Mutter auf die andere Seite gewünscht hatte, betete er jetzt intensiv, dass sie noch etwas länger leben möge. Bis zum nächsten Mal. Denn es ging hier nicht nur um die edle Hoffnung, das Leiden möge für eine Angehörige bald vorüber sein. Darüber war er sich vollkommen im Klaren.

Nein, Kaj wollte dabei sein. Er wollte das Ende erleben.

• • •

Also kam er mit seiner Stofftasche in die Klinik von Borlänge. Jeden Tag. Er saß im Sessel beim Fenster, wo die Aussicht von den verschossenen Landeskrankenhausgardinen eingerahmt wurde. Betrachtete sein ehemaliges Gymnasium auf der anderen Straßenseite. Wartete, zog wortlos Bilanz. Den Sommer über hatte die Promenade draußen Hundebesitzer in Regenjacken und kleine Spaniels mit unglücklichen Ohren geboten. Windige Sommertage hatten an den großen Fassadenplakaten der Tankstelle gezerrt wie an den Ohren von Jungs, als würde eine erzieherische Hand sie lang ziehen. Und jeden Tag prägte Kaj sich präzise den Alltag ein, der da draußen vor sich ging. Die womöglich letzte Kulisse im Leben mit einer Mutter.

Eines Nachmittags im August wurde Kaj auf seinem

Platz unfreiwillig Zeuge, wie ein Mann mittleren Alters nur mit einem Badelaken unter dem Bierbauch angerannt kam. Es endete damit, dass er in ein Taxi sprang. Mit seinen langen Beinen sah er aus wie ein Weberknecht, und die Umklammerung der wahrscheinlich ziemlich altersfleckigen Finger ums Handtuch war definitiv das Einzige, was einen Flitzerskandal verhinderte.

Kaj empfand eine gewisse Dankbarkeit gegenüber dem armen Taxifahrer … er selbst verspürte kein Verlangen, an dem Tag noch mehr Teile von bleichen, alten Körpern zu sehen. Was hatte den Eilmarsch wohl veranlasst? Sicherlich nichts Ehrbares.

Für den Träger der breiten Gliedkette aus Gold, die gegen einen haarlosen Brustkorb schlug, hatte er jedoch keine Sympathie. Alter Schleimer, fasste Kaj düster für sich zusammen und nahm wieder das Buch auf, das bäuchlings auf seinem Schoß lag: eine schmale Gedichtsammlung. Die hatte seine Lebensgefährtin voriges Weihnachten der Mutter geschenkt.

Er las weiter, wo er aufgehört hatte, nahm das pausierende Wort auf, rückte die Verse zurecht und hängte sie bald einen nach dem anderen wie zerbrechliche Kugeln in einen Weihnachtsbaum. Um seiner schlafenden Mutter eine Freude zu machen. Aber Kaj war froh, dass sie an dem Tag nicht gestorben war. Es wäre unwürdig gewesen, das Atmen einzustellen, während halb nackte Männer mit zwielichtigen Vorhaben Anspruch auch nur auf das kleinste Mikropartikel desselben Sauerstoffs erhoben, der für einen selbst der letzte sein würde.

• • •

Fast ebenso oft saß sein sieben Jahre jüngerer Bruder Gustav in diesem Sessel mit zerschlissenem Ledersitz. Sie wechselten sich als ambulante Drohnen in einem Bienenstock ab. Manchmal wachten sie auch gemeinsam. Sie ruhten im sicheren Schatten Ihrer Majestät, bis einer von ihnen die Flügel ausklappte und mit glänzenden Schwingen losflog, raus aus dem stickigen Betonraum in die Sonne und ins Leben. Der andere blieb dann bei seiner sterbenden Bienenkönigin und wartete schaudernd mit ihr auf den Tod.

Und es kam so – Gott sei's gepriesen –, dass die Mutter in Kajs Schicht starb. Doch verpasste er beinahe den Moment, in dem sie ihr irdisches Ruhelager verließ. Weil er sich auf der Toilette den Orangensaft abzuwischen bemühte, den er sich wie immer in den Halskragen gegossen hatte – ein Versuch, der natürlich zum Scheitern verurteilt war, denn wer kann sich etwas aus dem Kragen wischen, ohne das Kleidungsstück auszuziehen? Nur eine Person, deren Arbeitsplatz eine Zirkusmanege ist, dachte Kaj. Nein: eine Katze. Das Ganze hing wie ein Fluch über seiner Liebe zu Zitrusfrüchten. Wann immer sie zusammentrafen, kam es zur Kernschmelze. Er brach das Bespritzen seines Oberkörpers ab, als er es plötzlich hörte. Aus dem kalten Metallrahmen und der gestärkten Bettwäsche des Landeskrankenhauses: das Räuspern.

Wie Bergkuppen unter lagenweise verwehtem Schnee ragten die Wangenknochen seiner Mutter unter der bleichen, runzligen Haut hervor.

Stark und schwer wie Rosshaar ruhten ihre Haare auf dem Kissen, und zwischen ihren halb geöffneten Lippen schimmerten ihre scharfen Eckzähne. Sie hatte Stil. Sogar in diesem Moment, als es kaum mehr zu irgendetwas dienen konnte, war sie elegant. Die Hände, deren Nägel er vorgestern lackiert hatte, ruhten in einer graziösen Geste auf dem Brustkorb, als würde sie eben den Körper mit Luft füllen wollen. Fast erwartete Kaj, sie mit einer fallenden yogaartigen Handbewegung entlang des Oberkörpers ausatmen zu sehen, um zu demonstrieren, wie man seine Sauerstoffaufnahme optimierte. Doch das tat sie nicht, wenn sie auch weiteratmete. Unregelmäßig und dünn wehte der Sauerstoff immer noch hörbar aus ihr heraus.

Kaj zog den Stuhl näher heran und setzte sich neben die prachtvolle Frau, die eigentlich im Bett eingesunken hätte liegen müssen, aber gemäß ihrer Gewohnheit so aussah, als würde sie darauf schweben, *über* allem, was gewöhnliche Menschen beschwerte. Die Gravitation hatte die kühle Überlegenheit seiner Mutter niemals wirklich angefasst. Ihre Schritte waren Schneeflocken auf heißen Steinen gewesen, ihre verhaltenen Bewegungen hatten sie mit fast traumtänzerischen Schwüngen im Leben nach vorn gebracht – wie eine Elfe.

Unfassbar, unnahbar. Unendlich schön.

Ihre rote Brille lag eingeklappt auf dem Nachttisch. Kaj verspürte den seltsamen Impuls, sie aufzusetzen, um durch denselben Schliff zu blicken wie die Frau, die ihn geboren hatte. Er wollte durch ihre Augen schauen. Er wollte sie erahnen und zum allerersten Mal treffen. Jetzt, da es ihr letztes Mal war.

Stattdessen strich er über ihre Decke, die natürlich völlig faltenlos war.

»Möchtest du, dass ich die Schwester rufe? Oder Gustav?«, fragte er mit rostiger Stimme.

Die Mutter schloss für einen Moment die Augen und bewegte den Kopf in einer leisen verneinenden Geste. Sie atmete unregelmäßig und angestrengt, schien aber keine Schmerzen zu haben. Kaj suchte ihren Blick und fand das Erwartete: hellbraun wie eine Tasse Earl Grey mit Milch.

Wie ein Stapel Seidenpapier türmten sich zwischen ihnen Schicht auf Schicht der Sprachlosigkeit, der Geheimnisse, der Vorhänge, Unklarheiten und Fragen auf. Mutter und Sohn sahen einander an, und die Mutter erwies ihm die Ehre, nicht den Blick abzuwenden. Ausnahmsweise. Sie öffnete die Tür zum Verborgenen einen kleinen Spalt, sodass er gerade noch ahnen konnte, dass sich hinter der abweisenden Fassade etwas bewegte. Ihr schlanker Hals ruhte schwanengleich auf dem Kopfkissen, so schwanengleich, dass der Kissenbezug unter ihr wirkte wie eine gekräuselte Wasseroberfläche.

»Nun ist Schluss, Kaj«, flüsterte sie. Das klang, als würde sie auf den Abspann eines netten, aber keineswegs besonderen Films hinweisen, der gerade über den Fernsehbildschirm lief. In dem Bernsteinblick, vor dem sich der Wimpernvorhang hob und senkte, herrschte ein Mittagshoch.

Er sagte – nichts. Die Gedanken kreisten im Kopf, alles, was er zu fragen und zu sagen beschlossen hatte, purzelte im Gehirn herum wie kleine Füchse beim sommerlichen Spiel. Er schluckte. Die Finger der Mutter schoben sich niedlich und sacht in seine Richtung über die Bettdecke, und er nahm sie. Die Nägel mochten an seinen Fingerspitzen hart und kalt sein, doch ihr Ehering war solide und warm. Mit dem Daumen strich er darüber und spürte seinen eigenen Puls brennen und pochen.

Das endlose Warten hatte ihn kein bisschen bereiter sein lassen. Es dürstete ihn nach etwas von ihr. Er wollte mit schmerzhafter Dringlichkeit etwas von seiner Mutter hören, ehe sie von ihm ging, ehe die mütterliche Hand, in der er nie Festigkeit gespürt hatte, aus seiner klebrigen Kinderpranke rutschte. Aber jetzt – jetzt, da die letzte Gelegenheit im ganzen Leben in Reichweite war und ihn friedfertig ansah … da vermochte er nicht darum zu bitten. Seine Lippen waren trocken, wie etwas, das vom langen Liegen in der Sonne keinerlei Spannung mehr besaß.

Er spürte mehr, als dass er es sah, wie der Schwan in der Seele seiner Mutter sich für die Anstrengung wappnete, Luft unter die Schwingen zu bekommen. Noch einmal umfasste Kaj ihre Hand und setzte sich anders hin.

»Mama«, sagte er leise.

Es schien, als würde mit jedem Blinzeln im Rhythmus der sich anschleichenden Schritte des Todes das, was so lange zwischen ihnen gelegen hatte, Schicht um Schicht von ihren Augen fallen. Und am Ende war ihre Iris völlig rein, und sie sah ihn an, direkt und nah, und begann zu reden.

Die Worte klangen leise und melodisch, die Stimme ruhig und weich. Kaj konnte sich nicht wehren. Die Worte flossen mit nie gehörter Natürlichkeit über ihre Lippen. Es war nicht nur die Sprache. Sie redete so leise, aber Nuancen und Klang waren völlig neu. Voller Erstaunen saß er da, mit der Wange an ihrem Atem, um zu hören. So hatte die Mutter noch nie mit ihm gesprochen, es fühlte sich völlig fremd an – und doch so vertraut. Er merkte nicht einmal, wie sie verstummte, jedenfalls nicht bevor er spürte, wie sein Ohr kalt wurde. Als er sie ansah, hatte sie die Augen geschlossen und war mit in den Schwungfedern prasselnden Wassertropfen davongeschwebt.

Nicht seinem Bruder, sondern ihm wurde das Ende der Mutter zuteil. Und auch wenn das Herz wie ein Bluterguss schmerzte, als er sein Telefon nahm, um *den Anruf* zu tätigen, lag darin eine gewisse Genugtuung angesichts der Gerechtigkeit.

Gustav hatte den Anfang bekommen, das Ende gehörte Kaj. Die Logik dieser Argumentation war für ihn eher kindlich und instinktiv als bestechend. Aber wer wird nicht zu einem kleinen Rotzbengel, wenn die Mutter stirbt?

• • •

Bei Weitem zu dünn gekleidet standen die Brüder zwei Wochen später auf dem Friedhof und zitterten, als der Sarg in die klaffende Erdwunde gesenkt wurde. Gustavs Tochter sang »Blott en Dag«. Die unschuldigen, klaren Töne flogen ihre Sekunden durch die Luft. Gustav umklammerte seine mitgebrachten Blumen, als wollte er verhindern, dass sie anfingen zu reden.

Um sie herum standen Grabsteine – Monumente über Leben und Tod von Menschen: alle ihre Träume und Sehnsüchte, ihre Arbeit und ihr Schuften, zusammengefasst in steingemeißelte Zeichen. Eine stille Ansammlung schweigender Klageweiber aus Granit.

Der Schal kratzte an Kajs Kehle, und er zog den Reißverschluss hoch. Die Schwägerin rieb sich mit den Handflächen die Augen.

Er sah zu dem Stein, der das Leben seiner Mutter auf ein paar Ziffern und Buchstaben reduzierte, neben den bereits von Wetter und Wind verwitterten Daten seines Vaters. Die sterblichen Überreste der Mutter würden unter dem Gewicht des Granits ruhen, aber die sanften, zarten Bewegungen ihrer Hände waren auf die Innenseite seines Schädelgewölbes gezeichnet. Als die Söhne den Sarg hinunter in die Schwärze verschwinden sahen, leuchtete über ihren Gesichtern die Milchstraße, deren Licht in ihren Gliedern glühte.

Die Schwermut der Stunde ließ Kaj darüber nachdenken, ob seine Mutter jetzt wohl Ruhe finden würde. In der Seele, die zu verbergen ihr immer gelungen war – wenn nicht gerade etwas jenseits des Fensters den wehmütigen Blick fesselte, während sie ihren Morgenkaffee trank. Oder wenn unter der roten Brille die Tränen hervorquollen, weil sie an einer erschütternden Lebensschilderung in einem Buch Anteil nahm. Würde der Blick jetzt erfassen, was er gesucht hatte? Würde die Quelle der Tränen versiegen?

Er spürte das Brennen hinter seinen Lidern und fragte sich, ob die Mutter nun wirklich in der Erde bleiben würde oder einfach, wie sie es schon immer getan hatte, weiterhin darüber schweben.

Er strich die schulterlangen Haare aus dem Gesicht und betrachtete die aufgereihte kleine Schar: traurige Zinnsoldaten in gebeugter Ehrerbietung um die Ruhestätte der Mutter. Es war nicht so, dass sie zu wenige waren – das Begräbnis hatte gemäß ihrem Wunsch nur innerhalb der engsten Familie stattgefunden. Nein, es war etwas anderes, das an seinem Seelenfrieden kratzte, etwas, das über die offensichtliche Tatsache hinausging, dass die Mutter nicht mehr bei ihm war. Und das tat so verdammt *weh*.

Er suchte in seiner Tasche und fand einen in Papier gewickelten Apfelstrunk. Behutsam grub er einen Kern aus dem entblößten Schoß der Frucht. Diesen Kern warf er ganz einfach auf den Sargdeckel. Der Pfarrer sah ihn erstaunt an, und Gustav zog die Augenbrauen hoch, doch die Aktion gab Kaj etwas. Vielleicht Frieden?

4

KONTEMPLATION IM ADAMSKOSTÜM

Am Abend nach der Beerdigung fühlte Kaj sich ausgelaugt und leer. Er war dankbar, dass der Abschied der Mutter von dieser Welt still und würdevoll verlaufen war. Sie war von Angst und Unruhe heimgesucht gewesen, und die starken Medikamente hatten sie verwirrt gemacht. Ständig war sie auf den Verlust ihres Mannes zu sprechen gekommen und hatte seinen vorzeitigen Tod beweint. Unentwegt hatte sie einen Streit wiedergekäut, den sie gehabt hatten, wenige Stunden bevor die Notaufnahme anrief, um ihr mitzuteilen, dass Hans an einem schweren Herzinfarkt gestorben war. Jeden Herbst zog der Todestag wie eine Unwetterwolke am Himmel auf, und ihr ewiges Grübeln darüber wurde nur noch schlimmer.

»Ihr habt euch wegen einer Bagatelle gekabbelt, Mama«, hatte sein Bruder gesagt, seine Brille mit der einen Hand auf die Nase geschoben und die Mutter mit der anderen gestreichelt. »Du kanntest doch Papa, er hatte das alles schon vergessen, noch ehe er rückwärts aus der Auffahrt gefahren war.«

Die Augen ihrer Mutter in dem kantigen Gesicht hatten unverhältnismäßig groß ausgesehen, so wie bei einer

Schmeißfliege. Sie hatte stark nach Chemikalien gerochen und nach Gott weiß was noch für Substanzen.

»Wenn du wüsstest! O Gott, hilf mir. Ich hätte ihn nicht provozieren dürfen. Ich hätte es nicht tun sollen. Aber ich hätte ja nie gedacht, dass …«

»Niemand hätte gedacht, dass Papa plötzlich einfach zusammenbricht«, tröstete Kaj sie damals. »Das Mädchen von der Tankstelle hat gesagt, als er den Laden verließ, hätte er kerngesund gewirkt.«

»Meine lieben Jungen, ihr versteht nicht. Das könnt ihr nicht verstehen.«

»Aber dann erzähl doch, Mama«, hatte Kaj gesagt, der es ein bisschen leid war, dieses Gespräch schon wieder führen zu müssen. »Sag einfach, was wir nicht wissen, dann können wir vielleicht verstehen, worum … *es ging*!«

Die Mutter hatte die Arme aus der Wärme unter der Decke geholt und die starken, fleißigen Hände gerungen.

»Manchmal hat Papa Dinge gesagt, die er nicht meinte. Das wisst ihr vielleicht nicht, aber manchmal konnte er so verdammt … unbedacht sein!« Das Letzte schnaubte sie wie eine schwarze Rauchwolke hinaus.

»Dabei hatte ich ihm gesagt, von Anfang an hab ich es klargestellt …« Sie hatte heftig genickt, als ob sie mit sich selbst spräche. Die Blicke der Brüder waren sich unter den Neonröhren des Krankenhauszimmers begegnet, während sie geduldig und ohne wirkliche Spannung darauf gewartet hatten, dass sie weitersprach.

»Er hatte es bei seinem Leben versprochen, versteht ihr? Bei seinem Leben, niemals …«, hatte sie geschluchzt, »… niemals das zu sagen, was er gesagt hat, es niemals jemals zu sagen. Und dann hat der Idiot es getan, obwohl ich ihm doch erklärt hatte, was passieren würde.« Während der nächsten Worte hatte sie tränenlos geweint. »Ich hab es doch erklärt! Tausend Male habe ich es erklärt!«

Dann erst waren die Tränen gekommen, und die Mutter hatte wild und ungehemmt geweint, mit offenem Mund, und die geballten Fäuste an die scharfen Wangenknochen gepresst. Das Ganze war unangenehm und tragisch, und sie fühlten mit ihr, obwohl sie die ganze Sache nicht sonderlich ernst nahmen.

Schön, dachte Kaj ein weiteres Mal, dass sie am Ende diese Welt sanfter verlassen konnte als mit den gehetzten Schritten, mit denen sie zuvor im Kreis gelaufen war.

Auf dem Weg unter die Dusche rief er Mimmi an. Ihr Akzent war wie ein Streicheln in seinem Ohr.

»Wie war es heute?«, fragte sie behutsam.

»Ja, es war schon hart«, sagte er mit mürbem Seufzen. »Aber ich glaube, dass es auch schön war.«

»Hmm«, brummte Mimmi.

»Es ist doch schön zu wissen, dass sie jetzt nicht mehr leidet. Im Grunde.«

Er zog sich eine widerspenstige Socke aus, die ihr Bestes gegeben hatte, sich an die Haut zu kleben.

»Ich versteh dich, Kaj. Sie hatte am Ende ja solche Schmerzen.«

»Leider wahr«, stimmte er zu und stellte sich dem Kampf mit der nächsten renitenten Socke.

»Es tut mir wirklich leid, dass ich nicht dabei sein konnte, aber ich war …«

»Ich weiß doch, ist nicht schlimm. Es war schließlich die einzige Möglichkeit, die Schlüssel rechtzeitig zu bekommen, ich denke, so war es am besten.«

Kaj strich sich unbewusst über die Brust, als wollte er die Stelle massieren, an der es wehtat.

»Ja, aber es war einfach so ein mieses Timing mit Schwiegermutter und allem.«

Es hörte sich an, als hätte Mimmi das Telefon zwischen Kopf und Schulter geklemmt, um zu pinkeln.

»Jetzt vergiss es einfach, erzähl mir stattdessen von dem Haus! Ist alles gut gelaufen? Ist es kalt da oben?«

»Haha, doch, es zwickt ein wenig in die Wangen. Aber die Sonne hat heute ein Weilchen rausgeschaut, und das Haus ist immer noch wunderbar. Aber ich glaube, wir werden jemanden anstellen müssen, der im nächsten Winter für uns den Schnee räumt. Wir werden es nie schaffen, allen Schnee von diesem Vorplatz wegzuschaufeln, nicht bei den Mengen, die hier angeblich üblich sind.«

»Wir schauen mal«, sagte Kaj. »Vielleicht können wir die Frau, die uns das Haus verkauft hat, fragen, wenn sie aus Kreta wiederkommt. Möglicherweise kennt sie jemanden im Viertel, der einen Traktor hat.«

Dann schwieg er eine Weile, nach dem emotionalen Tag immer noch etwas träge im Kopf und wenig geneigt, irgendwelche Großtaten in Sachen Schneeräumung zu versprechen. Also wechselte er die Richtung des Gesprächs zu etwas weniger Anstrengendem.

»Und Abel? Hat er sein neues Königreich für gut befunden?«

Mimmi lachte. »Er ist immer noch nicht aus der Transportkiste gekrochen, sondern liegt nur da und glotzt sehr … hochmütig. Aber ihm wird es hier sicher auch gefallen, wenn er erst einmal begreift, dass es in dieser Residenz Aussicht auf Ausflüge nach draußen gibt.«

Kaj fragte sich, wie ihr verwöhnter und etwas rundlicher Stadtkater wohl in Gesellschaft der abgehärteten, sicherlich rabaukigeren Artgenossen aus Norrbotten ankommen würde. Vielleicht sollte man ihm so ein Stachelhalsband besorgen, um seinem Ruf auf die Sprünge zu helfen und seine Autorität zu steigern. Allein damit die anderen Tiere nicht seine säuberlich gekämmte weiße Frisur ruinierten. Die Vorstellung amüsierte Kaj, und er wandte sich wieder dem Gespräch zu.

»Sag mal, wie war das noch, hast du am Montag oder am Dienstag den ersten Tag im Job?«, fragte er.

»Am Dienstag«, antwortete Mimmi und betätigte die Spülung.

Kaj versuchte sich daran zu erinnern, ob es ein Knopf war oder so ein Ding, das man hochziehen musste.

»Und freust du dich drauf?«, fragte er. Er konnte sich nicht an die Klospülung erinnern, das nervte ihn. Vielleicht war es so ein antikes Etwas, das als Kette von der Decke hing. Mein Gott. Warum hatte er nicht alle Einrichtungen gründlicher untersucht? War ihm vielleicht noch mehr entgangen?

»Doch schon, ja, fühlt sich schon gut an, ein bisschen kribbelig bin ich.« Bei Mimmi klang das Wort wie gribbelich. Sehr süß, fand Kaj, und das nicht zum ersten Mal.

»Hör mal, das wird wunderbar laufen! Du wirst großartig sein, und sie werden sich schon mittags selbst zu dieser fantastischen Personalentscheidung gratulieren.« Er lächelte aufmunternd – manche behaupteten, man könnte ein Lächeln sogar durchs Telefon hören – und spannte gleichzeitig vor dem Badezimmerspiegel ein wenig missmutig seine Muskeln an.

Hühnerbrust auf Bohnenstange, dachte er und fragte sich, wo er diese treffende Beschreibung wohl gehört hatte. Wahrscheinlich von jemandem, der seinen Oberkörper aus zu großer Nähe gesehen hatte.

Und jetzt hörte er tatsächlich Mimmis Lächeln im Telefon. Mit ihrem singenden Akzent sagte sie: »Ich vermisse dich ein bisschen.«

»Ich vermisse dich auch, aber ich komme ja direkt nach der Testamentseröffnung und all dem Kram rauf.«

Er wandte dem Spiegel den Rücken zu und inspizierte sich selbst über die Schulter hinweg.

»Ja, ich weiß. Vergiss nicht, meine Zimmerpflanzen zu gießen! Auch die im Arbeitszimmer.«

Kaj fragte sich, ob sie mit »Zimmerpflanzen« die komplette Hecke auf dem Fensterbrett meinte oder ob sie sich damit zufriedengeben würde, wenn er einfach auf die Pflanzenteile, die er von der Türschwelle des Zimmers erreichen konnte, etwas Wasser spritzte. Diese Frage stellte er aber lieber nicht laut, da er insgesamt mit seiner Strategie zur Bewältigung des Auftrags zufrieden war.

»Ist notiert, jetzt steige ich unter die Dusche. Wir hören uns morgen wieder.«

Sie legten auf. Er ging in die Dusche und drehte das Wasser auf kochend heiß. Das brauchte er jetzt, um das Elend aus der Haut zu waschen.

Er dachte an Mimmi da oben in dem neuen Haus, das er selbst erst ein einziges Mal gesehen hatte, bei der Besichtigung vor ein paar Wochen. Ob sie wohl daran gedacht hatte, die Heizkörper im Wohnzimmer zu entlüften? Die hatten wie Tuberkulosepatienten gehustet, als Kaj sich während der Führung des Maklers nicht verkneifen konnte, ein wenig an einem Thermostat zu drehen. Mimmi hatte ihm einen Blick zugeworfen, der ihn erschrocken versuchen ließ, den Knopf zurückzudrehen, was die Heizung jedoch nur dazu veranlasste zu jaulen, als ob sich ihr Krankheitszustand plötzlich verschlechtert hätte und sie nun unter einer Sauerstoffmaske nach Luft ränge.

Er lächelte. Er freute sich auf ein Leben mit Mimmi, der Frau, deren Blicke seine Unarten und seine Angewohnheit, alles befummeln zu müssen, zügeln konnten. Sie war stark und geradeheraus. Und dann ihre Art, seinen Namen zu sagen, als ob es sich dabei um finnische Lyrik handelte oder … vielleicht auch nicht. Eine Liebeserklärung in Mimmis Muttersprache hatte die Tendenz, wie eine Morddrohung zu klingen, diesen Vergleich musste er also zurücknehmen. Doch von allen Dingen, die er an ihr liebte, schätzte er ihren Akzent ganz besonders. Der machte ihn innen drin ganz weich.

Seine Mutter war souverän darin gewesen, Mimmis Art, wie sie ihren eigenen Namen sagte, zu imitieren. Sanft schaukelnd und mit dicken, gemütlichen Konsonanten. Mama hatte den Namen mit schelmischem Grinsen zwischen den Wänden hin und her hüpfen lassen, wenn sie die beiden zu Hause auf dem Flickenteppich im Windfang begrüßte. Sie hatte Mimmi gemocht, sie hatte die Frauen beider Söhne gemocht. Sie ganz selbstverständlich in die Familie aufgenommen und dann mit Begeisterung auch die zwei Enkelkinder willkommen geheißen, um die der Bruder und seine Jugendliebe Evelin die Welt bereichert hatten.

Die Mutter.

Ein störender Gedanke, wenn man nackt war. Er konnte

nicht umhin, die privateren Teile seines Adamskostüms zu verdecken.

Die Geschlechtsteile sicher verwahrt, reflektierte Kaj weiter und ließ sich in Wasserdämpfe, Seifenduft und Wehmut einhüllen.

5

DIE TELEFONAPPARATMASCHINE

Das elendige Messer hatte sich noch nicht wieder eingefunden, als Biera ein paar Tage später ein verärgertes Murmeln aus der Kammer wahrnahm. Es klang wie ein Berglemming, der an einen Stiefel gestoßen war oder an etwas anderes, das in der Welt der Berglemminge als naseweis galt.

»Was ist denn das hier für ein Mist?«

Máriddja drückte wieder und wieder auf das Ding, das sie in der Hand hielt. Eine Katze, der man gerade Spinat serviert hatte, hätte begeisterter ausgesehen als seine Ehefrau in diesem Moment.

»Schlau, jaja, vielen Dank … noch nie habe ich mit einem blöderen Ding Bekanntschaft gemacht. O ja, wir werden schon sehen, ich werde …«

Biera eilte mit einem »Was?« zu Hilfe.

Máriddja fuhr so zusammen, dass sie fast den teuren Apparat fallen ließ.

»Mit wem redest du denn?«, erkundigte sich der Gatte.

»Mit dieser Telefonmaschine! Die funktioniert ja nicht!«, teilte Máriddja ihm mit und richtete einen vorwurfsvollen Zeigefinger auf den Gegenstand auf dem Bett.

»Nur weil du ihn anschnauzt, wird er nicht funktionieren«, schnaubte der alte Mann und nahm den Apparat von der karierten Tagesdecke. Er setzte sich aufs Bett und drückte mit einem Finger, in dessen Furchen der Schmutz eingegraben war, prüfend auf das Display. Bereitwillig blinkte es auf, und Biera versuchte nicht einmal, seinen Triumph zu verbergen.

»Na siehst du! Natürlich funktioniert es!«

»Aber die Knöpfe haben sie vergessen mitzuschicken«, meckerte Máriddja und schob noch einen Vorwurf hinterher: »Ich habe dir doch gesagt, du sollst einen Telefonapparat kaufen, nicht so ein … so ein …« Ihre Stimme überschlug sich und zerteilte gellend die Luft.

»Nun, nun«, murmelte Biera abwesend und schaute blinzelnd auf die Technik in seiner Hand. »Der Junge, mit dem ich geredet habe, der hat gesagt, dass man damit telefonieren kann, also wird es wohl ein Telefon sein.«

Máriddja schnaubte. »Jetzt lachen sie unten im Ort über dich, Biera Rijá, hör meine Worte! Dieser schwedische Junge hat dich um deine halbe Pension betrogen für ein … ein …« Plötzlich betrachtete sie interessiert den Einkauf, als wollte sie dessen Tauglichkeit auf anderen Gebieten ergründen. »Vielleicht können wir damit das Eis von den Scheiben kratzen?«

Aber Biera hörte nicht länger zu. Seine Ehefrau verfiel in weniger stubenreine Worte auf Samisch und verschwand in der Küche, um das Ausmaß der Ungnade, in die er gefallen war, zu demonstrieren, indem sie mit Töpfen klapperte. Ihr Ehemann starrte mit glückseligem Blick auf das blinkende Display des Telefons, dessen Gegenwart in der Hütte seiner Meinung nach das ganze Dasein spannender machte.

Máriddja würde es ihm schon danken, wenn er zwischen Ibrei, Gugl und all dem anderen Schönen und Fremden, das ihm der Telefonverkäufer versprochen hatte, navigierte. Was sie mit diesen schwindelerregend vielen Funktionen anfangen sollten, schien nebensächlich zu sein. Das Ding war so glänzend und *neu*, dass Biera sich wie eine hochzufriedene Elster fühlte, die eben ihr Nest mit hübschem, sinnlos blinkendem Tand bestückt hatte.

»Wir werden so gute Freunde werden«, flüsterte er schmunzelnd, was bei der scharf hörenden Máriddja im Nebenzimmer ein unwilliges Grunzen erzeugte. Doch sie wussten beide, dass sie nicht wirklich zornig war. Sie fand nur, dass eine ordentliche Predigt und den eigenen Launen freien Lauf zu lassen zwei alten Käuzen wie ihnen ganz guttat. Und da hatte sie nicht ganz unrecht, das gab Biera gern zu. Aber glücklich war sie über seinen Einkauf sicher nicht.

• • •

Máriddja knirschte mit den Zähnen.

Ein ganzes Vermögen für eine komplett unnötige Telefonapparatmaschine!

Außerdem war das Ding in ein Futteral mit psychedelischen Mandalamustern eingeklemmt, die Máriddjas Blick über Kreuz gehen ließen und sie in existentielle Grübeleien stürzten.

Da kamen in ihr Fragen auf wie zum Beispiel, ob sie im Universum allein waren, ob Pferde wirklich manchmal kotzten und warum alle es süß fanden, wenn Kinder ihre Meinung sagten, aber als sie vor ein paar Jahren den Busfahrer einen verdammten Blutsauger genannt hatte, da hieß es plötzlich, sie sei unmöglich und solle »mit ihrer verdammten Ziege augenblicklich aus dem Bus verschwinden«.

Damals hatte Máriddja verlangt, die Preistabelle für Fahrscheine zu sehen, um zu beweisen, dass darauf keine Summen für Ziegen angegeben waren – was zweifellos bedeutete, dass sie frei fuhren. Das hatte den Busfahrer kein bisschen kooperativer gemacht. Nicht im Mindesten.

Das Busereignis hatte ihr damals die Möglichkeit genommen, die betroffene Ziege, die daraufhin zum Verkäufer zurückgebracht werden musste, zu erwerben. Was eine Ungerechtigkeit war, die Máriddja noch lange nicht vergessen würde, und darüber hinaus ein ausgezeichnetes Argument, um den örtlichen Nahverkehr zu boykottieren.

Biera seufzte selig aus der Kammer, und Máriddja tat dasselbe mit entschieden weniger Hingabe. Sie vertraute diesem sauteuren Gegenstand mit unklarem Anwendungsgebiet ebenso wenig, wie sie Busfahrern mit mangelnder Kompetenz in Sachen Fahrkartenpreise vertraute.

Und das sagte schon eine ganze Menge, dachte Máriddja und schmiss ihren Lappen mit lautem Klatschen in die Spüle.

6

EIN WECHSELBALG UND SEINE ZIEGE

Skájddes Mädchen war an jenem Spätsommertag vor vielen Jahren von den Unterirdischen ins Boot gelockt worden, davon waren die meisten im Dorf fest überzeugt gewesen.

Selbst hatte die sehr junge Máriddja sachlich erklärt, sie hätten sich auf Initiative der Ziege hin ins Boot begeben – einer ganz anderen Ziege als der, mit der sie Jahre später versuchte, einen Bus zu besteigen. Diese hier war weiß gewesen.

Wem besagte Ziege wiederum die Schuld zuschob, blieb unklar. Aber da diese eine der übelsten Art war, die unkritisch schlicht alles tat, um irgendetwas zu fressen zu bekommen, stand zu befürchten, dass – falls jemand sich die Mühe machen würde zu fragen – sie mit ihrem Huf auf Máriddja gezeigt hätte.

Wie es um die Schuldfrage auch immer bestellt war, jedenfalls hatten Máriddja und die Ziege das kleine Holzboot bestiegen und zielstrebig Kurs auf die andere Seite des Weihers genommen.

Die Ziege hatte mit im Wind keck flatterndem Bart im Bug gestanden und im Takt von Máriddjas Ruderschlägen über das Wasser gemeckert. Das behauptete zumindest Ola Råmåk, aber der war ein bisschen dumm im Kopf, weshalb niemand seiner Zeugenaussage sonderliches Gewicht beimaß. Hingegen hatten mehrere in den nahe gelegenen Hütten bezeugt, Gespensterlachen und seltsame Gesänge gehört zu haben, welche sich, begleitet von triumphierendem Lärmen, unter dem Berg fortgesetzt hätten. Wie auch immer: Niemand nahm das, was Råmåks Junge sagte, für voll, und die Ohrenzeugen wurden ebenfalls als unseriös beurteilt, da in der Gegend wochenlang niemand mehr geschlafen hatte, weil Gávvels Zwillinge Koliken hatten und nächtelang so anhaltend schrien, dass sogar die Mücken ernsthaft erwogen umzuziehen.

Nachdem Máriddja und ihre Ziege beunruhigend viele Stunden nicht zu sehen gewesen waren, begann sogar die ziemlich abgehärtete Mutter des Mädchens eine gewisse Sorge zu verspüren.

Mit dem Hund auf den Fersen ging sie von einer Kota zur anderen und fragte nach ihrer Tochter. In sämtlichen lautete die Antwort Nein, und alle hätten noch »Gott sei Dank« hinzufügen mögen, nahmen aber in diesem Moment höflich davon Abstand, die Wahrheit zu sagen, sondern zuckten nur bedauernd mit den Schultern. Mutter Ibbá reagierte gern ein wenig cholerisch auf unglückliche Charakterbeschreibungen ihres Kindes, und dafür musste man natürlich Verständnis haben. Die Ohrfeige, die sie dem Händler aus Luleå nach dessen Behauptung verpasst hatte, dem jungen Fräulein Skájdde würde es an Wonne mangeln wie einem in die Enge getriebenen Marder, war allen noch gut in Erinnerung.

Allerdings war es auch sehr verlockend, ebendieses Kind mit unglücklichen Charakterbeschreibungen zu versehen.

Doch ein paar Leute aus dem engsten Kreis halfen schließlich Ibbá, die Umgebung abzusuchen. Aber Máriddja und – wie später festzustellen war – auch die Ziege waren wie vom Erdboden verschluckt. Hier hätte wieder jemand einen Kommentar über den Ursprung der Tochter abgeben und spekulieren können, dass die Unterirdischen sie vielleicht zurückgeholt hatten, doch niemand wollte ihre Mutter verletzen. Oder riskieren, sich von derselben einen Schlag ins Gesicht einzufangen.

Es war nämlich die Auffassung der gemeinen Männer und Frauen in Máriddjas Dorf, dass sie ein Wechselbalg sei.

Die Tatsache, dass sie mit ihrem breiten Mund vom Aussehen her offensichtlich mit den Skájddes verwandt war und zudem ihrer Áhkko Sara zum Verwechseln ähnlich sah, wollten die meisten nicht wahrhaben. Es war viel spannender, ein Háldikind im Dorf zu haben als eine zügellose Rotznase. Also hielten sie an ihrer Überzeugung fest.

Und diejenigen, die es genau zu wissen meinten, sagten, Máriddjas Mutter habe wohl vergessen, eine Silbermünze in das Bett des Mädchens zu legen, bevor das Kleine getauft war, und da habe eben eine Vitterfrau eines ihrer eigenen Bälger gegen das schöne Samenkind eingetauscht. So was konnte einem passieren, wenn man Pech hatte, so war das seit jeher.

Wie man's auch sah, war der Wechselbalg doch schon viel zu viele Stunden verschwunden, und die allermeisten hatten sich nun hinausbegeben, um nach dem kleinen Unglück zu suchen, das ja trotz allem eines von ihnen war. Denn Samen kümmern sich umeinander, sie helfen einander, und sie sorgen für die Ihren. Auch für die Wechselbälger des Dorfes.

• • •

Schließlich entdeckte der Onkel von Ola Råmåk die im rauen Schilf vor sich hin dümpelnden Ruder. Und weiter draußen, fast auf der anderen Seite des Wassers, erspähte eine scharfsichtige Alte schließlich das Boot, wie es in der schwülen Julibrise trieb. In dem Moment hub das erschrockene Flüstern wieder an, über das Volk, das auf der anderen Seite der Grenze von dem lebte, was die Menschen sehen konnten, und über dessen mögliches Bedürfnis nach einem Lausekind plus Ziege.

Noch hatte niemand Máriddjas Mutter benachrichtigt, die am Fuß des Fjälls zwischen den Felsblöcken suchte.

Zwei junge Männer, die einigermaßen schwimmen konnten, stürzten sich – jeder mit seiner Wurfleine um den Oberkörper – ins Wasser. Das einzige Boot war ja im Moment nicht verfügbar, da es von dem flüchtigen Duo zu Wasser gelassen worden war.

Als die Jungs das Boot erreichten, hatte auch Máriddjas Mutter es bis zum Ufer geschafft. Sie war so gerannt, dass ihr der Kolt wie in Wellen zwischen den Beinen wischte. Bleich und erstarrt sah sie den Jungen Abmut sich – von seinem Freund Nils durch einen Schubs aufs Hinterteil unterstützt – über den Bootsrand hieven.

Hinter dem tapferen ersten Mann sahen die entsetzten Dorfbewohner, wie sich aus den Eingeweiden des Bootes etwas Schreckliches erhob. Haar in langen Strähnen fiel um ein Gesicht, von dem alle zu schwören bereit waren, noch nie etwas so Schlimmes gesehen zu haben, und aus dem zotteligen Kopf ragten zwei lange Teufelshörner auf.

Anna Riebmer erschrak bei diesem Anblick so sehr,

dass die solide Achtzigjährige, die sonst beim Schlachten ganze Rentiere auf dem Rücken trug, mit verdrehten Augen und Sabber auf der Wange am Ufer zusammensackte.

Die Dorfkinder flohen unter die zitternden Kolte ihrer Eltern vor diesem Stállo, einem Monster, das aus dem Dunkel des Sees aufgestiegen war, um sie alle zu verschlingen.

Abmut hingegen war sich der nahen Gefahr gar nicht bewusst, denn er konzentrierte sich darauf, seinen Kameraden über den Rand des Bootes zu zerren. Dieser schlug fleißig mit den Beinen, um hochzukommen, woraufhin sich der Kahn mit der breiten Seite dem Strand zudrehte.

Diejenigen, die immer noch hinzuschauen wagten, konnten da einen Mädchenkopf aus dem Bug ragen sehen und ein paar Hörner mit einem dazugehörigen, ungerührt wiederkäuenden Ziegenkopf. Die zwei Abenteurer starrten den Volksauflauf auf der anderen Seite des Gewässers an und waren beide so taktvoll, nicht zu winken.

Als auch dem zweiten erschöpften Schwimmer ins Boot geholfen worden war, gelang es Abmut und Nils, die Schlaufe ihrer Wurfleinen um eine Kiefer zu schlingen, die wie ein selbstmörderischer Riese von der kleinen Insel mitten in den Weiher hing.

Die Zuschauer am Ufer jubelten, und die Mütter der Jungen stießen mit unverkennbar stolzem Grinsen über den Mut und die ausgezeichneten Wurfarme der Söhne einander die Ellenbogen in die fülligen Seiten.

Die Jungs treidelten das Boot mit breiten Griffen um die Wurfleinen auf die kleine Insel zu. Ein paar Alte, die auch ihren Teil vom Glanz der Tat abbekommen wollten, wateten forsch hinaus und zogen breitbeinig das Holzboot mit seiner Last ein.

Die beiden jungen Helden sprangen behände in die Dünung, dann halfen sie, das Boot mit Máriddja und der Ziege darin, die wie zwei betrunkene Matrosen zwischen den Bordwänden des Bootes hin und her taumelten, an Land zu ziehen.

Die alte Anna Riebmer kam wieder auf die Beine und schwor für den Rest ihres Lebens, dass sie umgefallen sei, weil jemand einen Zauberspruch auf sie geschleudert habe.

• • •

Máriddja musste sich vom ganzen um sie versammelten Dorf beschimpfen lassen und sich der drohenden Fäuste erwehren. Ein paar beklagten sich über die Ruder, die mit den starken Strömungen über den Wasserfall ein Stück weiter unten hätten verschwinden können. Andere, die Ibbás todbringenden Blick bemerkten, als in diesem Zusammenhang das Schicksal des Ruderbootes erwähnt wurde, bekümmerten sich stattdessen darüber, was der kleinen Máriddja hätte geschehen können, wenn man sie nicht rechtzeitig entdeckt hätte.

Das Mädchen selbst sagte nicht viel und die Ziege noch weniger. Die Tochter nahm mit untypischer Folgsamkeit die Hand ihrer Mutter und folgte den übrigen Dorfbewohnern entlang des schmalen Pfads nach Hause.

Nicht nur die Knie von Máriddjas Mutter zitterten auf dem Weg nach Hause, auch die meisten Wanderer sahen sich nervös über die Schulter, um sicherzugehen, dass der schreckliche Stállo aus den Tiefen des Sees ihnen nicht auf den Fersen war.

Als der Vater sich nach der Arbeit mit den Rentieren zu ihnen gesellt hatte, war Máriddjas Erklärung, die ihre Mutter ihr abverlangte, dass die Ziege von Hunger geplagt gewesen sei. Sämtliches Schuhstroh, das Máriddja ihr dienstbereit serviert habe, sei alle gewesen – auch das in den Schuhen der Eltern und das, was zum Trocknen vor der Kota gehangen hatte.

Also hatte die Apostelin der Güte Máriddja Skájdde einfach beschlossen, dass sie und die Ziege dem Ernst der Lage Rechnung tragen würden. Sie habe das Boot genommen, um auf die andere Seite des Teichs hinüberzurudern und sich mehr Segge abzureißen, was man dort gut konnte. Also im Dienst an der Ziege. Die von ihren Eltern mühsam gesammelte Füllung für die Winterschuhe habe sie nicht weiter gekümmert.

In der Glückseligkeit darüber, offensichtlich gestorben und in einem Paradies voller wunderbarster Arten Ziegenfutters gelandet zu sein, sei jene eifrig herumgewandert. Dabei sei Máriddja zufällig an die Ruder gestoßen, sodass sie aus den Dollen gerutscht und über die Wasserfläche davongedümpelt seien.

Die Einstellung der – nicht von einem Gewissen geplagten – Ziege anlässlich dieses Ereignisses schien zu sein, darauf zu beharren, dass es nach dem Essen Zeit war, ein Weilchen zu ruhen. Máriddja habe diese Idee gut gefunden, sich neben der struppigen und vor Wohlbehagen furzenden Ziege zusammengerollt und sei eingeschlafen.

Der heroische Rettungseinsatz der Jungen habe sie dann geweckt, und sie hätten sich seelenruhig ans Festland verfrachten lassen.

Máriddja gab zu, dass die Idee nicht sonderlich durchdacht gewesen sei.

Die Ziege gab zu, dass sie vermutlich auch näher gelegene Kost hätte konsumieren können, wofür sie nicht das Boot hätten nehmen müssen. Dies allerdings nur mit dem Risiko, von noch mehr Blähungen heimgesucht zu werden, wie sie eine fortgesetzte Diät aus Schnürsenkeln und Wollfilz verursachen könne.

So – behauptete Ola Råmåk zu wissen – laute die Meinung der Ziege, aber der war ja wie gesagt nicht ganz bei Verstand.

• • •

Als das geschah, war Máriddja gerade fünf Jahre alt geworden und die Ziege noch nicht ganz zwei. Und zum Entsetzen des ganzen Dorfes war das nur der Anfang ihrer vielen gemeinsamen Abenteuer gewesen.

»Das mit zu freier Erziehung ist riskant«, pflegte Biera weit später über Máriddjas ungezügeltes Gemüt zu sagen. Dann lachte Mutter Ibbá vor Freude über die Provokation laut und mit aufgerissenen Augen.

Denn so war ihre Mutter. So war sie schon gewesen, als Máriddja noch ein kleiner Wildfang war, wie ein unerzogener Welpe bellte und zwischen den Kotas auf allen vieren herumwuselte. Und so war Ibbá noch als Alte. Sie ließ die Dinge sein und nahm sie für das, was sie waren, ohne ihre Seele davon beschweren zu lassen. Wollte das Kind in den Baum klettern und mit Kleidern und allem in das Quellenbecken springen, dann war das doch kein Problem. Der Stoff würde trocknen.

Aber wehe dem, der versuchte, die Tochter für ihr Benehmen zu kritisieren! Biera hatte sich nach vielen Jahren als Ibbás Schwiegersohn einen Waffenstillstand erarbeitet, und die Alte begnügte sich damit, zu seufzen und den Kopf zu schütteln über das Menschlein, welches sie vor vielen Jahren aus ihrem Leib gepresst hatte. Denn Máriddja war auch als Erwachsene solide verrückt.

Sie war ein unternehmungslustiges und fantasievolles Kind gewesen, und man hatte ihr dazu die nötige Freiheit gelassen. Máriddja hatte gesagt, was sie dachte, zu laut gelacht, geflucht, wenn es nötig war, und das alles mit Erlaubnis ihrer Eltern – wenn nicht gar mit ihrem Segen. Vielleicht weil ihre Eltern die Vorahnung einer neuen Zeit in ihr sahen, in der man den Nacken nicht mehr würde beugen müssen. In der man nicht mehr bequem und angenehm sein musste.

Oder vielleicht waren sie einfach nur friedlich und zufrieden mit dem Leben und mit ihrem starken, wunderbaren Mädchen. Máriddjas Kindheit war ein Abenteuer gewesen, und das hatte sie zu einer Frau mit einem beweglichen Geist gemacht, ohne Rücksicht auf gesellschaftliche Normen und Regeln.

• • •

Und vielleicht kam es deswegen so, wie es kam. Vielleicht war es Gottes Hand, die viele Jahre später Máriddja an einem weiteren Versuch hinderte, eine Ziege zu behalten – und zwar in Gestalt eines so ungehaltenen wie übel gelaunten Busfahrers. Denn mit einer neuen Ziege als Waffenschwester wäre das, was später geschah, womöglich noch schlimmer eskaliert.

So lautete die Analyse von Ola Råmåk. Aber da war er bereits tot, und niemand hörte ihn. Außerdem war er auch als Gespenst außerordentlich untalentiert.

7

ROADKILL

Eine knappe Woche nach der Beerdigung von Kajs Mutter setzte ein Auto mit zugedecktem Anhänger rückwärts in die Auffahrt ihres neuen Heims. Die Zahl 11 zierte die Fassade des roten, in den Hang gebauten Hauses, das sie zu einem geringen Preis erstanden hatten. Mimmi stand am Fenster und sah die Equipage ankommen. Sie konnte nicht still stehen, sie war so glücklich darüber, endlich das weiße kleine Insekt von einem Auto vor dem Haus zu sehen, dass ihr fast schlecht wurde. Sie trommelte mit den Fingern auf die raue Oberfläche des warmen Heizkörpers.

Vielleicht sollte man nicht behaupten, das Fahrzeug würde zurücksetzen, denn es fuhr genauso oft vorwärts wie rückwärts. Als sie da am Fenster stand und die Versuche ihres Lebensgefährten beobachtete, in den Hof einzubiegen, tobten Eifer und Ungeduld in Mimmi umeinander wie die sich balgenden Kinder auf dem Gemälde von August Malmström. Eine Porzellanfigur, die sie noch nicht aus der Verpackung gewickelt hatte, thronte wie eine Decoupage-Mumie im Sichtfeld auf dem Fensterbrett. Mimmi schob sie beiseite, ohne das Auto aus dem Blick zu verlieren.

Mein Gott, konnte man womöglich noch langsamer um

die Schneewehe herumfahren? Was machte er denn da? Jetzt musste er doch einfach nur gerade fahren: Die Sicht war klar, und der Anhänger stand direkt im Winkel. Mimmi spürte den kalten Luftzug von draußen, als sie sich vorbeugte, um richtig über das Fensterblech spähen zu können. Der Schnee glitzerte wie Pailletten in steif geschlagener Sahne. So! Jetzt benutz mal den Rückspiegel, Kaj. Schau doch in den Rückspiegel! Du kannst noch so oft versuchen, durch die Persenning des Anhängers zu sehen, das wird nicht funktionieren! Sie stampfte auf der Stelle und schlug sich den Fußknöchel an einer Umzugskiste an. *Älä helvetissä* – Verdammt noch mal! Wie hatte der denn die Rückspiegel eingestellt? Die standen ja so hoch, dass er nicht einmal die Räder des Anhängers würde sehen können, wenn er überhaupt mal einen Blick in den Spiegel warf! Ob sie wohl rausgehen sollte und das für ihn machen? Jetzt fährt er ja in die Räumkante, oje, oje! Mimmi schlug sich mit der Hand an die Stirn, die nun heiß wurde, und lief in den Windfang hinaus. Die Kälte fühlte sich auf der Haut an wie eine Ohrfeige. Erleichtert sah sie, dass Kaj aufgehört hatte, das Auto in den festgepressten Schnee zu bugsieren, und stattdessen ordentlich vorgefahren war. Mit der umständlichen Achtsamkeit eines hochträchtigen Mutterschafs lenkte er nun rückwärts in die Einfahrt vor das Haus. Mimmis Herz rutschte langsam von der Kehle wieder zurück unter die Rippen, wo es hart und rhythmisch pochte.

Sie schlug die Haustür hinter sich zu, woraufhin ein Zettel in einer Plastikfolie auf den Boden des Windfangs segelte. Sie nahm ihn im Laufen auf, dann ging es weiter nur auf Strümpfen hinaus, und sie schoss wie ein begeisterter Golden Retriever direkt in Kajs Arm. Jetzt musste Mimmi nicht mehr an das unterschwellige Risiko denken, den Lebensgefährten mit dem Umzugsgepäck den langen Weg allein fahren zu lassen. Er hatte überlebt und glücklicherweise – aber keineswegs selbstverständlich – auch seine Mitreisenden. Und jetzt war er hier! Zu Hause! Bei ihr. Wieder und wieder küsste sie innig seine Nase und strich, ohne dabei die Plastikhülle loszulassen, über den heruntergerutschten Man Bun. Küsste Kaj auf den Mund, dessen Lippen trocken waren und bereits nach Winter schmeckten.

Kaj lachte und schleuderte sie ein paar Runden durch die Luft – ein wenig bemüht, aber doch mit filmreifem Effekt. Dann setzte er sie wieder ab. Die Freundin war einen halben Kopf größer als er, aber sie durfte davon ausgehen, dass seine Armmuskulatur das Begrüßungsmanöver bewältigen würde. Noch schien er unverletzt. Und sie auch.

Kaj entdeckte ihre ungewöhnlich bunten Strümpfe – sie trugen ein eigenartiges kleinkindfröhliches Muster aus Mumins – und verdrehte die Augen.

»Hast du denn nicht gemerkt, wie kalt es ist?«, fragte er. »Die Nachbarn können doch sehen, dass du keine Wollstrümpfe oder Schuhe anhast, und dann ist ihnen sofort klar, dass wir aus der Stadt kommen!« Sein ironischer Tonfall wurde von der Freude des Wiedersehens aufgehoben, wie sie an den Strichen erkennen konnte, die nun in seinen Augenwinkeln auftauchten und wie Sonnenstrahlen auf die Schläfen hinausschossen.

Mimmi antwortete mit einem ausgelassenen Lachen und nahm Kajs Rucksack in die eine Hand und seine Hand in die andere. Etwas drängte sie, die Autotür aufzumachen und, damit die Bremsen nicht einfroren, die Handbremse zu lösen und stattdessen einen Gang einzulegen. Doch das konnte warten. Sie strich über Kajs Handknöchel und spürte, wie die Anspannung in Bauch, Schläfen und Gedanken sich löste.

• • •

Kaj hatte das Gefühl, gerade erst an dem blauen Schild mit dem Namen seines neuen Heimatortes darauf vorbeigefahren zu sein, als er schon wieder hinaus war. Hinter dem Ortsschild drehte er in einer Einfahrt um und fuhr zurück. Etwas verdutzt. Der Ort war wirklich klein.

Rückwärtsfahrende Traktoren rollten mit Schaufeln voller Schnee hin und her, die Häuser standen weit auseinander und sahen aus, als wären sie eher zufällig hingeworfen worden, wie eine Handvoll Würfel. An den Straßenlaternen hingen immer noch Lichterketten und Kränze, die vermutlich von dem schon ziemlich weit zurückliegenden Weihnachtsfest herrührten. Sämtliche Autos, denen er auf der Hauptstraße begegnete (alle vier!), trugen vorn unförmige zusätzliche Scheinwerfer. Das würde er wohl in irgendeiner örtlichen Werkstatt machen lassen müssen. Bestimmt brauchte man das hier, die Dunkelheit war wirklich kompakt, dachte Kaj, ließ den Gedanken aber los, sowie er und Mimmi über die Schwelle zu ihrem neuen Zuhause getreten waren. Da wurde er ruhiger und sog die unbekannten Düfte ein. Ließ fremden und frischen Sauerstoff zwischen die Lippen, der die Kiefergelenke auflockerte, die sich auf dem anstrengenden letzten Teil der Autofahrt zusammengepresst hatten.

Mimmi schloss die Tür hinter ihnen und sah Kaj sich quasi in den Rattansessel stürzen, in dessen harter, spröder

Umarmung er landete wie das Opfer einer Katastrophe, das unverhältnismäßig erleichtert war, zwischen all den Fremden das Gesicht eines entfernten Bekannten zu entdecken. Dabei hatte er diesen Sessel nicht einmal gemocht, dachte Mimmi mit einem kleinen Grinsen. Hatte bis zum Schluss verhandelt, ob er nicht doch auf die Müllkippe gefahren werden sollte anstelle in ihr neues Heim. Nun war er anscheinend wohlgelitten!

Kaj löste das Gummi aus dem Dutt, schüttelte die Haare und strich sie aus der Stirn. Sie fühlten sich kühl an in seinen heiß werdenden Händen. In ihm blubberte die Erwartung wie Champagnerblasen durch den Körper und bis hinauf in den Kopf. Jetzt konnte es beginnen, jetzt *hatte* es begonnen. Alles, wonach er sich mit beinahe wahnsinniger Ungeduld gesehnt hatte, lag jetzt in Reichweite. Und zwar: Mimmi, das Haus, die Zukunft. Und die verdammte Reise war vorüber. Wenn möglich, würde er nie wieder Auto fahren.

Mimmi setzte sich auf seinen Schoß, ohne zu versuchen, ihr Körpergewicht zu dämpfen oder auszugleichen, und er liebte sie dafür. Sie legte ihre Stirn an seine, und sie saßen eine Weile wortlos und blind da. Das war so schön und überwältigend, dass Kaj ihr nicht einmal still über den Rücken streichen konnte.

Er war nicht gut im Warten. Seine Ungeduld grenzte an Überspanntheit. Die Ruhelosigkeit, die in seinen Ohren gerauscht und ihn nachgerade reizbar gemacht hatte, war ein zeitweilig flegelhafter Umzugshelfer gewesen – und definitiv ein nutzloser Reisekamerad.

Der Abschied vom Leben, das sie in der Stadt geführt hatten, war eigentlich nicht unerträglich gewesen. Hingegen das Warten, die Sehnsucht. Es war grauenhaft, nicht da zu sein, wo Mimmi war. Er hatte sich nicht weggesehnt, so war es nicht. Er hatte sich nach Hause gesehnt. Zu all dem, was Mimmi für ihn war. Ein stilles Epizentrum in seinem Innern, das Auge des Sturms, wenn alles unklar und verloren wirkte. Ein Zuhause über die tiefste Bedeutung des Wortes hinaus, dachte Kaj mit der Stirn immer noch an ihrer. Gemütlich, sicher und weich. Und mit einem furchtbaren Sockengeschmack.

Mimmi stand auf und hinterließ mit ihrer zurückbleibenden Wärme eher Druck als Erleichterung. Seltsam, wie man sich mit dem Gewicht eines anderen Menschen auf sich leichter fühlen konnte als ohne. Er sah ihr nach, als sie die Schuhe, die er von sich geworfen hatte, wegräumte. Schaute sich in dem um, was von jetzt an ihres sein würde.

Kaj erwog, ein Foto vom Umzugschaos zu machen, um es mit einem geistreichen und witzigen Kommentar in den sozialen Medien zu posten. Aber warum eigentlich? Die vielen Kilometer hinter dem Steuer hatten seine sämtlichen Kapazitäten verbraucht. Hatten sie konsumiert und jedes einzelne Partikel seines Darstellungsvermögens im Takt mit dem Herabsinken der Tanknadel aufgefressen. In ihm gab es keine intelligenten Gedanken mehr, nicht ein einziges Wort, das begabt oder wenigstens erhellend wirken konnte. Es war so verdammt schön, hier halb liegen zu können, sich kaum umsehen zu müssen und einfach nur durchzuatmen wie ein normales Säugetier. Oder wie Roadkill.

Er hatte Mimmi noch nicht von dem Eichhörnchen erzählt, Friede seiner Asche, das die Stoßstange ein paar Hundert Kilometer vor dem Ziel der Reise touchiert hatte. Ein bisschen fühlte er sich nach der Fahrt so: wie ein auf der

Landstraße Nummer 45 überfahrenes Eichhörnchen. Ein glücklich verschiedenes Eichhörnchen, nunmehr in einem Himmel ohne Füchse oder Konkurrenz um Nüsse, zwischen üppigen Baumkronen und weichem Moosbett. Aber leider: megatot.

Abel, den Kaj jetzt entdeckte, lag hübsch arrangiert auf einem Stuhlkissen. Mit größtmöglicher Beharrlichkeit ignorierte der Kater den Neuankömmling. Als entlaufene Vaterfigur war Kaj bis auf Weiteres leider genötigt, diese Strafe für seine Abwesenheit zu verbüßen und als kaum wahrnehmbar behandelt zu werden. Wie ein sehr schwacher Luftzug zwischen den Schnurrbarthaaren. Möglicherweise auch noch kontaminiert, wie Abels leicht abschätzige Miene verriet. Aber das war völlig okay. Kaj schaffte es gerade noch, mit trägem Blick Mimmis sanften Bewegungen zu folgen – in seinem derzeitigen Zustand wäre er sowieso ein unzureichender Pelzstreichler gewesen.

8

EINPACKEN UND AUSPACKEN

Gustav und Kaj hatten sich mit allen gesetzlichen Notwendigkeiten beeilt und ohne Zerwürfnis die Hinterlassenschaft in dem Tempo aufgeteilt, das nötig war, um das bereits verkaufte Elternhaus auszuräumen. Der neue Besitzer war ein alleinstehender Kleinunternehmer aus Dalarna. Während des Kontakts, den die Brüder mit dem Käufer über Skype gehabt hatten, war das Unternehmen auch genannt worden: »Polier dein Tier in Älvdalen«. Kaj und Gustav mussten eine schlechte Verbindung faken, um in Ruhe zu lachen und für einen Moment zu spekulieren, welche Dienste dieses Unternehmen wohl anbot. Wellnessbehandlungen für Vieh? Sanierung nach inkontinenten Hunden? Oder möglicherweise – und das hier war Kajs Lieblingseinfall: ein seriöser Ausrüster von Wetterbekleidung für Vierbeiner. Vielleicht war das Unternehmen schlicht der Hofschneider von Victorias und Prinz Daniels Doodle? Atmungsaktive Regenkleidung mit Dalarna-Malerei für blaublütige Köter mit nässendem Ekzem? Voll im Trend?

Die Brüder einigten sich darauf, dass nichts unmöglich war, und riefen noch einmal an, um das Geschäft abzuschließen und dann zum höchst Prosaischen – und Schwierigen zurückzukehren. Das Lachen, das sie miteinander geteilt hatten, fühlte sich an, als hätten sie kurz die Wasseroberfläche durchbrochen, ehe sie wieder nach unten ins Trübe abtauchen mussten.

Wie zwei geläuterte Archäologen, die eigentlich keinerlei Arbeitslust oder Eifer verspürten, irgendetwas abzustauben, standen sie nun an einem Ausgrabungsort. Aber als sie einmal anfingen zu graben, waren sie erstaunt, welche Freude und Gefühle das, was hier zutage trat, in ihnen auslöste.

Des Vaters Sammlung von Teak-Kranichen und Messerbänkchen in Dackelform war, wann immer Vater Hans in ihrer Jugend darauf bestanden hatte, sie den Freunden der Söhne zu zeigen, einfach nur peinlich gewesen. Als sie nun aus der Vitrine genommen wurden, entfachten sie unter der dünnen Staubschicht ein herzliches und etwas wehmütiges Wiedersehen.

Gustav behielt die Messerdackel für seine Tochter, die sie in die Vielfalt von Plastikdingen und kleinen Glasfröschen in ihrem Zimmer einfügen würde. Vater Hans hätte sich gefreut.

Kaj überraschte sich selbst damit, dass er sich des ganzen Schwarms von Holzkranichen annahm. Auf dem Kaminsims im neuen Wohnzimmer mit der geometrisch gemusterten Fünfzigerjahretapete würden sie sich gut machen. Glatte dünne Hälse und sanfte Linien im Feuerschein – Kaj sah sie schon vor sich. Dort würde es ihnen gefallen.

Er hoffte, durch die Kraniche den würzigen Duft des Pfeifenrauchs zu spüren und das ewige Summen seines Vaters von Frank-Sinatra-Songs zu hören – wie eine Armee von Erinnerungen an Geborgenheit und elegante Stabilität gegen all das Neue und Unbekannte.

So vieles von dem, was sie fanden, war wohlbekannt, fühlte sich aber fremd an, wenn es jetzt von anderen Händen als denen der Eltern berührt wurde. Mamas Perlmutthaarbürste auf dem Schminktisch mit dem passenden Handspiegel. Papas im Nachttisch aufgestapelte Päckchen Papiertaschentücher. Mamas halb leere Flasche mit der feinsten Sorte Seife, Papas Hochzeitsanzug in einer Kleiderschutzhülle, in der es nach Lavendelzweigen roch. Feierlich und alltäglich, hoch und tief. Die bekannten und unbekannten Gewohnheiten von Mutter wie Vater, ihre ordentliche Fassade und ihre ausgedienten alten Nagelknipser. Alles zusammen.

Es war ein seltsames Gefühl. Beinahe als würden sie unerlaubterweise die Tür zur Kammer der privatesten Aspekte und Farben eines Menschen einen Spaltbreit öffnen.

In der Brust brannte es quasi ununterbrochen, doch das hielt Kaj nicht davon ab, sich bei der zeitweise monotonen Arbeit ruhelos zu fühlen. Zum Beispiel im Arbeitszimmer seines Vaters bei der Durchsicht von Ordner Nummer acht in der Aktenreihe mit Quittungen. Wer hob eigentlich Quittungen auf Papierspießen und Instant-Hagebuttensuppe ein ganzes Menschenalter lang auf?

Manchmal wollte Kaj einfach alles liegen lassen, in den Schränken, Schubladen und hinter Kühlschrankmagneten. Wollte nichts von den Plätzen wegnehmen, wo es sich in seinen Kindheitserinnerungen auf immer befinden würde. Sowohl in den guten Erinnerungen als auch in denen, von denen ihm Wunden, Narbengeflecht und Unebenheiten geblieben waren.

Das zeitweilige Schweigen der Brüder beim Aufräumen wurde durchschnitten von eingebildetem Kaffeeduft in der Küche, eingebildetem Geplauder aus dem Radio und eingebildeten leisen Unterhaltungen der Eltern. Gut eingeübte und choreografierte Szenen aus dem Leben, als Mama und Papa da gewesen waren, wurden ohne Chronologie von Schattengestalten aus ihrer Kindheit aufgeführt. Neben den Requisiten aus losem Kleingeld und Gebrauchsgegenständen hörte Kaj die Stimme des Vaters. »Bist du fertig mit dem Kulturteil?« »Würdest du bitte die Abzugshaube für mich ausschalten, Laura, Liebes?« Alles so nah und deutlich. Eis am Stiel im Gefrierfach und die Bewegungen der Fassadenflagge im Blick aus dem Badezimmerfenster, wenn man die Zähne putzte.

Nur Mama nicht. Niemals ihre ganze Gegenwart und nur sie. Es ist also genau, wie es war, als sie noch gelebt hat, dachte Kaj. Biss dann einen breiten Streifen Klebeband ab und verschloss mit festem Griff den Deckel eines Kartons mit Kerzenständern und Räucherstäbchen.

• • •

Abends gab es ein paar Biere am Küchentisch. Gustav und er sprachen über das Leben im weitesten und engsten Zusammenhang. Die Tage so abzurunden, war erholsam. In Gustavs Fall: Keine Gedanken wurden von den Stimmen kleiner Kinder unterbrochen. Und in Kajs Fall: Keine Energie übrig, um sich Stress zu machen oder zu grübeln.

Zwischendrin, sozusagen stoßweise, wurden sie auch nostalgisch. Womöglich, weil sie von all dem Schuften körperlich derart erschöpft waren und die Arme nach all dem

Geschleppe raus auf den Anhänger mit dem, was zur Müllhalde sollte, so zitterten. Und weil bei jedem Gang mit etwas, was sie wegwerfen würden, das schlechte Gewissen auf die Schultern drückte. Das Bier löste weder die verkrampften Muskeln noch den von Trübsal verhärteten Bauch, aber es kühlte schön in ihren engen Kehlen.

Sie sagten Dinge, die zwischen diesen Wänden niemals laut gesagt worden waren.

»Papa war immer so verdammt geduldig. Erinnerst du dich, dass er immer Lego mit uns gespielt hat?« Und: »Hat man Mama eigentlich jemals gesagt, dass sie die beste Mutter der Welt war?«, fragte Gustav. Und Kaj antwortete mit einer Gegenfrage, als hätte er ihn gar nicht gehört: »Ob sie wohl wusste, wie sehr ich sie vermisst habe, wenn sie das Licht ausgeschaltet und die Tür zu meinem Zimmer zugemacht hat?«

Sie gingen früh schlafen oder legten sich zumindest früh ins Bett – jeder in seinem alten Jungenzimmer. Kaj hatte keine Ahnung, ob Gustav gut schlief, und nicht einmal, ob er selbst das tat. Aber am nächsten Morgen war es wieder so weit:

Zeit für die Dinge der Mutter. Alle Bücher, alle Werke, alles Material, all die kuriosen Dinge. Alles, was ihre Hände geschaffen hatten, was ihr Wesen und ihr Leben ausgemacht hatte, während die anderen zu Hause sich damit hatten begnügen müssen, die Vibrationen davon zu spüren. Das Atelier der Mutter hatten sie sich bis zum Schluss aufgehoben. Was sie dort im Laufe der Jahre angesammelt hatte, war von den Brüdern gleichermaßen unausgesprochen wie selbstverständlich – oder eher betrübt und bebend – auf die lange Bank geschoben worden.

Doch zu ihrem kolossalen Erstaunen hatte die Mutter zu irgendeiner Zeit massenhaft Vorbereitungen für sie getroffen – vor allem was die privaten Kunstschätze betraf.

Sie hatte den ganzen Kram ordentlich aufgeteilt und eingepackt und die Namen der Söhne klar und deutlich auf die Umzugskisten gekritzelt. Wann sie das getan hatte, war ihnen ein Rätsel, aber es machte die Arbeit für die Zurückbleibenden ohne Frage leichter. Kaj und Gustav trugen die bezeichneten Kisten und Kartons in ihre jeweiligen Zimmer, ohne den Inhalt groß zu untersuchen. Dank dieser vorbildlichen Vorsorge für die Hinterbliebenen konnten sie zumindest eine von all ihren Aufgaben auf später verschieben, und das war die größte Erleichterung bei der ganzen Arbeit.

»Erinnerst du dich an dieses Gezanke mit Papa, über das Mama ewig geredet und gegrübelt hat?«, fragte Gustav eines Abends. Er betrachtete seinen Bruder und legte dabei den Mittelfinger über den Nasenrücken. Das machte er manchmal, so als wäre der Finger eine Antenne, die er in Richtung Himmel richten müsse, wenn sein Gehirn im Funkloch war.

»Ja, doch. Leider, muss man wohl sagen. Das Gerede darüber nahm ja kein Ende, nicht mal im Krankenhaus.« Kaj schüttelte bedächtig den Kopf, die Erinnerung verursachte ihm Unbehagen.

»Das fühlt sich echt furchtbar an«, meinte Gustav. »Wie das irgendwie immer ... ja, weiter an ihr nagte, nachdem sie doch ein so schönes Leben zusammen gehabt hatten, das ist doch ... dieser eine einzige Streit! Sie haben sonst doch nicht viel gestritten. Soweit ich weiß.«

Bei diesen Worten sah Gustav seinen großen Bruder Zustimmung heischend an.

Kaj mochte es, wenn er das tat. Das gab ihm das Gefühl, jegliche Bewunderung zu verdienen und wie in früheren Tagen auch nach 21 Uhr noch draußen unterwegs sein zu dürfen. Er legte die Hände in den Nacken und kippelte auf dem Stuhl zurück, und als er nach angemessen langer Zeit nickte, war er gefährlich nahe daran, nach hinten wegzukippen.

Sie saßen schweigend da. Am Ende stellte Kaj die Frage: »Aber noch komischer war ja, wie Papa sie angeblich genannt haben soll. Das klang ja nicht mal entfernt vernünftig. Was war denn das für ein Blödsinn?«

Jetzt ließ Kaj die Vorderbeine des Stuhls wieder auf festen Boden sinken. Er war träge und nachdenklich, und es ging ihm besser als seit Langem. Dennoch war die Atmosphäre wie von Trauer geritzt.

»Ja«, erwiderte Gustav und nippte an seinem Bier. »Aber diese Medikamente haben sie ja auch ein bisschen behämmert gemacht, so insgesamt.«

»Schon, aber trotzdem, wie hätte Papa sie denn schon nennen können, was kann er gesagt haben, das sie völlig ausrasten ließ? Er war doch jetzt nicht der Typ, der im Alltag flucht.«

Kaj dachte an seinen gutmütigen Vater mit Bierbauch und den Hosenträgern und konnte einfach nur den Kopf schütteln.

»Verdammt, weißt du nicht mehr?« Gustav kratzte sich am Ohr. »Mir ist das später eingefallen, nachdem wir vom Krankenhaus weggefahren waren. Aber ich bin kein bisschen schlau daraus geworden, ehrlich.«

»Nun sag doch!« Kaj warf ihm einen Blick zu, der deutlich machte, dass Gustavs Umständlichkeit seine Neugier auf eine harte Probe stellte. »Worum ging es denn?«

»*Glappkärring*. Quatschtante. Er hat sie *Glappkärring* genannt.«

Gustav und Kaj sahen einander in einer gespiegelten Bewegung mit nach oben gerichteten Handflächen an, was für gewöhnlich bedeutete, dass da etwas und vielleicht sogar ziemlich viel war, was schlicht nicht zu verstehen war.

Somit blieb den Brüdern an diesem Abend nichts weiter übrig, als in bestem Einvernehmen die Köpfe zu schütteln. Und dann galt es nur noch, den Rest im Glas zu trinken und sich ins Bett zu schleppen.

Vielleicht würden sie vergnügt und zufrieden über ihr Tagwerk im Elternhaus einschlafen. Vielleicht würden sie sich schlaflos zwischen Fußballplakaten und Lavalampen herumwerfen und sich fragen, was nun als Nächstes auf sie zukäme. Wenn das Kapitel mit der Überschrift »Als wir Eltern hatten« mit einem Punkt beendet war, dann galt es, den nächsten Teil mit einem Großbuchstaben einzuleiten. Vielleicht wie »Die Verantwortungsbereiche festlegen, da wir die Ältesten sind« (Gustav) oder »Hilfe!« (Kaj).

Kaj war überzeugt davon, dass Gustav seinen Teil der weiteren Geschichte ohne Schwierigkeiten erledigen und die möglichen kleinen Schlaglöcher, auf die er unterwegs stieß, ohne ein hektisches Krisenpaket oder auch nur die Andeutung einer erhöhten Pulsfrequenz überwinden würde. Vielleicht würde er ganz einfach eine kleine, gut konstruierte Brücke aus systematischer Logik und gesundem Menschenverstand bauen, über die er das Familienprojekt ungeachtet aller Unebenheiten hinwegrollen konnte, um dann von einem hoch gelegenen Ort mit solidem Fundament die Aussicht zu bewundern.

Kaj würde in seinen zukünftigen Kapiteln in einem schlampig entworfenen, langen, dünnen und leckenden Luftballon reisen oder in wildem Entsetzen und mit Eisengeschmack im Mund über alle Hindernisse auf seinem Lebensweg springen, um dann hinzufallen und sich das Gesicht aufzuschlagen und Kies in Nase und Mund zu kriegen. Und zu ersticken. Einsam, ängstlich und schmutzig, ohne irgendjemanden, den er an der Hand halten konnte, wenn er starb. So in der Art.

Die grundlegende Sicherheit in seinem kleinen Bruder ließ Kajs innere Ängste im Vergleich dazu unnatürlich überwältigend und dunkel wirken. Wo Gustav Gewissheit hatte, gab es bei Kaj nur Fragen. Sie wussten beide, dass sie dasselbe dachten, und Gustavs müdes Bewusstsein berührte dieses Thema noch, ehe er in einen tiefen, erschöpften Schlaf fiel. Seinem großen Bruder stellte sich, wie er da unselig und verschwitzt zwischen dem Bettzeug lag, dieselbe Frage: Was zum Teufel soll aus mir werden?

Dabei spielte das alles keine Rolle. Denn in einer der Kisten, welche die Mutter auf dem Deckel mit »Kaj« beschriftet hatte, lagen die Gegenstände, zärtlich und dicht nebeneinander verpackt, wie eine Portion neuer, unberührter Puzzlesteine. Die Dinge schlummerten sanft in der letzten Nacht des alten Lebens im Elternhaus. Und in derselben Kiste erwachten sie – am ersten Morgen im neuen Heim.

9

EINE DRITTE STIMME

Die Frage wurde in einer kurzen Pause zwischen dem trockenen Knistern von Klebeband und Pappkartonfetzen und dem steifen Prasseln von bis zum Rand gefüllten Müllsäcken gestellt. Draußen hatte der Tag bereits begonnen, die Falten des Lichts glatt zu streichen und es in seinen dunklen Wollfilzmantel einzuhüllen.

Sie tranken jeder ein Glas sauren Weißwein und hörten Reggae aus Kajs Handy, dessen mieser Lautsprecher jeden sanften Backbeat massakrierte.

»Was?«, fragte Kaj, nachdem er seinen Oberkörper aus einem Karton mit Küchengeräten manövriert hatte. Er hielt einen Wasserkocher in der Hand.

»Ich habe gefragt, ob wir nicht einfach heiraten sollen«, wiederholte Mimmi.

Das dicke weiße Stromkabel baumelte vom Kocher, als er sich mit großen Augen erhob. Er sah auf komische Weise zu Tode erschrocken aus, wie ein Kind mit einer Zwille vor einem zerbrochenen Fenster. Mimmi lachte. Dann grinste Kaj, und mit drei riesigen Schritten stieg er über Säcke und Luftpolsterfolie, um sie zu umarmen.

»Teufelsmädchen«, murmelte er in ihr dickes Haar. »Verrücktes Mädel …«

Schließlich hatte Kaj selbst den Gedanken auch schon gehabt, viele Male sogar. Aber er war doch zu nicht mehr als dem Verspüren eines Wunsches gelangt, wie eine Richtung ohne Absicht. Natürlich wollte er, aber durfte er?

Außerdem war dann das jüngste emotionale wie räumliche Durcheinander zwischen alle etwaigen Absichtserklärungen gekommen. Es war klar, dass er Leben, Not und Tod mit Mimmi verbringen wollte, eine andere Option gab es nicht für Kaj. Aber er selbst würde niemals so vermessen sein, Mimmi um so etwas zu bitten. Das Leben, das sie gemeinsam planten, war eine Sache – leicht auszuführende Tanzschritte, wenn man mal den ersten bewältigt hatte. Danach ging alles wie von selbst. Mimmi allerdings auf die Choreografie, der sie beide unabgesprochen folgten, aufmerksam zu machen und sie zu bitten, sich bewusst für ihn zu entscheiden, war gefährlich. Kaj hatte immer befürchtet, dass sie dann plötzlich aufwachen und aus dem verschlafenen und nach innen gewandten Rhythmus herausfallen würde – und erkennen, was sie da taten.

Aber natürlich antwortete er auf ihre Frage mit Ja, schließlich war er verrückt nach dieser Frau! Doch auch wenn die Initiative *von ihr* ausgegangen war, hätte er sie aufhalten sollen. Sie wecken und das Angebot ablehnen. Einfach deshalb, weil er sie so liebte. Doch so ein guter Mensch war er nicht.

• • •

Das Colaglas auf dem Fensterbrett wurde nur von den Straßenlaternen und einer bestickten Fensterlampe erleuchtet, als Mimmi zwischen Kajs vielen Taschen durch das Zimmer kreuzte. Das gedämpfte Licht der Morgendämmerung verlieh dem Raum eine Aura von Pornostudio. Sie hatten noch keine bessere Beleuchtung für ihr Heim gefunden, aber das würde in der kommenden Woche passieren, versprach sie sich selbst.

Hier in diesem Haus, wo sie, wenn es nach ihr ging, alle Tage gemeinsam frühstücken, schlafen und staubsaugen würden, sollte es hell sein. Im Falle eines Streits konnte einer von ihnen (Kaj) auf dem unbequemen Retrosofa schlafen, dessen dermaßen kratziger Bezug dafür sorgte, dass ein Filmabend, den man darauf verbrachte, sich anfühlte wie eine schlechte Akupunktur. Dann würden sie sich wieder versöhnen und in der Küche gemeinsam kochen oder jeder im eigenen Lieblingssessel lesen, mit den Zehen aneinander auf dem Orientteppich. Sie würden ein gemeinsames Bett und ein gemeinsames Zuhause haben.

Auch ein kaktusgrünes Sofa mit passender Recamière würden sie haben. Und zwar nur deshalb, weil Kaj, als sie diplomatisch vorgeschlagen hatte, das miserable Möbel doch zur Hölle fahren zu lassen, sie angesehen hatte, als hätte sie gerade angeboten, seinem Welpen das Genick zu brechen. Sie würde es niemals zugeben, aber Mimmi hatte sich nach seinen Dingen hier im Haus gesehnt: nach seinen kuriosen Secondhandschnäppchen, seinem Schrank, der nach Kardamom und Mottenkugeln roch. Und nach dem Sofamonstrum. Das wenigstens recht hübsch war. Und nach Kaj natürlich, ihrem *Verlobten*. Den zu vermissen oder zu lieben alles andere als schwer war.

Mit ihrer Schwiegermutter hatte sich Mimmi ein wenig schwergetan, wenn sie ganz ehrlich war. Laura war schwierig gewesen. Immer wieder unzugänglich und so abwesend, dass man sich manchmal fragte, wo sie sich eigentlich befand. Obwohl sie sich stets freundlich und höflich benahm, war Mimmi stets darauf gefasst gewesen, die Hand wegziehen zu müssen, um nicht gekratzt zu werden. Oder selbst zu kratzen.

Im Laufe der Jahre hatten sie dennoch zu einer recht guten Beziehung gefunden – vielleicht nicht traulich, aber sie dachte inzwischen doch mit gewisser Wärme an die Frau, die ihren Lebensgefährten geboren hatte. Am Ende, als die Schwiegermutter krank gewesen war, hatte man sie in der Klinik gepflegt. Mimmi, die dort arbeitete, war regelmäßig vorbeigegangen. Statt tiefschürfende Gespräche zu führen, hatten sie sich meist gemeinsam Wiederholungen von *Reich und Schön* angeschaut. Mimmi unbequem zurückgelehnt im Besucherstuhl und die Schwiegermutter komfortabel im Bett. Sie vermieden beide, die Büchse der Pandora zu öffnen und ihren jeweiligen Standpunkt darüber zu verkünden, ob Taylor oder Brooke die bessere Gemahlin für den polyamourösen Bridge abgeben würde. Über diese Frage waren sie nämlich einmal dermaßen in Streit geraten, dass Kaj, um Frieden zu schaffen, eine Flasche Likör für Laura kaufen und so tun musste, als wäre sie von Mimmi.

Als sie ihre Schwiegermutter zum allerletzten Mal sah, hatte Mimmi etwas auf dem Herzen gehabt. Während der Werbepause ergriff sie das Wort. »Ich würde gern etwas erzählen. Also, eine gute Sache, glaube ich.«

Die Frau im Bett hatte mit einem wachsamen Funkeln in den Augen unter der Haartolle auf die folgenden Worte gewartet. Dabei sah sie aus, als würde sie Übles befürchten, etwa, dass Mimmi plante, ihren Sohn nach Bergslagen in eine Sekte von sexuell übergriffigen Kommunarden zu entführen.

»Nun, es ist so, dass ich darüber nachdenke, Kaj einen Heiratsantrag zu machen.«

Beide Frauen schwiegen. Mimmi betrachtete abwartend das magere Gesicht ihrer Schwiegermutter, und ihre Erleichterung war groß wie die einer Bedürftigen beim Auffinden einer sauberen Toilette, als Lauras füllige Lippen sich zu einem Lächeln formten.

»Danke, guter Gott, dafür!«

»Du findest das also eine gute Idee?«

Besser, sie versicherte sich noch einmal, dass Kajs weiblicher Elternteil die Tragweite von Mimmis Willensäußerung bewusst war. Sollte sie das Gespräch vielleicht aufzeichnen? Oder eine Krankenschwester herbeirufen, die, falls die Schwiegermutter hinterher leugnen sollte, ein solches Gespräch je geführt zu haben, ihre Zustimmung bezeugen könnte? Aber warum sollte ich, dachte Mimmi und kam sich lächerlich vor.

Kajs Mutter antwortete mit einem Nicken und einem etwas schwer zu deutenden Lächeln. »Und jetzt, da du deins gesagt hast, muss ich meins sagen dürfen.«

Unter Lauras nun folgendem sprödem Husten hatte ihre Schwiegertochter Zeit, ängstlich zu werden. Mimmi malte sich Bedingungen aus: Dass die Überlassung des Sohnes auch die Sammlung von ausgestopften Vögeln der Schwiegereltern beinhaltete. Damit diese mit ihren wachsamen Glasaugen von einem zentralen Platz im Hause aus ihr Zusammenleben im Blick haben könnten. Gott …

»Über Kinder«, sagte Laura.

Oh, verdammt, nein, das ist schlimmer als die Vögel,

dachte Mimmi in leichter Panik. Ich nehme die Vögel, ich nehme die verdammten Vögel!

»Du wirst den Enkeln, die ich nicht kennenlernen werde, eine gute Mutter sein«, fügte Laura in milder Großzügigkeit hinzu. »Es ist mir nicht immer … so gut gegangen, aber ich glaube dennoch, dass Kaj und Gustav wissen, dass ich mein Bestes getan habe. Trotz allem …«

Mimmi lauschte schweigend, die Hände im Schoß verschränkt.

Laura nahm räuspernd Anlauf und krächzte dann: »Sag den Kindern, falls ihr welche bekommt, dass … die Großmama es gut gemeint hat. Und sag ihm, Kaj, dass immer Liebe da war. Er war niemals ohne, nicht einmal wenn ich nicht da war …«

Falls Mimmi über die Worte erstaunt war, zeigte sie es nicht. Intuitiv wusste sie, dass die Umstände keinen Raum für Fragen boten, und so strich sie ihrer Schwiegermutter nur übers Haar und sagte klar und sanft: »Das werde ich tun, ich verspreche es. Schlaf jetzt, meine Liebe.«

Und Lauras Blick war warm und hell gewesen, wie das fallende Abendrot im September.

• • •

Jetzt waren Kaj und sie verlobt, und die Schwiegermutter schlief für immer. Mimmi ahnte, dass Kaj, der romantischer veranlagt war als sie, dem Antrag vermutlich einen rosafarbenen Schimmer verpasst hätte. Wenn er es denn jemals geschafft hätte zu fragen. Das Romantische war nicht richtig ihr Ding, das gab sie gerne zu, zudem entsprach dies ja genau der selbstständigen Frau, mit der er fortan sein Leben verbringen würde, argumentierte Mimmi. Da konnte sie ihre Ehe auch gleich im selben sachlichen Ton einleiten, den sie für den Rest ihres gemeinsamen Lebens anzuschlagen beabsichtigte. Sie wusste, was sie wollte, und sie wollte Kaj. Nicht irgendwelches romantische Getue und von Harfen begleitetes Märchenspiel. Das war Mimmi in diesem Augenblick wichtig, aber Kaj durfte gern sein weiteres Leben lang versuchen, sie von den Vorzügen eines schwärmerischen Antrags zu überzeugen – weshalb sie kein schlechtes Gewissen plagte, nur weil sie den entscheidenden Moment ergriffen hatte.

»Da hast du dir aber was eingebrockt, mein Fräulein … bist du sicher, dass du dein Leben mit diesem Menschenwrack verbringen willst?« Kaj versuchte, seinen Ernst hinter einem selbstironischen Lächeln zu verbergen, während sie die bestellte Pizza aufschnitten.

Abel nutzte die Gelegenheit, elegant die Tatze über ihr Abendessen zu erheben und sich mit seinem rechtmäßigen Anteil Pizza zu versorgen, ohne auch nur einen einzigen Tropfen Tomatensoße zu verlieren.

Dieser Kater besaß *skills*, musste Mimmi anerkennend zugeben.

»Ja.« Sie zuckte lässig mit den Achseln. »Ich werde mich wohl erbarmen müssen.« Ihre hellen Augen leuchteten, und die Mundwinkel verzogen sich auf ihre charakteristische Weise zu einem zärtlichen Lächeln. Dessen Licht hing noch lange im Raum, und während sie kauten, sahen sie vor der Tapete kleine Staubpartikel in der Luft tanzen.

»Alles andere werden wir wohl sehen müssen …«, sagte Mimmi so leichthin, dass ihre aufrichtige Hoffnung sich so deutlich materialisierte, als wäre sie eine dritte Stimme bei ihrem Gespräch.

Eine sehr kleine zusätzliche Stimme mit Mimmis schönen Wangenknochen und Kajs Laktoseintoleranz.

Kajs Herz schlug so schnell, dass es sich anfühlte, als würde sein ganzer Oberkörper vibrieren. Wie eine in Panik geratene Hummel in einem Glas mit zu kleinen Luftlöchern, das jemand unsanft geschüttelt hatte.

Mimmi sah ihn schweigend und ernst an, wie er den Kopf senkte und sein Blick über das Muster des Wollteppichs flackerte. Die kleine Gestalt, die sie eben noch zwischen ihnen gesehen hatte, schien zu verschwimmen, bevor sie dann doch wieder klar und deutlich erschien wie auf einem rückwärts gespulten Videoband.

• • •

Mimmi nahm einen Stift mit dem Logo der Pizzeria in die Hand und probierte ihn mit ein paar Strichen auf der Quittung aus.

»So. Was schreiben wir?«

»Was? Worüber?«, fragte Kaj mit trockenem Mund und geschmolzenem Käse auf dem Schoß.

»In der Anzeige. Wir müssen doch eine Verlobungsanzeige an die Zeitung schicken, sonst ruft Ämmi alle Schrecken des Himmels auf uns herab!«

Kaj sah die Großmutter seiner Zukünftigen in Tornedalen vor sich und gab Mimmi recht. Das würde sie.

»Kann sie denn Schwedisch lesen?«, fragte Kaj nur mit verhaltener Ironie, da diese ältere Dame sehr respekteinflößend war.

»Du Dummkopf. Sie hat doch vierzig Jahre lang auf der schwedischen Seite gewohnt. Nur wenn du dabei bist, tut sie so, als verstünde sie nur Bahnhof.«

Kaj murmelte etwas Unhörbares, und Mimmis Stimme roch nach Oregano, als sie sich zu ihm beugte und in sein Gesicht flüsterte.

»Die Arme will doch nur mein Bestes. Und das Beste für mich wäre aus ihrer Sicht natürlich ein finnischer Elchjäger, der ihr in Rollatorabstand folgen würde, um ihre Kühltruhe immer wieder zu befüllen.«

Kaj stimmte ergeben in ihr Lachen ein. Er hatte wirklich sein Äußerstes getan, um mit Sirpa, Mimmis Ämmi, auf einen grünen Zweig zu kommen. Was sie nur dazu gebracht hatte, ihn gering zu schätzen – und zwar, wenn das überhaupt möglich war, noch geringer als zuvor. Um ihn zu erniedrigen, und das war ihr Ziel, da war Kaj ganz sicher, pflegte die Alte ihn mit raffinierten Fragen in Sachen Jagd zu foltern. Jagte er lieber mit Hälleforsare oder mit Laika? Wollte er mal das Auto ausleihen und eine Runde zum Schießstand fahren, damit die Büchse auch gerade schoss, wenn es so weit war? Und könnte er bitte so nett sein und aus der Kühltruhe im Keller Fleisch holen, aus dem man Frostknolle machen konnte? Die Tüten seien nicht bezeichnet, aber er würde sicherlich erkennen, welches Stück da passte.

Die ersten Male war er in die Falle gegangen und hatte zugegeben, dass er keinen Jagdschein besaß. Was Ämmi dazu veranlasst hatte, Mimmi vielsagend anzuschauen und die Lippen zu schürzen, sodass sie aussah wie ein gemeiner kleiner Wellensittich mit Insekten im Schnabel.

Die nächste Antwortstrategie für das hartnäckig wiederkehrende Fragespiel waren selbstironisch spöttische Übertreibungen zu seinen nicht stattgefundenen Heldentaten im Elchwald gewesen – versehen mit einem entwaffnenden Zwinkern, damit sie begriff, dass er nur Witze machte und in seiner Unwissenheit eigentlich doch recht niedlich war.

Mit biblischer Schwärze in den trockenen Augen hatte Mimmis Großmutter daraufhin sämtliche um den Tisch Sitzenden genötigt, sich an den Händen zu fassen und ein Gebet für seine lügenhafte Seele anzustimmen. Kaj nahm das jedenfalls an, sein Tornedalfinnisch war unterentwickelt, um nicht zu sagen, nicht existent, aber er war ziemlich sicher, dass es bei dem Vorgebeteten um ihn ging.

Kaj hatte sich geweigert, wie die anderen Betenden die Augen zu schließen, und gesehen, wie Mimmis gebeugter Kopf vor Lachen zitterte.

Die daraufhin folgende Strategie, um Sirpas Zuneigung zu gewinnen, hätte eigentlich idiotensicher sein müssen, doch auch sie trug keine Früchte. Er hatte an ihrem achtzigsten Geburtstag beim Lieblingsradiosender des alten Drachens einen Gruß – komplett mit Liedwunsch und allem – bestellt. Die Wahl stand zwischen »Ghettoblastertango« und einem finnischen Psalm. Sirpa und ihr Ehemann Ari hatten durchaus mehrere Jahrzehnte lang jeden Samstag die Tanzstunde im Gemeindehaus besucht, ein schneidiger Tango würde also vielleicht auf guten Boden fallen. Andererseits hatte Ämmis Religiosität, seit sie Witwe war, dramatisch zugenommen. Bildete sie sich vielleicht ein, damit ihre Chancen auf eine einfache Fahrt zum selben Ziel zu verbessern, zu dem der fromme Ari nach seinem Ableben gereist war?

Eigentlich fand Kaj, dass sie sich diese Mühe sparen könnte, denn ihre Reise ginge mit ziemlicher Sicherheit in die entgegengesetzte Richtung.

Er entschied sich dennoch für den Psalm und dachte dabei an Mimmi. Sie wäre stolz auf ihn ob seiner Anstrengungen. Ein bisschen Googeln der Kriterien »fein gestimmt« und »feierlich« hatte am Ende einen Titel ergeben, den er sich schließlich für Sirpa bei dem finnischen Radiosender gewünscht hatte.

Als Mimmi etwas später am achtzigsten Geburtstag ans Telefon ging, hatte Ämmis Stimme laut und innerlich aus dem Hörer getönt. Diese Sache war ihm gut gelungen, dachte Kaj und rieb sich insgeheim die Hände. Wäre doch gelacht! Jetzt hatte er sie am Haken und musste nur noch … Der Rest des inneren Feiertags wurde von der Lautstärke des Telefongesprächs übertönt. Sirpa war wirklich glücklich, sie schrie ihre Seligkeit fast heraus. Wie *schön*, einem alten Menschen an seinem großen Tag eine solche Freude machen zu können, dachte Kaj. Die Alte und er würden nun trotz allem eine gute Beziehung haben!

Kaum dass Mimmi aufgelegt hatte, zerbröselte Kajs stolzes Grinsen.

Ämmi war nicht glücklich.

So was von nicht glücklich.

Stattdessen behauptete sie, noch nie in ihren achtzig Jahren auf dieser Erde so unglücklich gewesen zu sein wie an dem Tag, als der Lebensgefährte ihrer Enkelin sie in ganz Tornedalen lächerlich gemacht hatte, indem er ihr im Finnmix einen Begräbnispsalm zugeeignet hatte.

Während Mimmi so ausgelassen lachte, dass sie Krämpfe im Gesicht bekam, gelangte Kaj zu dem Schluss, dass sein Ansinnen ein unmögliches Unterfangen war und Mimmis geliebte Großmutter eine Hexe mit einem Herzen, schwarz wie Salzlakritz.

• • •

Kaj hauchte seiner Verlobten einen Kuss auf den Mund – mit einem großen, schwarzen, in Pizzafüllung gebetteten Loch im Bauch. Denn er konnte nicht umhin, wenigstens zum Teil Ämmis Meinung zu sein: Vielleicht wäre ein gottesfürchtiger finnischer Trapper in orangefarbener Camouflage doch der Beste für Mimmi gewesen. Vielleicht bekäme sie dann, was sie sich wünschte und verdiente. Das, was er ihr nicht geben wollte, aber zu feige war, es zu gestehen – und zu verliebt, um zu sagen, er könnte es nicht.

10

SCHLANGENKINDER IM BRIEFKASTEN

Biera träumte, er stünde draußen an der Straße und würde mit der Axt hauen und der von der Sonne ausgebleichte Holzpfosten des Briefkastens verhielte sich stumm gegenüber den methodischen Schlägen.

Verflucht, was war das Holz hart geworden, die Fasern waren unmöglich zu teilen! Das Elend war wohl sauer geworden wie ein alter Holzkloben, aber es ging nicht anders. Der Briefkasten war schließlich voller Kreuzotternweibchen, die rauskriechen und den Hund beißen konnten! Er musste den Pfosten umlegen, sodass er die Schlangenkinder zertreten konnte, ehe sie sich rausschlängelten und auf dem Hof ausbreiteten. Wenn er diese lebensgefährliche Schlangengrube nicht ausräucherte, würde binnen weniger Jahre sonst der ganze Berg voll davon sein. Diese elenden Kriechtiere vermehrten sich unglaublich schnell, wenn sie die Möglichkeit dazu bekamen. Sobald er ihn herunterbekam, würde Biera wahrscheinlich den ganzen Briefkasten mit Rechnungen und allem darin abfackeln müssen – aber der Pfosten war zu allem Überfluss mit dem Frost im Boden zusammengefroren. Er versuchte, ihn aus seinem Eisbett zu zerren, aber er saß zu fest. Verdammt noch mal, was für ein anstrengender Traum das hier war! War es das denn? Ein

Traum? Es balancierte bedenklich nahe an der Grenze zum Wachsein.

Der Schweiß rann, und er schob die Mütze mit dem großen roten Bommel auf die Stirn hoch, ehe er die Axt erneut packte und deren Wange in den Pfosten beißen ließ – Stück für Stück, Splitter für Splitter.

Schlangen hier auf dem Hügel, den Gedanken ertrug er nicht.

Zum Teufel mit ihnen!

• • •

Noch mehrere Stunden nachdem er aufgewacht war, spürte er, wie die Handflächen von kleinen Holzsplinten brannten. Der Traum musste Vorahnung gewesen sein, stellte er fest und studierte die Falten, die über seine Hände liefen wie Ameisenpfade in lockerem Boden. Wenn die Traumwelt auf diese Weise an die andere Seite des Schlafes rührte, dann konnte das nur ein Zeichen dafür sein, dass die Ahnen ihm etwas Wichtiges zu erzählen versuchten.

Biera musste wachsam sein und öffnete seine Sinne für weitere Zeichen, von denen er wusste, dass sie auf die eine oder die andere Weise kommen würden.

Er knibbelte einen Splitter aus der Rundung der Fingerspitze und begutachtete seine Beschaffenheit – als ob dieser Traumsplitter verraten könnte, was noch verborgen war. Biera war immer noch nicht sicher, ob die Splitter sich in ihm festgesetzt hatten, während er schlief – oder ob er wach gewesen war.

II

SKÁJDDE-MÁIJA UND DIE VORAHNUNG

In früheren Jahren, als sie beide noch frisch und flink gewesen waren, hatten sie oft im Giettek Netze ausgelegt. Máriddja war stark im Rudern und hatte Hornhaut auf den Handflächen. Biera balancierte immer vorne im Boot mit dem Fischereigerät.

Das waren Stunden mit leicht zu atmender Luft und betäubendem Teergeruch in der Nase. Das Leben hätte immer helles Licht und Glück sein können, sie hatten ja schließlich einander, aber Kinder fehlten ihnen, und die Leere durchdrang die Tage als schwermütiges Hintergrundrauschen. Wie in Fleisch eingesprenkeltes Fett marmorierte sie ihre Gedanken. Nur draußen, mit der Natur um sich herum, war ihnen eine kleine Erholung vom nagenden Grübeln gegönnt. Sie fanden Kraft in der weißen Brust des abtauchenden Seeadlers, sie ruhten im pfeilschnellen Herumsausen der kleinen Hechte zwischen ihren Stiefeln am Bootsliegeplatz. Dem wartenden Hund, der immer mitkam, schenkten die Birken Schatten. Auch er war ruhig – und es ging ihm gut.

•••

Wie gewöhnlich neckte Biera sie, als er da stand und in das kalte schwarze Wasser des Teichs schaute. Den Bommel der Mütze keck auf die Seite geschoben, summte er bei der Arbeit. *»Skåjdde-Máija, lei jo …«* Máriddja schnaubte wie immer, doch ehe sie sich von ihm abwandte, sah er doch das Lächeln im Mundwinkel lauern.

Er verstummte und zog ein wenig an einem hakenden Netz, ehe er fast unhörbar weitersummte: *»… golmma gieldda fávru …«*, woraufhin sie ihm den zum Lenzen abgeschnittenen Saftkanister auf die Füße warf. Er lachte laut, sodass die Falten im Gesicht hervortraten, und machte einen Schritt hinunter auf die Sitzbank im Boot. Sie erinnerte sich, dass er die Stiefel aufgeschnürt hatte. Der Morgen war schon warm, und die Enden der Schnürsenkel schlugen gegen die Ducht, als er die Lenzschaufel mit der Schuhspitze beiseiteschob.

Er ist ein verdammt schicker Kerl, hatte Máriddja damals gedacht. Vor allem gerade jetzt, mit dem Glitzern der Vormittagssonne in den Augen und bei der Arbeit, wenn ihm der breite Messergurt auf den Hüften ruhte.

Die Anspielung auf den Joik »Deanu Máija« der Gruppe Tanabreddens Ungdom war ein alter Scherz zwischen ihnen. Máriddja und die Máija im Lied waren durch den Taufnamen Maria Namensvetterinnen. Im Samischen war der Name gebräuchlich und hatte eine Menge Varianten, wie zum Beispiel Máriddja oder Máija. »Gájmme« sagte man in ihrer Sprache, und unter denen, die diesen Namen teilten, gab es auch eine besondere Verbindung. Als Unverheiratete hatte sie Skåjdde geheißen, ein Nachname, der im Lulesamischen bedeutet: »Wo zwei Flüsse sich treffen«.

Eigentlich war es alles andere als eine Schande, mit der

Frau vom Deatnu im Jojk verglichen zu werden, die doch die Schönste von drei Gemeinden war, aber es war ein Teil ihres Rituals geworden. Máriddja tat so, als würde sie wütend, und Biera lachte und wurde von ihrer Missbilligung angefeuert. Sie kabbelten sich wie zwei alte Hunde, denen eigentlich schon völlig egal war, wem nun der Markknochen gehörte, und die nur noch einer Routine nachgingen, in der sie sich wohlfühlten.

• • •

Máriddja war zurück in der Erinnerung. In den Worten. In der Stimmung, die sich mit einem Mal wie ein Tiefdruckgebiet um sie herum ausbreitete. Sie sah, wie Biera sich schwerfällig niederließ, sodass das Boot sich im Wasser wie eine jammernde Mamsell mit den Händen auf den Wangen mal hierhin, mal dorthin neigte. Máriddja hatte eine Thermoskanne rausgeholt und schenkte ein: ihm in den holzgeschnitzten Kåsa und sich selbst in den Deckel der Thermoskanne. Oder war es umgekehrt? Hatte Biera den Stahlbecher bekommen?

Der Kaffee war heiß gewesen und hatte am frühen Morgen schön von innen gewärmt. Fast konnte sie noch das heiße Bittere von damals schmecken. Sie hatte Biera im Boot gegenübergesessen.

»Ich mache mir Sorgen um Risten«, sagte er, während der Kaffee in den Körper einsank.

Er blickte über das sie umgebende Fjäll, von dem ihr Boot und der Teich, auf dem sie sanft trieben, umarmt wurde. Seufzend atmete Máriddja aus.

»Sie ist keine kleine Rotznase mehr …«, wandte sie etwas lahm ein.

»Aber sie hat doch so verdammt viel *Unfug* in sich, weißt du. Sie macht Ärger und läuft schon mit Jungs rum, das kann nichts Gutes geben. Sie ist so unvorsichtig, nicht einfach offen, sondern weit aufgerissen wie der Schnabel eines jungen Vogels. Das gefällt mir nicht.«

Biera schob die Lippen eng über die Zähne, und seine Ehefrau musste unwillkürlich über seinen Vergleich lächeln. Vor ihrem inneren Auge sah sie den Ehegatten fürsorglich Würmer in Ristens weit geöffneten Schlund werfen.

»Du hast dir schon immer Sorgen um sie gemacht, das ist doch nur natürlich, schließlich ist sie deine kleine Schwester.«

Er nickte ungeduldig, als gäbe es noch mehr, was rauswollte, also beeilte sie sich hinzuzufügen:

»Sie ist doch so viel jünger als du … ich glaube nicht, dass sie viel schlimmer ist als die anderen Jugendlichen. Du hast einfach keine Ahnung von den jungen Leuten und davon, was … in ihren Körpern herumtobt«, meinte Máriddja ein wenig von oben herab, da ihr eigenes Wissen um das Gefühlsleben der Jugendlichen bemerkenswert gut und nuanciert war.

»Ach was«, murmelte er leise vor sich hin. »Das ist doch genau das Problem. Ich erinnere mich nur zu gut.«

Máriddja tat so, als hätte sie das nicht gehört.

»Ich … ich fühle mich verantwortlich. Jetzt hat sie doch nur noch uns. Als sie geboren wurde, waren die Eltern schon alt, und jetzt ist Eadni nicht mehr unter uns, und Isá schafft es nicht mehr.«

Doch, das war Máriddja alles frisch im Gedächtnis. Als sie und Biera angefangen hatten, sich zu treffen, war ihre Schwiegermutter offenkundig schwanger gewesen. Was Ella-Márge geleugnet hatte – bis sie wie eine Elchkuh vor Presswehen gebrüllt hatte und das Mädchen regelrecht aus ihr herausgepurzelt war.

»Mir ist einfach so mulmig dabei. Es ist, als ob … als würde das hier nicht gut gehen.« Biera schüttelte in böser Vorahnung den Kopf, ohne dass sich der Bommel auf dem Kopf bewegte.

»Pass auf, damit dich das Böse Ohr nicht hört!«, mahnte Máriddja.

Sie wollte Bieras lebendiger und fröhlicher sechzehnjähriger Schwester nichts Böses hier auf Erden – auch wenn die sich manchmal wirklich aufführte wie eine verwöhnte Prinzessin. Biera grummelte in seinen Kåsa hinein, sodass seine Stimme dumpf klang, als er die Mundhöhle von Wörtern leerte, um sie dann mit schwarzem Kaffee zu füllen. Und obwohl er nur geflüstert hatte, ehe er trank, schienen die Sätze von den Bergwänden um sie widerzuhallen und über die Wasseroberfläche um sie herum zu donnern.

»Ich habe Tränen in ihren Handflächen gesehen.«

• • •

Als Máriddja viele Jahre später erst an die Wärme in der Brust und dann an die Worte dachte, die der restlichen Fischtour einen Dämpfer auferlegt hatten, bereute sie, dass sie das Ziehen im Bauch nicht ernst genommen hatte. Dass sie sich nicht mehr um Risten gekümmert und sie geschützt hatte – sie alle geschützt hatte. Vielleicht wäre heute nicht alles so irrsinnig, wenn sie damals mehr auf Bieras Gefühl gegeben hätte.

Die alte Máriddja fasste sich an den Bauch und wiegte sich selbst auf der Küchenbank hin und her. Wie ein kleines Borkenschifflein im Sturm. Der Tag roch nach verdorbenem Fleisch.

Heute schmerzte es schlimm, sie vermochte ihre Gesichtszüge kaum in Schach zu halten. Biera schien noch nichts gemerkt zu haben, und das war wohl auch besser so, dachte sie mit Beklemmung.

Sie wollte schließlich nicht, dass er was wusste, sie wollte alle Verantwortung allein übernehmen – sie, Skájdde-Máija. Jetzt konnte der Rest kommen, wie er wollte, daran ließ sich nichts ändern.

12

SCHRITTE

Die Mülltüte quoll vor Zeug dermaßen über, dass ihm kaum noch etwas vom Plastikgriff blieb, womit er einen Kreuzknoten hätte schlagen können.

Der Schnee durchnässte die Socken in den Holzschuhen, und Biera klopfte mit dem einen Absatz gegen den anderen, um den Modder abzuschütteln. Die langen Unterhosen waren türkis und recht zerschlissen, zudem verlief über das eine Knie ein diagonaler Riss. Um den Hals trug er einen schmalen gestrickten Schal, der so gerade den Adamsapfel bedeckte und ständig in Gefahr war, von Máriddja kassiert zu werden.

Mit schwerem Gang schritt er weit aus. Genau wie er es mit seinen Worten tat. Als würde er mit einem schweren Sack über der Schulter auf hügeligem Gelände gehen, obwohl in Wirklichkeit Asphalt unter seinen Füßen war. So waren alle Männer und Frauen der Familie schon früher gewandert. Mit Lasten von Fleisch, Kiepen voller Multbeeren und mit der Wurfleine um den Oberkörper geschlungen. Auch Biera war stets so durch sein Leben geschritten: in Wald und Grund, über Moore, Unterholz und Fjäll. Seine Schritte waren von dem Leben, das er gelebt hatte, geformt worden. Das war nur natürlich.

Viele meinten, versagende Knie und gebeugte Rücken würden mehr als alles andere von der schweren Unterdrückung zeugen, die sie so viele Jahre hatten tragen müssen. Über so etwas dachte Biera nicht groß nach, er ging einfach weiter seinen Weg, mit derselben Schrittlänge wie immer.

Vielleicht sollte er eine Runde aufs Eis gehen und ein paar Reusen auslegen, sodass sie eine Lachsforelle fangen könnten, dachte er und griff den Müllbeutel neu, während er mit zusammengekniffenen Augen zum Himmel blickte. Das Plastik der schweren Tüte schnitt ihm in die Finger.

Das wäre gut, und das Wetter war für die frühe Jahreszeit erstaunlich milde. In ein paar Wochen würde es sinnvoll sein, mal einen Hecht zu fangen. Als Mahlzeit hielt er nichts von solch nutzlosem Fisch, aber anhand der Leber des Frühjahrshechts ließen sich die kommenden Wetterbedingungen vorhersagen. Wäre gut zu wissen, wie der Wasserstand in diesem Jahr aussehen würde, dachte Biera. Der Winter war spät gekommen und milde, aber reich an Schnee gewesen. Die Hechtleber würde ihm schon verraten, was er wissen musste, sie war nicht schwer zu deuten. War die Leber groß, dann würde die Frühjahrsflut reichlich sein, war sie klein, dann standen ihnen ein kalter Frühling und Sommer bevor.

Biera fand es klüger, sich auf die Zeichen der Natur zu verlassen anstatt auf die Meteorologen im Fernsehen, die für ganz Norrland nur eine einzige Wettervorhersage boten.

Das Knirschen der stampfenden Holzschuhe im Schnee erreichte die grüne Tonne, und er klappte den Deckel auf. Es war doch ein Elend, dass er es so in den Knochen haben musste, dass sogar ein derart einfaches Vorhaben schmerzte – und das, wo er doch immer so stark wie ein junger Bär gewesen war! Jetzt zog und knackte es in den Schultern, als wäre er ein alter Holzfußboden. Kein Wunder, dass sein Handwerk, auf das er so viel Zeit verwendet hatte, jetzt der Vergangenheit angehörte, er war einfach zu schwach geworden! Das Material, das er aus der Natur zu holen pflegte, war zu schwer zu tragen. Biera vermisste die Arbeit mit den Händen. Vermisste sogar die Schmerzen in den Fingern von der Ledernadel.

Er nahm Schwung mit der schweren Mülltüte, aber als er sie gerade einwerfen wollte, sah er im Licht der Lampe beim Windfang etwas Metallisches blitzen. Er streckte die Hand hinunter und bekam den Lauf seines Elchstutzens zu fassen.

Satan, die Ratten, dachte er. Wie, bei den Gebeinen seiner Ahnen, war denn *der* da gelandet?

Biera angelte das Gewehr heraus und wischte bekümmert etwas Kaffeesatz vom Griff. Offenbar saß wenigstens das Magazin nicht drin, aber auch nach dieser unmittelbaren Feststellung blieben doch noch viele Fragen offen.

Als er nachdenklich zurück zum Haus wanderte, spürte er, wie es ihn bis in die Seelenwurzel fröstelte.

Das Gewehr stellte er in den Garageneingang, dann verriegelte er die Tür mit einem Querbalken. Auf dem Weg zum Haus sah er am Dachfenster die zarte Gardine sich wie von einer breiten Bewegung ausbeulen.

Das erschreckte ihn so sehr, dass er seinen Snus ausspucken musste – als Vorwand dafür, im ererbten Schreiten innezuhalten. Das so tiefe Spuren hinterließ, von seinen eigenen schweren Lasten und denen der Ahnen. Wie es das immer schon getan hatte.

13

EIN DACHKAMMERWESEN

Eisenschmecken salzigschauen
Eis brennt in den Augenbrauen
Wächterbellen Herde verlorn
Kehrt gen Norden Blick und Horn

Biera drehte mit einem snusbraun verfärbten Daumen den Fernseher leiser und sah hinauf zur vergilbten Decke.

Was rumpelte denn da? Oben rumste und kratzte es auf unbekannte Weise. Der Fund in der Mülltonne hatte ihn ein wenig verunsichert, und er wusste nicht, ob er Geister oder seine Ehefrau dafür verantwortlich machen sollte, denn beide waren zu solchem Unwesen imstande.

Doch diesen Lärm erklärte nichts. Waren hier trotz allem die Unsichtbaren zugange? Versuchten sie, sich von oben Zutritt zum Haus zu verschaffen? Was zum Teufel sollte er dann tun?

• • •

Da war durchaus ein Wesen auf dem Dachboden, dessen Lärm rührte jedoch schlicht daher, dass es aufräumte.

Máriddja hatte in jedem Nasenloch einen Papierstopfen

stecken, um Staub und Bazillen nicht einatmen zu müssen, und je höher der Müllhaufen am Dachfenster wuchs, desto mehr spuckte sie aus und murmelte »*Ale boste!*«, um Krankheiten und anderes Übel zu vertreiben, das hier zwischen ihrem aufgestapelten Kram lauerte.

Ein großer, kaputter Akkja aus Holz, früher einmal hinter ein Zugrentier gespannt, wurde im fahlen Licht vom Fenster hervorgezogen. Den Nasenpfropfen nahm sie raus, um den Geruch des alten Schlittenleders wahrnehmen zu können. Aufbruch, dachte Máriddja und strich über das narbige Holz. Er roch nach Aufbruch und Zwang. Die Lederschnüre fühlten sich unter der Lebenslinie der Hand trocken und spröde an. Rissig. Wie das Familienband nach der langen Wanderung, die Biera und die Seinen einst hatten durchleben müssen.

Schade eigentlich, ein solches Kleinod wegzuwerfen, aber wer sollte heute noch Freude daran haben? Jetzt würde es nicht einmal zu Kaffeeholz reichen, entschied Máriddja betrübt, aber vernünftig.

Es gab ja niemanden, dem man die Erinnerungen des Familiengeschlechts vermachen konnte.

Sie und Biera würden in ihren letzten Jahren nur einander haben.

Es gab keine Kinder oder Enkel, die man aufsuchen konnte.

Niemanden.

Getreu der samischen Tradition hatten die Alten niemals ausgedient oder waren unerwünscht. Sie wurden mehr denn je gebraucht, denn sie trugen Weisheit und Erfahrung eines ganzen Lebens in sich. Ganz anders als die übrige Gesellschaft, die ihre Alten behandelte wie am Ufer zurückgelassene Wrackteile, waren die Alten der Samen das solide Schiff, das die Familie vorwärtstrug. Die sorgfältig umhegt wurden, damit sie so lange wie möglich da sein würden.

Auch krumme Finger durften mittun. Sie kochten Kaffee und putzten die Rotznasen der Nachkommen. Sie durften das tun, was sie noch konnten, und von dem erzählen, was sie wussten. Ihr Wissen und ihre Gegenwart wurden gebraucht. Máriddja dachte oft, dass wahrscheinlich deshalb so viele Samen so ein hohes Alter erreichten. Sie waren der Verbindungspunkt zwischen dem Vergangenen und dem Jetzt, ihre Geschichten waren die Gebärmutter der gesamten Sippe – und sie waren da und begleiteten die fortgesetzte Entwicklung der Familiennachkommen. Aber dafür war es natürlich notwendig, dass man Nachkommen hatte und es eine Fortsetzung geben würde. Dass die Äste des Stammbaums immer noch lebten und man junge, frische Menschen hatte, bei denen man alt werden konnte.

Mit Mühe schob Máriddja ihre finsteren Gedanken beiseite und bugsierte den alten Akkja zum Fenster. Umging einen schwarzen Sack mit Isoliermaterial, kehrte dann zurück und blieb mit in die Seiten gestemmten Händen stehen. Sah sich mit geradem Rücken unter dem niedrigen Dach um.

Hier hingen die Kolte ihrer Eltern ordentlich auf Bügeln zwischen den niedrigen Dachbalken. Die blaue Farbe war im Licht vom Fenster ausgeblichen, und die Wehmut zog ihr an den Herzwurzeln, als sie vorsichtig den Staub aus den Kleidungsstücken schüttelte.

Niemand würde jemals wieder diese Kolte mit ihren geflochtenen Bändern tragen. Die schönen zinnverzierten Bruststücke würden niemals mehr um jemandes Hals liegen.

Alle Geschichten, Sitten, Erinnerungen würden zusammen mit ihrem Stammbaum auf dem Land, in dem sie einst gelebt hatten, begraben werden. Ebenso Máriddja, die war jetzt ein sehr alter Mensch mit einem sehr bald bevorstehenden Ende, ob sie das nun wollte oder nicht. Das Geschlecht der Skájdde würde mit ihr beerdigt werden.

Im Unterschied zu den Vorvätern von Biera, die gezwungen wurden, nach Süden zu gehen, waren Máriddjas Ahnen vom alten Stamm, der aus der lulesamischen Erde gewachsen war. Ihre Ieddne und ihr Áhttje hatten zu denen gehört, welche die aus dem Norden kommenden Fremdlinge und ihre Rentierherden aufgenommen hatten.

Das war nicht leicht gewesen – weder für die noch für uns, dachte sie. Es hatte Zwietracht zwischen den Menschen gegeben, da sie gezwungen waren, sich das Land, das von jeher ihrer Familie gehört hatte, zu teilen. Sitten und Gebräuche waren unterschiedlich gewesen, ebenso wie ihre Art, mit den Rentieren zu leben. Die Grenzen, die im Süden gezogen wurden, und die Verordnungen, die damit einhergingen, hatten sie vergessen lassen, dass sie dennoch ein und dasselbe Volk waren.

Máriddja presste die Lippen zusammen, als ihr das Unrecht gegen ihr Volk in den Sinn kam. Darüber wollte sie nicht einmal nachdenken, geschweige denn reden. Die Verordnungen auf dem Papier unter dem Siegel der Krone waren für die Menschen hier oben mehr als Worte gewesen: Sie veränderten das Schicksal. Dabei konnten sie die Texte doch gar nicht lesen und sich noch weniger dagegen wehren. Die Papiere veränderten alles, und niemand hier oben ahnte, dass diese dünnen Blätter die Macht haben würden, das Land auseinanderzubrechen.

Zu Anfang hatte Máriddjas Wahl eines Ehemannes keinen Beifall gefunden. Biera hatte ihr auf traditionelle Weise den Antrag gemacht und bei den zukünftigen Schwiegereltern um ihre Hand angehalten. Mutter und Vater waren jedoch gutmütige Leute gewesen, die den Menschen unter dem protzigen nordsamischen Kolt gesehen hatten – und so zeigten sie bald ihr Einverständnis, indem sie den Kaffeekessel übers Feuer hängten.

Aber es wurde getratscht über das Skájdde-Mädchen, das sich mit einem Rotbommler zusammengetan hatte. Im Dorf schossen Widerwillen und Misstrauen wie giftige Pilze aus dem Boden, und ihre Eltern hatten sich durchaus das eine oder andere anhören müssen. Anfangs war es nicht leicht gewesen für sie und Biera, ganz und gar nicht. Der Zwist schlug solide Keile zwischen die Einzelnen in der Gruppe und machte es schwer, so zusammenzuarbeiten, wie der Alltag es verlangte. Aber es war gegangen. Nicht leicht, aber mit der Zeit waren die hohen Mauern teils zu messerscharfen Grenzen, teils zu breiten Gräben geworden. Zwischen denen konnte man sich zumindest um sein Eigenes kümmern, wenn man sich ins Zeug legte.

Vielleicht wurde unser Leben deshalb nicht mit Kindern erfüllt, dachte sie insgeheim. Weil die Erde unter dem Schnee, wo kleine Menschensamen ausschlagen sollten, von so viel Hindernissen und Elend befleckt gewesen war. Vielleicht waren Bieras Nachkommen hier in der Gegend ebenso unwillkommen, wie seine Eltern es gewesen waren, als sie kamen.

Oder aber ihr Fleisch war schlicht unfähig, Leben in sich zu tragen.

• • •

Máriddja spürte Bieras Unruhe im unteren Stockwerk und rief ihm zur Beruhigung hinunter, dass nur sie sich hier herumtrieb.

Um zu sortieren, aufzuräumen und wegzuwerfen.

Das Vergangene – und den morgigen Tag gleich mit.

Letzteres sagte sie nur zu sich selbst, es war unnötig, auch noch Bieras Sinn mit dem zu verfinstern, was sie plagte.

Hinter den Kolten der Eltern war sie auf eine schöne alte Kiste gestoßen von der Art, wie die aus dem Norden sie auf der Reise nach Süden mit den Rentierzügen transportiert hatten. Als sie den steif gewordenen Lederriemen aufknotete, der die Kiste geschlossen hielt, konnte sie die Schritte der Hufe vernehmen, das Bellen der Hunde und das Scharren der Schlitten, die den Harsch durchschnitten. Máriddja öffnete einen Spalt weit den Deckel der Holzkiste. Sie stand zwischen *ihren* Besitztümern. Die zurückgeblieben waren, nachdem *sie* – Risten – den Jungen genommen hatte und weggefahren war.

Selbst wenn sie und Biera gewusst hätten, wohin sie die Sachen schicken könnten, so hätten sie es doch nicht getan. Sie wären hinterhergefahren und hätten sie und den Jungen nach Hause geholt. Hierher, zu ihnen: Wo sie hingehörten. Sie hätten einen Strich unter all die harten Worte gemacht und das Leben weitergehen lassen. Da gab es so vieles, was man anders hätte machen können, ein ganzes Leben. Im Nachhinein war es ja leicht, klug zu sein. Jahrzehnte später waren Ristens Sachen immer noch da, sie hatten es nicht über sich gebracht, sie durchzusehen. Es war zu schmerzhaft gewesen und sie zu verletzt, nach dem Schicksalsschlag, der alles durchtrennt hatte.

In der Holzkiste lagen unordentlich hineingeworfene Bücher und Papiere. Máriddja nahm ein Buch mit dünnem Papierumschlag und schlug es auf. Über Blatt um Blatt floss die Handschrift ihrer Schwägerin in Tinte wie die Bläue der Frühjahrsflut unter dem letzten Schnee. Sie erschrak ein wenig, als sie erkannte, dass es sich um Tagebücher handelte. Beschreibungen und Seelenkarten vom Innersten einer unglücklichen und kaputten jungen Frau.

Es wäre unrecht, sich an den Geheimnissen eines anderen Menschen zu vergreifen, also würde Máriddja so etwas *natürlich* nicht einfallen. Noch während sie dies sich selbst sagte, zog sie eifrig die Kiste hervor, sodass sie leicht heruntergehoben werden konnte – später, oder sehr bald, wenn sie es sich recht überlegte.

Vielleicht war es Zeit für einen Abschluss. Vielleicht Zeit, auch sie zu vergessen und ihr zu verzeihen: Risten.

Und Gott vergeben – vielleicht sogar sich selbst. Und sei es nur, weil die Zukunft für sie verloren war, weil es nur noch die Restwärme zuvor gelebter Tage gab.

14

BRAUNE POLITIK UND BLAUE FINGER

Eines Samstagmorgens machte Kaj Bekanntschaft mit dem Ort. Mimmi schlief nach einer Nachtschicht bei der Arbeit aus, also nahm er sich allein des sachte heller werdenden Februarmorgens an. Er hatte nicht besonders viel überziehen müssen, denn der Wintertag war milde, und die Sonne hatte sich über die Baumspitzen gewagt. So blieb er stehen, schloss die Augen in ihrem Schein und nahm ein paar tiefe Atemzüge von der frischen Luft.

Es fühlte sich an, als würde er die wohltuenden Sonnenstrahlen inhalieren und durch sie von innen erleuchtet.

Er hatte sich noch nicht weit vom Haus entfernt, da kam er schon mit einem neugierigen Nachbarn ins Gespräch. Der ältere Mann hing im orangefarbenem Helly Hansen auf seinem Schneetraktor und sah aus, als wollte er sich selbst zu dem Anlass gratulieren, mal eine Weile nicht in dem verdichteten Schnee auf dem Hof herumfahren zu müssen. Er begrüßte Kaj über den Rand des Pflugs mit einem kräftigen Handschlag, der sich hinterher wie eine Vielzahl Mikrofrakturen anfühlte. Dann wischte sich der Alte mit der Hand einen Tropfen ab, der weit draußen auf der Nasenspitze hing, und zog das ganze Gesicht zusammen, um den Snusbeutel an den richtigen Platz unter der Oberlippe zu bringen.

Kaj bemerkte, dass der Mann, der sich als Micklas vorstellte, trotz Minusgraden keine Handschuhe trug und auch nicht den Eindruck machte, als würde ihn das stören.

Verstohlen sah Kaj auf seine neu gekauften Lovika-Handschuhe hinunter und schämte sich ein wenig für den fröhlichen kleinen Bommel, der herumkreiselte, wenn er die Arme bewegte. Also zog er wie zufällig die Wollhandschuhe aus und hielt sie stattdessen in der Hand – obwohl sich seine Finger gefroren und steif anfühlten.

»Gutwarmheute«, sagte der alte Micklas und kniff die Augen gegen die zwischen den Hausdächern einfallenden Sonnenstrahlen zusammen.

Kaj nickte zustimmend, denn die Schrittfolge in diesem Tanz war ihm nicht geläufig. Ebenso wenig die lokale Definition von *warm*. Der Alte schwieg entspannt eine Weile und betrachtete ihn.

»Wenn's jetzt nur nicht friert«, bemerkte er dann, nachdem er eine weitere Träne von der Nase entfernt hatte. Kaj zögerte und fragte sich, was das nun bedeutete, ob es buchstäblich oder bildlich gemeint war.

»Nein, das wäre nicht gut«, erwiderte er zögernd. »Dann wird es ja glatt, und man kann schlecht laufen. Auf der Straße und so. Also, für die Rentner«, fügte er hinzu, um seinem Verständnis im Falle möglicher Wetterumschwünge Ausdruck zu verleihen, um die es, wie er vermutete, bei der Aussage des Alten wohl ging.

Micklas warf ihm einen raschen Blick zu, als würde er darüber nachdenken, was nun Rentner mit der Sache zu tun hatten, schien sich aber dann zu entschließen, die Bemerkung mit zwei tiefen Einatmungslauten zu erwidern –

bei denen es sich, wie Kaj gelernt hatte, um einen lokalen Ausdruck der Zustimmung handelte.

»Und verdammt übel für die Tiere wird das«, ergänzte der Alte und sah Kaj im Einverständnis an, während er den Kopf angesichts böser Vorahnungen bedächtig schüttelte und dann wieder die Nase rümpfte, um den Snus umzumöblieren.

»Ja, die können natürlich auch ausrutschen und sich verletzen.« Kaj bemühte sich um eine entsprechend bekümmerte Mimik.

Jetzt starrte ihn Micklas an, die Grauer-Hund-Augenbrauen im wettergegerbten Gesicht hochgezogen.

»Jaa, juu … dachte mehr dran, dass sie unter dem Eis keine Nahrung finden …«, sagte er zögerlich und mit verstohlenem Seitenblick.

Kaj hatte das Gefühl, vor Scham zu einem kleinen Haufen aus modrigem gelbem Schnee zusammenzuschmelzen. Glücklicherweise war der Nachbar barmherzig genug, einzusehen, dass weder Wetterphänomene noch die örtliche Fauna zu den starken Konversationsgebieten des verfrorenen Neuankömmlings gehörten, und wechselte das Thema.

»Ihr seid das also, die bei Lundmans eingezogen sind?«, fragte er und nickte vage in Richtung auf ihr neu erstandenes Haus. »Schicke Hütte, das da«, fügte der Alte anerkennend hinzu, und Kaj streckte sich ein wenig.

»Doch, es ist schön.«

Der Alte brummte und murmelte dann unter dem Snus, dass sie sich wohl über einen Preis fürs Schneeräumen einigen würden.

»Jahaa, aber dann haben wir doch bereits miteinander geredet!«, rief Kaj, der überrascht begriff, dass vor ihm der

Traktorbesitzer stand, der ihnen Hilfe beim Räumen versprochen hatte.

»Stimmt«, erwiderte Micklas und grinste ohne ein einziges kleines Snuskörnchen auf der Zahnreihe, und das trotz des fetten Beutels.

Sein Blick verharrte plötzlich ohne Vorwarnung auf etwas hinter Kajs Schultern, und die Mundwinkel fielen wie von der Gravitation gezogen Richtung Boden. Kaj fuhr herum und sah einen Herrn ohne Kopfbedeckung und mit Augen, klein wie Leinsamen auf der anderen Straßenseite vorbeistampfen.

»Stinkekurt«, kommentierte Micklas, nachdem der Herr vorübergegangen war. »Politiker«, sagte er dann noch und schüttelte verächtlich den Kopf.

»Wird er Stinkekurt genannt?«, fragte Kaj ungläubig.

Micklas atmete eine Bejahung ein und grinste wieder. »Doch, der gehört zur braunen Partei«, sagte er, wobei er eine graue Augenbraue erklärend hochzog. »Du weißt schon. Die Schwäädenfroinde«, sagte er und wedelte mit allen Fingern der Hände in einer Art Kaninchenohrengeste, die aber mehr aussah wie das Winken eines kleinen Kindes.

»Ahaaa«, erwiderte Kaj, dem sich die geruchsbezogene Symbolik noch nicht erschloss.

Das schien der Alte zu merken und kicherte. »Kackbraun«, prustete er. »Wie Scheiße halt, hehe.«

Dann war das Gespräch offenkundig beendet, denn der Alte rief ihm über die Schulter zu, dass er das nächste Mal, wenn Kaj vorbeikäme, Kaffee aufgesetzt haben würde und dass er zum Teufel diese Handschuhe wieder anziehen solle, damit die Finger nicht dauerhaft blau würden.

• • •

Erstaunt setzte Kaj seinen Gang durch das Viertel fort und dachte über Micklas' politische Bemerkung nach. Er musste grinsen, der Alte gefiel ihm. Selbst hatte er auch nicht viel für diese politische Färbung übrig. Und um ihn herum piepten laut die zurücksetzenden Traktoren und schrappten mit ihren Schaufeln über die schneebepackten Straßen.

Kaj zog die Lovika-Handschuhe über seine von der Begrüßung immer noch schmerzenden Hände und ging weiter – vorsichtig, um nicht auszurutschen.

15

SAURONS AUGE

Als Kaj mit laufender Nase und steifen Gliedern wieder zu Hause ankam, merkte er am Duft von Obst, dass Mimmi aufgestanden war. Das scharfe Raspeln des Mixers bestätigte es: Der Frühstückssmoothie war in der Produktion. Er setzte sich an den Küchentisch, massierte seine gut gekühlten Zehen und erzählte von seinem Morgenspaziergang und der Begegnung mit den Nachbarn.

»Ich habe heute Nacht auch eine Frau kennengelernt«, sagte Mimmi und rieb sich ein Auge. »Supernett!«

Sie nahm einen langen Schluck vom säuerlichen, zähflüssigen Getränk, das heute kälter war als sonst, wie Kaj feststellen musste, und sah ihn mit munterem Eichhörnchenblick aus Augen an, die nur marginal weniger wachsam waren als gewöhnlich.

Mimmi war Ärztin bei der kommunalen Gesundheitszentrale, und diese Tätigkeit passte großartig zu seiner Verlobten, nicht zuletzt wegen ihres nicht existenten Bedürfnisses nach einem regelmäßigen Tagesrhythmus, der sonst von den Nachtschichten effektiv untergraben würde. Dies im Unterschied zu Kaj, der am selben Ort arbeitete, dem aber ihr ungebundenes Verhältnis zu Schlaf fehlte.

»Ich habe sie und ihren Freund für nächstes Wochenende zum Abendessen eingeladen. Nicht sonderlich professionell, aber es hat bei uns wirklich *geklickt*.«

»War sie denn deine Patientin?«, fragte Kaj, brach ein Stück Brot ab und schmierte es sich, während er milde das lebendige Gesicht seiner Freundin betrachtete. Es war, als würde er eine Szene aus seinem Lieblingsfilm sehen.

»Ja, Noomi, so heißt sie, kam gestern Abend mit einem kaputten Knie. Der Scooter war über sie gefallen, als sie draußen bei den Rentieren gewesen war, und die ganze Kniescheibe war rausgesprungen.«

»Oje. Dann ist sie Rentierhirtin?«, fragte Kaj und schob sich noch ein Stück Brot in den Mund.

»Ja, in Teilzeit, sie arbeitet aber auch als Testfahrerin auf den Seen in Arjeplog. Anscheinend machen das viele hier.«

»Sieh an«, sagte Kaj lächelnd.

Er wusste, dass Mimmi sich darauf freute, im Ort Freunde zu finden, und er wusste auch, dass ihr das keinerlei Schwierigkeiten bereiten würde. Mimmi passte überall hinein, und jeder fühlte sich in ihrer Nähe wohl. Sie war ein soziales Wunder.

»Ja, aber meine neue Bekanntschaft ist doch nur eine Kleinigkeit! Du hast schließlich eine ganze Gang Jungs kennengelernt!«, sagte sie kichernd und warf ihm einen schelmischen Blick zu. »Es wird so unglaublich spannend werden, Micklas und Stinkekurt kennenzulernen.«

Er täuschte einen Spuckangriff mit dem grünen Getränk in ihre Richtung an.

»Nein … aber Micklas war okay. Ein alter Knacker insgesamt, aber ein guter alter Knacker. Irgendwie in Ordnung. Ansonsten bin ich nicht wirklich auf jemanden gestoßen, mit dem ich was unternehmen wollte. Noch nicht.« Um

Kajs Mund legte sich ein ernster Zug. »Ich grübele wirklich viel über Mama und all das nach. Kann einfach nicht anders. Hab auch irgendwie mies geschlafen.«

Mimmi sah mit den Händen voller Keimlinge, die sie in Begriff war über den geräucherten Schinken zu streuen, von ihrem Butterbrot auf. Das Licht unter der Küchenlampe wirkte plötzlich scharf und die Luft schwer zu atmen. Wie Baumwollwatte.

»Geht es dir wieder schlecht?« Mimmi betrachtete ihn. Scannte wie nebenbei sein Gesicht, seine Haltung und seine um das Glas gelegten Hände. Kaj wusste, dass ihr Blick und sämtliche Antennen ihrer Intuition jetzt auf ihn gerichtet waren. Wie Saurons Auge. Sie schaute wie eine Sachensucherin unter alle Steine seiner Schlupfwinkel, hinter den Putz seiner Fassade, suchte nach dem schwarzen Ruß auf der weißen Kachel. Nach Churchills schwarzem Hund.

Er versuchte, seine Stimme zu festigen, und strich dem schwarzen Hund beruhigend über die angelegten Ohren. »Na jaa, vielleicht ein bisschen. Es war ja ziemlich viel. Mit dem Umzug und dem neuen Job und ja … das mit Mama auch. Wahrscheinlich sind es nur meine angeborenen Angstgefühle, die mit meinen Nerven spielen.«

Der Blick, den er ihr zuwarf, war amüsiert und spöttisch, aber sein Lächeln wirkte künstlich und ein wenig zu eilig. Mimmi brummte und ließ die Keimlinge fallen, die zum Teil auf dem Brot landeten, den Rest wischte sie mit den Fingerspitzen zusammen und stopfte ihn direkt in den Mund, während sie wartete.

Kaj klappte den Deckel der Butterdose zu und ließ sein Glas so rhythmisch kreiseln, dass die Tischplatte unter der Berührung wie hyperventilierend zischte.

»Ich bin vielleicht *etwas* dünnhäutiger als sonst«, gab er schließlich zu. »Gestern war richtig beschissen. Bei der Arbeit hatte ich nach der Kaffeepause eine Panikattacke, hab gezittert wie verdammtes Espenlaub und konnte mich nur mit Quadrat-Atmung beruhigen.«

Das Kreiseln des Smoothieglases war abgeflaut und verstummt und sein Ton leichthin, aber Mimmi wusste sehr wohl, dass seine Panikproblematik ihm schwer zusetzte.

»Oje! Aber warum hast du denn nichts gesagt, mein Lieber? Wodurch wurde es denn getriggert? Weißt du das?«, fragte Mimmi und sah ihn aufmerksam an, während sie sich das Essen einverleibte. Hauptsächlich, um eine Ruhe zu demonstrieren, die sie nicht verspürte, denn das Frühstück hatte schon längst aufgehört zu schmecken.

»Hm, na ja … schwer zu sagen, aber die Frau, die in der Rezeption aushilft, hat mit ihrem Schmollen über den neuen Einsatzplan alle Energie aus dem Raum gesogen.« Kaj schüttelte ein wenig den Kopf und fügte mit konspirativ leiser Stimme und rascher Wortfolge hinzu: »Und außerdem hatte sie eine Tunika mit einem so … grässlichen lila Paisleymuster an, dass ich unter den Tisch kriechen wollte.«

»Und bist du?« Mimmi sah ihn mit einem Zwinkern an.

Kaj lachte. »Ich sage dir, das Einzige, was mich davon abgehalten hat, war die Erkenntnis, dass der Geruch von den Füßen der Anwesenden wahrscheinlich noch aufdringlicher sein würde!«

Er riss die Augen in gespieltem Entsetzen auf. Sie lachten verhalten.

»Wann hast du deinen nächsten Telefontermin mit dem Therapeuten?«

»Übermorgen«, antwortete Kaj und stand auf, um ihre

benutzten Gläser wegzutragen und den Lappen vom Fensterbrett zu holen, wo er aus unklaren Gründen jetzt platziert war.

»Hör mal, es ist nicht schlimm. Mit jedem Tag, den wir hier oben sind, spüre ich die Lebensfreude zurückkehren. Mit jedem erfrorenen Zeh und jeder vereisten Windschutzscheibe werde ich ein wenig glücklicher.« Er grinste. »Und es wird super, deinen neuen *girl crush* und ihren Typen zu treffen! Die sind bestimmt wahre Glückspillen!«

16

SEHR SELTENE LITERATUR

Mimmis und Kajs Büchersammlung hatte in sechsunddreißig Umzugskartons gesteckt und nahm nun eine ganze lange Wand im Wohnzimmer ein. Kein einziges Buch war doppelt!

Das Zimmer erhielt allmählich die wohnliche und sakrale Atmosphäre, die nur Bücher verströmen konnten. Alte vertraute Freunde. Die anwachsende Reihe der Buchrücken auf den Regalbrettern schenkte Kaj ein Gefühl von Sicherheit und Abenteuer zugleich. Er nahm einen Band heraus und drehte ihn herum.

»Was haben wir denn hier? Ein Märchenbuch, Liebling?«, grinsend hielt Kaj ein gelbes Buch mit einem körnigen schwarz-weißen Umschlagbild hoch. »Aber nicht die Gebrüder Grimm, oder?«

Mimmi schob wie ein italienischer Mafiaboss warnend das Kinn vor. »Pass bloß auf! Kann ich mal sehen?« Und dann sah sie vergnügt erstaunt aus und nahm ihm das Buch aus der Hand. »Oh, tatsächlich das Märchenbuch! Das habe ich von meiner Lieblingslehrerin in Schwedisch bekommen, als sie in Pension ging!«

Sie strich über den Umschlag und blätterte vorsichtig in den buckligen Seiten. Es raschelte und knarrte laut und deutlich aus den Buchdeckeln – das Geräusch erinnerte an eine lange verschlossene Tür, die nun geöffnet wurde.

»Eins von den Märchen habe ich wirklich *geliebt*, ich glaube, deshalb hat sie mir das Buch gegeben. Hier ist es: Die Háldin! Soll ich es vorlesen? Willst du es hören?« Mimmi schob sich die Haare in einer raschen und eifrigen Geste hinter die Ohren.

Kaj hatte sich bereits mit geschlossenen Augen auf dem Teppich vor dem Fernseher zurechtgelegt und hielt jetzt einen Daumen zur Antwort hoch. Durch ihre finnische sanfte Sprachmelodie wirkte die Lesung erholsam und magisch. Behaglich ließ er sich im Fluss der Bilder treiben, auf denen Mimmis Stimme ihn schaukelte.

Erst hörte er zerstreut zu – und dann immer aufmerksamer. Als Mimmi ihn näher an den Höhepunkt der Geschichte führte, blinzelte er hellwach und ließ den Blick über die Decke wandern.

»Ich kenne diese Geschichte«, sagte er halblaut. »Wo kann ich die denn gehört haben? Kommt mir wie recht seltene Literatur vor.« Bestätigend ließ er seinen Fuß kreisen und hörte weiter zu.

Mimmi beachtete den Einwurf nicht, sondern schloss den Kreis der Geschichte, in der ein gebrochenes Versprechen alles kostete. Schweigend und mit einem kleinen Lächeln saß sie mit dem Buch auf ihrem Schoß da und verharrte in der Stimmung.

Kaj lachte ein wenig vor sich hin. Das war doch verrückt. Er konnte die Erinnerung nirgends verorten, begrüßte aber das freundliche und angenehme Gefühl von … Bekanntschaft. Es breitete sich wie eine warme Umarmung in seiner Brust aus und roch nach Wald, Arbeitsschweiß und Snus. Welche seltsamen Assoziationen, dachte er, grinste und stützte sich auf die Ellenbogen.

»Und wenn ich das richtig verstehe, ist die Moral von der Geschicht', dass man immer auf seine Ehefrau hören soll, oder?« Er lächelte mit frommer Ironie, während sein Herz immer noch taktfest vor Wohlbehagen klopfte.

Dann bekam er ein Geschirrhandtuch übers Gesicht geworfen – was wohl bedeutete, dass er die Lage richtig erkannt hatte.

17

KEIN GESCHÄFT MIT PERVERSEN

Vielleicht, vielleicht auch nicht hatte Máriddja bei einer Gelegenheit versucht, über eine Annonce im *Norrbottens-Kuriren* zwei Ziegen zu kaufen.

Das war gewesen, als sie immer noch ein ganz gewöhnliches Handy besessen hatten, das man kapieren konnte. Um genau zu sein: jenes Gerät, das Máriddja später dann in einer Mülltonne beim Krankenhaus versenkte.

Zuletzt hatte sie sich im Dasein ein wenig verloren gefühlt, und die immer dunkler werdenden Tage hatten sie närrisch gemacht. Eine Ziege oder zwei würden helfen, hatte sie gedacht, da sie von jeher eine herzliche Beziehung zur Familie der Ziegen hegte. Inzwischen hielten sie schon seit vielen Jahren keine Tiere mehr zu Hause. Nach dem geplanten Vieheinkauf, der von dem engstirnigen Busfahrer verhindert worden war, hatte Biera keine Lust mehr, und Máriddja hatte offensichtlich kapituliert.

Die neue Anzeige für zwei gesunde *lappget*, Mutter und Tochter aus der guten samische Ziegenrasse, zu einem bezahlbaren Preis in Vuollevárre hatte Máriddja aber doch schwer in Versuchung gebracht. Da sie drei Minuten später aktiv davon absah, die Sache mit ihrem Ehemann zu besprechen, fasste sie einen reifen und gründlich überdachten

Beschluss und rief den Verkäufer an, um das Geschäft zu machen.

Die geplante Transaktion war nicht gut verlaufen, obwohl Máriddja sowohl schamlos feilschte als auch die völlig nachvollziehbare Bedingung einer sofortigen Lieferung nach Hause vorgetragen hatte. Der Verkäufer mit offensichtlicher Charakterschwäche hatte ihr Gebot einfach angenommen, und das Gespräch hatte sich dann nett entwickelt, das Geschäft schien beschlossene Sache – doch weit gefehlt.

Möglicherweise hatte Máriddja auf die Worte des Mannes, sie solle den Betrag per Apple Pay bezahlen, fast verblüfft gekeucht und dem Verkäufer mit angemessen keuscher Kühle eine Lektion erteilt. Diese Sorte Unsittlichkeit könne sie wirklich nicht hinnehmen, obwohl sie ein sehr toleranter Mensch sei! Der Mann war berechtigterweise verlegen und vielleicht auch etwas verwirrt gewesen und hatte gesagt, dass man dazu lediglich eine App und eine Nummer brauche. Was die schlechte Stimmung noch entschieden gesteigert hatte, da es sein könnte, dass Máriddja etwas in der Art gesagt hatte, Leute wie er seien nicht würdig, Paarhufer zu besitzen, und den Verkäufer sogar einen Perversen genannt hatte. Dann hatte sie oder er den Hörer aufgeworfen, und fortan war unbestreitbar: Die Leute in der Nachbargemeinde waren gottlos und liederlich wie hungrige Wölfe.

Wie sie später einem erstaunten Biera erklärte, wollte sie sowieso nicht irgendeine verdammte Nummer oder gar inzüchtige Ziegen aus Vuollevárre haben. Nur dieser Teil der Geschichte war verbrieft!

• • •

Und das war nur eine der vielen Gelegenheiten, wo es verflucht praktisch gewesen wäre, ein Telefon zu besitzen, mit dem man telefonieren konnte, dachte Máriddja beleidigt an einem Februarmorgen. Biera und seine Käsescheibe von Obsttelefon!

Zum Glück konnte sie sich wenigstens durch die Morgenzeitung einen gewissen Ausblick erhalten. Sie hatten ihr Abonnement zwar schon vor vielen Jahren gekündigt, aber die Zeitung war weiterhin gekommen – kostenlos. Máriddja hatte den starken Verdacht, dass der Postillion Nuffe Nilsson das Ganze verursacht hatte. Er war ein wenig zerstreut. Sie hatte jedenfalls kein Überweisungsformular gesehen und auch nicht die Absicht, die Sache anzusprechen und sich damit womöglich eine solche Rechnung einzufangen.

Nee, Máriddja war der Ansicht, dass es sich geradezu um einen *zusätzlichen Lohn* für den Nachbarsjungen handelte, der als Landbriefträger arbeitete. Seine Nachbarn mit kostenfreien Abonnements glücklich machen zu dürfen, das war sicher auch für ihn sehr schön!

Und Máriddja gehörte nicht zu denen, die ihren Mitmenschen ihre Freuden missgönnten.

Wahrlich nicht.

18

EIN GEDRUCKTES ZEICHEN

Zur selben Zeit am selben Platz tags darauf lag die besagte kostenlose Lokalzeitung aufgeschlagen auf dem Tisch. Máriddja sah sich aufgeregt in der Küche um, suchte jemanden, mit dem sie ihre Entdeckung teilen könnte. Ihr Blick glitt über das Regal mit Kupfergeschirr und einem Stapel Kochbüchern und wanderte dann zurück zum Hochzeitsfoto im geklebten Rahmen, das an eine seit Langem vertrocknete Topfpflanze gelehnt stand.

Da war es! Das Signal, auf das sie so lange gewartet hatte! Klar wie der Tag, direkt vor ihren Augen.

Natürlich, lachte sie, mit aufgerissenen Augen und verschwommenem Blick auf das alte Bild von sich selbst und Biera starrend. »Natürlich, so muss es sein! Das hier ist nichts weniger als ein Zeichen!«, jubelte sie und tippte so fest auf die Familienseite, dass die Druckerschwärze in die Linien des Zeigefingers gedrückt wurde. »Hab ich es nicht gesagt!«

Máriddja erhob sich auf den krummen Beinen, schnüffelte zerstreut an ihren nun schwarzen Fingern und wanderte ein paar Runden mit verlorenem, ins Nichts gerichtetem Blick und tief in Gedanken versunken durch die Küche. Dann blieb sie stehen, schloss ein Auge und dachte laut nach.

Du liebe Güte, war das *wunderbar*! Diese neue Aussicht machte sie ganz berauscht. Die Jagd konnte beginnen! Um die Person zu finden, die sie suchte, würde man nicht länger nach der Nadel im Heuhaufen forschen müssen. Sie lächelte glücklich vor sich hin. Aber wie sollte sie jetzt vorgehen? Was sollte sie mit dieser neuen Information anfangen? Biera davon erzählen? Sie wollte es so sehr, dass es wehtat – doch nein. Wenn sie die falschen Schlüsse gezogen hatte, dann würde er sich womöglich ganz schlimm aufregen.

Was tun, was tun, was tun? Nun hatte sie das andere Auge geschlossen und murmelte vor sich hin, dann öffnete sie das erste, um besser nachdenken zu können.

Máriddja ging zum Tisch zurück, und die Finger arbeiteten ganz von selbst. Die Nägel mit den Trauerrändern nahmen das betagte Blatt Küchenpapier und breiteten es ordentlich über die Zuckerschale. Am Ende schob sie sorgfältig die Ecken unter die Schale, so, dass es auch liegen bleiben würde. Sie dachte nach. Keine losen Enden, Scheitern war keine Option. Sie schaute aus dem Fenster über die trockene Möchtegernwärme des Heizkörpers hinweg.

Oben auf der großen Straße war nur Schneegewirbel von den vorbeifahrenden Autos zu erkennen, das, noch lange nachdem die Autos schon weg waren, in den Reifenspuren zwischen den Pflugschneisen tanzte, ehe es sich wieder auf der Straße zurechtlegte. So lag die Fahrbahn da, wartend und kristallklar zwischen den Bäumen, die ihre Kronen senkten, um sich dann beim kleinsten Windstoß wie eine beeindruckende Wolke aus fliegendem Schnee zu erheben. Wie eine Illusion, ein plötzliches Blendwerk, durch das man hindurchfuhr.

Máriddja grummelte schlecht gelaunt vor sich hin, als sie erkannte, dass die offensichtliche Antwort direkt vor ihr lag. Genauer gesagt an einem Ladegerät, mit dem das Ding mit der Steckdose am Küchenfenster verbunden war: in diesem schwefeldünstenden Gerät, das vorgab, eine Telefonapparatmaschine zu sein.

19

DAS VON HERZEN GEWÄHLTE KIND

Sie waren nicht immer nur zu zweit gewesen.

Früher einmal waren Leute in der Hütte gewesen, Familie.

Leben.

Die alte Mutter Ibbá mit ihrem emsigen Nicken und den fleißigen Fingern hatte gewebt, Band um Band. Das Geräusch vom Webschiffchen und von dem Zwirnen des Garns, das um ihre Taille geschlungen war und sie mit dem Fenster verband, war seit Langem verstummt. Nur auf ihrem Stuhl stand immer noch eine Kiste mit zusammengefalteten Handarbeiten.

Schnürsenkel und Gürtel. Gürtel und Schnürsenkel.

Für Leute, die schon alles hatten, was sie brauchten.

Bieras Vater hatte am Ende auch bei ihnen gewohnt – da war das Licht in seinem Blick bereits verdunkelt gewesen, und er lag die meiste Zeit mit über der Brust gefalteten Händen und wartete. Der alte Gustu. Er hatte sich wohl danach gesehnt, wieder nach Norden zu gehen, seiner verstorbenen Ehefrau zu einem Ort zu folgen, den sie beide kannten.

Nach Norden – nach Hause. Bis dahin lag er da, mit einer zusammengerollten Decke unter dem Kopf, und verfolgte das Leben des Sohnes mit dem Blick. Sprach leise lachend, aber mehr als alles andere sehnte er sich – nach Hause.

Und dann war da ja das Kind.

Biera war mit einer kleinen Schwester gesegnet, die ein gut Teil Jahre jünger war als er selbst.

Risten war auf jeden Fall ein nettes Mädchen, doch von bedauernswert schwachem Charakter, was sie schon früh in Schwierigkeiten brachte. Sie war es, die mit dem kleinen Jungen gekommen war. Da war sie selbst nicht viel mehr als ein Kind gewesen, und der Vater des Babys war Säufer und ein schlecht beleumundeter Scheißkerl.

Als das Mädchen damals mit dem Kleinen auftauchte, war er noch so winzig, dass er nur aus zerknitterter zu großer Haut und einer riesigen Windel bestand. Kein einziges Härchen hatte das Baby auf dem Kopf, und es schrie, als steckte ein Messer in ihm.

Máriddja musste zugeben, dass Risten durchaus ihr Bestes getan hatte, aber dennoch nicht in der Lage war, dem Jungen eine wirkliche Mutter zu sein. Nicht erwachsen genug, nicht komplett genug.

Und peu à peu, ebenso unverkennbar wie die Wechsel der Jahreszeiten, hatte der Junge begonnen, ihre Blicke zu suchen und bei Biera und Máriddja Schutz zu erbitten, wenn er Trost und Nähe brauchte. Sie hatten Windeln gewechselt, auf dem Herd Brei gewärmt und seine kleinen Hände sich um ihre Finger schließen lassen, während Risten ihr altes Leben wieder aufnahm und erneut begann, um die Häuser zu ziehen.

Und sie waren von ganzem Herzen glücklich über dieses kleine Kind, das zu ihnen gekommen war. Das sie während der Nächte mit Koliken tragen durften und mit dem sie – je größer es wurde und je mehr es das ganze Haus und ihr ganzes Leben in Besitz nahm – lachen konnten. Denn Platz war ja da. Gott, ja, jede Menge Platz!

Vor dem Jungen hatte es nur eine Hoffnung und eine Sehnsucht gegeben. Viele Jahre des Wartens. Tränen über die Blutung, die jeden Monat kam, und über das, was nie kam.

Niedergeschlagene Blicke über den geblümten Tassen mit Morgenkaffee und tröstende Hände in einsamen Stunden. Zuversicht und Trostlosigkeit hatten sich in dem kleinen Haus abgewechselt, und Winter waren gegangen und Sommer waren gekommen – doch keine Jahreszeit hatte in Máriddjas Gebärmutter Leben entfacht.

Sie hatte vor allem Neid empfunden und Wut über die Natur, die ihre Herzschläge so ungerecht verteilte. Doch die Schwärze in ihrer Seele war von Lichtstreifen durchzogen worden, als der kleine Heaika-Joná ihr ganzes Leben zu erleuchten begann. Und am Ende gab es nur noch Freude – so war es gekommen. Da ihr eigenes Kind niemals kommen würde, wählten ihre Herzen das von jemand anderem.

20

ERSTE BEGEGNUNG MIT SIRE

Máriddja fühlte sich wie ein Schimpanse mit einer Kokosnuss, als sie mürrisch Bieras Telefon auf die Spüle knallte. Neben dem Telefonelend lag aufgeschlagen ein abgegriffenes und, wie sie zugeben musste, etwas in die Jahre gekommenes Telefonbuch von 1992.

Verdrießlich bemerkte sie, dass der Alte offensichtlich bedeutende Mengen des Alphabets rausgerissen hatte, vermutlich, um damit den Kamin anzufeuern. Dass einem aber auch nichts mal einfach gelassen wird, dachte sie missgestimmt.

Die übrig gebliebenen Seiten wurden durchgeblättert, und sie stellte fest, dass dieser Wälzer zu nichts mehr zu gebrauchen war. Trotzdem ließ sie das dicke Buch wie ein Manifest auf der Küchenzeile liegen, bevor sie das Telefon mit dem Blick fixierte und es ungestüm schüttelte.

»Und jetzt benimmst du dich mal ein bisschen!«, rief sie warnend, und weil sie gerade so in Schwung war, spuckte sie ein wenig auf das schwarze Display. *Und Teufel auch!* Máriddja nickte zufrieden über ihren Sieg: Das Telefon leuchtete auf, und eine unpersönliche Frauenstimme antwortete:

»Ich habe dich nicht verstanden.«

»Hallo!« Máriddjas Stimme klang kratzig, und sie räusperte sich ein wenig, ehe sie mit größtmöglicher Höflichkeit fortfuhr:

»Könnte das Fräulein mir vielleicht ein Ferngespräch vermitteln?«

»Ich helfe dir gern, einen Ort zu finden. Schalte dafür die Standortdienste ein«, teilte die Frauenstimme formell mit.

Standortdienste. Máriddja musste eine Weile nachdenken. Dann artikulierte sie deutlich:

»Nein, die Nummer reicht schon. Um irgendwelche anderen Dienste möchte ich das Fräulein nicht bitten.« Sie bemühte sich, freundlich zu klingen, doch die Nervosität erschwerte dies, gelinde gesagt.

»Ich biete viele Dienste an«, informierte die Stimme.

»Das ist ja schön und gut«, erwiderte Máriddja erstaunt und ein wenig ungeduldig. »Aber ich will nur reden, nirgendwo *hinfahren.* In Gottes Namen!«

»Gut. Lied Nummer EG 498 ›In Gottes Namen fahren wir‹«, erläuterte die Stimme dienstbeflissen, und aus dem Telefon strömten sofort Orgelmusik und ein salbungsvoller Männerchor.

»Was zum …? Ich will doch nicht irgendwelche religiösen Gesänge hören! Anrufen wollte ich!«

Der Chor artikulierte feierlich, und Máriddja erkannte mit zunehmendem Ärger, dass sich die Telefonistin über sie lustig machte.

»Da bin ich völlig … Eine maßlose Frechheit! Hältst du das vielleicht für *Humor,* sich mit alten Menschen einen Spaß zu erlauben? Ich höre sehr wohl, dass du nicht von hier bist, und das ist ein Glück! Denn das sage ich dir, da hätte ich ganz schnell rausgekriegt, aus welcher Familie du stammst, und … deinen Eltern klargemacht, dass sie sich für ihre *unzureichende* Erziehung schämen sollten! Hier oben …«

Weiter kam sie nicht, da hörte sie Biera sich auf der Toilette über irgendetwas beklagen.

»Vuoi … Máriddja, das Papier ist alle.« Er rief das, als hätte er gerade eine Anekdote mit tragischem Ausgang erzählt. »Wo ist denn dieses Telefonbuch, das sonst immer hier liegt?«

Im Telefonapparat war es still. Offensichtlich hatte das Fräulein vom Amt nach ihrer Salve aufgelegt. Máriddja warf dem unvollständigen Telefonbuch einen finsteren Blick zu und seufzte mit geschlossenen Augen über die Erkenntnis, wohin dessen Blätter verschwunden waren. Dann ging sie zur Toilette, öffnete die Tür und reichte die verstümmelte Sammlung von Telefonnummern hinein. Nicht ohne ihren Ehemann noch streng zu instruieren, wenigstens die gelben Seiten übrig zu lassen.

21

AUF ZUCKER TRINKEN

Micklas klopfte und kam sofort reingestiefelt, ohne sich die Mühe zu machen, seinen Besuch anzukündigen oder darauf zu warten, dass jemand öffnete. Neugierig schaute er sich um, dann ging er in die Küche und legte ein in Folie eingeschweißtes Paket mit geräuchertem Lachs auf die Spüle. Auf den Küchentisch platzierte er eine Tüte Zimtschnecken.

Er behielt die Schuhe an, was Mimmi und Kaj ein wenig seltsam fanden. Doch da er vorm Windfang wie in einem pedantischen Ritual mit ihrem neu gekauften Besen Schnee gefegt hatte, machte das nicht viel aus. Mit einer knotigen Hand drehte er einen Küchenstuhl vom Tisch heraus und setze sich, bequem zurückgelehnt, hin. Ohne die Jacke abzulegen – er zog nur den Reißverschluss auf der Brust ein Stück herunter.

»Jaha, hier habt ihr es ja recht gut, sehe ich. Gibt's Kaffee?!«, fragte er mit einer Geste Richtung Zimtschnecken. »Ich trinke auf Zucker«, kündigte er an, getreu der norrländischen Sitte, ein Stück Zucker zwischen die Vorderzähne zu klemmen und dann den Kaffee quasi hindurchzusaugen.

Dann tauchte unerwartet ein Junge mit wachen Augen, Pelzmütze und verschneiten Schuhen auf. Er schlitterte durch die Eingangstür und setzte sich neben Micklas.

Mimmi und Kaj starrten verblüfft auf die unerwarteten Gäste, von denen der jüngere ihnen beiden völlig unbekannt war.

Doch Micklas machte kein großes Wesen um die ganze Sache, sondern sagte nur, während er sich nach dem Kaffeekessel umschaute, wie nebenbei: »Johánás. Mein Enkel. Hat euer Garagentor freigeschaufelt.«

Johánás sagte nichts, sondern legte nur seine dicken Handschuhe auf den Tisch und nahm sich eine Zimtschnecke.

Kaj war beleidigt, da seine männliche Kompetenz als Schneeräumer beiseitegefegt worden war, und das ausgerechnet von einem *Kind*. Erst am Morgen war er nämlich selbst draußen gewesen und hatte den Schnee, der nachts gefallen war, weggeschaufelt. Außerdem hatte sich der Neuankömmling auf seinen Stuhl gesetzt. Er warf dem Kind rasch einen bösen Blick zu, den es – mit kleinen Milchzähnen Zimt mahlend – abschätzig erwiderte.

»Ja hallo! Möchtest du Milch zu der Schnecke?«, fragte Mimmi den kleinen Besucher sanft, der daraufhin höflich Ja und Danke sagte. Kaj verstummte und dachte, dass es doch ein Rätsel war, wie sich seine Verlobte immer in allen Situationen zurechtfand.

Abel schnürte herein, zögerte offenkundig, bevor er die Situation für gut befand und liebkosend am Bein des Jungen entlangstrich. Als Dank bekam er einen backwerkfettigen Kopfstreichler.

Kajs Augen wurden zu schmalen Strichen, als er sein verräterisch anpassungsfähiges Haustier betrachtete, das geschmeidig die nassen Flecken auf dem Boden vermied, welche die Schuhe von Micklas' Enkel überall verteilt hatten. Selbst spürte er, wie eine seiner Socken bereits durchweicht war.

Doch ebenso plötzlich, wie sie gekommen waren, hatten die Besucher gedankt und waren nach draußen ins Winterlicht verschwunden. Mimmi saß noch und genoss mit geschlossenen Augen den geräucherten Fisch. Kaj zog seine nasse Socke aus und wischte damit und mit seinen Zehen die Pfützen aus geschmolzenem Schnee auf, die den Stuhl des kleinen Gastes umringt hatten.

»So ein kleiner Rotzbengel!«, murmelte er verdrossen.

»Ich fand ihn süß«, sagte Mimmi, legte die Füße auf den Küchenhocker und kaute weiterhin zurückgelehnt und mit geschlossenen Augen. »Verdammt, ist das gut!«

Kaj murmelte etwas über ihre mangelnde Fähigkeit, eine Katastrophe zu erkennen, wenn sie eine nahen sah, und Mimmi gab zurück, er möge still sein und den göttlichen Fisch probieren.

Kaj stand auf, dann trat er mit düsterer Miene ans Fenster in der Diele, um zu sehen, ob ihr Besen die barschen Umgangsformen, denen er durch Micklas ausgesetzt gewesen war, überlebt hatte. Dann kam er zum Tisch zurück.

»Der Besen hat es überlebt. Die machen hier echte Ware«, informierte er.

Mimmi lachte laut.

22

SISU

»Wie ist es denn jetzt bei der Arbeit?«, fragte Mimmi. Das war ein paar Wochen nach dem Umzug.

»Na ja«, antwortete Kaj müde. »Ich glaube schon, dass es irgendwann gut werden wird, aber es ist so viel, was ich neu lernen muss, dass mir immer noch ein bisschen schwindlig ist. Und aus der Zeit von Vorgänger Bjarne liegen da immer noch stapelweise Fälle auf meinem Tisch, die darauf warten, dass ich mich ihrer annehme. Hauptsächlich Routinesachen.« Kaj zog, während er sprach, mit den Zehenspitzen an einem Flickenteppich.

Sie hatten das Haus inzwischen richtig schön in Ordnung gebracht. Der Kühlschrank war gut gefüllt, und über dem Küchentisch hing eine große Fünfzigerjahrelampe, auf die zu verzichten Kaj nicht einmal *erwogen* hatte.

»Sollst mal sehen, du bist ganz bald wieder draußen bei den Patienten unterwegs. Es ist ja immer viel Dokumentation und Bürokratie, ehe man in Gang kommt.«

Er gab ihr recht. Das tat er oft und nicht ohne Grund. Mimmi schob summend die Kräuter auf dem Gewürzregal hin und her, und Kaj hockte sich in die Diele und streichelte Abel den weichen Kopf.

»Guck mal hier!«, hörte er sie sagen. Er ging mit dem Kater auf dem Arm in die Küche zurück und schaute auf das Papier, das sie in der Hand hielt.

»Das hing in einer Tüte an der Türklinke, kurz nachdem ich die Schlüssel bekommen hatte. Offenbar habe ich vergessen, es dir zu geben.«

»Ah … dann ist das bestimmt die Nummer von Micklas wegen dem Schneeräumen. Der Verkäufer hatte mir versprochen, sie vorbeizubringen. Aber jetzt haben wir ja schon alles mit ihm geklärt.«

Abel warf einen desinteressierten Blick auf das Dokument und wies dessen Bedeutsamkeit zurück. Kaj strich ihm über den Pelz, woraufhin das wollüstige Tier mit geschlossenen Augen schnurrte. Zuletzt hatte der Kater sich herabgelassen, sein Herrchen zu begnadigen, da dieses ihn sowohl mit einem sündhaft großen Stückchen Butter bestochen hatte als auch genau an der richtigen Stelle unter dem Kinn kraulte. Sie waren jetzt fast quitt.

»Nein, wohl eher nicht die Nummer«, sagte Mimmi ungeduldig und zeigte auf die Plastiktasche auf der Spüle, in der die Mitteilung gekommen war. Kaj trat mit gerunzelten Augenbrauen näher und lachte dann, als er den in schwarzen Druckbuchstaben geschriebenen Namen auf der Vorderseite sah.

»Ist das wirklich für dich? Was ist denn das für ein Name?« Mimmi gelang das Kunststück, ihn sowohl zu beobachten als auch Teller in den Oberschrank zu stapeln.

»Liebes, das ist doch mein Name! Mein Taufname. Zum Glück haben mich meine Eltern den Namen ändern lassen, als ich in die Schule kam.«

»Das sieht ja fast finnisch aus, was?«

»Tja, meine Mutter war eben durchaus ein wenig von

finnischer Herkunft«, erwiderte er in lässigem Ton und gab ihr einen Kuss auf den Kopf. »Spätestens als ich die Saunaprobe mit deinem Vater bestanden habe, muss dir doch wohl klar gewesen sein, dass ich *sisu* besitze, oder?«

Mimmi lächelte und schnaubte ihn mit zusammengekniffenen Augen an. Er setzte sich auf einen Küchenstuhl, dann beugte er sich vor, um zwischen den Tischbeinen das Ladegerät seines Handys aus der Steckdose zu ziehen. Abel kuschelte sich in einen heimatlosen Stapel Küchenhandtücher.

»Hast du eigentlich das Kuvert auf den Briefkasten gelegt?«, fragte Mimmi und schloss eine gellend quietschende Schranktür.

Kaj tauchte mit dem anderen Ende des Ladekabels in der einen und Mimmis Haarbürste in der anderen Hand auf. Letztere legte er auf den Schrank unter der Wanduhr und schloss sein Telefon an Ersteres an.

»Schon lange, mein Herz!«, seufzte er mit gespielter Resignation in der Stimme. »Apropos, da habe ich sogar meinen ganzen Namen hingeschrieben, wie ein kleines Zwinkern Richtung Tornedalen.«

»Haha, du Schleimer! Hast du das Ringsymbol genommen?«, fragte Mimmi hinter einer neuen Schranktür.

»Ja doch, ich hatte Angst, dass Ämmi die Champagnergläser nicht gefallen würden. Also blieb nur das. Was machst du eigentlich dahinten?«

Die Schranktüren knallten, und im Takt mit Mimmis Fortschritten offenbarten sich zufällig ausgewählte Gegenstände auf der Spüle.

Eine Karaffe, eine Käsedose aus Wurzelholz, Teak-Eierbecher und eine fantastisch abstoßende Vase in Gelb und

Blau mit Elchen drauf. Kaj starrte die Vase an, als wäre er ein Teenager und sie eine Rivalin, die er nun mittels Psychoterror die Hierarchieleiter nach unten befördern würde.

»Ich suche.« Sie fluchte leise auf Finnisch, als etwas, das wie eine Fernbedienung aussah, in einen Topf fiel.

Plötzlich hielt Mimmi eine Plastiktüte mit eckigem Inhalt hoch und rief triumphierend: »Hier!« Sie ließ die Fernbedienung mit den Knöpfen nach unten im Topf liegen und stieg, das Gesicht in der Tüte, hinunter auf den Küchenteppich. Dann angelte sie eine Reihe Bilderrahmen in Originalverpackung heraus und sah zufrieden drein.

»Was willst du mit denen machen?«

Kajs Telefon piepte, und er schaute schnell auf das Display, um zu sehen, worum es ging, legte es aber wieder weg.

Der Kalender machte ihn auf die Müllabfuhr aufmerksam.

»Ich hatte vor, ein paar von Lauras Bildern einzurahmen, wenn du nichts dagegen hast.«

Kaj lächelte in ihr erwartungsfrohes Gesicht.

»Du bist so eine Feine«, sagte er und stand auf, um Haarbürste und Fernbedienung an ihre angestammten Plätze zu bringen. »Das wird superschön.«

23

BILDER

Als Kaj von der Arbeit nach Hause ging, war der Nachmittag kalt und klar. Er genoss den Spaziergang, obwohl sich sein Gesicht anfühlte wie ein Metzgereiprodukt im Tiefkühlfach. Vorm Haus stehend, betrachtete er etwas unzufrieden die schnurgeraden Wege im Schnee auf den Nachbargrundstücken, und die Stiefel blieben fast von selbst auf der Auffahrt stehen, durften ein wenig auf der Stelle treten, und die Zehen in den Schuhen durften wackeln, damit sie trotz der selbst gestrickten Wollsocken, die seine Schwiegermutter ihm zu Weihnachten geschenkt hatte, nicht einfroren.

Er würde wohl an seiner Technik arbeiten müssen, dachte er und betrachtete seinen eigenen geizig bemessenen Pfad zum Haus hinauf. Der war schmal und bog abwechselnd nach innen und nach außen ab, während die Räumkanten rechts, die dem Witwer mit Arthrose gehörten, pedantisch symmetrisch wie Badezimmerkacheln geformt waren. Das Nachbarpärchen gegenüber mit den gehäkelten Halbgardinen trumpfte mit einem imposant geriffelten Korridor auf, der fast wie mit der Pistenraupe gezogen aussah. Feinkörniger Sand in raffinierten Mustern machte ihn garantiert rutschfrei und irritierend elegant. Die

Frau winkte ihm gerade zu, während sie mit Präzision etwas auf die Treppe vor dem Haus warf. Er erhob den Handschuh mit einem festen Griff um den Hausschlüssel auf der Innenseite der Wolle zum Gruß. Hallo, hallo.

Was machte die da eigentlich? Es sah aus, als würde sie die Schneewehen am Haus mit etwas Schwarzem bestreuen. War das Erde? Mitten im Winter? Nein, genug jetzt! Kaj versuchte, sein Interesse an der Tätigkeit der Frau zu verbergen, indem er die Schneemütze vom Briefkasten fegte. Als er die Augen zusammenkniff, um den schwarzen Puder, der um die Frau herumstob, besser sehen zu können, musste er erkennen, dass es sich möglicherweise um Asche handelte. Der Eimer, den sie in der Hand hielt, sah aus wie der, den er im Heizungskeller hatte beiseiteschieben müssen, um Platz für Mimmis Blumentopfsammlung zu schaffen.

Aber er begriff nicht, warum die Dame Asche in den Schnee warf. Im Windfang und auf den Treppenstufen hätte er das verstehen können, denn davon schmolz wahrscheinlich das Eis, und man konnte weniger leicht ausrutschen. Aber in den Schneewehen? Sie sah nicht dement aus, und ihre Armbewegungen schlossen eine Zwangsjacke unter der Daunenjacke aus. Nein, das hier konnte er nicht begreifen. Er würde es googeln müssen, denn er war an allen verfügbaren Hacks interessiert, die Erfolg im Umgang mit Schnee versprachen. Hier ging es um Ruhm und Ehre!

Kaj stampfte den Schnee auf der genoppten grünen Plastikmatte mit entschlossen reißenden Bewegungen ab – wie eine Katze, die ihre Exkremente vergrub. Wenigstens war er anständig gekleidet, dachte er, entledigte sich der plustrigen Schneehose und ließ sie auf den Boden fallen.

Den dicken Pullover behielt er an, er öffnete nicht einmal den Reißverschluss am Hals, sondern zog die Schultern bis zu seinen roten Wangen hoch und zitterte.

• • •

Mimmi hatte zwei der Zeichnungen seiner Mutter an die Wand zwischen Wohnzimmer und Diele gehängt. Etwas schlingpflanzenhaftes Grünes in einer Hängeampel langte mit seinen Blättern über die Oberkante des Bildes, auf dem der alte Mann zu sehen war. Das sah schön aus, dieses Bild war sein liebstes. Das entspiegelte Glas in den hellbraunen Holzrahmen ließ die Bilder auf eine Weise alt aussehen, die ihm gefiel.

Um seine Oberbekleidung nicht ausziehen zu müssen, blieb er in den dicken Socken vor den Werken stehen, die er aus dem Schrank seiner Mutter gewählt hatte.

Eine von Mama Lauras psychedelischen Blumen hatte Mimmi auch dazugeschmuggelt, in die war sie seltsamerweise schon immer verknallt gewesen. Wirre bunte Sachen, mit Formen bei den Gewächsen, wie man sie in der Flora fand, aber zusammengesetzt mit anderen Dingen, die bei üblichen Pflanzen nicht vorkamen. Rosen mit Blütenblättern aus geflochtenem Rattan fand Kaj seltsam, aber dennoch ein wenig faszinierend. Sie waren flankiert von einer futuristischen Glockenblume und etwas, das möglicherweise ein Maiglöckchen darstellte, allerdings mit kleinem schnörkeligem Schmuck anstelle der Blüten. Sie schwebten in einer Reihe ein Stück über dem Gras, das auf der unteren Kante des Gemäldes wucherte. Als wären die Blumen aus dunstigem Nebel herausgewachsen. Seltsam. Kaj stand dem

Kürbisbrokkoli entschieden zögerlich gegenüber, aber er passte sehr gut zu der unfertigen Zeichnung, die den anderen Teil der Kunstsammlung ausmachte.

Sein Blick fiel wieder auf das Bild des alten Mannes. Er zog den Holzhocker, der für das An- und Ausziehen von Schuhen gedacht war, heraus und sah zu dem Porträt hoch. Schniefte ein wenig nach dem Wetterumschlag, dem seine Nase ausgesetzt worden war. Zwischen der viereckigen erhöhten Platzierung der Rahmen an der Wand verliefen in der Struktur der Tapete dünne, bleiche Blumenranken.

Er erinnerte sich daran, wie seine Mutter das Bild gezeichnet hatte. Es war Abend gewesen, sie hatte, die Beine unter ihrer langen Strickjacke mit den großen dreieckigen Knöpfen hochgezogen, am Fenster gesessen. Der Fernseher im Wohnzimmer war leise gestellt, die flachen Lederschuhe seiner Mutter waren ordentlich wie Zinnsoldaten auf dem Schuhregal aufgestellt. Sein Vater war mit dem Auto unterwegs gewesen, die Tischlampe in der Diele warf einen milden Schein über die kalten Schlüssel, die Kaj damals im Eingang vor dem Ausziehen der Schuhe abgelegt hatte. Laura hatte ihn nicht kommen hören, sie hatte still am Fenster gesessen, zwischen den Fingern bewegte sich in sanftem Griff ein Bleistift.

Im tiefen Fenstersturz war eine Pelargonie verblüht. Ihre abgefallenen Blütenblätter lagen matschig und satt auf dem weiß gestrichenen Holz wie verschmierter roter Lippenstift auf Zähnen.

Kaj grüßte leise und legte die Post, die er aus dem Briefkasten geholt hatte, auf die Dunstabzugshaube in der Küche. Er schenkte sich eine Tasse Kaffee aus der Maschine ein und ging zum Lehnstuhl, auf dem seine Mutter kauerte. Der

Bleistift zwischen ihren gepflegten Nägeln zitterte eine Ahnung über die Zeichnung eines Gesichts.

»Hallo, mein Lieber«, sagte sie, ohne aufzublicken. Er ging zu ihr, schaute über ihre Schulter auf das Papier und nahm einen Schluck aus der Tasse. Der Kaffee war kalt geworden und schmeckte am Gaumen bitter. Er umfasste ihre Schulter als Begrüßung. Sie atmete langsam durch die Nase aus. Ihr Gesicht war eine wohlabgewogene Leinwand reifer Eleganz mit reichlichen Mengen Schminke und sorgfältig ausgefüllten Falten. Der kräftige Pagenschnitt lag unbeweglich ums Gesicht wie ein dezenter Helm aus Silber und Schwarz.

Seine Mutter war eine geschickte Zeichnerin, und der Mann auf dem Papier schaute ihn mit halb geschlossenen Augen unter schweren Lidern lebendig und ausdrucksvoll an. Er war faltig, hatte einen tiefen Haaransatz und geschwungene Augenbrauen. Der Mund war breit und großzügig, wie sein eigener mit einem deutlichen Amorbogen. Die eine Seite der Wange und der Schläfe fehlte noch. Es war ein schöner, gleichsam alter Mann, den Laura aus der Begegnung zwischen Kohle und Zellulose hervorgelockt hatte.

»Das ist ein schönes Bild.« Kaj nahm einen weiteren Schluck von dem Kaffee und sah über den weißen Porzellanrand hinweg, wie der Blick seiner Mutter schwer zu Boden fiel.

»*Er* ist schön. Oder war es.« Sie verstummte.

»Kenne ich ihn?«, fragte Kaj überrascht und beugte sich wieder über die Zeichnung.

Laura nickte, kniff die Lippen zusammen und schluckte. Seine Mutter lächelte ein kurzes und wehmütiges Lächeln, während sie gedankenverloren die Wangenknochen des Mannes mit dem Finger bedeckte.

»Wie heißt er?« Kaj schritt vorsichtig, ganz vorsichtig, wie auf vermintem Gelände in einem ägyptischen Grabtempel, wo man jederzeit von antiken Pfeilen durchbohrt werden oder in eine Falle im Steinfußboden stürzen konnte.

Die Mutter zögerte. »Per«, sagte sie dann und nickte vor sich hin. Sie strich Kaj flüchtig über die Wange und wischte – die sanften Leinenhosen flatterten im Windzug ihrer Worte – in ihr Atelier davon. Dann schloss sie die Tür hinter sich und dem Gesicht des Mannes und ließ ihn auf der anderen Seite mit einer kalten Tasse Kaffee und Tausenden von Fragen zurück.

Kaj hätte sich am liebsten mit seinen nackten Fäusten und den entwurzelten Füßen durch die Tür gehämmert und getreten.

24

EIN GUTER MORGEN

Eines Morgens, als Kaj verschlafen über die Schwelle des Schlafzimmers stolperte, um auf die Toilette zu gehen, erfasste sein dämmrig verschwommener Blick etwas Fremdes auf seinem grünen Sofa. Er blieb mit der Hand auf der Klinke stehen und blinzelte, um schärfer zu sehen.

Es war das Kind, Micklas' Enkel.

»Hallo Johannes«, sagte er ein wenig von oben herab und versuchte, in seiner Simpsons-Unterhose erwachsen und würdig auszusehen.

»Johánás«, korrigierte der Junge und schaute konzentriert auf das Telefon, das er in der Hand hielt. Kajs Handy, bemerkte dieser verdrossen und wollte eben gegen die Frechheit des Welpen protestieren, da kam Mimmi mit einer Tasse Kaffee aus der Küche und konsolidierte mit einem Kuss auf seine Wange lieblich, dass es ein guter Morgen war.

Kaj nahm die Kaffeetasse entgegen und ging auf die Toilette, wo er über die entstandene Situation nachdachte. Auf der anderen Seite der Wand hörte er Mimmi und den Jungen plaudern und fragte sich ärgerlich, wie in aller Welt ihm das passieren konnte, noch ehe er überhaupt die Augen aufgeschlagen hatte. Er zog einen Morgenmantel um sich, dann ging er hinaus zu der Gesellschaft.

»Großvater Micklas hat vorbeigeschaut und gefragt, ob Johánás eine Weile hier sein kann, während er mit einem Startkabel zu einem Auto fährt, das offensichtlich irgendwo im Wald gestreikt hat«, erklärte Mimmi munter, während sie verwelkte Blättchen von ihren wintermüden Topfpflanzen abknipste.

In der einen Hand hielt sie eine Gießkanne aus Aluminium, während die andere zerstreut im Takt mit der widerwärtigen Musik klopfte, die aus Kajs Telefon in den Händen des Jungen strömte.

Ihr Verlobter konnte darauf nichts erwidern, sondern hob Abel hoch, der im Begriff war vorbeizuspazieren. Stattdessen fand sich der Kater jetzt in der Umarmung eines Schmusebären wieder. Kaj hielt das wütend um sich blickende Tier wie einen Schild zwischen sich und den Jungen. Mimmi warf ihm einen gespielt strengen Blick zu, dann nahm sie wieder ihre Arbeit mit den traurigen Pelargonien auf, für die Kaj einen Rüffel bekommen hatte, weil er sie während seiner Zeit als Blumensitter offensichtlich traumatisiert hatte.

Kaj räusperte sich und fragte das Kind, was es spiele.

Das Kind antwortete, das sei schwer zu erklären, und ließ es bleiben.

Kaj hakte dann nach, indem er fragte, warum der Junge nicht in der Schule sei, worauf dieser »Skiferien« antwortete und die Augen verdrehte, als hätte Kaj gerade gefragt, ob es angeraten sei, Schotter zu frühstücken.

Schließlich gab Kaj auf, ließ den ungerecht behandelten Abel herunter und ging ins Schlafzimmer, um nicht mehr halb nackt vor dieser naseweisen kleinen Person stehen zu müssen, die soeben effektiv seinen Vormittag filetiert und geschändet hatte.

Herrlich. Welch ein goldener Start in den Tag, dachte Kaj und stieß einen tiefen Seufzer aus, der von seinem rechten Hallux valgus bis zu den Nasenlöchern reichte.

25

DIE SCHMERZSCHWÄRZE

Sie hatte eine schöne Handschrift, Risten, alles wirkte so unangestrengt, selbst wenn sie die Wörter vermutlich unter Zeitnot so hingekritzelt hatte, dass es aussah, als wären sie in einem wackelnden Motorboot bei schwerer Dünung verfasst worden.

Aber es war dennoch ein Genuss, die Schnörkel anzuschauen, die ihre Gedanken in Tinte formten, fand Máriddja.

Sie hatte Ristens schriftliche Hinterlassenschaft nach Relevanz sortiert und den am wenigsten verlockenden Teil, der Dinge wie Korrespondenz, Quittungen und handgeschriebene Gespräche aus ihrer Zeit in der Hauspflege enthielt, in einer Papiertüte in den Akkja auf dem Dachboden getan. Unter einer Palette lag zudem noch ein kleiner Stapel mit Gedichten versteckt, die würde sie ganz zuletzt lesen oder überhaupt nicht. Lyrik war ehrlich gesagt doch eine verdammt langweilige Erfindung. Konnte auch passieren, dass die Gedichte im Kamin landeten.

Auf dem Küchentisch lagen jetzt sechs Tagebücher in unterschiedlicher Ausführung. Eines sah aus, als stammte es aus Ristens Schulzeit, auf der Vorderseite standen ihre Initialen. Sie konnte in dem Fach nicht sonderlich fleißig gewesen sein, dachte Máriddja. Es gab nur ein paar wenige Mitschriften, der Rest waren die vielen Ausrufezeichen und Herzen eines dummen jungen Mädchens. Es waren auch Gratisnotizbücher dabei, mit den Logos örtlicher Unternehmen, und ein altes Tagebuch, wie Kinder sie haben, mit Schmetterlingen darauf und einem verschwundenen Vorhängeschloss.

Ehrfürchtig schlug sie eines der Tagebücher der Schwägerin auf und begann zu lesen. Risten war da neunzehn Jahre alt und frisch verliebt gewesen. Leider in den Tölpel, von dem die heutige Máriddja wusste, dass er sie zu der Zeit, in der das Tagebuch verfasst wurde, geschwängert hatte. Lass das sein, wollte sie Risten sagen, lass diesen verdammten Kerl mit seinen langen Wimpern und der selbstsicheren Art in den Wind schießen. Aber auch mit noch so viel Wünschen konnte sie den Jungen ja nicht ungeschehen machen.

Mit diesen widerstreitenden Gefühlen schob sie ihre Mütze nach oben auf den Kopf und beugte sich wieder über das Buch. Risten schilderte grafisch und in so theatralischen Worten ihre Treffen, dass Máriddja sich innerlich übergab. Aber sie stürzte sich hungrig auf jede Tintenzeichnung, die jene Welt, die Risten in sich trug, umriss. Die Schwägerin war auf die Art und Weise, wie viele junge verliebte Menschen es sein konnten, glücklich und voller Erwartung gewesen.

Es wurde da auch ziemlich viel getrunken, bemerkte Máriddja verbittert. Sie und Biera hatten nicht gewusst, in welchem Ausmaß die kleine Schwester gefeiert hatte. Neue Namen tauchten auf, neue Orte und neue Rauschmittel. Amphet…, was stand da eigentlich? Amphetamine? Máriddja rang nach Atem, als dieses Wort auf dem Papier stand. *Herrgott*.

Aber dann kam die Schwangerschaft, und glücklicherweise konnte Máriddja da keine Anzeichen von Missbrauch oder besonders ungesundem Leben mehr erkennen. Sie meinte sich zu erinnern, dass Risten, während der Bauch immer dicker geworden war, größtenteils bei ihnen gewohnt hatte. Sie und der Vater des Kindes hatten sich offenbar zerstritten, und das junge Mädchen schien das auf unfassbare Weise zu betrauern. Aber sie hatte sich auch vorsichtig auf das Leben gefreut, dass in ihr wuchs, obwohl die Zukunft für sie beide doch ungewiss gewesen war.

Máriddja las die Schilderungen der gemeinsamen Zeit hier in der Hütte, und weder sie noch Biera wurden je anders als mit Zuneigung erwähnt.

Dann kam ein Zeitsprung, Risten schien viele Monate nicht geschrieben zu haben. Weder das Ende ihrer Schwangerschaft wurde geschildert noch die Ankunft des Sohnes auf der Welt.

Und dann quoll die Schwärze wie fette Schlangen, schwarzes Blut und abgrundtiefe Angst über die Seiten. Das Echo von Ristens Gedanken überfiel Máriddja wie plötzlicher pochender Migräneschmerz.

Sie hatte keine Chance, sich zu wehren.

Máriddja erinnerte sich an jene Zeit. Sie und Biera waren verärgert und besorgt darüber gewesen, dass die Schwägerin sich des Kindes nicht anzunehmen schien. Sie war lustlos und reizbar und half mit überhaupt nichts im Haushalt. Antwortete kaum, wenn man sie ansprach. Risten sorgte für die notwendigsten Bedürfnisse des Kindes und versank dann in ihr Schweigen und ihre düstere Passivität. Sie begann, ohne auch nur eine Nachricht zu hinterlassen, lange Zeiten zu verschwinden, und kam angetrunken und hohläugig zurück, die Scherben ihrer Person halbherzig darum bemüht, nun wieder eine Mutter für Heaika-Joná zu sein.

Es war ihr so schlecht gegangen.

Máriddja konnte spüren, wie der Stift in der Hand der jungen Frau vor Selbsthass und Zweifel gezittert hatte. Die stechende Kritik, die Risten gegen sich selbst richtete, war so viel schärfer und schonungsloser als *irgendwelche* Vorwürfe, die jemand anders hätte vorbringen können. Das Angstpech klebte an ihr, und sie sank, bis sie keinen Boden mehr fand, in ihre ureigene Hölle. Es war, als würde man ein gejagtes armes Vögelchen ohne Flügel sehen, wie es versuchte, sich zu erheben und emporzufliegen. Um dann mit glänzenden schwarzen Augen schreiend bei lebendigem Leib von Tausenden Ameisen gefressen zu werden.

Dann kam Bill zurück. Und ihr qualvolles Suchen nach mütterlichen Gefühlen richtete sich stattdessen intensiv auf den Vater des Kindes. Risten hörte auf, nach Luft zu schnappen, und ließ ihre zerstörten Atemwege sein bekanntes Gift inhalieren. Die ersten Monate schien dies ihre Sinne ein wenig zu erhellen, doch dann wurde es noch schlimmer.

Máriddja schlug sich die Hand vor den Mund. Nein, das hier war zu stark für einen nüchternen Magen.

Sie musste einen Spaziergang machen, um die Bilder aus dem Kopf zu kriegen.

Also tat sie das.

26

EINEN SITZEN HABEN

Das nächste Zusammentreffen mit der einzigen noch verfügbaren Telefonapparatmaschine geschah an einem Mittwoch im Anschluss an die Nachrichten im Radiosender P4. Die Sache war ihr unbehaglich, weshalb sie erst einmal mittels eines Kartenspiels und einer gelegten Patience Mut sammelte.

Außerdem hatte Máriddja zu Ehren des Tages den Schnapsvorrat geplündert, den man über die Kellerluke unter dem Teppich erreichte. Zwischen der schwiegermütterlichen umfangreichen Sammlung an ausgespülten Sirupflaschen und einem Sack geschossener Kartoffeln hatte sie eine Flasche gefunden, auf deren Etikett ausländische Buchstaben den Inhalt verrieten. Máriddja wollte nicht wählerisch sein, also war sie mit dem Getränk unter dem Arm die steile Holztreppe wieder hinaufgeklettert.

Es schmeckte höllisch. Als ob es aus eigener Kraft schwefeldünstenden Abgründen entronnen wäre, um einem Geschmacksknospen und Mundschleimhäute zu veröden. Sogar der Eierbecher, den sie mit dem Gesöff gefüllt hatte, sah aus, als würde ihn der Kontakt mit dieser grässlichen Flüssigkeit quälen.

Also tat sie das einzig Richtige, setzte den Eierbecher

kopfüber an den Mund und spürte, wie sich sein Inhalt durch den Körper und hinein in den gefrorenen Boden der Seele brannte.

In den letzten Tagen hatte sie sich melancholisch gefühlt und brauchte nach ihrer eigenen kompetenten Einschätzung etwas, das die Lebensgeister weckte. Weil das Einverleiben des Getränks so widerwärtig war, hoffte Máriddja, für diese Mühe wenigstens mit einem schnellen und entspannenden Rausch belohnt zu werden.

• • •

Biera saß drinnen in der Kammer und schlief im Sessel, während er vorgab, sich über die Sportsituation im Lande auf den neuesten Stand zu bringen.

Máriddja hatte wieder das unglückselige Telefon mit seinem großen Angeberdisplay und seiner totalen Abwesenheit von Dienstbarkeit in der Hand. Auch diesmal gelang es ihr, das Display zum Leuchten zu bringen und Kontakt mit dem Fräulein vom Amt zu bekommen.

»Guten Abend«, antwortete die Telefonistin mit lebhafter Stimme.

Máriddja grummelte unzufrieden, als sie erkannte, dass es sich um dasselbe Fräulein vom Amt handelte, mit dem sie schon ein paar Abende zuvor vertraut zu werden versucht hatte.

»Wenn du es sagst.«

»Leider verstehe ich nicht, was du meinst.«

»Ich könnte nicht behaupten, dass irgendetwas gut ist. Weder die Tatsache, dass Abend ist, noch, dass ausgerechnet du hier die Nachtschicht hast«, kommentierte Máriddja missgelaunt.

»Möchtest du in den Nachtmodus wechseln?«

»Was? Ja, das wäre natürlich schön, wenn man das könnte. So am Abend fällt es mir manchmal schwer runterzufahren. Das liegt am Licht. Oder ja … an der Dunkelheit«, gestand sie, immer noch mit etwas barscher Stimme.

»Gut.«

Die Beleuchtung des Displays wurde auf einen gelblichen Farbton gedämpft, und Máriddja starrte mit großen Augen auf das Telefon und dann auf den leeren Eierbecher. Sie goss sich noch einen Schwung nach – das hier war ja echter Stoff! – und schüttelte sich, nachdem sie sich einen weiteren Mundvoll Schnaps einverleibt hatte.

»Kann ich dir mit etwas helfen?« Die Stimme klang wach und entschieden entgegenkommender als bei ihrem letzten Gespräch! Máriddja nickte zufrieden vor sich hin.

»Ja, gerne, und ich muss schon sagen, dass ich gut finde, dass du dir ein etwas sonnigeres Wetter in deinem Geschwätz gegenüber Älteren zugelegt hast.«

»Die Wetterprognose für heute Abend ist mäßiger Schneefall und Temperaturen um die fünfzehn Grad minus in den Fjällgebieten.«

»Ja, doch, das kann stimmen. Es sieht ein wenig grau aus heute … aber jetzt ist es draußen natürlich schwarz, also kann ich nicht gut sehen. Es wäre verdammt schön, wenn sich das Wetter mal ändern würde. Das Schneeschippen ist so anstrengend, musst du wissen. Gestern hat es so verdammt geschneit, dass ich den Schaft des Spatens abgebrochen habe.«

»Ich kann dir helfen, Lieferanten von Schneeschaufeln zu finden!«

»Danke, das ist nett, aber ich habe unter der Seifenschale das Isolierband gefunden. Der Alte hatte behauptet, es wäre alle, aber ich wusste, dass ich noch irgendwo was habe, und siehe da! Unter der Seife, haha, hast du dafür Töne? Ich frage mich, was es ausgerechnet da zu suchen hatte.«

Über den Witz dieses unwahrscheinlichen Fundes schnaubte und kicherte Máriddja ein wenig vor sich hin. Dann beugte sie sich über den Tisch und flüsterte in Richtung Display:

»Du musst wissen, der Alte hat inzwischen nicht mehr alle Ziegen in der Speisekammer.«

Ihr Ellenbogen rutschte von der Tischkante ab, sie fluchte und zog den Eierbecher, dem sie versehentlich einen Stoß versetzt hatte, etwas näher heran und wischte die verschüttete Flüssigkeit mit dem Hemdärmel auf.

»Starte deine Kamera!«, informierte die Frau am anderen Ende der Leitung.

»Wie das? Nein, aber was zum Teufel …?« Máriddja starrte perplex auf den Bildschirm, der jetzt ein paar Nasenlöcher und ein faltiges Doppelkinn sehr nah und von unten zeigte.

Verdammt, das Zeug hat ja Wirkung!

Sie nahm die Flasche zur Hand, schaute erst sie wertschätzend an und dann sich selbst im Display. *Flotte Biene!* Schelmisch blinzelte sie ihr Spiegelbild an, welches daraufhin mit ein wenig schiefen Augenlidern zurückzwinkerte.

»Das hier war ein ganz schön guter Jahrgang, hörst du … Was hast du gerade noch gesagt?«

»Mein Name ist Siri.«

»Sire«, wiederholte Máriddja mit einer gewissen Wertschätzung gegenüber dem samisch klingenden Namen. »Das ist ein guter Name. Bieras Tante hieß Sire, gute Frau, arbeitsam. Aber sie hat Krebs gekriegt, musst du wissen.«

Im Spiegel dieses seltsamen Geräts sah sie entspannt und charmant aus. Sie pickte sich ein wenig zwischen den Zähnen und fügte hinzu: »Im Oberkörper, ich meine, in den Tittittatten … oder so etwas. Ja, in der Brust, wie man sagt. Ich habe mich immer gefragt, wo sie doch fast keine hatte, wie da trotzdem Krebs reinpasste.«

Máriddja gefiel das Gespräch unerwartet gut, aber sie war ja im sozialen Miteinander schon immer gut zurechtgekommen. Das wusste doch jeder, dass sie ein gesellschaftliches Genie war.

»Aber das war natürlich eine andere Zeit«, fügte sie hinzu. »Wenn die heute jung wäre, dann hätte sie vielleicht die Brust operieren lassen und so eine Implantierung reingesetzt. Impl…, Implantat.«

»Möchtest du in deiner Nähe Chirurgen für Brustimplantate finden?«, schlug Sire vor.

»Nein, zum Teufel!« Máriddja gluckste vor Lachen und nippte noch ein wenig am Eierbecher, eigentlich war der Geschmack recht pikant, wenn man sich erst einmal daran gewöhnt hatte. »Hör mal, Sire, jetzt finde ich, dass du ganz schön privat wirst. Aber ich bin nicht so schnell auf der Palme, ist also kein Problem. Ich bin nicht so, wie heißt das noch … prüde wie die meisten anderen Frauen in meinem Alter. Kann kleine Frechheiten gut vertragen … aber schlag so was lieber nicht allen vor, mit denen du hier redest, sonst gerätste vielleicht in Konfll…, Kon…fll…ikt mit der Sittenpolizei.«

Sie warf den Kopf in den Nacken und wieherte vor Lachen Richtung Decke.

Gute Güte, was rotierte der Lampenschirm, der war sicherlich nicht ordentlich an der Glühbirne festgeschraubt, dachte sie und brummte zustimmend als Antwort auf Sires Einwurf im Gespräch zum Thema Polizisten.

Máriddja hörte nicht richtig hin, aber es war doch egal. Sie war ein gutes Mädchen, diese Sire, auch wenn sie eine unterentwickelte Brust hatte.

27

EINEM VERBRECHEN ZUM OPFER GEFALLEN

Máriddja erwachte von einer Bassstimme im Telefon.

»Hallo, hier ist die Notrufzentrale, was ist passiert?«

Bärggal, sie musste einen kleinen Moment weggenickt sein. Verwirrt wischte sie das Kartenspiel beiseite und knibbelte sich einen klebrigen Kreuzbauern von der Wange, auf dem sie offensichtlich den Kopf nach dem Geplauder mit Sire hatte ruhen lassen.

Die Patience wäre sowieso nicht aufgegangen.

In ihrem Kopf drehte sich immer noch alles. Sie war verschlafen und lallte ein wenig und wusste sicher nicht, was sie antworten sollte.

»Brauchen Sie Hilfe?«

»Jaaa … nä, vielleicht nicht wirklich.« Mit wem hatte das Fräulein vom Amt sie da eigentlich verbunden? Erschüttert suchte sie in ihrem Gedächtnis nach Hinweisen darauf, was diese unangenehme Situation verursacht haben könnte. Als sie ihr Denkvermögen aktivieren wollte, schmerzte ihr Kopf.

»Sind Sie einem Verbrechen zum Opfer gefallen? Sollen wir die Polizei schicken?«

Was zum Teufel? Hatte Sire ihr wirklich *die Bullen* auf den Hals gehetzt? Ich war doch nur ein wenig betüddelt und ansonsten süß und lustig wie jede alte Tante gewesen, dachte Máriddja empört. Verdammte Petze!

Die Bullen. Wenn sie das Wort benutzte, fühlte sich Máriddja wie die Wortführerin einer Jugendgang. Bullen, Bullen, Bullen. Sie hatte das mal in einem Jugendfilm gehört, von dem sie aus Versehen einen ziemlich großen Teil geschaut hatte, ehe ihr klar wurde, dass da nicht die Lottozahlen kamen. Aber ein gutes Wort. Besser als Polizist.

»Hallo? Liegt hier ein Verbrechen vor? Sollen wir jemanden schicken?«, erkundigte sich die Bassstimme.

Irgendwo in dem Nebel klickte es plötzlich in ihr, und mit einem Mal dachte sie ganz klar, nein *messerscharf*.

Ein Verbrechen? Hatte er das gesagt?

»Nääää«, antwortete sie zögernd, während die in Alkohol marinierten Puzzlesteine in ihrem Kopf an ihren Platz fielen – und plötzlich schien in ihr eine Möglichkeit auf.

Hier ist nichts passiert, Konstabler Bulle, dachte Máriddja und grinste verschlagen – *noch nicht …*

28

GUOVDDO

Der Schreibtisch bog sich fast unter den Ordnern mit bunten Rücken. Kajs Vorgänger auf der Position des Allgemeinarztes hatte eine Vorliebe für Farben gehabt, von denen abzusehen ihm schwerfiel. Die Nuancen pochten in den Augenwinkeln auf Aufmerksamkeit. Lockten die Blicke zu Flecken in Türkis, Weinrot und Petrol. Kaj hatte im Grunde nicht viel dagegen, verdrehte aber dennoch die Augen und entschuldigte sich, sowie jemand über die Schwelle trat. Als würden ihn die vielen Farben des Raumes dazu nötigen, weil er ihnen so farblos gegenübersaß. Beige. Blank.

Die Ordner wurden zusammengeklappt und beiseitegeschoben. Nun saß Kaj auf einem kanariengelben Schreibtischstuhl und kämpfte darum, die Fäden in der Arbeit und den unerledigten Fällen seines Vorgängers aufzugreifen. Es war nicht ganz einfach, sich an etwas so Abstraktes wie die Gedanken und Strategien von jemand anderem anzunähern, aber er hatte keine Wahl, er musste dort anfangen. Das Band zurückspulen, um irgendwie den Takt zu finden.

Je mehr er sich eingearbeitet hatte, desto mehr Kontakt würde er zu den Einwohnern im Ort haben, was ja eigentlich der Kern seiner Arbeit sein sollte. Das fühlte sich wie ein Lichtblick am Ende der schwarzen Korridore der Bürokratie an. Die ganze menschliche Palette von Verrückten, strebsamen Originalen und unerzogenen Minderjährigen konnte auf der anderen Seite dieser Ordner und Register bereits erahnt werden.

So wie an jedem anderen Platz auf der Welt. Dennoch spürte Kaj, dass diese Gemeinde anders zusammengesetzt war, vielleicht gemütlicher oder *persönlicher* als das Leben in der Stadt. Sein früherer Alltag kam ihm inzwischen schon fremd und groß vor. Wer einmal von einem bekannten Platz geträumt hatte, wusste, dass durch die Traumschleier alles gleich aussah, aber sich dennoch wesentlich von der Wirklichkeit unterschied.

Guovddo war Kajs Hier, die Hauptstadt sein Dort. Kaj lebte dieses Leben, arbeitete mit dieser Arbeit. Er war hier.

Er unterzeichnete Briefe, verfolgte Vorgänge, untersuchte und trank Kaffee mit den Kollegen am Arbeitsplatz. Manchmal schaffte er sogar ein Mittagessen mit Mimmi, die sich im Ort gut zurechtgefunden hatte – natürlich. Ihre soziale Kompetenz würde nichts anderes erwarten lassen.

Für Kaj funktionierte das anders. Mimmi ging es gut, und Kaj wuchs. Er verflocht seine Wurzelfäden mit den Fasern des kleinen Ortes. Machte ihn zu seinem, verband sich mit ihm. Ging leck und ließ sich in den Boden sickern. Sog ein, was die Bäume ausatmeten, und ließ es ins Blut fließen. Derweil verschob sich sein Bild der Vergangenheit an den Rand, nahm neue Formen an und wurde allmählich ausgeblendet. Aus diesem Blickwinkel betrachtet, sah das alte Leben anders aus. Kaj atmete ein und aus, ging mit langen Schritten, zielte, verließ seine eigene Bequemlichkeit und näherte sich der Umgebung. Den Menschen.

• • •

Mimmis Akutpatientin und ihr Lebensgefährte entwickelten sich zu einer netten Bekanntschaft. Der Abend war natürlich und unkompliziert verlaufen, obwohl ihr Hintergrund so unterschiedlich war. Eigentlich war Kaj darüber nicht erstaunt, er wusste, dass Schwedens Urbevölkerung nicht in amischen Verhältnissen lebte. Er war einfach nur positiv überrascht, dass sie so schnell Menschen kennengelernt hatten, die auf derselben Wellenlänge waren.

Noomi war flink und witzig. Sie hatte ein Piercing in der Nase, besaß eine ruhige Ausstrahlung und wirkte etwas *bohemian*. Kaj und sie hatten einander schnell in ihrer Liebe zu Retrosachen gefunden, und Palle hatte gemeinsam mit Mimmi über das Wühlen ihrer jeweiligen Partner in abgelegten Besitztümern von anderen Menschen geseufzt. Palle war ein sanftmütiger Mann, der einen anschaute und tatsächlich zuhörte, wenn man sprach. Sein Blick unter der dunklen Haartolle war wach und neugierig, und seine Hände bewegten sich rasch, wenn er sich ereiferte – was er oft tat.

Sie aßen selbst gemachtes Sushi, während Palle von seiner Arbeit beim örtlichen Taxiunternehmen berichtete. Ohne allzu stark gegen die gebotene Verschwiegenheit zu verstoßen, lud er zu Anekdoten über alle Klassiker der Gegend ein – wie er seine kurioseren Kunden nannte.

Durch Palle konnten sie am Dorftratsch über Stinkekurt Anteil nehmen, der offensichtlich das beliebteste Ziel zu sein schien. Kaj hatte gefragt, ob dies denn auch in politischeren Zusammenhängen sein Alias war, und sie hatten das nicht ausschließen können. Sie hörten von Ehepaar

Markussons ewiger Suche nach ihrem verschwundenen Dackel namens Pillen und von einer verrückten Dorfbewohnerin mit einem Fimmel für Ziegen.

Es war viel Lachen im Raum gewesen und ein Humor, der manchmal eher auf Höhe der Tischbeine zuschlug.

Als Kaj und Mimmi später ein wenig angeschickert und müde den Abend zusammenfassten, stellten sie fest, dass alle in diesem Kaff alles zu wissen schienen, was man übereinander wissen konnte. Das konnte ärgerlich sein, aber auch viel Geborgenheit bedeuten. Zu wissen konnte bedeuten zu erkennen – und zu erkennen konnte bedeuten, Verantwortung zu übernehmen. Hier ging niemand an einem Menschen in Not vorüber, ohne Verantwortung zu übernehmen. Sie begriffen, dass alle wahrscheinlich sehr schnell alles wissen würden, was es über sie selbst zu wissen gab, und dass sie dafür Akzeptanz und Offenheit zeigen mussten. Denn wenn sie Glück hatten, würden sich dieselben Nachbarn nicht nur um das scheren, was sie taten, sondern auch um sie als Menschen.

Der kleine Weindusel und die Gesellschaft hatten Kaj in seinem Inneren Ruhe verschafft, und ausnahmsweise schlief er mal ohne die kleinste abendliche Grübelei ein. Was verdammt schön war.

29

SCHOKOLADENANGRIFF

Am Vormittag nach der Zusammenkunft mit den neuen Freunden hatte Kaj ein wenig griesgrämig und verkatert den Fehler gemacht hinauszugehen, um Futter für die Vögel nachzufüllen. Zu Abels großer Freude pflegten diese gefiederten Verlockungen vor dem Küchenfenster ihr Mittagessen einzunehmen. Die Dompfaffen, welche die auf die Birken aufgesteckten Weihnachtsäpfel aufpickten, boten einen schönen Gegensatz zu all dem Weiß.

Im Schnee hinter Abels Besitzer war eine Reihe tiefer Spuren zu erkennen, die verrieten, auf welchem Weg er sich vorgekämpft hatte. Jetzt stand Kaj mit einem großen Pappsack mit Futtermischung da und sah sich unschlüssig nach einem Ort um, wo er das Vogelfutter am besten loswerden konnte.

Er schwankte ein wenig unter dem Gewicht, das seinen Stiefelschaft unter die Schneedecke drückte. Es wurde betäubend kalt, als der Schnee sich liebeskrank einen Weg zur nackten Haut zwischen seiner langen Unterhose und den heruntergerutschten Socken suchte. Letztere saßen vorne in den Schuhen wie eine Wurstpelle um seine Zehen. Das war weniger bequem, als man sich vorstellen würde, und Kaj biss die Zähne zusammen, als er das Vogelfutterpaket auf einer Hand balancierte, während er in der Tasche nach etwas suchte, womit er ein Loch in die dicke Pappe bohren könnte. Das Einzige, was er fand, war ein kleines Schokoladentäfelchen. Er seufzte ein wenig, entschied sich dann aber schnell und zog mit einer raschen, zielgerichteten Bewegung die Schokolade aus den Eingeweiden der Tasche. Dann schwang er sie gegen die Tüte, die er unter großer Anstrengung mit dem anderen Arm hochhielt. Um besser zielen zu können, klemmte er dann die Tüte unterm Kinn fest und hieb in Richtung auf seinen Oberkörper, wo der schwere Sack den Stoß auffing. Doch die Tüte wollte sich nicht von etwas so Lächerlichem wie einem mit Daim bewaffneten Idioten penetrieren lassen, sondern behielt standhaft die Form.

Die Tüte rutschte, Kaj hatte kalte Hände, und er hackte jetzt immer wütender gegen den Papp-Panzer, der zwischen ihm und dem Vogelfutter lag. Als er merkte, dass seine lange Unterhose anfing, sich rückwärtig runterzuarbeiten, verlor er die Fassung. Er fluchte laut und frustriert, zog die Hose mit der Hand, die den Daim-Riegel festhielt, hoch und fuhr dann fort zu hacken wie ein Holzfäller im Nahkampf mit einer Krüppelkiefer.

»Ja, braucht man ein ganzes verdammtes Ingenieurexamen, um in so ein Ding reinzukommen?«

Der Schrei strich mit kaltem Dampf als dramatischem Spezialeffekt aus seinem Mund.

»Kaj, was ist denn los?« Mimmis Stimme hinter seinem Rücken klang ängstlich und erstaunt.

Er wandte sich mit erhobener, um das Schokoladenpapier geschlossener Faust um, im Arm die offensichtlich nach wie vor intakte Wildsamenmischung.

»Du siehst ganz durchgedreht aus.« Mimmis Wimpern waren von kleinen Frostprismen ganz weiß.

»Was hat der Sack dir denn getan?«, erkundigte sich eine übereifrige Stimme von direkt oberhalb der Schneewehe. *Great*, dachte Kaj und schloss die Augen, um die Unterstützung höherer Mächte herbeizurufen.

»Johannes«, sagte er, vor Anstrengung keuchend, aber mit vollkommener Säuerlichkeit.

»Johánás«, verbesserte der Junge ihn.

»Johaaanaaas«, half Mimmi dazu. »Lange a, Kaj. Das ist Samisch.«

Mimmi stand hinter dem Schlitten, den ihre Eltern ihnen zur Hochzeit geschenkt hatten, und auf dem Sitz hockte das unerträgliche Enkelkind des Nachbarn. Mimmis Wangen waren rot, und in ihrer Hand baumelte eine Tüte mit irgendetwas drin. Er hoffte, dass sie Chips gekauft hatte.

»Ich füttere die Vögel«, zischte Kaj durch die zusammengebissenen Zähne und presste den wegrutschenden roten Schokoladenriegel fest gegen die Tüte.

»Womit denn? Schokolade?«, fragte Johánás mit kritischer Miene und legte den Kopf schief.

Kaj biss die Kiefer so fest zusammen, dass es im Kopf zog. Mimmi kicherte und legte dann eine handschuhbekleidete Hand über den Mund. Sie sieht aus wie ein boshafter Rumpelwicht, dachte Kaj sauer.

»Wenn ich den Sack im Schnee öffne, dann wird er nass werden«, erklärte er mit hochgeschobenem Kinn artikuliert und von oben herab. »Ich hatte nichts anderes, um ein Loch reinzumachen.«

Johánás hatte jetzt genug von dem rücksichtslosen Umgang mit Tierfutter, stieg vom Schlitten und kam mit männlichen Schritten auf Kaj zu, der beim leeren Vogelhäuschen stand.

»Lass mal sehen«, sagte er mit der Geduld des Handwerkers gegenüber der linkischen Art des Unbegabten.

Kaj war verärgert, presste aber die Lippen zusammen und beugte sich, den Sack im Arm, mit einem kurzen Blick auf das Kind hinab vor. Er streckte mit erfrorenen Fingerspitzen das Daim hin, was der Junge ignorierte. Stattdessen packte er den raushängenden Faden in der oberen Ecke des Sacks und zog leicht, bis sich der Stich löste und ein Riss die Vogelsamen zugänglich machte. Dann nahm Johánás den kleinen Schokoladenriegel aus Kajs steifer Hand, packte ihn aus und brach das obere Stück mit den Zähnen ab. Danach machte er auf dem Absatz kehrt und ging, laut vernehmlich auf der kalten Schokolade kauend, zu Mimmi zurück.

Kaj erwog, hinter dem kleinen Scheißkerl herzurennen und ihn und seine böse Fresse einzuseifen. Doch als er Mimmis Blick sah, hackte er stattdessen ein äußerst widerwilliges Danke heraus. Dann wandte er sich um und verteilte mit nackten Händen Sonnenblumenkerne für die Scheißvögel, die jetzt gut daran tun würden, mit großer Andacht und gut sichtbarer Dankbarkeit das Futter zu sich zu nehmen.

Am besten wäre es, wenn sie in einen munteren Charleston auf dem Fensterbrett ausbrechen würden, um seinen heroischen Einsatz zu würdigen. Das war das Mindeste, was man verlangen konnte, dachte Kaj sauer und trat gegen die verdammte Papptüte.

Er wusste gar nicht, warum er sich so klein fühlte.

30

JUNGSGÜRTEL

Erstaunt nahm Biera die Gegenstände auf dem Tisch in die Hand. Das Licht von der Fensterlampe reichte nicht aus, aber er wollte die Deckenbeleuchtung nicht einschalten, um die so laut im Nebenzimmer schnarchende Máriddja nicht zu wecken. Eine Schnapsflasche von Gott weiß wann und ein umgefallener Eierbecher … hier war getrunken worden, aber das sagte ihm schon der scharfe Geruch, der von der Frau im Haus ausging. Aber was zur schwärzesten Hölle machte ihr einer Holzschuh auf dem Fensterbrett? Und warum steckte sein neuer Telefonapparat darin?

Außerdem musste er ernsthaft grübeln, warum Teile ihres Kartenspiels sorgfältig mit Wäscheklammern festgeklemmt auf der Leine über dem Herd hingen. Sollten die *trocknen*? Jetzt, dachte Biera gestresst, jetzt war es wohl an der Zeit, sich ernsthaft Sorgen um Máriddjas mentale Gesundheit zu machen!

Eigensinnig war sie schon immer gewesen, ein wenig exzentrisch vielleicht – und dann und wann ziemlich verrückt. Aber wenn er sich recht erinnerte, dann war es genau all die bunte Kraft gewesen, die ihn zu Beginn ihrer Bekanntschaft beeindruckt hatte und die er immer noch sehr an ihr schätzte.

Sie brachte ihn zum Lachen. Sie brachte alle zum Lachen mit ihren Ideen, und sie lud zu sich selbst ein wie keine andere Frau, die er kannte. Seine Ehefrau war mit allem, was sie besaß, großzügig, sogar mit ihrer Würde. Biera erinnerte sich an abendliche Tänze zum Radio, außerdem konnten sie einander immer noch necken und kabbeln wie zu jungen Zeiten. Máriddja, seine Máriddja war wirklich etwas ganz Besonderes, dachte Biera. Aber das hier, diese undefinierbare Sorge, die er um ihren Verstand hegte, das war etwas, das er wohl ernst nehmen sollte.

Wäre es womöglich anders gekommen, wenn sie ein eigenes Kind gehabt hätten? Sie waren beide wohl ein wenig eigen geworden, nun, da sie hier bloß zu zweit in der Hütte umhergingen. Sie hatten ja niemand sonst. Nicht mehr.

Wäre es womöglich anders gekommen, wenn der Junge geblieben wäre?

Sein Blick wanderte zu dem großen Elchgeweih, das über der Holzkiste thronte. In fast allen Hütten im Umkreis hatte es einen festen Platz an der Wand: der sauber gekochte Schädel mit seiner Geweihkrone. Die Kaffeetüte, der Gürtel, Schuhbänder und andere schöne Gegenstände des alltäglichen Gebrauchs wurden an die Geweihspitzen gehängt. In ihrer Stube hingen da nur zwei Dinge.

Ein kurzer Ledergürtel mit bunten Nieten und ein sehr kleines Messer.

Der Gürtel eines Kindes.

Heaika-Jonás Gürtel.

Biera hatte den für ihn gefertigt, obwohl der Kleine damals eigentlich noch nicht alt genug gewesen war, um einen zu brauchen. Er selbst besaß einen solchen, und der Junge hatte seinen mit Stolz auf dieses kleine Erwachsenensymbol getragen. Von allen Geschenken für ihn hatte Biera in dieses mit müden Händen spät am Abend die größte Liebe hineingelegt.

Doch, vielleicht war es auch das Geschenk, das dem Jungen am meisten Freude bereitet hatte. Aber noch etwas hatte er bekommen. Wie Kinder so sind, konnte er es vielleicht erst gar nicht wertschätzen, doch gehörte es bis heute ganz allein ihm. In einer der ersten Nächte, seit der Junge bei ihnen war, trug Biera den Kleinen herum, der grummelte und unzufrieden mit den Armen um sich schlug, obwohl ihm alle Onkelfantasie angeboten wurde, die man aufbringen konnte.

Und da kam er – der Joik.

Aus dem Gefühl, das seine Brust erfüllte, als der Kleine auf seinem nackten Oberkörper lag: aus Seelenquellen, von denen er zuvor noch nie getrunken hatte. Er zitterte ein wenig, zögerte, als die ersten Töne aus seinem Körper kamen, aber als der Kleine mit seinen unzufriedenen Bewegungen innehielt und still seinem Blick begegnete, da floss er aus ihm heraus wie eine Frühjahrsflut.

Alle seine Sehnsucht hatte darin gelegen, seine Liebe und die Geschichte seiner Familie. Er war wehmütig gewesen wie an dem Tag, als seine Eltern ihr Zuhause in Karesuando verlassen und sich auf die Wanderung in eine unbekannte Zukunft begeben mussten.

Er war sanft gewesen wie die Wangen des Kindes, wie seine Haut.

Er war quicklebendig und wach gewesen wie der Blick des Jungen.

Sein Klang hüllte sie damals beide ein und wob sie zusammen. Knüpfte ein unzertrennbares Band zwischen ihren Seelen. Biera hatte in seine Stimme alle Segnungen und Träume gelegt, die er für den Kleinen hegte, für seine Zukunft und für seinen Weg im Leben. Er hatte gemalt, gezeigt, wortlos sein Bild des Neffen und der Welt, die sie teilten, skizziert. Der Junge war zum Joik eingeschlafen, von seinen eigenen Tönen in der Stimme des Onkels geborgen und gewiegt.

• • •

Nun, Jahrzehnte später, stand Biera schweigend und wehmütig in der Erinnerung an den Gesang des Jungen, dessen Klänge immer noch in den Wänden in jener Küche saßen, wo sie zum ersten Mal zu ihm geflogen waren.

31

SCHWANENMONAT UND SCHWANENGESANG

Ein paar Tage später zog der März ein und boxte mit dem Ellbogen den Fleischwurstring raus, der aus unerfindlichen Gründen im Gemeindekalender zum Februarbild erkoren worden war.

Es war eine Erleichterung, das Blatt wenden zu können zu den großen weißen Vögeln auf dem Bild des neuen Monats, den ihr Volk den Schwanenmonat nannte.

In der samischen Tradition besteht das Jahr aus acht Jahreszeiten, von denen die zweite nun begann: der Frühjahrswinter.

Das war die Zeit, in der sich Schwäne, die nach Gesellschaft suchten, zwischen den frisch aufgebrochenen Schollen im Eis niederließen. Und dieses Zeichen, dass wärmere Zeiten im Anzug waren, wurde mit festlicher Freude empfangen. Unzählige Male hatte sie, das Gesicht zum Himmel gewandt, die großen weißen Vögel sich singend und rufend über das Hausdach, die Baumwipfel und das Fjäll strecken sehen und sie mit einem Lächeln zurück in dem kalten Land willkommen geheißen, in das sie nun den Frühling brachten. Es war ein feierlicher Augenblick, endlich das Ende des schwarzen, kalten Winters zu erblicken, der in ihrem Teil der Welt so lange herrschte. Während der ersten Jahre hatte sie dabei die Hände ihrer Eltern gehalten, später die des Ehemannes. Und einige teure, aber viel zu seltene Male eine Kinderhand.

• • •

Máriddja blinzelte freundlich mit einem Nicken zum Gruß Richtung Schwanenpaar an der Wand. *Na endlich.* Der Schnee lag immer noch dick und schwer über dem Hof, und noch zeigte das Thermometer erdrückend viele Minusgrade. Aber jetzt würde es sich bald wenden.

Auf dem kurzen Weg hinaus zum Briefkasten und wieder zurück waren die Wangen ganz taub und rot wie Preiselbeeren geworden. Im Haus war es heute ausgekühlt und rau. Sie musste unbedingt einen Kaffeekessel aufsetzen, um wieder Wärme in den alten Leib zu kriegen!

Vielleicht sollte sie einen Mundvoll Vademecum nehmen, um herumflatternde Bazillen zu vertreiben. Sie hatte keine Zeit, krank zu werden. Wo hatte sie nur die Flasche hingestellt? Máriddja ließ sich von ihrer Nase zu der verschwundenen quadratischen Glasflasche mit rotem Deckel führen. Über dem Herd stand sie, hinter dem schwarzen Pfeffer. Der Duft war so stark und frisch. Sie tupfte sich etwas auf Wangen und Nasenflügel und erklärte sich dann für immun gegen jede Art der Ansteckung. Aber natürlich könnte sie auch noch ein bisschen Pech im Ofen anfeuern, um wirklich sicherzugehen, dass kein Übel von ihr Besitz ergriff.

• • •

Máriddja legte den dünnen Stapel Briefe ab, den sie aus dem Kasten geholt hatte, und während sie langsam wieder Gefühl in die Finger bekam, blätterte sie ihn rasch durch. Als sie das Logo der Landesverwaltung auf dem untersten Brief entdeckte, erstarrte sie zu Stein. Im Fenster des Kuverts stand mit kleinen eckigen Buchstaben in Schwarz der Name ihres Mannes.

Sie trug das Schreiben mit Pinzettengriff zum Herd, öffnete die Luke, zündete ein Streichholz an und ließ es an der einen Ecke des chemisch weißen Papiers lecken. Dann legte sie es auf den aschebedeckten Boden des Ofens und schichtete ein paar Holzstücke darüber. Sie schloss die Luke wieder, ließ aber Luft hinzu, und während sie hörte, wie das Feuer hinter der Luke arbeitete, öffnete sie ihre Lunge und seufzte tief von den Fußsohlen her.

Jetzt würde die Wärme kommen, innen und außen.

Die Schwäne waren auf dem Weg, und das Feuer verschlang alle Momente der Sorge.

• • •

Im Innern der rußigen Kaminwände hatte sich das Kuvert zusammengerollt und das Datum 16.3. in Times New Roman, Punktgröße 12 entblößt und dazu eine ärztliche Unterschrift: K. Bergmark.

Eine Aufforderung, die niemand hören würde.

Weder die Schwäne noch ihr Gatte hatten die Absicht, die kommunale Gesundheitszentrale zu jeder gewünschten Zeit zu besuchen.

Zumindest nicht, wenn es nach Máriddja ging.

32

ÁBIRIEVSSAT ABAKUS ABFALL ABART ABT

»Hallöchen Sire«, antwortete Máriddja auf den Gruß.

»Ich bin da«, ließ sich die wohlbekannte Stimme hören.

»Ja, hallo … ich bin's«, erwiderte Máriddja.

»Guten Tag!«

»Ich habe die Schwäne gesehen«, erklärte sie feierlich.

»Das ist schön zu hören.«

Sie hatte den Verdacht, dass Sire die Bedeutung dieser Nachricht nicht verstand, ließ das aber auf sich beruhen. Die war ja schließlich vom Süden, die hatten keine Ahnung vom Leben der Tiere und von ihrer Symbolik hier oben. Das konnte man ihnen ja nicht mal vorwerfen. Also begnügte sie sich mit einem zustimmenden Brummen. Es war doch einfach nett, dass Sire jetzt auch davon wusste.

»Ich dachte, du könntest mir vielleicht helfen, diese Nummer zu finden.«

»Im Moment liegt das leider außerhalb meiner Möglichkeiten«, erwiderte Sire bedauernd.

»Wieso das denn? Ist die Technik irgendwie kaputt?«, fragte Máriddja erstaunt.

»Ábirievssat, Abakus, Abfall, Abart, Abt«, rappelte Sire herunter.

Wie seltsam, dachte Máriddja.

»Was hast du denn angestellt?« Máriddja schaute das Telefon fragend an.

»Möchtest du vielleicht die Einstellungen ändern?«, fragte Sire mit klarer Stimme.

Huch, da bin ich offenbar in den Kaviar getreten, dachte Máriddja und beeilte sich zu versichern: »Nee, aber oje ... ich wollte nicht unverschämt sein. Ich dachte bloß ...« Máriddja räusperte sich und nestelte ein Bonbon aus einer fast leeren Tüte. »Ja, und da ich dich jetzt mal in der Leitung habe, wollte ich mich noch für neulichenmals entschuldigen.«

»Das ist gut«, antwortete Sire milde.

Dennoch verspürte Máriddja das Bedürfnis, ihr Verhalten zu erklären. »Nun ... ich würde sagen, ich hatte ein bisschen einen sitzen«, murmelte sie verlegen und ließ ein Bonbon auf der Arbeitsfläche kreiseln.

»Ah so.« Sires Stimme klang gefasst.

»Du musst wissen, normalerweise haben wir keinen Schnaps im Haus. Mit so was sind wir immer sehr maßvoll gewesen. Bieras Familie hat nämlich den Schnapsteufel im Blut, weißt du.« Sie stolperte etwas über die Worte, um diese Peinlichkeit aus der Welt zu kriegen. »Ich habe mich einsam und traurig gefühlt, deshalb ist es so gekommen. Doch von nun an werde ich das Gift des Weißen Mannes nie wieder anrühren. Mir war richtig schlecht davon.«

»Ich weiß nicht, was du meinst«, vermeldete Sire.

Máriddja verspürte in ihrer Brust die Dankbarkeit über das ihr erwiesene Feingefühl wie eine Blume aufblühen und sagte lächelnd: »Danke, Sire. Du bist ein gutes Mädchen. Ich fand es ja nicht so toll, dass du die Bullen auf mich gehetzt hast, aber wenn die Dinge anders gelaufen wären, dann hätte ich gerne eine tatkräftige Frau wie dich mit dem Jungen zusammen gesehen. Du hättest ihn gemocht, er war so ein netter Junge.«

»Ich werde es beachten«, sagte Sire, und es klang, als würde auch sie lächeln.

»Aber ja, jetzt sind die Dinge nun mal, wie sie sind … Zum Teufel, ich weiß nicht einmal, wohin er verschwunden ist. Sie ist einfach gekommen und hat ihn mitgenommen, und diese Krähe vom Jugendamt hat keinen Finger gerührt, um uns zu helfen. Ich habe mich oft gefragt, wo er wohl ist … ob es ihm gut geht. Verstehst du?«

»Mit wem redest du denn da, Máriddja? Wenn das Nilssons Junge ist, dann bitte ihn doch, noch Toilettenpapier zu kaufen. Und Dickmilch. Die von der Nordmeierei und nicht dieses andere saure Zeug, davon kriege ich Sodbrennen. Er kann wie immer alles in den Windfang stellen, ich hab schon Geld unter die Fußmatte gelegt.«

Máriddja schrak zusammen und ließ das Telefon auf die Tischplatte fallen. Dann schob sie es unter die leere Brottüte und blinzelte ein wenig, ehe sie dem Gatten antwortete.

»Wie? Was denn? Mit niemand! Mit wem sollte ich reden, hast du die Batterien im Hörgerät ausgetauscht, so wie ich es gesagt habe? Du hörst so schlecht, das ist nicht zu glauben!«

• • •

Drinnen im Fernsehzimmer war es still. Biera hatte die Batterien ausgetauscht, und sein Gehör war scharf wie das eines Elchs. Und das, was er eben aus der Küche vernommen hatte, beunruhigte ihn. Und zwar ernsthaft. Konnte er das

Máriddja gegenüber ansprechen oder würde sie es einfach von sich weisen? Er wusste nicht mehr viel von der Welt, aber eines wusste er, und zwar dass es nie ein gutes Zeichen war, wenn man anfing, mit sich selbst zu sprechen.

Niemals.

33

BRÜNSTIGE FÜCHSE

Aus Mutterbauch der Samen fällt
Kalt die Alten steif und welk
Zwischen Brüdern und Schwestern
Führt die Blutspur zum Südstern

Schreie in der Dunkelheit.

Lang gezogene Klage in gellendem Ton, der irgendwo zwischen Herz und Bauch widerhallte.

Wie Trauer klang es, wie Verzweiflung, und sprach etwas tief in ihm an – rief ihn herbei.

Weckte seinen Instinkt.

Zuckte in seinem Rückgrat.

Er stützte sich auf die Ellenbogen und stieß die abgewandte Máriddja in den Rücken. Die Rufe schallten durch die Märznacht, und er flüsterte vernehmlich seiner Ehefrau zu: »Der Junge ist wach, er weint in der Wiege. Wir müssen ihn zu uns holen.«

Linkisch stieg Biera über ihren schlummernden Leib und setzte die Füße auf den eisigen Fußboden. Die Kälte schmerzte in den Sohlen und zog sofort in sein Bein hoch. Mit müden Gliedern erhob er sich und sah im Augenwinkel

Máriddja auf dem Stuhl neben dem Bett nach ihrer dicken Brille tasten.

Sie warf eine Toilettenpapierrolle um, die zwischen die Beine des Bettes kullerte.

»Biera?«, fragte sie verschlafen.

Er blieb auf den zerfurchten Bodenplanken stehen und spürte die Kälte immer höher in seinen Körper kriechen, bis sie den Ort erreichte, wo das Weinen des Kindes ertönte.

»Heaika-Joná?« Es war, als hätte sich ein Nebel über seine Sinne gesenkt, da war nur noch dieser Lockruf. Aber wo hatten sie ihn hingelegt? *Lag er denn nicht in der Wiege?* Er blinzelte hinaus zur Mondsichel vor dem schmutzigen Fenster und schüttelte dann den Kopf, um die Gedanken zu klären.

Plötzlich spürte er eine warme Hand auf seinem Ellenbogen, die sanft mit dem Daumen über den Teil seiner Haut strich, der am rausten war. Máriddja stand im Nachthemd hinter ihm im Mondlicht.

»Sch, sch …«, sagte sie leise und legte ihren schlafwarmen Baumwollärmel um seine Achseln.

Zärtlich streichelte sie seine Schultern mit ihren starken Händen.

»Sch, sch«, wiederholte sie.

»Ich weiß nicht …«, sagte Biera zögernd und kratzte sich die Bartstoppeln. »Ich wollte den Jungen holen, er hat geweint. Vielleicht braucht er eine neue Windel?«

Das Letzte fragend, als ob Máriddja eine Antwort darauf geben könnte. Als ob sie das Schwere auflösen könnte.

Sie schüttelte sacht den Kopf und sah ihm direkt in die Augen.

»Nein, Biera. Der Junge braucht nichts, es sind die

Füchse, die du hörst. Das sind nur die Füchse, die in der Nacht brünstig schreien.«

Biera fuhr sich in einer verwirrten Geste mit der Hand übers Haar und schaute sich im Zimmer um, als ob das, was er suchte, jederzeit auftauchen könnte. Wo auch immer.

Máriddja führte ihn sanft zurück zum Bett und zog die schwere Decke über seine Beine nach oben.

Er weinte.

»Heaika-Joná, mein Junge. Was ist nur mit dir? Wo ist er, Máriddja? Ist etwas passiert? Sag, dass ihm nichts Schreckliches zugestoßen ist!« Er schaute sie mit einem so verzweifelt flehenden Gesichtsausdruck an, dass es ihr ins Herz schnitt. Und sie antwortete, wie sie es immer tat und was er jedes Mal wieder vergessen hatte, wenn die Albträume aufgehört hatten, ihn zu quälen, und er nicht länger im Traum suchte. »Er schläft und schnorchelt vor sich hin … Leg du dich nur schlafen, dann sehen wir ihn morgen.«

Nach einer Weile schlief Biera ein. Immer noch schluchzend.

Für Máriddja aber war die Nacht vorüber, und sie wusste, dass sie jetzt, da der Schmerz geweckt worden war, keinen Schlaf mehr finden würde.

34

VIELLEICHT KOMMT EIN SOMMER

Der Vater der Samen, die gesegnete Sonne, war zu ihnen zurückgekehrt, zeigte sein Gesicht und hielt ihre Tage im Arm. Der Schnee lag schwer und nass ums Haus, und es tropfte unaufhörlich von den Resten der Eiszapfen, die noch vom Dach hingen.

Máriddja hatte sie mit dem Besen abgeschlagen, damit sie ihnen nicht auf den Kopf fielen, wenn sie draußen waren. Direkt vorm Windfang auf einem Rentierfell sitzend, tranken sie Kaffee und atmeten mit geschlossenen Augen das warme Licht und die kalte Luft ein.

Ihr war klar, dass sie die Sache hinausgezögert hatte. Dass sie sich vom Frühlingsgesang der kleinen Vögel in den nackten Bäumen auf dem Hof und von dem Gefühl, mitten am Tag draußen keine Handschuhe tragen zu müssen, hatte zerstreuen lassen.

Von dem Gefühl, dass alles so war, wie es sein sollte.

Dass dies hier ein Frühling war wie alle anderen, der in den Sommer übergehen und ihnen alles schenken würde, was sie während der dunklen Jahreszeit vermisst hatten.

Vielleicht würde ein Sommer kommen, aber er würde nicht wie die anderen sein. Das Gras würde grün werden, und die Tierjungen würden zum ersten Mal über sonnenbeschienenes Moos purzeln.

Doch nichts würde so sein wie die Sommer, von denen sie und Biera so viele gemeinsam erlebt hatten.

Denn Biera hatte begonnen, sie zu verlassen, und bald würde auch von Máriddja nichts mehr da sein.

Es eilte, also war es an der Zeit, den nächsten Schritt zu unternehmen.

35

EIN GANSFELL ZUM ONKEL

Máriddja drückte auf den Anrufknopf des Amts, als sie in der Vormittagskälte mit dem Telefon draußen saß.

»Amt, hallo?«

»Amt hallo, hallo, hallo, verbinde mich mit 22«, war Sire tirilierend zu hören.

Offensichtlich war sie so ein Morgenvogel. Die schlimmste Sorte Vögel, dachte Máriddja missgelaunt.

»Ich bin nicht sonderlich guter Laune heute, Sire«, warnte Máriddja.

»Was ist groß, grau und nicht sonderlich relevant? Ein Irrelefant.«

»Heute bist du ja wirklich ulkig«, murmelte Máriddja. »Arbeitest du eigentlich alleine in diesem Amt da?«

»Welches Amt?«, erkundigte sich Sire fromm.

»Ach.« Máriddja knibbelte an ihrem Nagelbett herum und schaute zu den Fjällspitzen hinaus, die sich zum Himmel erhoben. »Ich muss jetzt … wirklich telefonieren.«

»Wo möchtest du anrufen?«

Nun war Máriddja vorsichtig hoffnungsvoll. Sollte das Fräulein vom Amt vielleicht endlich seinen Job machen und ihr das geben, was sie brauchte?

»Na ja, bei Heaika-Joná! … Rijá«, erklärte Máriddja und artikulierte den Namen deutlich.

»Starte den Rechner«, antwortete Sire bereitwillig, und das Display des Telefons wurde von einer Menge Ziffern erleuchtet.

»Nein, nein, nein. Teufel noch mal, ich kann doch nicht wissen, was für eine Nummer er hat! Darum solltest du dich doch kümmern!«

»Okay, ich werde dir eine Übersicht geben, wie du dich um deine Gesundheit kümmern kannst!«, zwitscherte Sire.

Also jetzt ist sie aber wirklich frech! Doch noch ehe Máriddja protestieren konnte, informierte die fröhliche Stimme sie darüber, dass sie sich zu wenig bewegen würde und dass ihr Gewicht für weitere Informationen aktualisiert werden müsse.

Máriddja konnte nicht anders, als in ein gluckerndes Kichern über die naseweise Person auszubrechen. Diese Sire war wirklich unglaublich.

»Nein, jetzt hör mal, junge Dame, so viel Spaß können wir heute nicht haben. Ich will einfach den Jungen erreichen, keine anderen Dummheiten!«

»Möchtest du eine Nachricht senden?«

»Ja, danke!« Máriddjas Erleichterung war offensichtlich. Sie bekam dabei ein Bonbon in den falschen Hals und musste etwas krächzen, um die Stimme wieder freizukriegen.

»Was soll ich schreiben?«, fragte Sire.

»Ja, wenn du einen Gruß übermitteln kannst, dann schreib doch bitte, dass er sich mal melden soll!«

»Soll ich ein Foto hinzufügen?«

»Was?«

»Ich habe verstanden.«

»Wie auch immer, sag ihm, dass es eilig ist. Dass er ganz schnell seinen Onkel anrufen soll.« Máriddja war heiser vor Eifer, als sie rasch die Wörter aufeinanderstapelte. Am besten schmiedete man, solange das Eisen warm war, dachte sie munter.

»Schicke Nachricht an Nuffe Nilsson«, informierte Sire effektiv.

»Was? Nä, stopp!«

Máriddja wedelte abwehrend mit den Händen und sah ein Bild von sich selbst aus der Froschperspektive und dazu den Text *ein Gansfell zum Onkel*, ehe es noch einmal blinkte und der Bescheid »Gesendet« in kleiner Schrift unter dem Bild erschien.

»Zur Hölle! Was ist jetzt passiert? Warum hast du das getan?«

»Ich bedauere, wenn es falsch war«, erwiderte Sire, ohne auch nur im Geringsten bedauernd zu klingen.

Máriddjas Wangen wurden rot. Sie schrie fast.

»Ich habe keine Zeit für so was! Begreifst du nicht, dass hier die Hütte brennt?«

»Ist ein Feuer ausgebrochen?«, erkundigte sich Sire, die offenbar endlich den Ernst der Stunde erkannt hatte. Máriddjas Blick fiel auf die Scheune. Dann nickte sie bedächtig.

»Hömmal, besten Dank für die Hilfe!«, sagte sie ironisch.

»Ich bin immer froh, helfen zu können«, gurrte Sire.

Aber Máriddja hörte sie kaum. Sie betrachtete mit schief gelegtem Kopf den Schuppen. Dann kicherte sie. *Fijdejka?* Jetzt würde Nilssons Junge glauben, dass die Tante komplett durchgeknallt war! Gansfell zum Onkel, haha …

bei dem Gedanken würde das Hähnchenküken wahrscheinlich kollabieren. Hohojaja.

Manchmal war sie schon ganz gut verrückt, die Sire, aber dann plötzlich kam sie in Fahrt und zeigte Tatkraft!

Máriddja rieb sich die Hände und schob den Telefonapparat in die Brusttasche. *Das* hier würde Schwung in die Sache bringen!

36

RISSE

»'nen Schnaps braucht Oma Rajala, die Nachricht ist fürs Herz Gefahr«, sang Kaj.

Die R und r kamen dramatisch amerikanisch, und der Reim war aus der Not geboren. Als Mimmi ins Badezimmer schaute, sah sie Kaj voller Inbrunst in seine Zahnbürste hineinsummen. Dann wieder wedelte er wild mit den Armen zu den Akkorden auf seiner Luftgitarre. »Gefühle, großes Tralala, das Erbe ist jetzt nimmer da für Kaj und Mimmi Rajala.«

Er sah sie unter halb geschlossenen Augenlidern verführerisch an und biss sich auf die Lippe.

»Du brauchst Hilfe, ist dir das klar?«, fragte Mimmi und schüttelte den Kopf.

»Der Kerl macht doch bloß Blablabla, die Maid hört nicht auf Omama … Rajala.« Kaj ließ sich nicht verdrießen, sondern sank auf ein Knie und glitt mit gerunzelten Augenbrauen über die Töne, während er mit heller Hair-Metal-Stimme »Oma Rrrajallllla« sang.

»Ich rate dir davon ab, zu kündigen, um auf eine Musikerkarriere zu setzen. Geh mal lieber im Keller trällern und räum da auf. Du jagst dem Kater Angst ein.«

»Baby, du liebst es, wenn ich für dich singe, du musst gar

nicht die Kühle spielen. Du bist meine Muse«, sagte Kaj, eine Augenbraue neckisch hochgezogen, und klatschte ihr einen Kuss auf die Lippen.

»Ich kann dir was dagegen verschreiben«, erwiderte Mimmi und ringelte sich ihren Schal um den Kopf wie das Nougat-Topping auf einem Softeis. Kaj tat so, als würde er die Gitarre stimmen, während er hinter ihr Richtung Diele ging.

Mimmi begann langsam, die Tür zwischen sich und Kaj zu schließen, der wieder die Lippen schürzte und noch schnell einen Kuss bekam. Sie hörte ihn durch die Schnute weiter brummeln: »Ein Kuss von Doktor Rajala schmeckt einfach immer wunderbar«, woraufhin sie grinsen musste und ihm sadistisch zuflüsterte:

»Das werde ich Ämmi petzen ...«

Kaj zog mit nur zum Teil gespieltem Entsetzen schnell die Schnute wieder glatt, bis Mimmi die Tür zugemacht hatte.

...

Er seufzte und ging in die Küche, um sich eine Tasse Kaffee zu brauen, bevor er sich seinem Auftrag widmete. Gustav und er waren, als sie das Haus ausgeräumt hatten, das meiste aus dem Nachlass ihrer Eltern gemeinsam durchgegangen. Doch ein paar wenige Kisten waren noch übrig, und Kaj hatte versprochen, sich denen an seinem freien Tag zu widmen. Er hatte wirklich keine Lust dazu und deshalb entschieden, keine Minute mehr als notwendig darauf zu verwenden. Also drehte er die Haare mit einem ausgeleierten Gummiband zu einem strammen Dutt auf dem Kopf und stieg die Kellertreppe hinunter, wobei seine Laune mit jedem Schritt mieser wurde. Von draußen hörte er das Wischen und Dröhnen von Besen und Schippe, als Mimmi sich einen Weg durch den Schnee bahnte.

In einer grellorangefarbenen Plastikkiste mit Deckel, auf der Kajs Name stand, fand er eine Sammlung Handwerksmesser und andere sorgfältig eingewickelte Gegenstände. Die Buchstaben stammten von der schnörkeligen Handschrift seiner Mutter.

Passenderweise war ein Messer genau das, was er jetzt brauchte, um die danebenstehenden Kartons aufzubrechen, die sein Bruder so rigoros versiegelt hatte, dass unter dem breiten Klebeband kaum noch Pappe zu sehen war. Er wählte ein ordentliches Messer aus, sägte sich durch das Klebeband und fand in der Tiefe des Pappkartons das Fotoalbum seiner Eltern. Nicht, was er gehofft hatte, war er doch davon ausgegangen, das Zubehör zur Stereoanlage zu finden.

Kaj biss die Zähne fest zusammen und legte das Fotoalbum zur Seite. Natürlich liebte er seinen Bruder, aber er konnte die vielen Babybilder von seinem Knubbelgesicht einfach nicht mehr sehen. Davon hatte er genug.

Kaj hatte immer gefragt, so wie Kinder es nun mal tun, ob er genauso mit dem Essen rumgesaut habe, als er ein Baby gewesen sei. Ob er als kleines Kind auch den blauen Overall angehabt habe und natürlich sei Kaj doch wohl von Tag eins an größer gewesen als Gustav, oder? Doch Laura hatte sich über alle diese Einzelheiten ausgeschwiegen, und die erzählten Anekdoten stammten alle aus den frühen Jahren des Bruders. Wie etwa, dass Gustav mit gut ausgerichtetem Strahl vom Wickeltisch direkt in Mamas Schminktasche gepinkelt hatte und dass er lange den Namen seines großen Bruders nicht aussprechen konnte, sondern Kaj immer »Haj« nannte.

Das gab Kaj das Gefühl, als habe er erst angefangen zu existieren, als er groß genug war, um seine Überlegungen darüber, woher er eigentlich kam, auszudrücken. Alle seine Erinnerungen hatten an dem Punkt begonnen. Mit Fragen und Sichwundern.

Schließlich hatte sein Vater ihn gebeten, mit Rücksicht auf die Mutter, deren blank polierte Perfektion auf seltsame Weise *Risse* bekam, wann immer Kajs Kleinkindjahre angesprochen wurden, lieber nicht weiter zu fragen. Zunächst hatte Kaj den Zusammenhang nicht begriffen, sondern war nur erschrocken und ängstlich über Lauras Tränen gewesen, die ihr immer so gefasstes Gesicht wie Spinnenbeine auf einem Spiegel durchzogen.

Er hatte nicht geahnt, dass etwas so Kleines einen ganzen Berg zum Einsturz bringen könnte, sondern war nur über die Katastrophe selbst erschrocken. Dann hatte der Papa ihm erklärt, dass es für Mama schmerzhaft sei, sich an das Vergangene zu erinnern.

Und Kaj begriff, dass er selbst das Unglück war, das den Berg erschüttert hatte.

Dass es schmerzhaft für Kaj war, niemals an einer einzigen Erinnerung über seine erste Zeit auf der Welt teilhaben zu können, war in dem Zusammenhang belanglos. Dass er von starker Furcht heimgesucht wurde, seine teure Mama traurig gemacht zu haben, war sekundär. Alle Rücksichtnahme in der Familie galt Laura. Um sie kreiste alles, und an dem Tag wollte jeder derjenige sein, der sie beruhigte und sie wieder zum Lächeln brachte.

Kaj erinnerte sich an sich selbst als einen verlorenen und unglücklichen kleinen Jungen, der stotterte und die anderen Kinder nicht verstand. Mit Scham dachte er daran, wie seine Grundschullehrerin die Mutter zu einem besonderen Gespräch gebeten hatte, weil er sich zu oft in die Hose pinkelte und in den Pausen weinte.

An die Reaktion seiner Mutter auf diese Information konnte er sich nicht erinnern, sondern nur, wie sie sich draußen vor der Bürotür des Direktors freundlich von der Lehrerin verabschiedet und dann auf der Autofahrt nach Hause geschwiegen hatte.

Das Kakaoglas als Zwischenmahlzeit auf dem Küchentisch der Familie zeugte als Einziges davon, dass an jenem Tag etwas Außerordentliches geschehen war. Kakao bekam man nur zu besonderen Gelegenheiten.

Kaj hatte seine Mutter blind bewundert. Ihre kühle Eleganz, die glänzenden Augen und ihre Fähigkeit, immer ohne einen Fehler zur richtigen Zeit am richtigen Ort zu sein.

Und er hatte ihre Geschichten am Abend geliebt, ihre warmen Hände, mit denen sie die Decke um ihn feststeckte, und wie sie immer allem zuhörte, was er zu erzählen hatte. Sie war eine gute Mutter gewesen. Doch auch eine Mutter, von der er immer gespürt hatte, dass er sie im Grunde nie erreichte, obwohl er es versuchte.

Laura liebte Musik, Theater und Bücher. Ihr eigenes Zimmer im Haus war voller Farben und spannender Dinge gewesen. In dem hohen Bücherregal konnten keine Staubkörner landen, da die Werke so oft herausgenommen und gelesen wurden.

Lauras Fähigkeit, Kunst zu fühlen und gewissermaßen

einzuatmen, hatte Kaj fasziniert. Das war so fremd für ihn und mit starken Emotionen in ihrer Körpersprache und Mimik verbunden, dass zuzuschauen, wie sie sich durch das, was sie erlebte, veränderte, wie eine Droge wirkte. An ihrem Weinen teilzuhaben, weil eine Melodie, die sie schön fand, sie berührte, oder zu sehen, wie sie vor leidenschaftlicher Einfühlung die Augen über einer ergreifenden Stelle in einem Buch schloss. Das tat ihm auf seltsame Weise im ganzen Körper weh.

Ihre ohnehin luftige Gegenwart im Zuhause schien sie dann völlig aufzugeben, sie schwebte durch Zeit und Raum hinaus durch die Wände – fort, woandershin. Da wurde noch deutlicher, dass sie nicht sein war. Dass sie überhaupt nicht zu ihnen gehörte, sondern sich jeden Moment vor seinem furchtsamen Blick in Luft auflösen konnte.

Also hielt sich Kaj in ihrer Nähe, bewachte gleichermaßen erschrocken wie verzaubert ihre Ballerinaschritte, wenn sie zur Stereoanlage ging oder wenn ihre Finger gedankenverloren über die Buchrücken im Regal zu wandern begannen. Da wusste er, dass sie im Begriff war, wieder zu entschwinden.

Etwas in ihm hatte immer gewusst, dass er sie verlieren würde, wenn er nicht aufpasste. Sie war wie ein schön schimmernder Ballon, den Papa Hans mit einem dünnen Faden bei ihnen festgezurrt hatte – nur für eine gewisse Zeit da.

Der kleine Kaj wusste das, und ebenso sicher wusste er auch, dass ihre Flüchtigkeit und ihre Unfähigkeit, zu ihnen zu gehören, seine Schuld war. Da musste etwas gewesen sein, was er getan hatte, ehe er begreifen konnte, was er tat. Warum sollte sie sonst so herzzerreißend weinen, wenn sie genötigt wurde, an Kaj als Baby zu denken? Es gab keine andere Erklärung.

Und wie Kinder es tun, hatte er sie nicht dafür gehasst, dass sie es sich erlaubte, in Stücke zu zerfallen, obwohl er sie doch ganz brauchte, sondern er hatte begonnen, sich selbst zu hassen, weil durch ihn seine schöne Mutter lauter Risse kriegte.

Wie ein Troll im Sonnenschein.

37

FEUERALARM

Der Feueralarm ging um 9:00 Uhr ein, und ein erster Wagen mit fünf Rauchtauchern verließ sofort das Gebäude, gefolgt von einem Tankwagen mit Blaulicht und Martinshorn. Der Brand war bei der Ankunft vor Ort um 9:25 Uhr voll entwickelt, es brannte ein Schuppen ungefähr 50 Meter vom Wohnhaus entfernt. Die Löscharbeiten wurden unmittelbar eingeleitet, und gegen 11:40 Uhr hatte man das Feuer trotz Rauchentwicklung in der Umgebung bekämpft und unter Kontrolle gebracht. Keine Menschen oder Tiere sind zu Schaden gekommen, doch der Schuppen war nicht zu retten, da er bereits bei der Ankunft der Wehr in Flammen stand. Die Frage zur Entstehung des Brandes ist noch offen.

Die Person, die den Alarm ausgelöst hatte, verhielt sich laut Informationen seltsam, doch gibt es bisher keine Hinweise darauf, dass es sich um einen Versicherungsbetrug handeln könnte, da der Schuppen offenbar nicht versichert war. Die Besitzerin der Adresse war erstaunlich aufdringlich und neugierig auf die Arbeit der Feuerwehrleute. Sie zeigte auch keine besondere Sorge, dass das Feuer und/oder die Rauchentwicklung sich nachteilig auf ihr übriges Eigentum auswirken könnten.

Zu bemerken ist überdies, dass die ältere Frau beobachtet wurde, wie sie die Ausrüstung der Feuerwehrleute, als diese nach Beendigung der Löscharbeiten auf dem Boden abgestellt worden war, unbefugt untersuchte und »beschnüffelte«.

Es wird Anzeige wegen möglicher Brandstiftung erstattet. Eine Hintergrundüberprüfung der Anruferin und ihres Ehemanns ist angeordnet.

Brandmeister Sven Elofsson, Guovddo, 5.3.2020.

38

BRANDFEST

Das Feuer war aus der Welt, und die Löschtruppe hatte die Ruinen verlassen. Der alte Schuppen, in dem sie Angelgerät aufbewahrt hatten, stand noch zahnlos da. Leer war er nicht gewesen, aber nichts von dem, was dem Feuer bei seinem hungrigen Vorstoß untergekommen war, würde vermisst werden.

Máriddjas Kleider rochen nach Rauch, und der Schlitten, der nach der morgendlichen Holzfracht zum Haus in einer Schneewehe gestanden hatte, war ein wenig rußig geworden. Aber darüber musste man sich nicht grämen, ein bisschen Schwund war immer, und der Anlass war ja hochedel. Schlimmer war, dass sie den Schuppen unnötigerweise in Brand gesteckt hatte. Ihre Mühe hatte rein gar nichts bewirkt.

Enttäuscht schloss sie die Tür zur Kammer auf, in der Biera im Fernsehen bei höchster Lautstärke eine alte Komödie schaute. Diskret nahm sie die Chipstüte und die Kaffeetasse weg, die sie für den Fall, dass die Arbeit draußen mehr Zeit in Anspruch nehmen würde als berechnet, im Regal bei der Tür platziert hatte. Den ebenfalls bereitgestellten Pisspott hatte sie auch schon rausgetragen. Biera schien ihre Gegenwart sowieso nicht zu bemerken.

Sowie er eingeschlafen war, würde sie die Batterien wieder in sein Hörgerät einsetzen, sie war ja nicht völlig herzlos.

Im Gegenteil: Das alles war in höchstem Maße eine Liebestat für den knochigen Alten, dessen grauer Haarschopf über die Rückenlehne seines Sessels ragte.

Von Geruchssinn und Geschmack war nicht mehr viel übrig. Biera pflegte mit gutem Appetit zu essen, was sie ihm hinstellte, um dann hinterher zu fragen, ob es gut gewesen sei. Sie machte sich also keine Sorgen, dass er den Rauchgeruch an ihr wahrnehmen würde.

Schlimmer war es mit ihrer eigenen empfindlichen Nase, sie erstickte fast an dem beißenden Gestank von verbrannter Ensilage, angekokeltem Holz und wahrscheinlich dem ein oder anderen verstorbenen Mitglied der Wühlmauspopulation. Sie musste hinausgehen und die Gerüche wegwaschen, ehe ihr die Nase abfiel.

Biera sagte immer mit gleichen Anteilen von Ironie und Respekt, dass sie mit der Nase schaute und nicht mit den Augen. Máriddja ihrerseits schnaubte dann nur und gab zurück, er würde mit der Zunge denken.

Aber sie hatte wirklich einen ausnehmend gut entwickelten Geruchssinn und dazu eine starke Intuition. Wie die Dinge rochen, sagte manchmal mehr aus als das, was die Augen sahen. Wenn die Mutter hohen oder niedrigen Blutzucker gehabt hatte, dann pflegte der Geruch um sie herum anders zu sein, und wenn der Wind richtig stand, konnte Máriddja sagen, welche Sorte Holz in dem einen knappen Kilometer entfernten Nachbarhaus verbrannt wurde.

Ihre Nase hatte sie vor vielen Jahren auch in ihrer Wahl des Lebenspartners geleitet. Der Duft, der ihr in der Hütte bei Bieras Cousine entgegenschlug, als sie sich zum ersten Mal begegneten, war der herrlichste, den sie je wahrgenommen hatte. Es war ein so begehrenswert männlicher Geruch von Wald und Harz gewesen, von frischer Luft und süßem Schweiß, ein wenig Teer dabei und Geborgenheit. Als ihre Augen die Nase eingeholt hatten und den Mann, der auf der Kiste an der Wand gesessen und einen Kåsa mit schwarzem Kaffee drin gedreht hatte, war sie sicher gewesen. Denn so hatte sie einen Mann noch nie gesehen: Als würde sie an einem kalten Wintertag die tauben Fingerspitzen in den Schein eines sprühenden Feuers halten.

Jetzt strich Máriddja mit ebendiesen Fingern, inzwischen gealtert und krumm vor Schmerzen, über Bieras faltigen Nacken, und es brannte ein wenig in den Augen. Während sie in Socken über die jammernden Holzplanken in der Küche zum Badezimmer ging, rief sie ihm zu, dass er etwas zu essen bekommen würde, sobald sie sich gewaschen habe. Doch dann erkannte sie, dass er sie ja nicht hörte. Sie schluckte heftig, damit die Fehleinschätzung nicht in ein Tränenfest ausartete.

Verdammt, verdammt, verdammt, bei jedem Schritt zum Badezimmer fluchte sie innerlich.

• • •

Biera wandte den Blick vom Fernseher und sah ihre entschlossenen Füße und knallenden Fersen über den Boden stampfen. Langsam führte er die Hand vom Nacken, wo Máriddja ihn berührt hatte, zu seinem Gesicht. Schwarz? Von Ruß? Ängstlich stand er auf und befühlte die Außenseite der Tür, die das Zimmer mit der Küche verband. Auf der anderen Seite war der Schlüssel aus dem Schloss verschwunden.

Als er zuvor versucht hatte, die Tür zu öffnen, um sich am Wasserhahn in der Küche einen Mundvoll Wasser zu holen, war die Tür nicht aufgegangen, und im Schlüsselloch hatte er etwas gesehen, was den Hohlraum von draußen her ausfüllte. War die Tür abgeschlossen gewesen? Er hatte gerufen und ein wenig an die Tür geklopft, schließlich aber hatte er resigniert und war zu seinem Platz vor dem Fernseher zurückgekehrt.

Doch das Herz hatte vor Unzufriedenheit laut gepocht, und jetzt surrte es in seinem Kopf wie ein ganzer Bienenkorb voller Gedanken – und er war überhaupt nicht hungrig.

39

DIE ALTEN AUF DER MATTSCHEIBE

Eigentlich scherten sich die Rijás nicht zu sehr darum, was das Fernsehen für ein Programm anbot, da ging es doch meist um ein nettes Hintergrundrauschen in der Einsamkeit auf dem Berg. An diesem Abend war in dem Apparat eine Nachrichtendokumentation zu sehen. Der Reporter sprach mit norwegischem Akzent und hatte Lippen wie eine Krabbe, wie Máriddja gedankenverloren bemerkte.

Eingesunken in die durchgesessenen Plumeaus des Sofas und mit einer Wolldecke über den Knien, war sie mit einer Patience beschäftigt. Deswegen hörte sie nicht so genau hin, was die ernsten Stimmen diesmal in das Licht der Öffentlichkeit gezerrt hatten.

Biera kratzte zerstreut und unbewusst mit den Fingern langsam über den Stoff des Sessels.

Wieder war es ihr ausgezeichneter Geruchssinn, der sie aufmerksam machte. Der Gatte hatte begonnen, stark zu schwitzen, und das Kratzen auf der Armlehne war stärker und intensiver geworden. Er sagte nichts, sondern war mit großen Augen vollständig von der Welt auf dem Bildschirm absorbiert.

Máriddja legte eine Karodame ab und betrachtete ihn über den Rand der dicken Brille von der Seite. Er atmete heftiger, und als Máriddja einen Blick zu dem Moderator im Fernsehen warf, begriff sie auch, warum.

Bei dem abendlichen Programm ging es um den Mangel an Pflegeplätzen in der Altenpflege. Da kniff der Tumor im Bauch, der Krebs kratzte von innen mit seinen harten Klauen. Máriddja stand so schnell auf, dass ihr schwindlig wurde, und hockte sich neben den Sessel. Sie legte ihre Hand auf Bieras, brachte die kratzenden Finger zur Ruhe und schaltete das Bild ab, sodass es in ein schwarzes Loch gezogen wurde und verschwand.

»*Nu, so, so, Gieres.* Wir haben uns doch darauf geeinigt, solche Schrecklichkeiten nicht anzusehen. Das tut gar nicht gut.«

Der Gatte antwortete nicht, ließ aber die Hand still auf der Armlehne des Sessels liegen.

Sie betrachteten ihre Spiegelbilder in der dunklen Mattscheibe. Sein magerer Körper und die langsamen Bewegungen, ihr ergrautes Haar und die gealterte Haltung. Eine Weile saßen sie so, bis Biera nicht mehr wie ein kochender Scootermotor atmete und Máriddjas Herz wieder in normalen Intervallen schlug.

»Dann machen wir mal Schluss für heute«, sagte Biera schließlich mit eingerosteter Stimme und erhob sich, »gute Nacht!« Dann strich er ihr über die Schulter und ging mit seinen wie gewöhnlich sanft federnden Schritten Richtung Badezimmer.

Máriddja vermochte sich fast nicht zu erheben, so schwer wogen ihre Gedanken und die böse Geschwulst im Leib.

»So wird es für uns nicht werden. So macht man das nicht mit den Leuten hier oben«, flüsterte sie ihrer einsamen

Reflexion im Fernsehbildschirm zu. »Wir werden zusammen sein. Bis zum Ende.«

Sie kam auf die Füße und schaltete die Deckenlampe aus. Es würde eine schwere Nacht werden – um das vorherzusagen, brauchte sie ihre Nase nicht.

40

IN FRÜHEREN JAHREN

Du hast doch wohl nicht vergessen, wie es früher war? Da war alles anders! Glückliche Tage waren das, als die Stube voller Stimmen war! Platz gab es ja immer, selbst wenn die Hütte klein war. In früheren Jahren, als Gustu noch lebte … du weißt schon, als er hier einzog, als er alt und Witwer geworden war. Beim Sohn und seiner Frau einzog. So war es schließlich die Sitte bei uns Samen.

Er war ja ein bescheidener Mann, Gustu, in derselben Form gegossen wie sein Sohn. Er machte kein Gewese um sich, war niemals eine Last. Aber am Ende war er traurig und schlimm vom Heimweh geplagt … nach dem Land, das er verloren hatte. Und nach den Freunden und den Familien, die da oben im Fjäll zurückgeblieben waren … in Karesuando, das er Gárasavvun nannte. Freunde und Familien, die er nie wiedergesehen hat.

Natürlich hat es ihn geschmerzt, dass er in einer Erde würde ruhen müssen, die vielleicht … nie wirklich seine geworden war, und dass er niemals mehr das Salz im Sommerland unter sich spüren würde.

Du musst wissen, Biera war dabei gewesen bei der langen Wanderung. Vom nördlichsten Schweden ins Inland, viele, viele Meilen gen Süden. Damals war er nur ein Samen im Bauch von Mutter Ella-Márge … oder Margareta, wie es in den Kirchenbüchern stand.

Er entsprang aus einem kleinen Funken – aus dem Samen gewachsen, der im Land seiner Vorväter verstreut worden war, und während der strapaziösen Reise weg von ihren Wurzeln wurde er von den schweren Schritten der Eltern gewiegt. So war es wohl gewesen.

Um dann als Fremder im Land der Lulesamen geboren zu werden.

Erinnerst du dich an die Geschichten, die Gustu und Ella-Márge erzählt haben … über Karesuando? Mit keinem einzigen Wort erwähnten sie ihre Sehnsucht danach. Mit keinem einzigen Wort. Aber sie war da … in ihrem Tonfall, wenn sie redeten … und in den Joiks, die sie niemals mehr joikten. Gustu durfte friedlich im Schlaf davondämmern … hier im Haus, um nie mehr in dem immer noch fremden Land die Augen aufzuschlagen.

Deine eigene Mutter war länger da … Ibbá. Wenn Gustu bequem gebettet unter Plumeau und Leinen im Wohnzimmer schlief, nächtigte sie auf dem Küchensofa … sie war schließlich jünger. Das Sofa hätte man ausziehen und aufklappen können, aber Ibbá, die eine Geisterseherin war, weigerte sich entschieden, in einer Holzkiste zu schlafen! Sie behauptete, damit würde man die Geister herausfordern! Stattdessen machte sie sich oben auf dem harten Deckel der Bank ein Bett aus Rentierfell … mit einer ganz dünnen Decke, bis zur Nasenspitze hochgezogen. Die Zuckerhutmütze ließ sie nachts auf, und die hatte sie zur Wand gerichtet, denn niemals in aller Welt würde sie mit dem Kopf zur Tür schlafen, sodass die *Gátniha* sie am Schädel würden rausziehen können!

Sie war voller Aberglauben. Und obwohl sie in einem Haus mit Wänden wohnte … lebte sie ungehindert in den alten Sitten. Immer hatte sie ihren Wanderstock dabei … auch im Haus, und auf den stützte sie sich zwischen den Räumen.

Oft saß sie da und schaute aus dem Fenster. Überwachte das Tierleben, sagte das Wetter voraus und spähte … nach allerlei Winkeln und Wesen in der Silhouette des Fjälls. Das tat sie immer. Sie rauchte Pfeife und webte ein Band nach dem anderen … für Enkelkinder, die sie niemals bekommen sollte. Dieser Anblick beklemmte dich immer, Máriddja … aber du wusstest wohl, dass deine Mutter niemals vorhatte, dich mit ihren fleißigen, hoffnungsvollen Fingern zu kränken, nicht wahr? Sie war ganz einfach dazu geschaffen, etwas für die Hände zu haben. So war es nun mal mit dem alten Volk.

Als Risten und Heaika-Joná einzogen, kümmerte sie sich um den Jungen mit der Selbstverständlichkeit eines alten Menschen dem neuen Leben gegenüber. Sie legte Silber unter das Kissen, auf dem er schlief, damit das Vittervolk ihn nicht gegen einen der Seinen tauschen würde. Und wie sie mit dem weichen Bommel ganz außen an ihrem Gürtel über sein Gesicht strich, wenn er mit müden Augen auf ihrem Schoß saß! Ibbá ließ die bunten Garnfäden über seine immer schwereren Lider fallen, bis er in ihren mageren Armen fest und friedlich schnüffelnd schlief.

Ibbáhkko, so nannte Großmutter Ibbá sich selbst, obwohl sie mit dem Jungen nicht verwandt war. Und um seine Knöchel wickelte sie ihre schönsten Schuhbänder in den traditionellen Farben der Familie.

Auch Ibbáhkko durfte ihre Tage zu Hause bei den Ihren

beschließen. Aber sie wäre nicht deine kluge Mutter gewesen, wenn sie nicht schon vorausgesagt hätte, dass sie auf dem Weg schon weiter war. Weiter … zu denen, die in der nächsten Welt auf sie warteten.

Ja, da habt ihr über sie gelacht … habt gescherzt, dass sie nun von all ihrem Pfeifenrauch schnurrig würde, nicht wahr? Aber in der Nacht schlief sie ein, auf ihrem Rentierfell mit ihrer Mütze … und unter der bis zur Nasenspitze hochgezogenen dünnen Decke.

Schwer und mächtig wurde sie vermisst, aber mit Kind im Haus und einer abwesenden Mutter zum erwähnten Kind gab es keine Zeit, dem nachzuspüren.

Aber du siehst sie doch, Máriddja, nicht wahr? … Da, wie sie am Fenster sitzt, ihre Pfeife raucht und immer noch aufs Fjäll hinausschaut.

41

MAMABUB RETTET WILDERIN

Nilssons Bub war ebenso wenig ein Bub wie eine Zuckerstange.

Wollte man gemein sein, dann war er noch am ehesten eine gestreifte Zuckerstange, denn seine Nase ragte immer weihnachtlich rot aus dem ansonsten bleichen Gesicht. Er wurde Nilssons Bub genannt, obwohl er fünfzig Jahre alt war.

Eigentlich hieß er Ulf, und er war, was man in ihrer Gegend einen Mamabub nannte, so einer, der in den Bequemlichkeiten zu Hause bei Mama und Papa geblieben war. Mit dem bäuerlichen Zusatz eines N vor Männernamen und der landesüblichen Abkürzung »Uffe« für Ulf wurde er meist »N'Uffe« genannt. Die Eltern waren Zugezogene, kamen von einigen Meilen nördlich her und hatten den bäuerlichen Sprachgebrauch mitgebracht.

Er hatte eine Arbeit, war also nicht ein derart ausgeprägter Parasit im Elternhaus, wie die Leute es sich einbildeten. Nuffe fuhr das Postauto zwischen den kleinen Dörfern um Guovddo herum. Dasselbe Auto, dieselbe Strecke und dasselbe Mixtape im Kassettenrekorder des Autos. Jeden Tag, seit knapp fünfundzwanzig Jahren.

Ansonsten passte er nicht zum Stereotyp des zu Hause

wohnenden alten Junggesellen, da er weder sonderlich scheu war noch in seiner Kindheit wie festgenagelt auf dem Plumpsklo gesessen hatte.

Nuffe war ganz einfach in dem kleinen Haus am Ende der Dorfstraße geblieben, weil es ihm dort gefiel. Es war ihm niemand begegnet, mit dem er das Leben verbringen wollte, und er würde sich lieber die Zehen mit einem stumpfen Messer abschneiden, als sich irgendwo drinnen in der Stadt zwischen all die anderen zu drängen.

Es war nicht so, dass er Leute nicht gemocht hätte, er wollte einfach nicht so viel mehr von ihnen sehen als ihren Namen auf einem Briefumschlag. Und eines Tages würde er sowieso das Haus der alten Eltern übernehmen, was hatte es da für einen Sinn wegzuziehen?

• • •

Wie auch immer war es Nuffe, dem die zweifelhafte Ehre zukam, einmal die Woche für das Paar Rijá einkaufen zu dürfen. Jeden Donnerstag holte er das Geld unter der Fußmatte hervor und nahm die sorgfältig zusammengefalteten Stofftaschen vom Geländer des Windfangs. Stellte sie dann, wenn der Auftrag ausgeführt war, wieder im selben Windfang ab, ehe er sich nach Feierabend auf den Weg zur Pörte-Hütte und zu den dampfenden Abendkartoffeln bei den Eltern machte.

Das Arrangement war für ihn niemals sonderlich aufwendig gewesen, da er sowieso für seine Eltern einkaufte und die Rijás so gut wie immer dasselbe brauchten.

Der alte Rijá war zu seiner Zeit ein kräftiger Mann gewesen, und Máriddja, ja, Máriddja war ein Farbtupfer. Sie begaben sich nicht viel unter Leute und hatten wohl noch nie sonderlich viel soziales Leben gehabt. Jedenfalls nicht soweit Nuffe sich erinnern konnte. Aber früher hatten ja noch mehr Leute in der Hütte gelebt.

Bieras kleine Schwester war unfassbar schön gewesen. Aber dann hatte sie den Alten das Herz gebrochen, hatte den Jungen mitgenommen und war verschwunden. Danach hatte man Biera und Máriddja fast nirgends mehr gesehen.

Es hieß, der Verlust des Jungen hätte sie gebrochen. Meist beschäftigten sich die beiden mit ihrem kleinen Hof, kümmerten sich um das, worum man sich kümmern musste – Holzhacken, Schneeschippen und Schneeschippen und Holzhacken –, doch luden sie niemals jemanden zu sich ein. Sie grüßten und plauderten, wenn jemand vorbeikam, aber das war schon alles.

Abgesehen von dem Ereignis vor einigen Jahren, als Nuffe Máriddja von einem Baum holen musste. Seine Mutter hatte ihn auf das Rufen aufmerksam gemacht und den Sohn in großen Stiefeln rausgeschickt, dass er mal nachsehe, was da los sei. Dünne Rufe waren im Wechsel mit kraftvollen Flüchen im Bass über den kleinen See zu hören gewesen, und zu seinem Erstaunen hatte er die Nachbarstante oben in einem Baum hocken sehen. Sie hielt sich mit der einen Hand an einem dünnen Ast fest, und um das Gleichgewicht zu halten, saß sie auf dem Nistkasten für die Schellenten, den sein Vater zusammen mit ihm aufgehängt hatte, als Nuffe noch ein Junge war. Der war fest und solide gebaut und offensichtlich auch gut am Baumstamm verankert, denn es machte nicht den Eindruck, als würde ihn das Gewicht der alten Dame in irgendeiner Weise belasten.

Nuffe hatte unten vorm Baum gestanden und zu der Alten emporgeschaut, die wohl mit erstaunlicher Beweglichkeit und Elastizität ausgerüstet war, denn es war ihm unbegreiflich, wie sie da hatte hinaufkommen können.

Sie sprachen erst mal nicht miteinander. Máriddja hatte nur ein wenig mit dem einen Stiefel gewunken und dann den Kopf in den Nacken geworfen und laut und dröhnend mit weit geöffnetem Mund gelacht.

Sie sah aus wie eine Hexe, die eine Bruchlandung mit dem Besen hingelegt hatte.

»Ja, herrje, was denkst du wohl jetzt?«

Nuffe wusste nicht, was er darauf antworten sollte, also nahm er nur die Kappe ab und kratzte sich ein wenig die feinen Falten. Glücklicherweise schien die Nachbarshexe keinen Anspruch auf irgendeine Erwiderung zu erheben.

»Die Leiter liegt da unten im Gebüsch … Sei so gut und stell sie mir wieder auf. Sie ist umgefallen.«

Ja, seine Fähigkeit, Schlüsse zu ziehen, war durchaus weit genug entwickelt, um festzustellen, dass die rostrote Leiter mit aller Wahrscheinlichkeit umgefallen war. Also war die Alte nicht bei einem Besenausflug mit dem Baumstamm kollidiert.

Mit nachdenklichen Blicken hinauf zu der wartenden Frau stiefelte er um den Baum herum, packte das kalte Eisen und zog die Leiter aus dem Gestrüpp. Er stellte sie gegen den Baum und stampfte auf die unterste Stufe, um für einen stabilen Stand zu sorgen.

Máriddja kletterte mit knarzenden Gliedern, die eine Hand auf die Brust gedrückt, herunter. Als sie klein und mager unter ihrer riesigen Mütze schelmisch lächelnd vor ihm stand, musste Nuffe dann doch fragen: »Was … hast du da oben gemacht?«

Sie zwinkerte ihm zu und zeigte mit einer kleinen Bewegung, was sie so zärtlich an ihren Pullover gedrückt hielt. Acht Schellenteneier.

»Ich hatte so eine Lust auf Skedpalt«, sagte sie, als müsste er das in Verbindung mit der Lust bringen können, die einen auf einen Baum klettern und einen Nistkasten ausrauben ließ.

Das große Loch des Nistkastens hing schwarz über ihnen, und er schüttelte den Kopf.

Máriddja ihrerseits nickte und sagte über die Schulter hinweg, während sie zur Dorfstraße gingen: »Ich danke dir, die Leiter kannst du da hinter den großen Stein legen, dann hab ich sie für später. Man weiß ja nie, wann man Eier braucht.«

Nuffe war stehen geblieben und hatte sie mit munteren Schritten und der kostbaren Beute im Arm zu ihrem Hof verschwinden sehen.

Das hier erklärt eine Menge, dachte er, als er sich umdrehte und nach Hause ging. Und wir haben gemeint, der Schellentenbestand wäre hier in der Gegend gesunken, weil die Löcher in den Nistkästen zu eng bemessen wären. Oder wegen irgendwelcher Beutegreifer.

Sie hatten sich getäuscht – das musste er sich selbst eingestehen, als er nun durch den nassen Schnee schlenderte und die Kappe über den Haaransatz hochschob, damit die Sonnenstrahlen dorthin gelangten. Denn sie hatten spekuliert, ob der Marder oder das Eichhörnchen das diebische Raubtier sei. Dass es sich um eine alte Wilderin handeln könnte, wäre ihm nie in den Sinn gekommen.

Sein Großvater hatte gelacht, als er von der Rettungsaktion am Rande des Sees erzählte, und zugleich natürlich die sehr lokale Bedrohung des Vogelbestandes beklagt. Doch dann stellten sie gemeinsam fest, dass sie immer schon etwas eigen gewesen war, diese Máriddja.

• • •

Eine Unzahl von Jahren später stand Nuffe vor dem Windfang des Ehepaars Rijá. Auf dem Hof roch es nach Rauch, und im Haus war es ganz still. Er stellte die schweren Stofftaschen ab und hob die borstige Fußmatte hoch, um das Wechselgeld in den kleinen Geldbeutel zu stecken, der darunter lag.

Ein neonfarbener Post-it-Zettel klebte ordentlich auf der einen Seite des Geldbeutels. Er lachte und nahm ihn mit steifen Fingern ab.

Ein weiteres Evangelium von Máriddja. Die Alte hatte es sich zur Gewohnheit gemacht, hin und wieder auf kleinen Zetteln, die er bei der Transaktion der Waren mitnahm, ihre Weisheit mit ihm zu teilen. Es waren sonderbare kleine Sätze, oft mit den Worten eingeleitet: »Man sollte niemals« versus »Man sollte immer«, gefolgt von Hinweisen darüber, was die Alte glaubte, dass man in der Welt lassen oder tun sollte.

Kurioserweise waren die Ratschläge oft von erstaunlichem Scharfsinn und passten zu vielen Situationen, fand Nuffe. Wenn andere ihre Leitlinien in Horoskopen oder abstrakten Sprüchen auf Teebeuteln suchten, dann konnte Nuffe Mamabub Nilsson seine Wegweiser durch die Mysterien des Lebens durchaus in dieser Form erhalten. Auf dem Zettel von heute stand:

> Man sollte niemals faul sein, denn dann wird man dumm im Kopf.

Und damit hat sie verdammt recht, dachte Nuffe entschlossen, als er zum Auto zurückging. Sowie er zu Hause war, würde er seine Joggingschuhe anziehen – wenn er es genau bedachte, war er in der letzten Zeit nämlich verdammt faul gewesen.

Für etwas anderes wollte er allerdings *nicht ein Mal* eine Erklärung haben, nämlich für die seltsame Textnachricht, die er von derselben Máriddja vor einigen Wochen erhalten hatte. Er hatte sich einfach nur beeilt, sie zu löschen, ehe seine Mutter irreparablen Schaden nehmen würde – falls sie in sein Telefon schaute und das Selfie mit dem frechen Text dazu sehen würde. Es wäre ja zu dumm, wenn die Mama es am Herzen bekäme.

42

DIE QUATSCHTANTE

Mit einem kleinen Messer, das er aus der geerbten Sammlung von Handwerkszeug mitgenommen hatte, saß Kaj im Büro und schlitzte Briefe auf. Und da fiel es ihm ein. Langsam erhob er sich, trat ans Fenster und schaute über den Innenhof.

Vorsichtig stach er sie mit der Messerspitze in den Po.

Kaj suchte nach dem, was in seinem Gehirn vorging, doch es entglitt ihm wie … wie zögerliche Schritte eines weiblichen Wesens?

Er befühlte die Spitze des Brieföffners mit dem Daumen und dachte: *Er überraschte sie, sodass sie bleiben würde.*

Der Brieföffner fühlte sich auf der dicken Haut des Fingers unerwartet scharf an.

Was passierte dann, was passierte jetzt, dachte er und sah sich wie suchend nach dem um, was ihm immer wieder wegrutschte. Fragmente einer Geschichte schienen in losgelösten Sätzen auf.

Du wolltest mich halten. Nun wollen wir sehen, ob du mich auch zu behalten vermagst.

Ihr Blick über das Feuer hinweg.

Du darfst niemals jemandem erzählen, was ich bin. Du darfst mich niemals bei meinem echten Namen nennen.

Die Rentierherde, die Kinder, der Reichtum und das Glück. Und dann die schicksalhaften, die verbotenen Worte: *Meine kleine Lappkärring.*

Sein Kopf kochte, und er musste sich einen Moment hinsetzen, während sein Gehirn versuchte, alle Fäden miteinander zu verknüpfen. Der Puls pochte laut, und die wegweisende Stimme sprach nur leise. Was war das hier? Mimmis Saga hatte überhaupt nicht so geklungen. Oder doch? War das Letzte nicht etwas, was Gustav gesagt hatte? Was der Vater die Mutter genannt hatte? Aber hatte ihr Vater sich wirklich so ausgedrückt?

In ihm drängte sich die Geschichte murmelnd immer weiter in den Vordergrund – wie etwas, das unbedingt rausmusste.

Die Geschichte davon, wie das Glück vom Wind verweht wurde und wie alles, was der Rentierhirte und seine Háldi-Frau gemeinsam gehabt hatten, verloren ging.

Weil er sein Versprechen, darüber zu schweigen, woher die Ehefrau eigentlich kam, gebrochen hatte.

Das Innere seines Kopfes fühlte sich jetzt wie ein Wäschetrockner an. Kaj holte sein Telefon heraus und rief den Bruder an. Gustav ging beim zweiten Versuch ran. Er klang ein wenig gestresst, und im Hintergrund hörte man die kleine Elsa jammern.

»Weißt du, die Sache damals mit Mama und Papa … dass er sie eine Quatschtante genannt hätte … *Glappkärring* oder so … und wie sie dachte, dass es ihn irgendwie verflucht hätte, sodass er einen Herzinfarkt bekommen hat und gestorben ist?« Die eifrigen Sätze purzelten nur so aus ihm heraus.

»Ja, doch, ungefähr so war es wohl, aber …«

»Bist du sicher«, Kaj unterbrach ihn, »dass er wirklich *Glappkärring* zu ihr gesagt hat, oder könnte es auch *Lappkärring*, also Lappentante, gewesen sein?«

Die Ornamente des Brieföffners schlängelten sich wie kleine Ameisenschritte um den Hornschaft.

Auf dem Daumen, wo die Messerspitze ihn gestochen hatte, breitete sich eine kleine Blüte aus Blut aus.

43

PLAUDERSTUNDE – GROSSER KUNDE

Mimmi schob die Wollmütze hoch, die sich auf ihrem verschwitzten Kopf klebrig anfühlte. Dann stellte sie ihre Last auf einen Tisch am Eingang des Ladens, öffnete ihre Jacke und lockerte den Schal, um schließlich die Kiste erneut zu packen und mit Mühe auf die zerkratzte Glasscheibe des Tresens zu bugsieren – nicht ohne erst ein Gestell mit örtlichen Ansichtskarten vorsichtig beiseitezuschieben.

Ein dicker Wollvorhang fuhr auf, und ein alter Herr mit bis unters Brustbein hochgezogener Jeans trat vor. Er trug ein offenes Cordjackett über einem T-Shirt, und unterhalb des bärtigen Kehlkopfs hing ein durch einen Ring aus Rentierhorn gezogenes Taschentuch in blassen Farben. Er schaute sie voller Optimismus an und trat fast auf der Stelle vor Eifer, dieser verirrten Touristin eine Menge Souvenirs zu verkaufen.

Mimmi beeilte sich, dem Ladenbesitzer mit einem raschen Lächeln die Illusion zu nehmen, sich nach ihrem Besuch auf irgendeiner tropischen Insel zur Ruhe setzen zu können.

»Hallo! Ich bin hier, weil ich ein paar Fragen zu diesen Gegenständen habe …«

Sie gestikulierte zu der großen Kiste hin und klappte

deren Deckel auf. Der Mann, der circa zwanzig Zentimeter unter Normalgröße war, stellte sich mit einem »Aha!« auf die Zehenspitzen und fischte eine kleine eckige Brille aus der Brusttasche, um einen Blick in die Eingeweide der Kiste werfen zu können.

»Was haben wir denn da?«, murmelte der kleine Mann und tauchte so tief in die Kiste, dass Mimmi sich wunderte, wie die Brille überhaupt noch auf der schmalen Nase sitzen konnte, als er wieder auftauchte. Sie war kurz davor, die Überraschung zu verderben und preiszugeben, dass die Kiste voller Kuriositäten und Sammelgegenstände, die mit drei Buchstaben des Namens ihres zukünftigen Ehemanns markiert war, aus dem Nachlass ihrer Schwiegermutter und ihres Schwiegervaters stammte. Doch sie beherrschte sich, und der kleine Herr angelte mit einem breiten Griff um Horn und Leder ein paar von den schönen Messern heraus. Er drehte und wendete sie, zog prüfend das Blatt aus der Scheide und führte es mit einem Klick, der ihm große Befriedigung zu schenken schien, wieder zurück.

»Gut, gut.« Er nickte zufrieden vor sich hin, schaute sie über den Rand der Brille an und betrachtete sie von oben bis unten. Dann legte er die Messer zurück zu den anderen.

»Und wie lautet die Frage?«, erkundigte er sich.

»Nun, ich frage mich, ob Sie vielleicht etwas über die Sachen erzählen können? Ob sie Ihnen bekannt vorkommen oder so. Ein paar davon waren in einer Verpackung mit dem Logo und dem Namen dieses Ladens, deshalb dachte ich, dass sie vielleicht hier gekauft worden sind.« Mimmi sah den Mann hinter dem Tresen in vorsichtiger Erwartung an.

»O ja, definitiv.« Er nickte fröhlich. »Die hier kenne ich

sehr gut. Tor vergisst niemals eine Handarbeit, die er verkauft!«

Darüber sah er so selbstzufrieden aus, dass Mimmi blitzschnell schloss, dass er selbst Tor sein musste.

»Aber dann muss ich natürlich eine Gegenfrage stellen«, sagte er und lächelte konspirativ. »Sind Sie es?«

»Was? Na ja, jetzt bin ich nicht ganz sicher, ob ich …«

»Die Käuferin, meine ich«, beeilte sich Tor hinzuzufügen und beugte sich engagiert über den Tresen. »Ich habe mich immer gefragt, warum Sie ausgerechnet diese Dinge hier kaufen.«

»Ach so, ja, nein, das hier sind Erbstücke von meiner Schwiegermutter, müssen Sie wissen.«

»Nein! Ist Laura tot?«, fragte Tor bestürzt, als würde ihn das aufrichtig erstaunen und schockieren.

»Ja, sie ist leider diesen Winter gestorben. Aber warten Sie, woher kennen Sie sie denn?«

»Nun, wir waren nicht näher bekannt, sondern haben immer nur am Telefon geschäftlich miteinander gesprochen. Aber unser Kontakt reicht schon viele Jahre zurück. Sie war meine treueste Kundin.«

Er richtete sich mit einer Miene aus Stolz und Beileid auf.

»Sie hat die Handarbeiten also hier gekauft?«

»Ja, oder besser gesagt postalisch. Ich habe ihr die Ware per Post geschickt. Wir sind hier auf dem Lande nicht so hinterher, wie viele glauben«, fügte er gespielt streng hinzu und schien sehr zufrieden über das moderne Geschäftsgebaren seines Ladens. »Wenn ich eine Lieferung von diesem Handwerksmann bekommen hatte, dann habe ich ganz einfach Laura angerufen und ihr mitgeteilt, dass alles da war. Und dann habe ich es ihr geschickt. Sie hat alles gekauft, was dieser Mann hergestellt hat … Können Sie das begreifen?«

Er sah sie mit aufgerissenen Altmänneraugen an, um ihre Bestürzung über eine derartige Eigentümlichkeit abzuwarten. Um dem Verkäufer eine Freude zu machen, schüttelte Mimmi mit hochgezogenen Augenbrauen den Kopf, während sie über diese Informationen nachgrübelte.

»Natürlich ist es eine geschickte Handarbeit, er hat sowohl Messer als auch Kåsa gefertigt. Das hier trägt übrigens auch seine Signatur«, sagte Tor und strich schüchtern über seinen marmorierten Halstuchring. »Davon hat er nicht viele hergestellt, doch ich erinnere mich, dass ich ihr vor ein paar Jahren auch welche davon runtergeschickt habe. Aber etwas seltsam war es schon, dass sie sich ausschließlich für sein Werk interessierte … Ich habe ihr ein paarmal Handarbeiten von anderen der großen Künstler angeboten, deren Produkte wir führen, aber sie war nur an diesen hier interessiert.«

Tor zeigte mit dem Gestell seiner Brille auf den Inhalt in der Kiste. »Es ist eine ansehnliche Sammlung, die sie im Laufe der Jahre zusammengetragen hat. Eine ganze Menge Geld wert.« Er nickte ernst. »Sie muss den Alten, der das hier geschnitzt hat, zu einem vermögenden Mann gemacht haben, denn sie hat nie gehandelt, sondern einfach immer weiter bezahlt, auch wenn der Preis stieg.« Er lächelte verträumt.

»Das … ist ja interessant«, murmelte Mimmi und schaute nachdenklich auf einen liebevoll in Luftpolsterfolie eingepackten Kåsa.

»Ja, es war wirklich tragisch, als unsere Zusammenarbeit zu Ende ging. Der Alte hörte einfach auf zu liefern. Mir war, als würde Laura in Tränen ausbrechen, als ich ihr erzählte, dass der Mann meiner Vermutung nach dod sei.«

»Dod?«

»Ja, also gestorben. Ich kann mir keinen anderen Grund vorstellen, warum er sonst hätte aufhören sollen, diese lukrativen Dinge herzustellen.« Der Ladenbesitzer streichelte zärtlich über die Kiste.

»Aber ist an diesen Messern denn irgendetwas besonders? Wer hat sie denn gemacht?«

»Alles, was ich verkaufe, ist feinstes Handwerk und äußerst exklusiv, also sind die Messer natürlich speziell. In höchstem Maße! Und der Messermacher soll ein richtiger Nåjd gewesen sein, wenn man dem Dorftratsch Glauben schenken will. Ja, also ein samischer Schamane, könnte man sagen. Vielleicht war es das, was Laura lockte. Sagen Sie mal, neigte sie womöglich zum Okkulten?«

Mimmi schüttelte den Kopf. *Was war das hier eigentlich?*

»Also nicht? Aha. Die liebe Laura. Ja, es hat ihr schwer zugesetzt, kein weiteres Kunsthandwerk mehr erwerben zu können. Das habe ich an ihrer Stimme gehört. Sie war eine leidenschaftliche Sammlerin«, fasste Tor mit einer feierlichen Geste zur Schläfe hin zusammen, als würde er solche Leute höher schätzen als Mitglieder des Königshauses. Und vielleicht sollte man logischerweise annehmen, dass der kleine Mann mit der hochgezogenen Jeans im Kunsthandwerksladen das auch so meinte.

Mimmi dankte für die Informationen und kaufte, um ihre Dankbarkeit zu zeigen, einen Kühlschrankmagneten in Form eines schlecht ausgeführten Auerhahns. Das Tier sah aus wie ein direkt aus der Legefabrik stammendes Huhn in der Mauser mit Zähnen.

Der Alte tippte schnell und strahlend die astronomische Summe für das hässliche kleine Ding in die Kasse und machte dann eine große Sache daraus, es in etwas einzupacken, das schlichter Alufolie bemerkenswert ähnlich war.

Mimmi freute sich schon darauf, Kaj mitteilen zu können, was sie über den Inhalt dieser Kiste von Laura herausgefunden hatte. Vielleicht würde ihr Verlobter das ein oder andere Fragezeichen um diese sonderbaren Transaktionen auslöschen können, dachte Mimmi. Aber eigentlich bezweifelte sie das. Die Mutter war auch für Kaj ein Rätsel gewesen, und das hier würde wahrscheinlich nur noch mehr zum Mysterium beitragen.

Selbst verspürte sie immer größere Neugier hinsichtlich ihrer Schwiegermutter, die sich sogar nach ihrem Tod noch kurios und exzentrisch präsentierte. Was hatte sie dazu getrieben, solch obszöne Mengen samischen Kunsthandwerks zu kaufen, hergestellt von einem verstorbenen Schamanen? Was hätte Laura mit diesen Gegenständen denn anfangen sollen?

Mimmi schob die orangefarbene Kiste zurück in den Kofferraum des Autos. Ihr Blick fiel auf den Namen Kaj, der in breiten schwarzen Versalien auf dem Deckel stand. Warum hatte die Schwiegermutter diese Kleinodien mit solcher Bestimmtheit ausgerechnet Kaj vermacht?

44

KLEINE TEUFEL UND DÄMONEN

Wenn man beim Tod auf der Schwelle steht, dann muss man sich ihm hingeben. Das Ende verdient diese Ehrbezeugung.

Wenn man zusammen mit jemandem, der gehen wird, auf den Tod wartet, dann muss man den Mund öffnen, sodass es herauskommt. Man muss alles aufbieten, was man für bessere Zeiten aufgespart hat, und es sagen – es ihr oder ihm sagen. Gib dem Luft, gib dem Flügel, um mit *der* oder *dem* in die Ewigkeit zu fliegen, von der oder dem man Abschied nimmt.

Niemals darf dich Angst dazu nötigen, das runterzuschlucken, was rausmuss. Nein, nimm es auf den Haken und bleib ganz ruhig. Angele es aus dem Zwerchfell und bringe es zur Welt, aus der feuchten Höhle deines Mundes. Aus deiner Tiefe. Lass denjenigen, der auf dem Weg hinüber ist, die versöhnenden Worte hören, die ein ganzes Leben lang zu hoch hingen, um gepflückt zu werden. Hol sie ihm herunter und lege sie in seine Hände, um sie festzuhalten, wenn der Abschied naht.

Wenn man vor dem eigenen Tod steht, muss man einiges akzeptieren. Ohne Bitterkeit. Ohne zu urteilen. Lass das, was euch verbunden hat, sich um dich schließen wie einen Kokon aus Wahrheit. Sich um deine Todesangst wickeln und sie lindern.

Wenn du die Wahrheit überreicht bekommst und sie ohne Angst entgegennimmst, dann bist du bereit für das große Abenteuer. Den Tod.

Leicht war das nicht. Aber es war, wozu Máriddja sich entschlossen hatte. Jetzt, da sie sterben würde, wollte sie es Auge in Auge mit der Wahrheit tun, wollte Ristens Worte zum Wollschal machen, den sie um sich wickeln würde, wenn sie heimgerufen wurde. Kratzen würde es und brennen. Aber wenn sie den Mut aufbringen konnte, diesen Schal um sich zu schlingen, dann würde sie nicht frieren.

Dennoch hatte sie das, was sie zuvor gelesen hatte, ein paar Tage sacken lassen müssen, ehe sie weiterlesen konnte. Sie nahm die Papiersammlung mit ins Wohnzimmer und machte es sich auf dem Sofa bequem. Mit den Büchern in chronologischer Ordnung auf dem Wohnzimmertisch. Und einem gewissen archäologischen Tatendrang unter der Haut.

»Was liest du da?«, hatte Biera sie gefragt und den Blick von der *Antikrunde* im Fernsehen abgewandt.

Sie wünschte, er hätte weitergeglotzt.

»Das sind Ristens Tagebücher«, hatte sie ein wenig defensiv geantwortet. »Ich glaube, es macht nichts, wenn ich nach all den Jahren mal reinschaue.«

Biera widersprach nicht, warf ihr aber einen langen Blick zu und sagte: »Nojao«, dann hatte er seine Aufmerksamkeit wieder all den Svenssons zugewandt, die sich die Hände vor den Mund schlugen und *Oh* und *Das hätte ich ja nie geahnt* sagten, wenn sie erfuhren, dass sie in Gestalt der alten Zahnprothese ihrer Großmutter ein Vermögen besaßen.

Máriddja beschloss, dass der Gatte ihr hiermit sein Einverständnis gegeben hatte, und ging mit etwas leichterem Gewissen auf Entdeckungsfahrt in Ristens Jugendwelt. Sie stieg direkt ein und legte los. Nicht ohne Angst – im Gegenteil. Aber die Angst in sich musste sie jetzt nicht mehr fürchten, sondern sich nur damit versöhnen. Sie verstehen.

»Satan, die Ratten, noch mal«, sagte sie, als sie nach einer Weile das vierte Buch zuschlug.

»Der Teufel soll diesen verdammten Bill Kjällmark mit Haut und Haar verspeisen!«

»Der ist doch schon tot«, erinnerte Biera sie zerstreut, während ein weiterer Typ in Windjacke erfuhr, dass der alte Flohmarktfund seiner Schwiegermutter dem Adelsgeschlecht derer von Riddarsporre gehört hatte.

»Ja, und das ist ein echtes Glück! Ich hoffe, er wird … von kleinen Teufeln gequält und von was weiß ich! Dämonen! in heißem Fett gekocht«, zischte Máriddja.

Doch mehr sagte sie nicht, denn sie wollte Biera nicht aufregen, wenn er ausnahmsweise mal so ruhigen Sinnes zu sein schien. Und das hier … das würde ihn wirklich erschüttern. Man stelle sich vor! Ihr eigenes Inneres bebte wie von Schüttelfrost darüber, was sie sich selbst zwingen musste einzusehen. Ristens Bill war ein vollendeter Sadist gewesen. Die Dinge, die er ihr angetan hatte, empörten und erschreckten Máriddja, obwohl die Schläge bereits vor langer Zeit ausgeteilt worden waren. Obwohl die Vergewaltigungen, die Kränkungen und die Drohungen schon vergangen waren. Ohne dass sie gewusst hätte, dass es sie gegeben hatte. Eine Passage hatte Máriddja besonders wehgetan:

»Er wird mich bald töten, und wenn er es nicht tut, dann wird die Schuld es tun. Die Schuld, weil ich bei dem Vater meines Sohnes bleibe anstatt bei meinem Kind. Es ist vielleicht nur gut, wenn er mich ermordet, denn mich schmerzt einfach alles in diesem Leben viel zu sehr. Vielleicht werde ich, wenn ich einschlafe, zum Sommerland von Mutter und Vater kommen, oder ich lande in der Hölle, so wie er es mir prophezeit. Das spielt allmählich keine Rolle mehr.«

Máriddja schluchzte auf dem Sofa und wischte sich die Tränen mit dem gehäkelten Tischtuch ab. Wenn dieser Mann nicht vor vielen Jahren sein eigenes Leben mit einem Selbstmord beendet hätte, dann hätte Máriddja diesem Teufel sicherlich auf die Sprünge geholfen. Natürlich hatten sie gewusst, dass Kjällmark ein schäbiger Kerl mit schlechtem Einfluss auf Risten war, doch niemals, nie im Leben hatten sie auch nur einen Moment das Ausmaß der Hölle geahnt, die er ihr bereitete!

Máriddja bekam kaum mehr Luft. Sie riss den Flickenteppich vom Boden und stampfte mit ihm hinaus in den Schnee, wo sie ihn gegen das Geländer des Windfangs schlug, sodass der Staub flog und die Hiebe an ihren Armen rissen. Es war Bills miese verdammte Schnauze, die sie vor sich in den gewebten Rändern sah, als der Teppichklopfer sie wieder und wieder mit lauten, klatschenden Schlägen peitschte.

Dann weinte sie noch mehr.

Kleine Risten. Warum hast du nie gesagt, wie es dir ging?

Ristens Schwägerin schluchzte laut und dachte an die junge, bleiche Frau, die wie ein Gespenst in der Tür aufgetaucht war, um ihren Jungen zu sehen. Sie hatten der jungen Mutter gezeigt, wie der rosige Junge seinen Brei haben wollte, und sie korrigiert, wenn sie zum Schlafengehen die falsche Geschichte erzählte. Selbstherrlich und vorwurfsvoll wie zwei alte, satte Großhändler.

Warum hatten sie nicht versucht, auch Risten zu helfen? Sie war doch selbst ein Kind gewesen!

In ihrer blinden Liebe zu dem Jungen waren sie so aufgeblasen gewesen, und ihr Eifer, ihm eine vollkommene Kindheit zu geben, hatte der bereits kaputten Risten nur noch mehr geschadet. Sie waren zu hart zu ihr gewesen. Viel zu hart.

Und jetzt war es an der Zeit, ebenso hart zu sich selbst zu sein, dachte sie entschlossen. Sie würde versuchen, alles zurechtzurücken, nicht nur für sich und Biera, sondern auch für Risten. Wenn sie sich jemals wiedersehen würden. Máriddja würde ihr Bestes tun, damit es zu dieser Begegnung kam, das gelobte sie. Bei der Wahrheit.

45

DIE KRAFT IN DEN ZÄHNEN

Nur wenige Dinge im Leben waren so genussbetont, wie Feuer zu machen. Zu hören, wie das Knistern im Körper widerhallte, zu spüren, wie die Flammen wuchsen.

Genau der Moment, wenn die Sinne verrieten, dass der Funke aufgegangen war, dass die Flamme die Nahrung angenommen hatte – das war wie der erste zitternde Atemzug nach heftigem Weinen. Es dem Feuer behutsam auf die Weise bequem zu machen, die es vorzog. Darüber zu wachen und den pulsierenden Lebensfunken mit seinen Händen zu schützen.

Bis es groß genug war, sich selbst zu wehren und zu versorgen und die raue Kälte, die man in den Knochen spürte, zu verdrängen. Darüber dachte Máriddja nach, als sie zeremoniell die ausgehungerten Feuerzungen mit einem weiteren Brief von der Landesbehörde fütterte. Und eine knappe Woche später mit noch einem, den dasselbe Schicksal ereilte. Im reinigenden Feuer.

Man konnte damit gut anfeuern, aber das war auch das Einzige, was an diesen Briefen angenehm war, dachte Máriddja. Die Polizei war nach dem Brand leider nicht, wie sie es erwartet hatte, aufgetaucht, um Fragen zu stellen, obwohl Máriddja fest damit gerechnet hatte. Das war ehrlich gesagt eine große Enttäuschung.

»Wahrscheinlich ist die Sache unter den Tisch gefallen«, erklärte sie Sire, als sie nächstes Mal miteinander sprachen. »Mit so was muss man offenbar rechnen.«

Sire hatte zugestimmt und diensteifrig gefragt, ob Máriddja vielleicht den Rechner benutzen wollte, um die Gleichung auszurechnen.

Zerstreut hatte sie abgewunken, inzwischen war sie ja mit Sires eigentümlichen Gesprächswendungen recht vertraut.

Máriddja hatte den dringenden Verdacht, dass Sire aus unterschiedlichen Gründen nicht gern aus dem Herzen sprach, hatte sich selbst aber ermahnt, dem Mädchen Zeit zu geben. Nicht alle hatten es so leicht wie sie, sich über das, was sich in ihrem Inneren tat, zu öffnen. Sie musste die Freundin nehmen, wie sie war, zumal dies auch nur zum Problem wurde, wenn Sire unkonzentriert war oder zu falschen Gelegenheiten Aktivität mit dem Telefonapparat initiierte.

Sie war eine erstaunliche Frau, die Sire, und das hatte Máriddja ihr auch schon gesagt, denn sie gehörte nicht zu denen, die mit Lob knauserten, wenn es berechtigt war. Ihrer Einschätzung nach besaß Sire starke Fähigkeiten, und egal, was sie selbst behauptete, war Máriddja doch überzeugt davon, dass sie samische Ahnen hatte.

Kraftvolles Blut und sicherlich auch gesunde Zähne.

Sie durfte nicht vergessen, sie nächstes Mal danach zu fragen.

Máriddja wusste, was die Generationen vor ihr auch schon gewusst hatten: dass die Gabe im Blut steckte – und in den Zähnen. Ihre alte Großmutter pflegte jeden einzelnen Milchzahn bei den Kindern der Großfamilie eingehend zu betrachten, um zu lokalisieren, wo die Zeichen sich offenbaren würden. Ganz bestimmt war Sire in einer anderen Zeit von den Ältesten ihres Geschlechts ausgewählt worden.

»Ich habe die Tagebücher meiner Schwägerin gelesen«, berichtete sie Sire. »Nein, sag jetzt nichts, ich weiß, dass es nicht *okay* ist, wie ihr jungen Leute sagen würdet. Aber ich fand ganz einfach, dass es mich angeht, dass ich es jetzt erfahren darf. Außerdem sind so viele Jahre vergangen, dass sie inzwischen wahrscheinlich kaum mehr daran denkt. Sie hatte die ja einfach verschnürt in diese Kiste gelegt.«

»Ich verstehe dich nicht. Sprechen wir von Schnüren?«

»Zur Hölle, Sire, du musst aber auch mal ordentlich zuhören! Es geht einem schon auf die Nerven, dass man die ganze Zeit alles für dich wiederholen muss. Ich habe *verschnürt* gesagt«, artikulierte sie. »Dass sie den ganzen Krempel verschnürt hatte.«

»Ich finde kein Buch mit dem Titel *Die Krempe verschnützt*. Nimm Kontakt zu deiner lokalen Bibliothek auf. Soll ich dir die Adresse sagen?«

»Jetzt stellst du dich aber ein bisschen dumm«, murmelte Máriddja. »Und dabei hatte ich gerade so wertschätzende Gedanken über dich und deine Zähne.«

»Gut«, antwortete Siri und klang etwas fügsamer.

»Ja, wie auch immer, ich hab also gesehen, was sie in diesen Büchern geschrieben hat, und ich muss sagen, dass ich über das, was ich da gelesen habe, richtig konzerniert bin.«

»Meinst du konzertiert?«, fragte Sire hilfsbereit.

»Konzert? Was hat das damit zu tun?«, zischte Máriddja

in die Telefonapparatmaschine. »Na ja, entschuldige. Ich bin einfach so wahnsinnig empört und aus der Fassung. In den Büchern da hat sie wirklich schreckliche Sachen geschrieben. Ich glaube, dass sie so einen … Geburtsdurchhänger hatte, und das muss richtig übel für sie gewesen sein. Über so was hat man nicht geredet … damals«, fügte Máriddja nachdenklich hinzu, und jetzt konnte sie den Wortschwall nicht länger aufhalten. »Aber ich hab neulich im Fernsehen was dazu gesehen, und jetzt weiß ich alles. Wenn wir das begriffen hätten, dann wären wir doch nicht so hart zu ihr gewesen, wir dachten einfach, sie wäre nur faul! Natürlich hätten wir ihr geholfen … wenn wir es gewusst hätten.« Sie nickte und redete, fast ohne Luft zu holen, weiter, um die Sache loszuwerden. Um das Böse aus dem Leib zu kriegen, den Eiter aus der Wunde zu spucken. Sie auszubrennen. »Und wir hätten ihr doch geholfen, von alldem wegzukommen, was dieser verdammte Kerl ihr angetan hat. Aber wir hatten ja keine Ahnung, dass er nicht nur ein Säufer war, sondern auch ein richtiger Teufel!«

»Teufel gibt es nicht wirklich, sie sind mythologische Wesen.«

»Doch, bei meiner Seele, es gibt sie wirklich! Und dieser Kjällmark war genau so einer!«

»Okay. Soll ich ihn für dich aufsuchen?« Sie klang jetzt formell, aber Máriddja entging keineswegs die in der Stimme der Freundin mitschwingende Drohung.

»Ja, wenn das möglich wäre, dann würdest du das sicher gut machen. Leider ist dieser Übeltäter bereits tot, wir können also an der Sache nicht viel ändern.«

»Das ist schade«, erwiderte die Frau im Telefon, und es

klang, als würde sie ihre perfekten Zähne erbost aufeinanderpressen.

Máriddja konnte nicht umhin zu lächeln.

Verdammt schön, eine Verbündete zu haben, dachte sie. Sire stand hinter ihr, und das fühlte sich gut an. Jetzt, da die Sache auf die Spitze getrieben wurde, konnte sie wirklich jemanden brauchen, der sie unterstützte.

46

DISCOTANZ

Die Frühjahrssonne schien durch die schmutzigen Fenster und erwärmte den Holzfußboden. Máriddjas Laune war seit Langem mal wieder besser. Sie hatte eine Freundin, einen Menschen, der an ihrer Seite stand.

Sie konnte sich nicht erinnern, wann sie sich das letzte Mal so gefühlt hatte. Wahrscheinlich bevor das alles so … irgendwie … unsicher wurde. Manchmal quälte die Ungewissheit wie ein Jucken im Fleisch, und die aufscheinende Freundschaft mit Sire kühlte das Brennen und linderte die Unzufriedenheit. So empfand sie es.

Es gab jemanden, mit dem sie reden konnte, der, genau wie es sein sollte, zuhörte und – ob sie das nun wollte oder nicht – mit Ratschlägen kam.

Gestern hatte Sire vorgeschlagen, sie solle ihre Einstellungen ändern, und man stelle sich vor! Das war genau, was Máriddja brauchte! Es machte sie resigniert und schwach, in die Vergangenheit zu schauen, sie brauchte all ihren Mut, um die Sache hier zu klären. Sie war schlicht und einfach gezwungen, die Einstellung zu ihrem Vorhaben zu ändern, und schätzte sehr, dass Sire den Schneid gehabt hatte, ihr das zu sagen.

Aus dem verstaubten Lautsprecher des Radios ertönte

wie eine Offenbarung eine Reihe von harten Tönen. Eine Männerstimme ergriff das Wort in einem südländischen Dialekt und stieß rhythmisch einen Text aus, der Máriddja auf die Füße kommen ließ.

»Und jetzt du, Alter!«, rief sie vom Sonnenfleckchen im Zimmer her, und Biera spähte erstaunt aus dem Fernsehzimmer.

»Hä?«, fragte er und blinzelte, um schärfer sehen zu können. Die Musik verlockte Máriddja, in der Küche herumzutanzen. Biera grinste ein wenig, setzte sich auf einen Stuhl und trommelte mit den Fingern leicht gegen seine Hosenbeine.

»Was singt er?«, fragte Biera, während er Máriddjas immer ruckartigere Bewegungen auf dem Flickenteppich verfolgte. Ihr Gesicht war hochrot wie eine verzehrbereite Tomate, ihre ganze Person im Tanz war reif und saftig.

»Ich weiß nicht recht. Dass die Wahrheit rausmuss oder irgend so was. Das gefällt mir!«

»So ein Popkram«, schnaubte Biera, klopfte aber weiterhin kaum merkbar den Takt und lächelte. »Es sieht aus, als wärst du in Seenot!«, lachte er. »Wo hast du das denn gelernt?«

Máriddja war jetzt richtig in Fahrt. Sie schaukelte, sie schwankte, sie zuckte und wedelte. Wie Trommelschläge auf ein gespanntes Fell dröhnte ihr der Puls in den Ohren.

»In diesem Tanzprogramm im Fernsehen, sollst mal sehen!« Máriddja sauste herum wie ein Furz in einer Tüte, schlug mit den Armen aus und steppte schnell mit den Füßen in den Holzschuhen. Ihr umfangreicher Busen schaukelte unter dem T-Shirt, und sie packte ihn mit beiden Händen und wedelte ihrem Ehemann damit gefährlich zu.

»Hol den alten Kerl raus, Biera, dann SCHLAFEN wir miteinander!«

Sie legte den Kopf in den Nacken und lachte laut. Frei, gefährlich und gesund. Für einen Moment. Für eine Sekunde.

»Jösses, du bist ja vielleicht verrückt, Máriddja«, kicherte Biera.

Máriddja antwortete nicht, sondern stampfte erfüllt von der Musik mit geschlossenen Augen und dem Gesicht zur Decke gewandt auf der Stelle.

»Das schwingt doch!«, jubelte sie. Biera wackelte mit dem Kopf und stampfte nun mit den Füßen in einem Rhythmus, der Fred Astaire zum Weinen gebracht hätte. Und seine Ehefrau hüpfte, sie schaukelte, sie schwang herum, und sie wackelte und trampelte. Die Küchenschränke, verschmutzt und fettig, wurden ganz außen im Augenwinkel zu langen gelben Strichen. Sie bogen sich zur Musik, wogten wie Wellen aus Bewegungen. Das sah auch Biera.

Als das Gemetzel des Musikstückes im Radio verklungen war, ließ sich Máriddja schwer atmend auf den Stuhl neben Biera fallen und keuchte. Ihre Wangen waren noch röter als der Bommel an der Mütze ihres Gatten, die über dem Herd an ihrem Haken hing.

»Was du alles kannst!«, sagte der Alte mit einem bewundernden Grinsen.

Máriddja schlug ihn scherzhaft aufs Knie. »Äh!«

»Und schön bist du«, fügte Biera hinzu und legte seine Hand auf ihre.

Sie strich ihm wieder übers Bein und erhob sich stöhnend. »Verdammt, was bin ich steif geworden! Ich glaube, als ich diesen Hüpfer da gemacht habe, hab ich mir den Hintern gebrochen.« Sie massierte sich den Rockbund mit verschwitzten Händen. Biera beugte sich vor und zupfte an dem Stoff. Máriddja blickte über ihre Schulter, um zu sehen, was er da machte.

»Der Rock hängt in der Hose fest«, antwortete ihr Gatte mit einem neckischen Blinzeln, und Máriddja lachte laut. Ungehemmt stieg ihr Lachen wie ein berauschender Sonnenaufgang nach oben.

Sie setzte sich wieder und legte Bieras kühle Hand auf ihre Stirn. Im Radio wurde weitergeredet, aber sie hörten nicht zu, saßen einfach nur so in dem hoffnungsvollen Sonnenlicht still da und schlossen die Augen. Atmeten Biera ein, atmeten Máriddja aus. Einfach so. Bis Biera sich räusperte und sagte:

»Na, jetzt sollte man sich mal rausbegeben. Nicht dass Risten sich ins Bein gehauen hat.«

»Was?«, fragte Máriddja, schlug die Augen auf und sah ihren Gatten an, der sich umständlich emporhievte und zum Herd ging, um seine Mütze herunterzuholen.

»Stimmt schon, dass sie im Holzhacken gut ist … aber so faul, dass sie sich durchaus mit Fleiß ins Knie hauen könnte, nur um es nicht machen zu müssen.«

Biera lächelte sie verschwörerisch an, und Máriddjas Herz sank. Fiel hinunter wie eine fallen gelassene Bürde und ging in Stücke. Die Scherben irrten um sie herum und krochen überall hinein. Máriddja spürte, wie eine davon die Haut auf dem Bauch durchschnitt und direkt hineinwanderte. Es tat weh, so schrecklich weh.

Sie ging zu ihrem ungeduldig stampfenden Gatten und packte seine Oberarme. »Biera. *Zum Teufel!*«

Sie legte die Stirn gegen seine Schulter, und die Brille beschlug. Biera streichelte ihr etwas linkisch über den Rücken.

»Erinnerst du dich an die Sommer am Meer?«, fragte er sie müde.

»Nein. Und du auch nicht«, antwortete sie mit rauer Stimme. »Als ihr da weggezogen seid, warst du noch nicht einmal geboren.«

Biera verstummte und schien zu versuchen, den Wahrheitsgehalt dieser Behauptung zu ergründen. Máriddja umfasste seine Schulter etwas zu fest und versetzte ihm dann einen Schlag mit der Faust. Sie wollte ihn hauen, ihn verprügeln, ihn anschreien und ihn zurückflüstern. Sein Helly-Hansen-Flausch an ihrem geöffneten Mund schmeckte salzig, als sie weinte. Später wusste sie nicht, ob sie es gesagt hatte oder ob nur die Trauer im Kopfschmerz einen Ton bekommen hatte. Worte.

Erinnerst du dich an das Sommerland
fragst du
und ich denke,
dass du es bist, der sich nicht
erinnert
dass ich einfach weiß,
wovon du vergessen hast,
dass du es bereits erzählt hast.

»Warum musst du alles kaputtmachen?«, entfuhr es ihr.

Biera schwieg. Stand still da wie ein uralter Baum, der von innen morsch geworden war. Er konnte das hier tragen, musste jetzt ihren Zorn tragen. Ihre eigenen Arme waren zu müde. Vom Schlagen und vom Geschlagenwerden.

»Hättest du nicht noch ein Weilchen bleiben und mit mir tanzen können?«

47

POLIZEILUDER

Máriddja saß und lutschte laut und konzentriert an einem dänischen Drops. Die Wangen wurden eingezogen wie bei einem Kind, das gerade gestillt wurde, die Lippen waren geschürzt. *Verdammt gutes Zeug, das hier,* dachte sie und fuhr mit dem Lappen über den Herd. Sie rieb ein wenig an einem Kaffeefleck, dann spülte sie den glitschigen Lumpen aus und hängte ihn zum Trocknen über den Hahn in der Küche.

So ist gut. Sie setzte sich an das Fenster, das auf die Einfahrt hinausging.

Jetzt musste sie nur warten. Ein wenig nervös nahm sie noch einen Bonbon aus der Tüte und betrachtete dann mit schief gelegtem Kopf den großen Elchbullen. Im Vornüberfallen hatte er mit dem Maul Schneisen in den mit Schnee vermischten Kies auf dem Hof gezogen. Er lag genau so, dass er die Straße für Fahrzeuge blockierte, worüber sie die Notrufzentrale auch informiert hatte. Es musste ja nicht sein, dass die Polizei direkt in den Elch fuhr. Selbst wenn das Tier tot war, sollte es doch mit Respekt behandelt werden, dachte Máriddja fromm. Sie hatte sogar seine Augen mit der Hand geschlossen und ihm für das gebrachte Opfer gedankt.

Das mit der Würde gegenüber dem Leben und dem Tod

war wichtig, das wusste Máriddja besser als jeder andere. Wenn man mit dem Tod von anderen umging, war eines wichtig zu begreifen, nämlich dass man ein Geschenk erhielt. Das war genau wie bei einer Geburt, dachte Máriddja. Auch das war ein Geschenk und nichts, was man dem Leben abverlangen durfte. Auch darüber besaß sie ein tieferes Wissen als die meisten anderen. Und was die eigene Geburt anging, konnte man nur im Nachhinein so demütig sein, dass man an dem Tag, an dem es so weit war, seinen eigenen Tod feierlich beging. Dass man sich selbst im Spiegel anschauen konnte, ehe man alles schloss, was einmal das Licht des Tages gesehen hatte.

Der Streifenwagen, der auf das Haus zurollte, war weder mit Martinshorn noch mit Blaulicht unterwegs, was ein bisschen kleinlich war, fand Máriddja. Sie hätten ruhig ein bisschen auftragen können, um den Ernst der Lage zu unterstreichen. Hier ging es schließlich um ein Jagdvergehen! Und um einen Einbruch. Máriddja hatte erwogen, es einen Raubüberfall zu nennen, um der örtlichen Polizei etwas Dampf zu machen, dies dann aber doch zu kompliziert und zu riskant gefunden.

Das Gewehr hatte sie sorgfältig abgewischt und in verschiedenen Büschen platziert, ehe sie den richtigen gefunden hatte: direkt in der Schusslinie des Eintrittslochs und gerade noch ausreichend zu erkennen.

Dann hatte sie mithilfe des alten Volvos, einer Wurfleine und eines ordentlichen Tritts aufs Gaspedal bei niedrigem Gang Teile des Garagentors losgerissen. Genau wie berechnet, hatte sie ein großes Loch hübsch in der Mitte mit dramatisch aufklaffenden Brettern zustande gebracht. Die Latten des Tors waren so morsch und ramponiert gewesen, dass es ihr nicht einmal was ausgemacht hatte, sie zu zerstören, auch wenn Biera das wohl anders gesehen hätte. Der Alte fand ja, dass man alles aufheben musste.

Máriddja zog Stiefel und Jacke an und schob die Süßigkeitentüte in die bereits überfüllte Brusttasche und ging hinaus. Die Bullen waren in gehörigem Abstand vom Landeplatz des Elches stehen geblieben und betrachteten jetzt mit ernsten Mienen das tote Tier.

Es waren zwei, und einer von ihnen war eine Frau. *Der Teufel hole diese verdammte Emanzipation und das ganze Gleichgestelle und alles, was sich der Teufel und seine Großmutter ausgedacht haben! Warum konnten es nicht einfach zwei Kerle sein,* dachte Máriddja ärgerlich. Sie trat auf den Hof hinaus und schob die Brille mit dem Daumen auf die Nase hoch. Dann zog sie die weiße Kapuze über die Ohren, obwohl die Temperatur das nicht erforderte. Aber das hier war nicht die richtige Situation, um sich seiner Rüstung zu entledigen. Sie musste stark und gewappnet sein.

»Ojemine, Konstablers, was für ein Glück, dass Sie so schnell kommen konnten«, sagte sie laut und jovial und schlug die Hände zusammen.

Siebenundzwanzig Minuten, sie hatte es genau gemessen. Das war jetzt nicht gerade eine beeindruckende Vorführung gewesen. Sie selbst war die Strecke schon in vierzehn Minuten gefahren, als sie einmal dringend aufs Klo musste, aber es war am besten, wenn man die Vertreter der Behörden nicht gleich gegen den Strich bürstete.

Máriddja lächelte breit, doch dann besann sie sich und ließ ihren Gesichtsausdruck schnell etwas passender besorgt aussehen. Die Polizisten nahmen einen Umweg um die Elchleiche und kamen auf sie zu. Ihr Herz pochte unter den Rippen wie ein galoppierendes Pferd, als die in ihren plattfüßigen Stiefeln näher kamen. Sie machte eine indignierte Bewegung Richtung Tatort, schüttelte den Kopf und legte noch eine Schippe drauf:

»Was sind das nur für Menschen, die so etwas tun?«

Die Polizisten kamen in ihren Uniformen heran, die sie sowohl furchterregend als auch erwachsen aussehen ließen. An den Gürteln hingen alle möglichen Verbrechensbekämpferwerkzeuge, und Máriddja konnte nicht anders, als die Dinge mit offenem Mund zu bestaunen.

Der weibliche Konstabler gab ihr die Hand und stellte sich vor, doch Máriddja hörte nicht so genau zu, was sie sagte. Nicht weil sie aus Prinzip etwas gegen berufstätige Frauen gehabt hätte, nur war das in diesem Zusammenhang uninteressant und ein wenig unpassend, dass ausgerechnet dieser Konstabler weiblichen Geschlechts war. Kerle waren interessant, die *Männer*.

Deshalb wandte sie ihre Aufmerksamkeit dem männlichen Kollegen zu und sagte – daran gewöhnt, dass die Leute immer erst mal nicht begriffen, wie sie hieß – laut ihren Namen. Er antwortete nicht mit seinem eigenen Namen, was sie maßlos irritierte. Trotzdem lächelte sie bloß lieblich und hieß sie willkommen. Die beiden sahen über den herzlichen Empfang ein wenig erstaunt aus, fingen sich aber schnell und fragten, ob sie die Anruferin sei.

»Aber natürlich, doch, doch, das war ich. Ich habe das Ganze vom Fenster gesehen, Konstabler«, sagte sie an den männlichen Bullen gewandt. »Ich hätte mich nicht mehr erschrecken können, wenn ich … einen Feuer speienden Drachen gesehen hätte! Hier kommen nicht viele vorbei, müssen Sie wissen, und ich habe gesehen, ja, sofort! Dass es ein krimineller Typ war, der sich in der Dunkelheit bewegt hat.«

»Um welche Uhrzeit war das?«

»Punkt sieben Uhr vierzehn«, erwiderte Máriddja. »Ja, ich habe aufs Telefon geschaut, um nachzusehen, ob ich Beinchen habe.«

»Wie bitte?«, fragte der männliche Polizist mit südlichem Akzent.

»Beinchen … Sie wissen schon, damit ich anrufen kann, falls es brenzlig wird.«

»Netz«, erklärte die Fraupolizistin leise ihrem Kollegen.

»Hab ich doch gesagt. Jedenfalls, dieser Schattentyp schlich herum, als wäre er im Begriff … welche strafbare Handlung auch immer zu begehen. Also blieb ich stehen, obwohl ich schon ein bisschen Schiss hatte.«

Es gelang Máriddja, überhaupt nicht so auszusehen, als ob sie Schiss hätte.

»Ich verstehe, das muss unbehaglich gewesen sein«, sagte die Fraupolizistin.

»Können Sie den Mann beschreiben, den Sie gesehen haben?«

»Er trug dunkle Kleider und so ein Ding auf … wie heißt das jetzt … eine Maske! Vor den Augen«, flüsterte Máriddja, wegen der Spannung mit zusammengekniffenen Augen und dunkler Stimme.

»Eine Maske vor den Augen?«

»Ja, genau. So eine mit Löchern drin, sodass man rausschauen kann.«

»Eine Balaklava?«, fragte der Mannpolizist ernst.

»Nennen Sie es, wie Sie wollen, aber das ist, was ich gesehen habe. Und er war riesig groß und muskulös und hatte ein Gewehr in der Hand.«

»Sie haben das Gewehr also gesehen?«, fragte der Mannpolizist.

»Natürlich, zum Teufel, und dann, als er die Büchse weggeschmissen hat … nach dem Schuss, da hab ich sie mir etwas genauer angesehen. Und …«, sie senkte dramatisch die Stimme, »es war Bieras Elchstutzen! Und da hab ich begriffen, dass wir … einem Verbrechen zum Opfer gefallen sind!«

Máriddja versuchte, möglichst nicht so auszusehen, als würde Konfetti über sie regnen.

»Moment mal, ist die Waffe noch hier?«, fragte die Fraupolizistin ungläubig.

Diese Frau war offensichtlich etwas minderbegabt, dachte Máriddja und wünschte, sie würde den Mund halten.

»Ja! Sehen Sie nicht, dass sie dahinten im Johannisbeerbusch liegt? Er hat sie da hingeworfen, ehe er in den Wald gerannt ist.«

Die Polizisten warfen einen synchronisierten Blick in die Richtung, in die ihr dramatisch zitternder Finger zeigte, und wandten sich dann wieder ihr zu.

»Jetzt besprechen wir das noch mal von Anfang an, Maria … Könnten wir nicht reingehen und einen Kaffee aufsetzen und in aller Ruhe darüber reden? Es wäre doch nach einem solchen Schock sicher gut für Sie, wenn Sie etwas Warmes in den Körper bekommen«, sagte der Mannpolizist fürsorglich und spähte hinauf zum Haus.

Das war höflich von ihm, dachte Máriddja wertschätzend und nickte zustimmend, doch dann besann sie sich und schüttelte so heftig den Kopf, dass der Mützenbommel die Richtung wechselte.

»Nein! Das geht leider nicht. Wir renovieren im Haus, wissen Sie … und es ist ein fürchterliches Durcheinander. Außerdem trinken wir keinen Kaffee, den kann ich also nicht kochen. Der Alte kriegt es so furchtbar im Magen vom Koffein, deshalb …«, sie zögerte und fuhr fort, »äh, trinken wir meist … ähem, Punsch.«

»Sie wohnen also zu zweit hier?«, erkundigte sich die Fraupolizistin interessiert.

Verdammt noch mal, dachte Máriddja gestresst. »Ja, aber der Alte ist verreist. Als es passiert ist, war nur ich zu Hause.«

»Ich verstehe«, erwiderte der Mannpolizist, woraufhin Máriddja enthusiastisch und erleichtert nickte.

»Ja, wir können vielleicht hierbleiben, am ähm … Tatort. Ich kann den Schlitten herziehen, wenn jemand von Ihnen müde Beine bekommt. Ich habe auch ein Rentierfell, auf dem man sitzen kann, damit man sich nicht den Hintern abfriert. Ha, ha.« Sie lachte mechanisch und nervös.

»Man muss immer aufpassen, dass man sich nicht die … die Muschi erkältet!«, flüsterte sie theatralisch hinter hervorgehaltener Hand der Frau zu, um das Durcheinander ihrer Nerven zu verbergen.

Die Fraupolizistin nahm das mit hochgezogenen Augenbrauen zur Kenntnis und holte ein Notizbuch und einen Bleistiftstummel aus ihrer Innentasche.

»Nun, wenn Sie jetzt erzählen würden, was passiert ist, dann können wir anfangen, Fotos zu machen und den Abtransport des Tieres zu organisieren.«

Máriddja befeuchtete ihre Lippen und schaute nachdenklich zu dem graudiesigen Himmel hinauf. »Ja, ich war also auf, um … um meine Morgentoilette zu erledigen, als ich die Eingebung bekam, aus dem Fenster zu sehen. Wenn ich es nicht vergesse, mache ich das immer in den frühen Morgenstunden, denn da sind die Tiere schließlich unterwegs«, fügte sie erklärend hinzu.

Die Polizisten sahen sie aufmerksam an, und sie konnte nicht anders, als eine gewisse Befriedigung über das Interesse für ihre Zeugenaussage zu empfinden.

»Und da sah ich diesen Bösewicht mit etwas Langem in der Hand um die Garage streichen. Er rannte wie eine streunende Katze an der Hauswand entlang und zielte dann. Und da bekam ich solche Angst, dass ich mich sofort auf den Boden geworfen habe. Plötzlich hörte ich einen Schuss und dachte erst, der Teufel hätte auf mich geschossen. Deshalb blieb ich liegen, bis ich mich davon überzeugt hatte, dass ich unverletzt war, und schlich mich dann hinter die Plastikblume bei der Heizung. Und da habe ich den Elch gesehen, der zitterte noch und taumelte vor und zurück und dann krachte er mit einem Rums auf den Boden.«

»Sie haben das Fallen des Elchs gehört?«, fragte die Fraupolizistin, während ihr Stift über das Papier huschte.

»Ja, nee, das kann ich so nicht sagen. Aber ich habe gesehen, dass er so ein großes Tier war und deshalb laut hingeknallt sein musste.«

»Sie gehen also davon aus, dass der eine Schuss tödlich war?«

»Definitiv, Konstabler.«

Vor ihrem Inneren sah sie den Volltreffer und spürte immer noch den Rückstoß in der Achsel. Abwesend massierte sie ihre Schulter. »Der ging richtig ins Schwarze. Tschong hat es gemacht! Man konnte erkennen, dass es sich um einen geübten Jäger handelte. Sicherlich ein Wiederholungstäter«, fügte sie verschwörerisch hinzu.

»Was hat der Kerl dann gemacht?«, fragte der Mannpolizist.

»Was er dann gemacht hat? Na ja, er hat den Elchstutzen in die Landschaft geworfen, und dann rannte er wie ein nervöser Hase in den Wald hinein. Raus aus meinem Blickfeld.«

Die beiden nickten und brummten. Schauten nachdenklich zur Waldpartie hinter dem Haus.

»Haben Sie den Schützen wiedererkannt?«, fragte die Fraupolizistin mit konzentriertem Blick auf Máriddja.

»Nein, oder doch, vielleicht nicht direkt wiedererkannt, aber er war wahnsinnig ähnlich diesem … Trump.«

»Äh, meinen Sie … Donald Trump?«, fragte der Mannbulle.

Sie nickte begeistert, zufrieden über diesen listigen Einfall.

»Also, dem ehemaligen Präsidenten der USA? In welcher Weise fanden Sie, dass der Verdächtige ihm ähnlich sah?«

»Nun«, sagte sie zögernd, während sie nachdachte. »Ja, wie soll ich sagen? Er war irgendwie orange, genau wie der Trump. Und dann hatte er dieselbe Art … Haare.«

Máriddja vollführte eine wischende Geste schräg über ihren Kopf, um den geleckten Haarhelm darzustellen, mit dieser Tolle, die auf der Flucht vor ihrem Besitzer zu sein schien. Was im Übrigen ein sehr vernünftiger Instinkt war, dachte Máriddja. Von so einem Kopf wäre sie auch, so schnell die Schuppen trugen, abgehauen. Der Typ war doch nicht richtig in der Birne.

»Haben Sie nicht vorhin gesagt, er hätte eine Maske über dem Kopf gehabt?«, erkundigte sich die Fraupolizistin scharfsinnig, und der Mannpolizist schaute mit aufmerksamer Miene von seiner Kollegin zu Máriddja.

»Ja.« Verdammt noch mal, sie hätte sich ans Manuskript halten und nicht in solche künstlerischen Freiheiten verfallen sollen. Jetzt hatte sie sich vom Ernst der Stunde und dem spannenden Auftauchen der Polizisten mitreißen lassen. »Jaa … die hat er natürlich abgenommen. Als er das Gewehr wegwarf. Vielleicht … vielleicht hat er angefangen zu schwitzen.«

Sie spürte, wie sie jetzt selbst schwitzte, und zog ein wenig an ihrem Halskragen.

»Okeeeh.« Der Stift kratzte auf dem Papier. »Was hat er dann gemacht? Was hat er mit der Balaklava gemacht?«

Der Polizist schaute Máriddja eingehend an, die glücklicherweise Reflexe wie ein junger Luchs hatte und quick antwortete.

»Die hat er in den Sack gelegt.«

»Hatte die Person einen Rucksack dabei?«

»Ja natürlich, oder ja … es war wohl mehr so in der Art, wie man sie sich über die Schulter hängt, wissen Sie.« Máriddja wurde langsam kurzatmig. Das hier lief überhaupt nicht in die richtige Richtung.

»Eine Handtasche?«, erkundigte sich der Mannpolizist hilfsbereit.

»Ja, ganz genau!«, rief Máriddja, dankbar für die Rettungsleine.

»Verstehe ich Sie richtig, dass der Mann das Gewehr dort hinten weggeworfen hat?« Die Fraupolizistin zeigte auf die kahlen Äste im Beerenbusch. »Und dann hat er die Kopfbedeckung abgenommen und sie in einer Handtasche platziert, die er über der einen Schulter hatte?«

»Ja, so könnte man sagen.«

»Haben Sie erkannt, um was für eine Art Handtasche es sich handelte?«

Das war jetzt ganz dünnes Eis, dachte sie und schluckte. Sie war ja in diesem Thema überhaupt nicht bewandert. Die einzige Tasche, die sie mal schnell vor Augen hatte, war die rote ihrer Schwiegermutter, die mit dem geknöpften Gurt. Und die beiden warteten auf ihre Antwort.

»Ich glaube, sie war rötlich und mit einem kurzen Schulterband und irgendwie quadratisch. So groß wie ein Flussbarsch«, haspelte sie.

Hölle, Hölle, Hölle.

Die beiden Polizisten sahen sie fragend an und wechselten dann einen raschen Blick.

»Der Schütze hatte also eine Tasche vom … *Damenmodell?*«

»Ja. So könnte man es wohl sehen. Genau. Aber heute weiß man das ja alles nicht mehr so …«

Máriddja zwang sich selbst mit Willensstärke, die Lippen zusammenzukneifen, damit das nervöse Geplauder, das sich einen Weg nach draußen bahnen wollte, nicht alles zerstörte. Sie versuchte so auszusehen, als ob sie das auch bemerkenswert fände, und nickte bestätigend. Ein weiteres Mal wünschte sie, die gut dressierten Augenbrauen der Krebsärztin Skruvlenius zu besitzen.

Der Mannpolizist stand schweigend da, und sie nutzte die Gelegenheit, sein Gesicht zu betrachten.

Schmal, ein breiter Mund ohne Andeutung eines Amorbogens und eine recht ordinäre Nase. Unter seiner Mütze ragte ein rotbrauner Schopf heraus, und auf seiner Nase drängelte sich eine Schar Sommersprossen. Süßer Junge, bemerkte Máriddja, aber irrelevant. So viel war klar, der hier war leider nicht einmal in der Nähe dessen, was Máriddja gehofft hatte.

»Sie haben bei Ihrem Anruf gesagt, der Mann sei auch in ein Nebengebäude des Hauses eingebrochen, nicht wahr?«, las die Konstablerin von ihrem Block vor.

»Genau!«, rief Máriddja und nickte eifrig bestätigend. »Er hat die Tür zur Garage eingeschlagen, und wahrscheinlich hat er sich so den Elchstutzen geholt.«

»Sie haben die Waffe in der Garage aufbewahrt?« Der männliche Polizist sah sie streng über die Nasensommersprossen an.

»Selbstverständlich«, sagte Máriddja und wunderte sich, warum er nach so etwas fragte.

Die Fraupolizistin hustete ein wenig in eine kleine Faust.

»Ich vermute mal, das war, bevor er den Elchbullen gesehen hat, oder?«, sprach der Mannpolizist weiter.

»Das weiß ich nicht. Ich vermute es, oder er hat sich schon vorher das Gewehr genommen.«

Máriddja machte eine fragende Geste mit den Händen, wie die Blütenblätter der unschuldigsten Lilie.

»Sie meinen also, dass ein unbekannter Mann in die Garage eingebrochen sein soll, ein Gewehr genommen und dann aus glücklichem Zufall einen zwanzig Meter entfernt ordentlich aufgestellten Elch gesehen hat?« Jetzt klang der Mannpolizist tatsächlich ein wenig sarkastisch.

Máriddja wurde wütend. »Ja, woher soll ich wissen, was in dem Kopf solcher … Gangster vorgeht? Da müssen Sie wohl mit so einem Psychologen reden und ein Täterprofil erstellen, anstatt dass wir hier stehen und den ganzen Tag spekulieren! Ich bin einem Verbrechen zum Opfer gefallen! Er hätte mich auch kaltblütig ermorden können ... wie den Elch da! Mich erschießen! Und da hätten Sie keine Hauptsachenzeugin zum Verhören gehabt!«

Sie wedelte aufgebracht mit einer zornigen Geste zu dem verstorbenen Huftier hin und war so wütend, dass sie für einen Moment sogar ihre Scharade vergaß.

»Hauptzeugin«, berichtigte der Mannpolizist sie reflexhaft, verstummte aber sofort, als Máriddja ihm einen so schrägen Blick zuwarf, dass das Weiße um ihre starrende Iris herum rot gesprenkelt aussah. Er räusperte sich ein wenig erschrocken, den Blick in den Schneematsch gerichtet.

Die Konstablerin schlug ihr Notizbuch zu und hielt Máriddja die Hand hin.

»Jetzt gehen Sie am besten zurück in die Wärme, Maria, und wir schauen uns die Gegend noch einmal an«, sagte sie freundlich, aber entschieden.

»Den Tatort ... verdammte Bullen«, murmelte Máriddja kaum hörbar, als sie mit wütenden Schritten auf ihr Haus zustiefelte.

Männer dürften keine Polizisten werden ... die waren viel zu einfältig für solche wichtigen Aufgaben im Ordnungswesen, dachte sie und knallte die Tür hinter sich zu.

Guovddos Polizeitruppe konnte dem guten Gott danken, dass sie diesen Flachkopf von einer Mannsperson mit einer Frau zusammengetan hatten! Sonst wäre es mit dem Rechtssystem in diesem Land schneller vorbei, als sie Hauptsachenzeugin sagen konnten! Oder wie zum Teufel das nun hieß.

48

UNGUT

Ein paar Stunden später war das Elchelend abtransportiert und der Hof wieder leer. Tatsächlich leerer als zuvor. Er sah aus wie die Straße nach einem abgeräumten Markt. Unordentlich und tot.

Máriddja hatte hinter der Gardine hinausgespäht und beobachtet, wie sich die Polizisten auf dem Hof umschauten. Sie gestikulierten und suchten, dann marschierten sie mit entschlossenen Schritten Richtung Waldlichtung.

Das geschah ihnen recht. Von ihr aus konnten sie für den Rest ihres Berufslebens dem amerikanischen Präsidenten hinterherjagen. Sie nahm noch einen dänischen Drops und kaute wütend darauf, sodass es zwischen den Zähnen knisterte.

Biera war von seinem Vormittagsschlaf aufgewacht, hatte ein paar Skorpa und Dickmilch gegessen, sich dann seitwärts aufs Wohnzimmersofa gelegt und las jetzt mit aufgestütztem Kopf die Fernsehzeitung. Ohne etwas zu ahnen. Ohne sich zu rühren oder zu stören.

Mit einem Knopfdruck setzte sie sich mit dem Fräulein vom Amt in Verbindung, und Sire ging ran.

»Vorhaben misslungen«, knarzte Máriddja und spähte

zwischen einem leeren Fernglasfutteral und der Kiste mit den Handarbeiten von Mutter Ibbá zum Fenster hinaus.

»Das tut mir leid«, sagte Sire auf ihre korrekte Art.

»Ja, Teufel auch. Aber danke für all die Informationen über Polizeiarbeit, es ist ganz unglaublich, wie viel du weißt«, erwiderte Máriddja. »Jetzt muss ich mir nur was anderes Listiges ausdenken, und das ist gar nicht so einfach …«

Máriddja stand auf und schaute mit dem Telefon in der Hand um die Ecke hinein zu ihrem Mann. Zu Biera.

Der war völlig absorbiert von Tabellen und grellen Fotos von mehr oder weniger bekannten Personen.

»Ich bin so verdammt müde«, gestand sie mit leiser Stimme. »Nachts kann ich wegen der Schmerzen nicht schlafen. Also, im Bauch. Es würde mich nicht wundern, wenn das Geschwulst gewachsen wäre. Ich fühle mich da unten so zerbrechlich und mürbe.« Sie lachte ein wenig freudlos und sagte mehr zu sich selbst als zu ihrer Gesprächspartnerin: »Man stelle sich vor: Das, was kein Leben tragen konnte, trägt jetzt meinen Tod. Das Leben ist schon seltsam …«

»Das klingt aber nicht gut.« Sire wirkte beinah mitleidig.

Máriddja nickte mit einem bedauernden Schulterzucken über diese korrekte Zusammenfassung der Situation.

Viel mehr konnte man zu der Sache nicht sagen.

Es war alles verdammt ungut.

49

SONNENGESPRÄCH

Die Äste der Bäume hatten begonnen, ihre schwere Schneelast abzuwerfen, und streckten sich hoffnungsvoll zum blauen Himmel hin. Tauwetter war gekommen und machte die Tage so warm, dass man, solange man sich von den Schattenstellen fernhielt, keine Jacke brauchte. Die kleinen Vögel kabbelten sich an den Nistkästen, und die Kater schrien, pissten und wanderten lange Strecken als Auslauf für ihre Triebe.

Um diese Jahreszeit mit dem Auto durch den Ort zu fahren, war nichts für schwache Nerven. Die Fahrzeuge wurden in den matschigen Reifenspuren herumgeworfen und kreiselten auf blank gefahrenen Reifen, sodass grauer, nasser Schnee in die Gegend spritzte.

Kaj hatte sich schon lange von der Macht der schneematschigen Jahreszeit über die Straßensituation für besiegt erklärt und das Auto stehen lassen. Weder er noch Mimmi hatten es sonderlich weit zur Arbeit, somit war das wirklich kein Problem. Außerdem war es doch recht schön, den Arbeitstag mit einem flotten Spaziergang zu beginnen und rosig und optimistisch zur ersten Schicht des Tages anzukommen. Wie eine schwitzende Hundsrose und mit laufender Nase und Cornflakes im Mundwinkel.

Der Alltag in Guovddo hatte es weiterhin gut mit ihnen gemeint. Hier herrschte eine andere Zeitrechnung, eine schwerfälligere und eher unbewegliche Gravitation, die einen geerdet hielt. Die Aufgaben waren jetzt viel konkreter, weil die Seele etwas anderes begehrte: Mit neuem Hunger drängte sie ans Tageslicht und löschte ihren Durst deutlich spürbar aus Atmung von den Bäumen.

Kaj hatte oft das Gefühl, als wäre er, bevor er hier raufgezogen war, unterernährt gewesen. Verhungert nach dem, wovon sein Körper ihm jetzt so deutlich zeigte, dass er nicht ohne es leben konnte. Diese Luft. Diese Ruhe. Die Stabilität. Alles das, was wirklich richtig war. Hier wurden Dinge aus einem Grund getan. Die Straße wurde geräumt, damit sie befahrbar war. Das Holz wurde angezündet, um das Haus zu wärmen und es atmen zu lassen. Das war alles so verdammt vernünftig und selbstverständlich! Sogar Dinge, die einem bedeutungslos vorkommen konnten, waren wichtig. Das Kaffeetrinken mit Micklas, um das Band zu pflegen, das man brauchte, um hier zu leben. Ein Mittagessen mit Noomi und Palle, weil niemand eine Insel ist. Dieser Ort lebte, pulsierte in seiner Stille, wie Kaj es noch nie gesehen hatte. Die Blutgefäße in Guovddo verliefen zwischen den Menschen und verbanden sie mit einem Zentrum. Alle wurden gebraucht, damit das Herz von Guovddo schlagen konnte. Das war schön, das war einfach. Und Kaj liebte es, dass sein Alltag Absicht und Richtung hatte.

Palle und er fuhren oft mit Eisangelrute und Bohrer zum Eisfischen, um auf den nahe gelegenen Seen ihr Angelglück zu suchen. Dann lag jeder mit der kurzen Schnur in der Hand neben einem Eisloch auf seinem Rentierfell in der Frühjahrssonne, und so konnten sie Stunden verbringen.

Reden oder einfach nur in der Gesellschaft des anderen schweigen.

Kaj fand, dass Palle bestimmt glücklich war – zumindest sah er so aus. Ein fröhliches Gesicht mit einem fast konstant erwartungsvollen Ausdruck in den blauen Augen. Zwischen seinen dicken Bartstoppeln zeigte sich oft ein Lächeln. Er hatte eine sympathische Art, den Vornamen des anderen zu benutzen, wenn er mit einem redete, wodurch man sich sowohl gesehen als auch bestätigt fühlte. Palle war freundlich und unkompliziert und ließ Kaj wünschen, dass sich ein wenig von seinem soliden Lebensoptimismus auch auf ihn übertragen würde.

Wenn sie redeten, stützte Palle sich auf die Seite, sodass er Kaj ansehen konnte, ohne die Aussicht auf einen Fang unter dem Eis zu gefährden. Kaj tat das Gleiche, sodass sie mit ein paar Metern Zwischenraum spiegelbildlich zueinander lagen. Dabei zogen sie in gleichmäßigen Intervallen an den Pimpelruten, wodurch die blitzenden Blinker hochzuckten, um dann tanzend wieder unter die Eisfläche zu sinken.

Sie narrten die Fische, mal zu probieren, ob sie etwas schnappen könnten.

Oft hatten sie einen verrußten kleinen Kaffeekessel dabei, in dem sie mithilfe von kleinen brennenden Ästen Eiswasser kochten, sodass jeder eine Tasse Kaffee bekam. Es reichte genau dafür: eine Tasse Kaffee für jeden, nicht mehr, nicht weniger. Das Ganze war so entspannt und ausgeglichen, dass ihm davon warm ums Herz wurde.

Manchmal kamen auch Mimmi und Noomi mit, und dann leisteten sie sich den Luxus, vielleicht sogar ein Stück Fleisch zu braten oder in dem mitgebrachten Eisen eine

Waffel zu backen. Danach dösten sie mit satten, ruhigen Mägen in der Wärme. Das war ein Genuss und unkompliziert, und Kaj und Mimmi verspürten Zufriedenheit über das Dasein. Die Ruhe und die neue Umgebung taten ihnen beiden gut, doch Mimmi war schon vor dem Umzug keine unruhige Seele gewesen, anders als Kaj. Die Wurzeln seiner Nerven suchten sich durch den Schnee zum Stamm im Boden.

»Auf die Gefahr hin, dass ich eine Ohrfeige von dir kriege, Kaj«, sagte Palle gedehnt, die geschlossenen Augen zur Sonne gewandt. Es war ein warmer Tag, und sie waren nur zu zweit. »Aber denkt ihr auch über das mit Kindern nach?«

Kaj schwieg lange und spürte die Schwere des Blinkers, der im kalten Wasser hinunterfiel.

»Doch, das tun wir schon … Aber es ist ein wenig kompliziert.«

Kajs Herz schlug fest durch seinen Körper und in das warme Rentierfell hinein. Es fühlte sich an, als würde das Eis unter ihm Risse bekommen.

»Ich will gar nicht groß fragen … wollte nicht in Privatsachen herumschnüffeln. Ich dachte nur … na ja, Noomi und ich haben beschlossen, es zu versuchen. Also schwanger zu werden.«

»Kein Problem«, sagte Kaj. Er lag auf dem Rücken und zog die Beine unter sich, um seinem Hintern abzustützen. Und fügte noch hinzu: »Cool!«

»Ja, das wird schön«, sagte Palle. »Ich hoffe, es funktioniert, das ist ja nicht immer gesagt … es kann ja auch dauern.«

Kaj brummte zustimmend. Sie lagen schweigend da

und sahen zu, wie ein vertikaler Kondensstreifen über den blauen Himmel gemalt wurde.

»Mimmi möchte«, sagte Kaj nach einer Weile. Es fiel ihm schwer, den Satz weiter auszubauen, weil er diesen Kloß im Hals hatte.

Jetzt war Palle an der Reihe, einfühlsam zu brummeln.

»Aber ich … ja, verdammt, ich weiß es nicht. Ich möchte um ihretwillen.«

»Du hast also selbst keine Sehnsucht danach?«, fragte Palle, und Kaj hörte ihn ein wenig an seiner Angelrute rucken. Es platschte leicht in seinem Eisloch.

»Na ja, wenn ich ehrlich sein soll, ich glaube, ich habe … ein bisschen Probleme mit Kindern«, gab Kaj zu, und die Worte klangen schonungslos und böse, obwohl er es mit so viel Sanftheit ausgesprochen hatte, dass sich die Zunge kaum unter dem Gaumen rührte.

Palle schien das, was er gesagt hatte, nicht zu werten, sondern lag nur in offenem Schweigen daneben. Was es Kaj leichter machte weiterzureden.

»Ich hatte eine etwas knifflige Kindheit. Also schön, ich bin nicht im Elend aufgewachsen oder so …«, fügte er mit einem ironischen Lachen hinzu. »Ich kann mich nur nicht richtig als Vater sehen. Also, Eltern zu sein, kann doch so verdammt schwierig aussehen! Meiner Mutter ging es nicht immer so gut, und ich habe stets gedacht, dass es an mir lag.«

»Verstehe«, sagte Palle nachdenklich und klang, als würde er das wirklich meinen. »Das ist heftig. Aber wieso solltest du die Ursache dafür gewesen sein, dass es deiner Mutter schlecht ging?«

»Ja, weißt du …« Kaj lachte ein wenig hohl und hielt in

der Bewegung inne, um im Arm zu spüren, ob da unten in der Tiefe einer angebissen hatte. Nein, doch nicht. »Na ja, ich nehme mal an, dass ich es so interpretiert habe, weil … der Gedanke an meine Kindheit sie so traurig gemacht hat, dass sie nicht darüber reden konnte. Sie hatte kein einziges Foto von mir, also – ehe mein Vater ins Bild kam.«

»Ins Bild kam … Aha! Du bist also adoptiert?«, erkundigte sich Palle. Kaj konnte sein Gesicht nicht sehen, spürte aber, wie neutral der Freund auf das reagierte, was er ihm erzählte.

»Yes. Meine Mutter hat Papa geheiratet, als ich vier oder fünf Jahre alt war. Meinen richtigen Vater habe ich nie kennengelernt … weiß tatsächlich nicht einmal, wie er heißt.« Er lachte wieder trocken.

»Verdammt, das klingt echt schwierig, Kaj. Da verstehe ich, dass man vielleicht nicht so leichtfertig auf die Idee kommt, Vater zu werden.«

Kaj stimmte zu. Wenn man die Auffassung vertrat, dass Elternschaft unheilbare Wunden verursachte, dann entschied man sich nicht mal eben schnell dafür.

»Außerdem war ich als Knirps ein ziemlicher Rotzbengel. Und wie ich mein Glück kenne, werden meine Nachkommen noch schlimmer werden. Da wäre es vielleicht doch am klügsten, es bleiben zu lassen, oder?«

Die beiden Freunde lachten. Oben aus dem Flugzeug sahen die Passagiere, die aus dem Fenster schauten, zwei kleine Striche auf einem Meer aus glattem Eis mitten im Fjäll.

Das sah aus wie zwei Mäuseköttel auf einem blassen DIN-A4-Papier.

50

DER TOTENGRÄBER

Der Käfer Nicrophorus war von großer symbolischer Bedeutung für Kaj, seit er als Achtjähriger einen Vogel im Erdbeerfeld gefunden hatte.

Dieses Erlebnis war so gesättigt an Eindrücken, dass er sie kaum voneinander trennen konnte. Eklig, gestorben. Aber war er denn tot? Die Augen des Vogels waren geschlossen, aber der Brustkorb bewegte sich. Die Betrübnis, ein vergängliches Leben. Eine Wacholderdrossel – weg, so wie er selbst verschwinden würde. So wie Mama und Papa verschwinden würden. Aber noch war er es nicht, oder? Obwohl der Blick erloschen war, bewegten sich noch die Daunen auf der Brust. Was, wenn er noch lebte? Wenn er gerettet werden konnte?

Er tippte den Vogel mit dem Fuß an. Vorsichtig, sodass die weiße Spitze der Turnschuhe kaum die Federn berührte.

Und dann das Entsetzen. In der grauen, sanft um den Hals liegenden Federtolle – eine Farbe. Zwei Farben. Schwarz wie Krankheit und Orange wie Gefahr – quollen heraus wie Eiter aus einem Pickel. Der Tod bewegte sich, er kroch über den Vogelkörper, sprang mit raschen Beinen über den Schnabel.

Ein Käfer, groß, fett und glänzend.

Kaj schrie los. Schrie so laut, dass sich der Ekelschauer mit einem gellenden Ton von etwas Größerem vermischte. Seine Mutter war angerannt gekommen. Ihre nackten Fußsohlen donnerten aufs Gras wie Herzschläge. Die Schürze schlug ihr an die Knie, und in der Hand hatte sie einen Kartoffelschäler.

Sie fuhr ihm übers Haar, mit dem Strich – wie über die furchtsamen Ohren eines Kaninchens. »Das ist ein Totengräber«, erklärte sie.

Er erinnerte sich an die Schwere in ihrer Ruhe. Wie sie ihn vom Abgrund zurückzog und ihn den Geruch des Juliregens zwischen den Erdbeerpflanzen spüren ließ.

Dann hockte sie sich neben ihn. Ihr Gesicht ganz nah seinem, während sie erklärte, zuhörte und zeigte. Drehte den Vogel herum und wendete seinen Schrecken in Faszination. Die Magie der Worte: Aas, tote Tiere, um die man sich kümmerte. Die vom Käfer weggetragen und begraben wurden. In die lockere Erde unter dem Boden gesenkt wurden. Käfer, die, wenn sie klein waren, von ihrer Mutter mit deren eigener Haut gefüttert wurden. Der Gang der Natur.

Der Atem seiner eigenen Mutter roch nach Dill, und ihre Stimme war leise. Wie aus Respekt.

Als die Mutter wieder reinging, war der Totengräber nicht mehr auf dem Vogel zu sehen. Er hatte sich erneut zwischen die Federn gegraben, hinein ins Fleisch, und wieder atmete der Käfer im Leib des Vogels.

Und Kaj konnte nicht aufhören daraufzustarren. Stundenlang saß er auf einem umgedrehten Eimer und betrachtete das Unfassbare. Wie konnte etwas, das so völlig tot war, so vollkommen lebendig aussehen? Wie konnte ein Leben sich im Tod eines anderen fortsetzen? Wie konnte man aus Verrottung gebären und großgezogen werden?

Er blieb so lange im Garten, bis es Zeit war, reinzugehen und zu essen. Fleisch mit Kartoffeln.

Kaj trug dieses Erlebnis und seine Faszination für das Insekt, das dem Tod Leben entlocken konnte, lange in seiner Erinnerung. Es duftete nach Gartenkräutern und Regen und vereinte sämtliche Mysterien des Lebens in einem Augenblick. Etwas, das gestorben ist, kann lebendig aussehen, wenn sich etwas in den sterblichen Überresten bewegt. War das nicht die äußerste Manifestation eines ewigen Lebens? Damals dachte Kaj so. Und heute immer noch.

• • •

Ein anderer Tag in heißer Frühjahrssonne: Sie lagen alle vier draußen in der Wärme. Noomi auf dem Scooter, den Kopf auf das Lenkrad gelegt, Palle auf einem schneefreien Flecken, den Rücken gegen einen groben Kiefernstamm gelehnt. Kaj und Mimmi streckten sich beim Feuer auf einem gemeinsamen Rentierfell aus. Sie öffneten ihre Jacken, hatten dic Mützen schon abgenommen und ihre platt gedrückten Frisuren im sanften Wind entblößt.

Da klingelte Kajs Handy. Er war fast verärgert über die Unterbrechung des meditativen Daseins. Fischte das Gerät aus der Tasche der für diesen Zweck neu gekauften Scooterhosen und hatte sofort bessere Laune, als er das Bild und den Namen auf dem Display aufblinken sah. Er antwortete mit einem fröhlichen »Hallöchen Bruder!«.

Dann folgte ein munteres und gemütliches Gespräch zwischen den Geschwistern. Kaj kämmte das widerspenstige Haar auf dem Kopf nach hinten, während er sprach. Kniff die Augen gegen die Sonne zusammen und legte eine Hand auf Mimmis gestrickten Pulloverbauch.

Dann wurde er still und setzte sich auf, und Mimmi konnte die Stimme des Schwagers schwach im Telefon hören, aber nicht verstehen, was er sagte. Sie hob den Kopf vom warmen Rentierfell und öffnete fragend ein Auge. Kaj sah ernst aus.

»Wo hast du das gefunden?«

Der Bruder surrte in seinem Handy wie eine Fliege im Glas.

Kaj packte eine Faust voll Schnee, die sich von der Körperwärme nach seiner Hand formte. Er öffnete und schloss die Hand darum, als wäre es ein Stressball.

»Stand das so da? Auf dem Umschlag?«, fragte Kaj und strich sich wieder über die dunkelbraunen Haare, nahm die Sonnenbrille ab und hielt sie in der Hand. Eine Serie von Brummgeräuschen. Etwas Hummelgebrummel in Gustavs Antwort. Noch mehr Murmeln und Brummen und ein »Yes, bis später«, dann der rote Telefonhörer.

Mimmi hatte sich aufgesetzt. Kajs Gesicht sah aus wie ein Fragezeichen und ein Ausrufezeichen zugleich, als er den Inhalt des Gesprächs, das er gerade mit seinem Bruder geführt hatte, wiedergab. Sogar Noomi hatte die Beine über den Scootersitz geschwungen und sich den anderen zugewandt, und Palle, von dem Kaj gedacht hatte, dass er in der Wärme eingeschlafen sei, schaute lebhaft wie immer.

»Mama hatte einen Bruder, der vor einer halben Ewigkeit gestorben ist. Von dem hat sie nie gesprochen, aber Gustav hat unter den Sachen, die er aus dem Haus mitgenommen hat, ein Foto von ihm und seiner Frau gefunden.« Kaj zupfte sich erstaunt an seinem dünnen Bart.

»Echt jetzt?«, fragte Mimmi, runzelte die Augenbrauen und schien die Information nicht recht mit Kajs Reaktion verbinden zu können.

»Also, das klingt jetzt völlig verrückt, aber ihr werdet nie erraten, was auf der Rückseite des Fotos stand!«

Die anderen sahen ihn erwartungsvoll an.

»Per und Ehefrau zu Hause in Guovddo!« Er sprach den Satz mit Betonung auf jedem Wort aus.

Das Trio von Zuhörern starrte ihn an.

»Shit! Wie wahrscheinlich ist das denn, dass ihr ausgerechnet hierhergezogen seid? Was für ein Zufall!«, lachte Palle von seiner bequemen Kiefer aus.

Mimmi sagte nichts. Sie sah unruhig aus, fast ängstlich.

Um sie herum tropfte es von den Ästen der Bäume, und Unglückshäher flatterten in niedrigen Kreisen um die von ihnen zurückgelassenen Fleischstücke in erstarrtem Fett.

Ihr johlender Ruf klang, als würden sie über die Menschen lachen, weil die glaubten, dass irgendetwas in der weißen Welt unter ihren Flügeln Zufall sein könnte.

Kaj horchte auf ihre kreischenden Schreie und musste unwillkürlich an den Käfer denken.

Übernahm er hier vielleicht die Rolle des Totengräbers? Sprach die Stimme in der toten Brust der Mutter von der anderen Seite zu ihnen? Vielleicht war er … das schon immer gewesen.

Oder … war es Mama Laura selbst, die hier in dem herumkroch, was abgeschlossen und begraben war – und es wieder zum Leben erweckte?

51

DAS RATTENJUNGE

Kaj war es gerade gelungen, das Schloss der Haustür mit dem Schlüssel und einer angemessenen Dosis Gewalt aufzukriegen. Er trug ein großes Paket Waschmittel unter dem Arm und eine Tüte Tapetenrollen in der Hand. Um die Tür aufschieben zu können, musste er die abgeklemmten Finger zu maximaler Länge ausstrecken. Noch ehe er hinter sich zumachen konnte, hörte er Schritte im Windfang und rief fröhlich, ohne sich umzudrehen:

»Hallo Liebling! Beeil dich und mach die Tür hinter dir zu, in diesem Nordpolvorort ist es kalt heute!«

Mimmi antwortete nicht, und während er die Schuhe von sich trat, fuhr er fort: »Die Tapeten sind gekommen, das war eine saftige Summe, aber wir werden ja Rabatt bekommen, weil sie zu spät geliefert wurden. Dieser glotzäugige Typ im Laden wollte die Rech…«

Im Augenwinkel sah er plötzlich etwas, was nur sehr wenig an die fluffige blaue Jacke seiner Verlobten erinnerte. Er fuhr herum, senkte den Blick ungefähr einen Meter den Hügel hinunter und sah Johánás auf dem Teppich in der Diele stehen. Der Junge machte die Tür hinter sich zu und starrte Kaj wie einen entlaufenen Psychiatriepatienten an.

»Johannes«, stellte Kaj mit einem juckenden Gefühl an einer Stelle fest, wo die Finger nicht hinkamen.

»Gaj«, antwortete das Kind ebenso herablassend und zog die Handschuhe aus.

Kaj verdrehte die Augen und drehte der unhöflichen kleinen Person, deren Namen richtig auszusprechen er bald zu lernen gezwungen sein würde, den Rücken zu. Unmittelbar danach stieß er sich das Knie am Tisch in der Diele, und zwar an genau dem Punkt, der jeden vernünftigen Menschen dazu bringt, seinen inneren Predator rauszuholen und wie ein Urzeittier schreien zu wollen.

Johánás kicherte, und Kaj hörte, wie er seinen Rucksack auf den Boden fallen ließ.

»Hast du kein eigenes Zuhause?«, fragte Kaj mit angespannten Kiefermuskeln, denn der Schmerz war so höllisch, dass er am liebsten wie ein Elitefußballer im Strafraum auf dem Fußboden herumgerollt wäre.

»Doch«, antwortete Johánás, »aber Mimmis Kuchen ist besser!« Er marschierte mit heruntergerutschten Strümpfen und hässlichen, formlosen Hosen samt Hängeknien ins Fernsehzimmer.

Er drängte sich in Kajs Zuhause. Der Junge setzte sich wie selbstverständlich aufs Sofa und griff nach der Fernbedienung. »Mimmi hat gesagt, ich könnte nach der Schule vorbeikommen. Wir wollen Scones backen«, sagte er, ohne den Blick vom Fernseher zu wenden.

Kaj nickte zurückhaltend und informierte ihn darüber, dass die genannte Bäckerin noch nicht wieder zu Hause sei, dass er es sich aber auf jeden Fall schon mal bequem machen und sich wie zu Hause fühlen solle.

Dann schleifte er die unförmige Tüte mit dem Logo des

Farbengeschäfts und das Waschmittel in die Waschküche, ohne dabei den Blick von Johánás im Rücken zu sehen oder zu spüren. Der Junge schaute auf seine alte Armbanduhr, fingerte trotzig an der Fernbedienung herum und glich auf ihrem buckligen Sofa einer kleinen defensiven Ratte mit zu großen Hosen.

Als Kaj sich in der Waschküche eingeschlossen hatte und es ihm gelungen war, mit der Hosentasche in der Klinke hängen zu bleiben und sich den Kopf am Wäschetrockner anzuschlagen, erkannte er, dass er nun bestraft worden war. Wahrscheinlich für sein kritikwürdiges Verhalten gegenüber dem Achtjährigen draußen im Wohnzimmer. Warum konnte er sich nicht ausgeglichener verhalten? Das war doch trotz allem nur ein Kind.

Die Angst rann vom Kloß im Hals hinunter und wie schwarzer Teer durch den Körper, um sich an einem schmerzenden Punkt unter dem Solarplexus zu sammeln. Mit jedem Herzschlag wurde schwarzes Gift hinaus in die Blutgefäße gepresst und ließ es ihm in den Ohren sausen.

Kaj atmete tief im Quadrat und verschränkte die Hände fest ineinander. Dann öffnete er die Tür zur Waschküche und rief ins Wohnzimmer hinaus:

»Mach dir ein Glas Kakao, während du wartest, der steht in der Speisekammer.«

Ein Glas Kakao, wenn es einem an Fähigkeit mangelte, Wärme zu zeigen. Genau wie Mama Laura es ihm beigebracht hatte, dachte Kaj und seufzte ein wenig selbstironisch.

Ein weiterer ausgezeichneter Grund, sich nicht an so etwas wie Elternschaft zu versuchen. Ein Kind konnte man schließlich schon mit weniger ruinieren.

52

DER KLUGE UND HÜBSCHE NUFFE

Nilssons Junge war dem Polizeiauto begegnet, als es mit einem toten Elch auf dem Anhänger aus der Einfahrt der Rijás kam. Er war in einem etwas zu kleinen Trainingsanzug auf der von Máriddja vorgeschriebenen Laufrunde unterwegs gewesen.

Da er forsch vorangeschritten war, wurde er bald kurzatmig und musste stehen bleiben, um durch die Zähne auszuatmen. In dem Moment war die Equipage rausgefahren. Neugierig spähte er über die graue, eingesunkene Schneewehe und erkannte noch einen weiteren Streifenwagen mit dazugehöriger Mannschaft. Die spazierten mit verkniffenen Mienen zwischen den Baumstämmen herum. In ihm stieg das Adrenalin hoch, und er erwog, hinüberzuschlendern, um rauszukriegen, was da eigentlich vor sich ging.

Durch das kaum noch durchsichtige Fenster konnte man Máriddja erkennen, die telefonierend eine schmutzige Gardine vorzog. Sie sah so verbiestert aus, dass Nuffe seinen Ehrgeiz auf Halde legte und beschloss, lieber seine vor Milchsäure schmerzenden Beine nach Hause zu bringen. Er würde versuchen müssen, dem Rätsel aus der Entfernung auf den Grund zu gehen.

Zu Hause angekommen, teilte er sowohl Befürchtungen

wie Überlegungen in einem fließenden Strom seiner Mutter mit. Sie stand an die Spüle gelehnt, sagte *Ach* und *Oh* und stellte ihrem offensichtlich schockierten Sohn Essbares hin. Nuffe gönnte sich eine anständige Scheibe Gemüse in Aspik und sagte, während er kaute:

»Das wird jetzt langsam ein bisschen viel, Mama, erst brennt es da oben in der Scheune, und jetzt ist die Polizei da! Ganz zu schweigen davon, wie seltsam der Briefkasten demoliert war! Das sah ja aus, als hätte jemand versucht, aus dem ganzen Ding Kaffeeholz zu machen! Vielleicht sollten wir mal nachsehen, wie es eigentlich um die Rijás steht.«

»Besuch haben die noch nie gerne gemocht«, wandte Sally Nilsson ein.

»Aber vielleicht sieht es in der Hütte da richtig schlimm aus … Und sie haben ja sonst niemanden, oder?«

»Du bist ein netter Junge, Nuffe«, sagte die Mutter mit einem liebevollen Lächeln und murmelte ihrem eigenen Spiegelbild in der blank polierten Spüle noch zu: »Eines Tages wirst du jemanden wirklich glücklich machen!«

Falls ihr Mamabub das gehört hatte, reagierte er nicht darauf, stattdessen nahm er seine Mütze und trat in den Windfang hinaus.

Wie ging es Biera und Máriddja eigentlich? Trotz allem gehörte es sich doch, mal nach ihnen zu sehen, so wie N'Ulf es gesagt hatte.

Dass sie aber auch einen Sohn bekommen hatte, der gleichermaßen klug und hübsch war! Die Brille beschlug ein wenig vor mütterlicher Seligkeit, als sie ihn unter den Fransen der Gardine gefühlvoll x-beinig über den Hof zum Holzschuppen rennen sah.

53

SEHR GEEHRTER BIERA RIJÁ

Ein Brief kam. Einer, den Máriddja tatsächlich öffnete, weil er das Logo des Sameting trug und deshalb eine wichtige Information der Samischen Verwaltung enthalten konnte.

Der Brief war an Biera adressiert, was sie gesehen, dann aber lieber rechtzeitig vergessen hatte.

Sie schlitzte das Kuvert mit geschmeidigem Griff um den altehrwürdigen Hornschaft auf. Dann legte sie das Messer zurück unter die Klappe in der Küchenbank. Es war besser, wenn es da aufbewahrt wurde, weit entfernt von seinem immer verwirrteren Träger. Im Herbst hatte Biera ihr Nudelholz in Anzündsplinte verwandelt. Jetzt lag das Messer zusammen mit der Axt und den Streichhölzern da in der Truhe, um Máriddja Nachtruhe zu schenken. Sie hatte genug anderes, woran sie denken musste. Man schaue sich nur den Briefkasten an! Der verrückte Kerl – junge Schlangen mitten im Winter? Und dann auch noch im Briefkasten?

Der Brief war sehr förmlich geschrieben:

Sehr geehrter Biera Rijá,

wir nehmen heute Kontakt zu Ihnen auf wegen des hundertsten

Jahrestages des Beginns der Zwangsumsiedelungen von Samen aus Gárasavvon/Karesuando. Da wir weiterhin über die Familien forschen, die damals entwurzelt worden sind, melden wir uns bei Ihnen als einem der äußerst wenigen Überlebenden, die diese Delokalisierungen selbst miterlebt haben.
Gerne würden wir Ihren Augenzeugenbericht, Ihre Erinnerungen und eine mögliche Dokumentation dieser Zeit hören.

Ihrer Antwort sehen wir gern entgegen.
Beste Grüße
Sissel Jarre, Jåhkåmåhkke/Jokkmokk

Máriddja las den Brief noch einmal und legte ihn dann beiseite. Sosehr diese Sache auch zu beherzigen war, musste sie doch warten, denn hier auf dem Hügel ging es gerade um Leben und Tod.

Sie hatte keine Zeit für Zerstreuung oder andere Fragen als die, die sie selbst eiligst beantworten musste.

Durch das Fenster war klares Licht zu sehen, und ihr Blick folgte dem Profil des Fjälls. Es war ihr ebenso vertraut wie das von Biera, doch im Unterschied zum Ehemann hatten sich die Bergkuppen im Laufe der Jahre nicht verändert. Der Gárjjelbákte war immer noch scharf umrissen, dramatisch und zeitlos. Und im pulsierenden Innern des Fjälls war alles ebenso gegenwärtig und lebendig wie damals, als sie es zum ersten Mal gesehen und dabei die Anwesenheit der Berge gespürt hatte.

Sie wünschte so sehr, dass sie dasselbe über den lieben Biera Rijá sagen könnte. Was würde mit ihm geschehen, wenn sie mal nicht mehr da war? Wer würde seine Hand halten, wenn er Angst bekam und verwirrt war? Und wer würde verstehen, was er sagte, wenn das Samische, seine erste Sprache, auch seine letzte werden würde? Sie hatte bereits erkannt, wohin das ging. Sein Schwedisch verwässerte immer mehr, und wenn Fernsehen und Radio nicht wären, so vermutete Máriddja, würde er inzwischen nur noch Samisch sprechen.

Wenn sie nur Risten und Heaika-Joná noch hätten.

Wenn die nur da wären, dann würde Máriddja wissen, dass er nicht allein zurückbleiben würde.

54

STURZ DES RIESEN

Die Idee kam Máriddja während der nächtlichen Schmerzwache. Natürlich! Selbstverständlich! Plötzlich war ihr glasklar, wie ihr nächster Schritt aussehen würde. Sie wusste genau, wem man die Schuld für das, was sie in Szene zu setzen gedachte, geben würde. Diese räuberischen Tschuden und ihr eigenes Volk hatten seit Urzeiten einen Rochus aufeinander. Sicherlich würde etwas so Unerhörtes die gewünschte Wirkung tragen. Ja, das könnte funktionieren … das würde garantiert eine große Anzahl Männeruniformen auf den Hügel locken. Denn es konnte ja nicht so schlimm um das Land stehen, dass ihnen die Sicherheit des Reiches egal war, oder, fragte sich Máriddja, als sie da unter der Decke lag.

Sie bedauerte, dass der schöne Elch unnötig gestorben war, doch der hatte sich schlicht zur falschen Zeit am falschen Ort aufgehalten. Ein bisschen musste er sich also selbst vorwerfen, dass er in einem so heiklen Moment vorbeispaziert war.

Aber diesmal würde es nicht schiefgehen.

Diesmal würde die Ernte zufriedenstellend sein, das spürte sie.

Sie lag die ganze Nacht wach und schmiedete Pläne und schlief erst in den frühen Morgenstunden wieder ein.

• • •

Als Biera morgens aufstand, musste er erst mal ihren Puls fühlen, um zu überprüfen, ob sie sich noch unter den Lebenden befand. Sie atmete, und Biera pikte sie prüfend in die Seite, um zu sehen, ob sie im Begriff war aufzuwachen. Doch Máriddja wandte ihm den nachthemdbekleideten Hintern zu und schnarchte ruhig weiter.

Dann sollte sie schlafen. Draußen war es milde, also nahm Biera den Kaffee mit in den Windfang hinaus und ließ sich nieder. Sein Blick wurde vom Sturz der Fjällkante angezogen, dessen steiler Abhang im Morgenlicht besonders klar zu erkennen war.

Ein seltsames Gefühl erfüllte ihn, ein inneres rhythmisches Kreisen und ein Saugen irgendwo über dem Zwerchfell, das wuchs.

»Herrje, da ist jemand über mein Grab gelaufen!«, rief er einem schamlos bettelnden Unglückshäher zu, mit dem er sein Brot teilte.

Der Rabenvogel versorgte sich gierig mit den Brotkrumen und marschierte auf dem Geländer herum, bis er begriff, dass das Frühstücksbüfett für heute geschlossen war. Er hob ab und flog mit ab und auf schwingenden Bewegungen in Richtung Fjäll und schwebte dann zu der steil abfallenden Silhouette des Garjjelbákte, dieses historischen Ortes, wo angeblich einige böse gesinnte Menschen ihr Leben mit einem jähen Tod beendet hatten. Es war einer der vielen Felsabbrüche, über deren Rand listige Samen in früherer Zeit Eindringlinge gelockt hatten.

Er wusste, dass in Máriddjas Familie Geschichten von den gewalttätigen Plünderungen kursierten, denen man in dieser Gegend ausgesetzt gewesen war, und wie ihnen ein Ende gesetzt wurde. Der Ort hatte auch den Ruf, ein uralter Todesfelsen zu sein, und Máriddja pflegte darüber zu scherzen, dass er sie ja über den Rand rollen könnte, wenn sie nicht mehr imstande wäre, ihre Bonbons selbst zu kauen. Er kannte die Geschichten und spürte die Kraft des Ortes.

Heute war die Aussicht besonders dramatisch und erschreckend mit den morgenrosa gefärbten Wolken, in welchen die dunkel abgetauten Partien des Fjälls aussahen wie Augenhöhlen in einem Kranium.

Der Unglückshäher, der ihm eben noch Gesellschaft geleistet hatte, wurde im Davonfliegen immer kleiner. Als er ins Himmelsgewölbe vor der Felsenkante eintauchte, sah es aus, als würde er sich selbst hinunterstürzen – und versinken.

Ein fallender Riese. Da stürzte ein Riese.

Er nahm seine außergewöhnliche Eingebung wahr, lauschte achtsam dem Flüstern des anstehenden Gesteins in den ausgehöhlten Knochen.

Lange blieb Biera mit seinem kalt gewordenen Kaffee sitzen, tief in Gedanken versunken.

55

STREIT MIT PASTELLFARBENEN SPATEN

»So eins da hat meine Urgroßmutter«, sagte Johánás und wies mit dem Daumen auf eines der Blumenbilder an der Wand, an der Lauras Illustrationen hingen.

Dieser anstrengende kleine Mensch besuchte sie zu Kajs Verdruss unter verschiedenen Vorwänden immer öfter.

Leider herzlich willkommen von Kajs Lebensgefährtin. Mimmi hatte ihm anvertraut, dass sie fürchte, Johánás habe es zu Hause nicht so gut.

Kajs Theorie war, dass er ein aufdringlicher kleiner Grundschuldämon war, dem es Spaß machte, den Hausfrieden von Leuten zu brechen und ihre Sofas platt zu sitzen.

Heute war Johánás aufgetaucht, um mit Mimmi loszufahren und Osterreisig zu holen.

»Aha? Das glaube ich nun wirklich nicht … Johannes«, erwiderte Kaj und versuchte, Geduld und erwachsene Überlegenheit auszustrahlen. »Die Bilder hat nämlich meine Mutter gemalt, und man kann sie nicht kaufen, weißt du.«

»Aber es ist so!«, entgegnete Johánás eifrig und empört darüber, dass man ihm nicht glaubte. »Ich erinnere mich daran! Es hing über meinem Bett, und ich fand, es sah aus wie …«

Kaj unterbrach ihn mit einem höhnischen Lachen, für das er sich sofort selbst hasste, fuhr aber mit jetzt nur angedeutetem Sarkasmus in der Stimme trotzdem fort: »Hast du nicht eben gesagt, es hing bei deiner Urgroßmutter? Warum hattest du denn da ein Bett? Wie verwöhnt seid ihr Kinder von heute eigentlich? Überall habt ihr Schlafplätze … Wie viele eigene Zimmer hat …?« Kaj unterbrach sich selbst, streckte die Fingerspitzen seiner Selbstkontrolle aus und drückte auf Stopp.

Er verfluchte sich selbst, dass er es nicht schaffte, ein Gespräch zu führen, ohne Johánás unbedingt eine reindrücken zu müssen. Was ging da eigentlich vor? Im Grunde sah Kaj sich selbst als eine recht freundliche Person, außerdem durfte man von ihm doch erwarten, dass er sich wie ein erwachsener Mensch verhielt, oder?

Vorwurfsvoll starrte er auf sein Spiegelbild im Display des Telefons und fragte sich, warum Johánás alle Knöpfe bei ihm drückte.

Deshalb bemerkte Kaj nicht das Schweigen des Kindes neben sich auf dem Sofa, sondern hörte nur seine eigenen, immer lauter werdenden Vorwürfe.

Dann schluckte Johánás trotzig und fragte: »Du kannst Kinder nicht leiden, was?«

Kaj lachte auf diese gellende, hohle Art, die er sich in Johánás' Gesellschaft angewöhnt hatte.

»Nee … vielleicht kann man es so ausdrücken«, antwortete er und hätte dann am liebsten vor Scham über seine eigene mangelnde Gefühlskontrolle den Kopf in Mimmis Kelimkissen gedrückt.

»Du bist doch plemplem … ich mag dich auch nicht!«, erklärte Johánás feierlich.

»Fein!«, vermeldete Kaj.

»Gut!«, gab Johánás zurück. »Du darfst nicht mehr meine Stirnlampe ausleihen«, stellte er dann knallhart fest.

»Buhu! … Ich will deine doofe Stirnlampe überhaupt nicht leihen!« Kaj zeigte dem Kind eine hasserfüllte Grimasse.

Dabei wollte er das durchaus.

Sie war ein großartiges Hilfsmittel, wenn er in den Kartons unten im Keller Dinge sortierte. Die Deckenlampe hatte ihren Geist aufgegeben, und Johánás hatte schnell und geschäftig Mimmi angeboten, die Stirnlampe auszuleihen, die er zu Weihnachten bekommen hatte.

Kaj würde gezwungen sein, diese Lampenarmatur, oder wie das nun hieß, zu reparieren. Oder Mimmi darum zu bitten, die entschieden praktischer veranlagt war als er. Oder vielleicht einen Elektriker zu rufen? Verdammt …

Sie funkelten einander mit schmalen Augen an wie zwei zusammengeprallte Eichhörnchen.

Dann prustete Kaj. Meine Güte, dachte er, habe ich das wirklich gesagt? Buhu? Will deine doofe Lampe sowieso nicht leihen? Er kicherte und sah, wie Johánás auch den Mund verzog.

Sie schauten einander prüfend an – jetzt wie zwei kleine Jungs, die sich soeben mit pastellfarbenen Spaten in der Sandkiste über den einzigen Eimer duelliert hatten und nun aber nicht mehr wussten, warum sie eigentlich gestritten hatten.

»Ich komm mir vor wie ein Rotzbengel«, murmelte Kaj verlegen.

»Du bist ein Rotzbengel«, erwiderte Johánás grinsend.

»Nein, du«, grinste Kaj zurück.

»Mimmi sagt, wir sind uns ähnlich! Siehste wohl!«

Johánás stand auf und ging in die Diele, um in seinen Overall zu kriechen, nachdem er mitgeteilt hatte, dass er nun raus und Mimmi auf der Straße entgegengehen würde. Als fertig geraschelt war, hörte man seine altkluge Stimme aus der Diele:

»Dass du es nur weißt, du hasst Kinder gar nicht.«

Kaj antwortete nicht.

»Du magst dich selbst nicht. Und das kann ich verstehen. Tschüs, Gaj.«

Die Tür fiel zu, und als Kaj um die Ecke bog, um dem jungen Hobbypsychologen eine Antwort zu geben, war der bereits draußen.

Sein Blick fiel auf den kleinen Tisch in der Diele unter den gerahmten Bildern seiner Mutter. Da stand die Stirnlampe ordentlich an Kajs Wollhandschuhe gelehnt.

56

DER FRÜHJAHRSZUG

Ein richtig guter Nachtschlaf kann für den menschlichen Körper erholsam sein. Für Kaj entschied optimale Ruhe alles. Sein Reptiliengehirn diktierte in seinem Alltag ziemlich viel, und die Nacht, aus der er nach jenem Vormittag aufwachte, war gut gewesen.

Die Beleuchtung im Keller war repariert, und Kaj fuhr mit neuen Kräften fort, die Umzugskartons auf der breiten Werkbank zu ordnen.

Mimmis Strategie beim Auspacken war von der Art, die jeden ordnungsliebenden Homo sapiens mit den Zähnen knirschen ließ. Ihre Kartons und die bunten Tüten standen halb ausgepackt hier und da und mehr da als hier herum. Er war gezwungen, sie in einer Ecke auf dem Betonfußboden zusammenzuschieben, um die nötige mentale Ruhe zu haben, seine eigenen Kartons zu organisieren.

Natürlich hatte Mimmi ihm von ihrem Besuch im Kunsthandwerksladen vor ein paar Wochen erzählt. Das Ganze war eigentlich zu absurd, als dass er ernsthaft irgendwelche Gedanken darauf verschwenden konnte. Jetzt suchte er ein wenig zwischen den Gegenständen in der orangefarbenen Kiste herum, die seine Mutter ihm hinterlassen hatte. Kaj begriff nicht wirklich, warum Mama Laura all diese Schnitzobjekte hätte sammeln sollen, es handelte sich ja um eine fast manische Menge von Gegenständen. Sämtlich in perfektem Zustand – es sah aus, als ob sie nur ausgepackt worden wären, um dann sorgfältig wieder eingewickelt zu werden.

Das Seltsame war, dass er diese Objekte zu Hause nie gesehen hatte, dabei waren sie viel schöner als die meisten kuriosen Dinge, die seine Mutter im Laufe der Zeit angeschleppt hatte. Um den Hornschaft schlängelten sich eingebrannte Muster und Ornamente in samischem Stil. Die Nähte der Scheide waren mit weißem Sehnengarn kerzengerade genäht. Er mochte die Objekte. Auch wenn sie etwas unterschiedlich aussahen, sah man doch, dass sie alle von denselben Händen und mit demselben Geist gefertigt worden waren.

In einer Ledertasche lag zusammengerollt ein breiter Ledergürtel mit Nieten. Er rollte ihn auf und fuhr mit den Fingerspitzen das Muster der bunten Nieten nach, die wie Weinranken kreuz und quer übers Leder verliefen.

Kaj legte den Gürtel probehalber um die Hüften, wie er es bei Noomi und Palle gesehen hatte. Der Gürtel schmiegte sich an ihn wie eine zärtliche Katze um die Hosenbeine eines Tierhaarallergikers. Zögernd zog er ein Messer aus der Kiste und befestigte es in der dafür vorgesehenen Schlaufe auf der linken Seite.

Als kurz darauf sein Handy klingelte, ging er ran, ohne aufs Display zu schauen. Er fühlte sich ein wenig andächtig mit dem schönen soliden Messer auf dem Oberschenkel und der Art und Weise, wie der Gürtel ihn irgendwie zusammenhielt. Als würde er sein ganzes Ich mit einer kleinen Schnalle innerhalb der Autorität des wohlduftenden Leders sammeln. Ein seltsames Gefühl.

Vielleicht war diese Empfindung der Grund, dass er sich, als Micklas anrief, ohne Umschweife anbot, mit Johánás eine Scootertour zu unternehmen. Der Alte war selbst verhindert und wollte eigentlich Mimmi erreichen, aber Kajs Angebot wurde mit Erleichterung angenommen.

Sie holten Micklas' Scooter aus einer nassen und schmutzigen Schneewehe auf dem matschigen Hof.

Eigentlich war es unter seiner Würde, den kleinen Jungen das Gefährt steuern zu lassen, aber der hatte insistiert, und sein Großvater hatte zugestimmt und gemeint, es wäre wohl am sichersten, wenn Johánás führe. Kaj hatte die Augen verdreht, die Sache aber akzeptiert und sich den Rucksack umgehängt, den Micklas für sie gepackt hatte. Der war mit Kuchen, Trockenfleisch und Limonade vollgestopft, um das schlechte Gewissen des Großvaters zu lindern, dem es zusetzte, dass seine Arthrose ihn zwang, den versprochenen Tagesausflug mit dem Enkel abzusagen.

Und so fuhren sie los. Johánás manövrierte den schweren Scooter geschickt. Er stellte sich mit dem einen Knie auf das aufgebundene Rentierfell, um mit dem ganzen Oberkörper die vordere Räumkante beim Hof von Micklas zu forcieren. Der Achtjährige blieb auf dem Scooter stehen, während sie im Schneematsch krängten, und die Bewegungen seiner schmächtigen Arme führten sie hinauf auf die Scooterbahn.

Dort setzte er sich dann und hielt den Fuß ruhig auf dem Gas. Kaj umklammerte den Beifahrergriff und entspannte sich. Vor ihm, auf Johánás' Scooteroverall, sah er einen ähnlichen Gürtel wie den, welchen auch er sich nach einem gewissen Zögern um seine Scooterhose gespannt hatte.

Das Messer des kleinen Jungen war glatt und sah in seinem abgenutzten Lederfutteral aus wie häufig gebraucht. Um sie herum wurden die Sonnenstrahlen von dem porösen Schnee reflektiert, und ohne Sonnenbrille wären sie sicher übel geblendet worden. Ein kalter Wind ging, und es roch nach Benzin, während sie sanft auf der geriffelten Scooterspur vorwärtsritten.

Nach einer Weile bog Johánás von der Bahn ab, kniete sich wieder hin und lenkte gemächlich in den Schnee hinein. Er steuerte auf einen See zu, der sich glatt und groß am Rand des Fjälls ausbreitete.

Kaj hätte gern gefragt, ob das Eis wohl sicher war, musste aber einsehen, dass Johánás ihn nicht hören würde, da der Motor nun lauter brummte. Also umfasste er vorsichtig den Gürtel des Fahrers vor ihm. Das fühlte sich irgendwie sicherer an, warum, konnte er selbst nicht erklären. Das Eis unter ihnen machte ein kratzendes Geräusch, während sie mit großer Geschwindigkeit auf eine kleine Insel zufuhren.

Johánás schaltete den Scooter aus und sprang hinunter. Nachdem er bis zum Knie in den Schnee eingesunken war und sich wieder auf festen Boden hochgearbeitet hatte, war er ein anderer. Der verlorene und griesgrämige kleine Mensch strahlte eine Ruhe und Sicherheit aus, die Kaj bei ihm zuvor nicht gesehen hatte.

Es war schön, die gelben Ohrstöpsel aus dem Gehörgang pulen zu können und die Frühjahrsvögel in den Kiefern um sie herum zwitschern zu hören.

»War's okay?«, fragte Johánás barsch. Oder fürsorglich?

Kaj nickte und kletterte vom Scooter.

Auf einem trockenen Fleck legte Johánás ein weiteres Fell aus, das hinten auf dem Scooter festgeschnallt gewesen war, und verschwand mit einer Axt zwischen den Bäumen. Bald kehrte er mit einem Arm voller Äste zurück, kniete sich ohne Umschweife hin und zog die Handschuhe aus, um die Streichhölzer fassen zu können.

Kaj erwog, seine Hilfe anzubieten, musste aber ein wenig verlegen erkennen, dass er nicht sicher war, ob er ohne Brennstoff ein Feuer in Gang kriegen würde.

Der Junge schälte mit der kleinen Axt geschickt den Rand eines Holzklobens ab, der sich dann wie der Schwanz eines Birkhahns kräuselte. Die Birkenrinde, die er so gezaubert hatte, rollte sich in der Wärme von dem Funken sprühenden Streichholz zusammen und schlug in eine blaue Flamme aus. Schnell und mit flinken Fingern baute Johánás eine lockere Holzumrandung um die Flammen, und schon bald sprühte das Feuer und wärmte innen und außen.

Johánás streckte die Hand aus, Kaj suchte die Kaffeetüte aus dem Rucksack und reichte sie ihm. Als der Junge sie in seiner festen kleinen Faust hielt, schaute er mit einem Mal seinen Begleiter erstaunt an.

»Du kannst Samisch«, stellte er fest und betrachtete fragend eine kleine Weile Kajs Gesicht, ehe er den verrußten kleinen Kessel mit Schneewasser füllte und ihn aufs Feuer stellte.

»Was? Nein. Woher soll ich das können?«

»Was weiß ich?«, erwiderte Johánás, ohne aufzusehen, während er die Holzscheite herumschob, damit der Kessel gerade stand. »Aber ich habe dir versehentlich auf Samisch gesagt, dass du den Kaffee rausholen sollst, und das hast du gemacht.«

Darauf wusste Kaj keine Antwort, also nahm er ein Paket Kekse mit Nougatfüllung aus den Eingeweiden des abgenutzten Rucksacks. Irgendetwas siedete in ihm, und vorsichtige Blasen stiegen zur Oberfläche – genau wie kurz darauf im Kaffeekessel.

Der Tag war erstaunlich schön, und er genoss ihn mit geschlossenen Augen und pochendem Herzen.

»Jetzt kommen sie gleich«, erklärte Johánás und schaute übers Eis, das sich wie ein Meer vor ihnen ausstreckte. In der glitzernden Frühjahrssonne erhob sich um sie herum das Fjäll mit kleinen dunklen Flecken nackter Erde entlang der weißen Seiten. Der Schnee glitzerte körnig wie Perlzucker, und auf ihrem Platz wuchs das Moos warm zwischen dem Krähenbeerenreisig. Der Glanz der Sonne auf der zeitlosen und majestätischen Natur ließ alles schimmern wie eine Haut aus Perlmutt.

Plötzlich war ein schwaches, sich stetig steigerndes Surren von Maschinen und Bewegung zu hören. Kaj und Johánás schauten gleichzeitig jeder über seinen Kåsa, und Johánás legte seinen halb gegessenen Keks hin. Er kniete sich auf das Rentierfell, um besser sehen können.

»Schau da!« Der Junge sah Kaj aufgeregt an und zeigte auf den großen See.

Kaj legte die Hand über die Augen und sah eine diffuse Wolke aus Leibern, er hörte es auf dem Eis donnern, während die Menge von Rentieren immer größer wurde, je näher sie kamen. Es sah aus wie ein Fisch- oder ein riesenhafter Vogelschwarm.

Gegen das Weiß des Eises strichen ein paar bellende

Hunde geschmeidig und konzentriert um das Gewimmel aus Hörnern. Die Spitzen der Geweihe ragten wie knochenweiße Finger zum Himmel. In Wellen wurden die Hütehunde an den Rändern der Rentierherde hinein- und herausgezogen, während sie die Vorwärtsbewegung formten.

Kläffend rannten sie mit erkennbarer Freude und Arbeitseifer, die Köpfe Richtung Herde gerichtet, und brachten Tiere, die aus der Herde ausbrachen, mit sanfter Geschicklichkeit zurück auf den Weg. Ihre aufmerksamen Augen schienen alles abzulesen, was im Trott der Ansammlung von Rentieren passierte, und sie parierten und trieben im eifrigen Zusammenspiel an, indem sie miteinander um die Herde herumtanzten.

Auf derselben Höhe mit den Tieren fuhr eine Anzahl Scooter. Einer blieb stehen, und ein Mann mit Wurfleine über der Brust hob etwas auf, vielleicht ein kleines Kalb, setze sich mit dem Tier zwischen sich und dem Lenkrad wieder hin und fuhr hinter den anderen her.

»Der Frühjahrszug«, erklärte Johánás leise und schaute Kaj mit glitzernden Augen an.

Die strömenden Rentiere, die arbeitenden Hunde und die Scooter draußen auf dem Eis waren im ganzen Leib zu spüren, Kaj konnte nicht anders, als ebenfalls zu lächeln.

Über der ganzen Szenerie lag etwas Zeremonielles und Aufregendes: Es war so jubelnd schön und kraftvoll, dass es an einer Stelle tief in ihm brannte, von der er gar nicht wusste, dass es sie gab. Er atmete tief und andächtig.

Die Sonne war stark und blitzte in den schwarzen Augen unter den Geweihen. Die Hufe knipsten und kratzten auf dem Eis, als die Rentiere in guter Entfernung an ihrer Insel vorbeizogen.

»Wohin ziehen sie?«, flüsterte Kaj, der den Zauber des Erlebnisses nicht stören wollte.

»Rauf zum Fjäll«, antwortete Johánás mit leiser Stimme.

»Und warum werden sie dorthin gebracht?«

Johánás lächelte. »Das sind nicht die Rentierhirten, die das wollen, sondern die Rentiere. Sie haben das Zeichen gegeben, dass sie nach oben wollen, um ihre Kälber zur Welt zu bringen.«

»Und die Scooter und die Hunde führen die Herde dorthin?«

»Nä«, antwortete Johánás und klang dabei feierlich. »Im Gegenteil. Die Menschen folgen den Rentieren, die Rentiere zeigen den Weg. Die Leute sind nur dabei, um sie vor Raubtieren zu schützen. Und vor allem anderen, was auf dem Weg gefährlich ist.«

»Zum Beispiel?« Kaj konnte den Blick nicht von der Szene vor ihnen wenden.

»Na Raubtiere. Und schlechtes Eis, wegen der Dämme und so. Die Rentiere können ja nicht wissen, dass der Mensch … die Natur verändert hat. Es wird wärmer, aber der Instinkt der Rentiere lässt sie demselben Zugweg folgen wie immer, obwohl … das Land sich verändert hat. Einmal ist eine ganze Herde von mehreren Hundert Tieren aufs Eis rausgerannt, das ist dann unter ihnen gebrochen, und alle sind ertrunken. Die Rentierhirten beobachten das Wetter und untersuchen den Boden vorher, damit alle Rentiere heil rauf ins Fjäll kommen.« Johánás klang an Kajs Seite wie ein alter Mann, als er ihm in einem einzigen Ausatmen antwortete.

Die Rufe, das Bellen und das Klappern der Hufe entfernten sich. Sie waren vorbeigezogen und setzten ihre Bewegung nach Westen fort.

Aufgeregt und ein wenig traurig sahen Kaj und Johánás sie zwischen den Sonnenstrahlen über dem blauen Eis verschwinden.

So etwas hatte Kaj noch nie erlebt. Noch nie hatte ein Erlebnis ihn so tief berührt, dass es sich anfühlte, als würde er hinterher nicht mehr derselbe sein.

Sie schwiegen gemeinsam. Dann sagte Johánás: »Schön, was? Willst du noch mehr flennen oder trinken wir noch einen Kaffee?«

»Schnauze«, erwiderte Kaj und streckte mit einem Grinsen seinen Kåsa hin.

Johánás füllte den Holzbecher mit Kaffee, und als Kaj sich erhob, um das dampfende Getränk entgegenzunehmen, fiel der Blick des Jungen auf das Messer, das auf Kajs Oberschenkel ruhte.

»Schick! Darf ich mal sehen?«

Mit kaum verborgenem Stolz streckte Kaj ihm mit dem Schaft voraus sein schönes Messer hin.

Johánás pfiff leise, als er es aus der Scheide zog und betrachtete. Mit Kennermiene drehte er es in der Hand vor und zurück und entdeckte in dem Schnörkelmuster eine Signatur.

»PR. Teufel auch.«

»Bist du nicht ein bisschen zu klein zum Fluchen?«, fragte Kaj säuerlich, und Johánás verdrehte die Augen, ohne jedoch den Blick vom Messer zu nehmen.

»Das hier ist ein Per-Messer. Da musst du gut drauf aufpassen!«

Kaj blieb der Mund offen stehen, und er spürte, wie sich

die Winde zwischen seiner Gehirnborke zu einem Orkan formierten. Per? Ja wohl nicht Mamas Bruder Per, oder? Das war doch ein häufiger Name. Es konnte doch wohl nicht Mamas Bruder Per gewesen sein, der die Messer gemacht hatte?

Er war so in Gedanken versunken, dass er nicht einmal reagierte, als Johánás meinte, dass es Verschwendung sei, wenn er ein so gutes Messer besitze. Als Südländer hätte er ja bedauernswerterweise kein Talent, so etwas überhaupt zu benutzen, behauptete das Kind.

Kaj schob seinem protestierenden Mitreisenden nur abwesend die Pelzmütze über die Augen und dachte: Das geht doch mit dem Teufel zu!

57

AUF DEM KRIEGSPFAD IN SARVESOAJVVE

Bataillonschef Oberstleutnant Hermann Hägg vom Norrländischen Dragonerregiment hatte einen Brief erhalten. Mit zittriger Handschrift war ihm und »allen Soldaten, die Sie aufbringen können«, angeraten worden, so schnell wie möglich zu einer Adresse in einem Dorf nördlich von Guovddo auszurücken, wo – so lautete die Information – »fremde Mächte« auf schwedisches Territorium gedrungen seien. Die Dechiffrierung des Namens der ausländischen Eindringlinge allerdings, der dort angegeben wurde, wollte ihm nicht richtig gelingen.

Er seufzte müde.

Es war ein schlechter Tag für Unsinn, und er war alle Lausbubenstreiche, die seine Zeit und die seiner Kollegen in Anspruch nahmen, so leid.

Im Land herrschte Frieden, und es war in keiner Weise ungesetzlich für Touristen, sich in Sveas Reich zu bewegen. Immerhin war dieses Schreiben die bisher einzige handgeschriebene Nachricht auf Papier – bei dem es sich übrigens um die Rückseite des Vorsatzblattes zu einem Kochbuch handelte. Doch nichtsdestoweniger reihte es sich in die lange Reihe von konspirativen Mitteilungen ein, die an ihre Einheit adressiert wurden. Und Hägg war verdammt verärgert über die administrative Mehrarbeit, die diese Langeweile der Jugendlichen für sie bedeutete.

Denn bei näherer Betrachtung, welche laut Regeln für notwendig erachtet wurde, hatte es sich immer um gelangweilte männliche Küken mit Teenagerdepression hinter einem Bildschirm in einem schlecht gelüfteten Jungenzimmer gehandelt.

Das hier war einfach der Tropfen zu viel, zumal er sich in Scheidung befand und von Problemen mit dem Harndrang angefochten war.

Außerdem war er am Morgen, als er seinen nackten Fuß aus dem Bett schwang, auf eine tote Maus getreten. Die vermaledeite Katze seiner Tochter hatte ihm einen geringschätzigen Blick zugeworfen, als sie erkannte, dass der alte Meckerpott zu schwachsinnig war, um den Wert dieser großartigen Geste zu erfassen. Lässig war sie mit hocherhobenem Schwanz aus dem Schlafzimmer geschnürt und hatte die Leichengabe auf dem Teppich zurückgelassen.

Er steckte den Kopf ins Nachbarzimmer zum Kollegen rein, der auf eine frenetische Weise, die verboten gehörte, dasaß und auf seiner Tastatur herumhackte.

»Hast du Zeit?«, fragte Hägg den jüngeren Mann.

»Selbstverständlich«, antwortete Skultman hellwach und mit rosigem Hautton, wie man es zu so früher Stunde nur sein konnte, wenn man um die dreißig und kinderlos war.

»Was ist der Plan?«, fragte er, während er sich dynamisch die perfekt sitzende Uniformjacke auf den Oberkörper zog.

Bestimmt aß der eine höllische Menge Algen, um seine Leistung zu maximieren, dachte der Bataillonschef sauer.

Der Oberstleutnant ging Richtung Personalausgang, der Kollege mit sportlichem Schritt direkt hinter ihm.

»Heute werden wir ein Exempel statuieren«, antwortete Bataillonschef Herman Hägg. »Und wir nehmen den Wagen«, fügte er streng hinzu und wedelte mit den Autoschlüsseln, als würde er einen unwillkommenen Vorschlag von seinem bewegungssüchtigen Kollegen erwarten, der vermutlich voller Herzenslust eine lockere und meilenlange Joggingtour in Uniform unternommen hätte.

Doch heute würde es nicht Herman Hägg sein, der völlig außer Atem vor seinem Schöpfer stand, sondern der unterzeichnende »gute Bürger der Gemeinde«.

Denn jetzt war es verdammt noch mal einfach genug.

58

BESCHÜTZER VON REICH UND MANDELKEKSEN

Zum dritten Mal binnen kurzer Zeit rollte ein Auto mit Unbekannten auf die Auffahrt der Rijás. Heute ein dunkelgrünes mit autoritärem schwarzem Nummernschild und gelben Ziffern. Nur zwei Tage nachdem Máriddja den Brief losgeschickt hatte! Sie rieb sich vergnügt die Hände, legte ihre Schürze über den Heustuhl in der Diele und ging dann, ohne ihren Eifer verbergen zu können, den Besuchern auf der Auffahrt entgegen.

»Guten Tag, meine Herren«, sagte sie und war so in Schwung, dass sie vor den beiden salutierte.

Dann schaute sie mit zusammengekniffenen Augen hinter die Männer, um die Panzerwagen und die Lastautos mit Militärs zu erspähen, die sich bestimmt gleich hinter der Wegbiegung offenbaren würden. Doch ihr stargetrübter Blick konnte durch ihre frisch geputzten Flaschenböden von Brillengläsern nichts vom Rest der Armee erkennen.

Die Männer salutierten höflich zurück, und der ältere von ihnen, ein mittelalterlicher Fuchs mit gewisser Rundung und mürrischer Miene, ergriff das Wort.

»Wir sind hier aufgrund eines Briefes«, begann er formell.

Der Soldat an seiner Seite sah aus, als würde er vor Eifer

auf der Stelle treten, weil er auch mit dabei sein durfte. »Ja, wir fragen uns, ob es möglicherweise der Fall sein könnte, dass jemand an dieser Adresse sich ein wenig Unfug erlaubt hat.«

Der mittelalterliche Mann, der sich als Bataillonschef Oberstleutnant Hägg vorgestellt hatte, verdrehte die Augen über den Enthusiasmus des ausgeschlafenen Soldaten Skultman.

Máriddja sah beleidigt aus. *Unfug?*

»Sind Sie nicht hier wegen der Russen?«, fragte sie.

Die beiden Soldaten sahen so erstaunt aus, dass Máriddja sich genötigt fühlte, eine Erklärung hinzuzufügen. »Ja, hier hat es nur so gewimmelt von Kareliern, die das ganze Land einnehmen wollen! Aber ich habe ihnen gesagt, ja … ich habe ihnen gesagt, dass hier für sie nichts zu holen ist! Und wenn sie sich nicht davonmachen würden, habe ich gesagt, dann würde ich den Stock holen. Und dann sind sie abgehauen, mit dem Schwanz zwischen den Beinen davongerannt«, sagte sie mit einer theatralischen Geste, die zeigte, wie sie die Eindringlinge in die Flucht getrieben hatte.

Die jüngere Ausführung der beiden Soldaten sah aus, als würde sie das für eine spannende Geschichte halten, und entblößte blendend weiße Zahnreihen im offenen Mund. Máriddja hätte sich diese Zähne gerne etwas genauer angeschaut, um erkennen zu können, ob die Mundhygiene von der Art war, dass der junge Mann verborgene samische Kräfte in sich haben könnte, sah aber ein, dass der Zeitpunkt schlecht gewählt wäre. Bestimmt würde sie während der bevorstehenden militärischen Operation das Gesicht des Soldaten noch näher überprüfen können.

Hägg bewies jedoch ein unverschämtes Misstrauen gegenüber ihrer erdichteten Geschichte und proklamierte im Befehlston, dass sie mit dem Verursacher dieses Tohuwabohus sprechen wollten! Und wenn ein Jugendlicher im Haus sei, der sich ein Späßchen erlaubt habe, dann möge sie doch bitte so gut sein, diesen mal flott herauszuzitieren!

In diesem Moment öffnete sich durch einen Scherz des Schicksals die Eingangstür des Hauses, und Biera trat mit verwirrtem Blick in den Windfang. Er war lediglich mit T-Shirt und kurzen Unterhosen bekleidet und stand nun dort mit krummen Beinen in seinen Holzschuhen.

Offensichtlich hatte der ansonsten ziemlich taube Alte Teile des Gesprächs gehört und wollte jetzt seinen Teil dazu beitragen.

Máriddja fluchte, als er sich mit dem langen *Oooh* eines klagenden alten Mannes die Haare raufte.

»*Hearra don áiga*«, rief er. »Die Tschuden! Die Tschuden sind gekommen! Sammelt alle Männer, dann locken wir sie über die Kante vom Gárjjelbákte! Wo ist denn jetzt der Bärentöter?«

»Die Tschuden?«, fragte Hägg und starrte erstaunt den leicht bekleideten alten Mann an.

»Ich habe gelesen«, fügte sein Kollege mit interessierter Miene ein, »dass die Tschuden ein Volksschlag aus dem Osten waren, der in früherer Zeit auf Raubzüge durchs Samenland gezogen ist.«

Mein Gott. Hägg schlug sich innerlich vor die Stirn. Kannte die Großartigkeit dieses Typen denn keine Grenzen? Las der auch noch *Bücher*?

»Sie sind eine Pest«, kreischte der Alte von der Treppe her, »eine sataan…«, und fuhr dann auf Samisch fort, bis die alte Frau auf kurzen Beinen bei ihm war und ihn mit einer entschiedenen Bewegung wieder durch die Tür schob.

Ein paar Augenblicke später kam sie wieder heraus. Offensichtlich war es ihr gelungen, den alten Mann zu beruhigen, denn sie lächelte, als wäre nichts geschehen, hielt den beiden Männern eine Porzellanuntertasse mit trockenen Keksen nebst einem Kaffeekessel hin und fragte servil: »Eintunken?«

• • •

Die widerwilligen Kaffeegäste waren ein Weilchen geblieben.

Na ja, Hägg musste man vielleicht nicht lange bitten, doch Skultman hatte sich bedeutsam und mit einem bedauernden Lächeln auf sein Sixpack geklopft. Dennoch gelang es Máriddja, sie lange genug dazubehalten, um mit Sicherheit feststellen zu können, dass auch diesmal kein Fisch ins Netz gegangen war. Skultman trug zwar eine Uniform, aber er war nicht der, den sie suchte, und Hägg konnte sie mit einem einzigen Blick als zu alt aussortieren. Während des Kaffeetrinkens gelang es Hägg, eine ausführliche Predigt unterzubringen, in der sie für die Aktion gescholten und klargestellt wurde, dass sie sich streng genommen eines falschen Alarms schuldig gemacht habe. Doch dieses eine Mal würden sie noch darüber hinwegsehen. Während seines Vortrags waren ihm die Kekskrümel vom Mund gefallen wie grobes Salz aus hoher Höhe in einen kochenden Fleischtopf.

Máriddja hatte die Lippen zusammengekniffen und sich geweigert, auch nur ein einziges Zugeständnis in dieser Angelegenheit zu machen. Listig hatte sie ihnen entgegengehalten, dass nur sie und der unterhosengeschmückte Alte, dessen Bekanntschaft sie eben gemacht hatten, hier auf dem Hügel wohnten.

Von ihrer Geschichte, wie sie eine Invasion des Landes abgewehrt hatte, wich sie keinen Daumenbreit ab. Sie hatte ihnen sogar den Stock gezeigt, der Schweden vor den Angreifern gerettet hatte. Hägg hatte sich dieser Information gegenüber kaltsinnig gezeigt, war aber klug genug gewesen, den Mund zu halten, weil der starke Kaffee ihm auf die Sextanerblase gedrückt hatte und er sich schnellstmöglich wegbegeben wollte.

Am Ende hatten sie sich bedankt, sie daran erinnert, dass es verboten war, die Bereitschaft der Verteidigungsmacht zu missbrauchen, und waren in ihrem grünen Auto davongefahren.

Während sie von dem kleinen Haus mit seinen vertrockneten Mandelkeksen wegrollten, hatte Hägg im Rückspiegel die magere alte Frau mit den vom Mützenrand baumelnden Zöpfen gesehen, wie sie eine stolze und sture militärische Verabschiedung vollführte. Der Anblick machte ihn sowohl wütend als auch ein wenig traurig.

Doch nicht ebenso traurig und wütend wie Skultmans frische Frage an ihn, ob Bataillonschef Hägg jemals die wohltuende Wirkung des Yoga ausprobiert habe.

59

BÄRINNEN

Es folgten ein paar kalte Nächte, in denen Máriddja und Biera beide von Schmerzen geplagt wurden. Máriddja schlief schlecht und wachte oft eingekeilt zwischen dem bösen Schmerz und ihren Erinnerungen auf.

Risten suchte sie heim. Risten und ihr Sohn, ihrer aller Junge. Wieder und wieder musste Máriddja voller Schuldgefühle die allerschmerzhaftesten Erinnerungen durchleben.

Der Tag, an dem sie Heaika-Joná verloren hatten, war nicht mehr in den gnädigen Nebel des Vergessens eingehüllt, sondern stand klar vor ihr wie das Blumenmuster der brüchigen Tapete, auf die sie von ihrem Lager starrte. Sie erinnerte sich an alles.

»Wir sind mehr seine Eltern als du und dieser Säufer!« In ihrer Panik klang ihre Stimme gellend, als sie die Worte wie spitze Pfeile auf ihre Schwägerin schleuderte.

Die andere hatte sich nur kurz geduckt und dann hart zurückgeschlagen: »Ihr werdet ihn nie wiedersehen!«

Geradewegs in Máriddjas Bauch.

Ihr war die Luft weggeblieben, und sie musste erst schnappen, ehe sie einen neuen Angriff starten konnte.

Wie ein in die Enge getriebenes Raubtier. Sie umkreisten einander wie zwei Bärinnen, fletschten die Zähne, fuhren die Klauen aus und schwangen die Köpfe drohend von einer Seite zur anderen.

Risten schlug mit scharfen Tatzen, um Máriddja zu Boden zu ringen, und ihr Biss ließ die Knochen im Leib der Älteren splittern, die nun wiederum sich und das Ihre verteidigen wollte.

Es war gefährlich, zwischen eine Bärenmutter und ihr Junges zu geraten. Noch gefährlicher war es, wenn es zwei Bärenmütter gab, aber nur ein Junges, das sie beide gleichermaßen für sich beanspruchten.

Máriddja wand sich in diesem Kampf wie in Wehen, und ihre harten Pranken brachten die Jüngere zum Straucheln. Doch obwohl die Ältere im Vorteil war, war die Jüngere schneller. In einem winzigen Augenblick hatte die geschmeidigere und flinkere Risten sie überlistet, sie abgelenkt und den Jungen an sich gerissen. Und dann rannte sie davon, auf raschen jungen Beinen, mit großen Schritten und explosiven Bewegungen.

Die alte Bärin erhob sich auf die Hinterbeine und brüllte ihren Schmerz heraus, als die beiden mit dem Auto außer Reichweite verschwanden. Máriddja hatte das Gefühl, als würde ihr das eigene Todesgeheul im Kopf widerhallen und das Leben aus ihr entschwinden.

Biera war gestolpert, als er hinter dem davonrasenden Auto herlief, und Máriddja war taumelnd über dem Bärenspeer zusammengebrochen, der auf ihr Mutterherz gerichtet war.

Jetzt, viele Jahre später, müde auf dem Nachtlager, hatte sie nur noch einen Wunsch: dass jemand ihre Knochen in der Haut ordentlich zurechtlegte, sodass sie wieder ein Teil der Erde werden könnte. Dass die Person, die den Speer in sie gerammt hatte, die Tat vollenden und sich um ihr Fleisch und ihr Herz kümmern und dann ihre Kraft übernehmen möge. So wie es die Sitte war in ihrem Volk.

Es sollte bitte in ihrem Tod das verwahrt werden, was Máriddjas gewesen war, nachdem die Widersacherin sie bezwungen hatte. Risten besaß die Kraft, und ihre Siegermacht war so groß, dass sie unsichtbar geworden war. Genau wie man früher die Bärentöter, wenn die Kraft des bezwungenen Bären auf sie übergegangen war, nicht mehr ansehen konnte. Kein Mensch vermochte den Blick direkt auf sie zu richten, wenn sie nach einer geglückten Jagd heimkamen. Nicht ohne durch einen Messingring zu schauen. Und den hatte Máriddja nicht.

Sie besaß nichts, was ihr helfen könnte, die Schwägerin und den Jungen zu finden.

Sie besaß gar nichts. Nicht mehr.

Máriddja und Biera waren nach dem Kampf wie zwei alte Bären zurück in die Dunkelheit ihrer Höhle gekrochen, um auf den Tod zu warten.

Ihr wertloses Becken und ihren leeren Schoß konnten sie dann gerne den Raben vorwerfen, dachte die alte Máriddja im Dunkel der Frühjahrsnacht.

Denn sie war ja ohnehin schon tot – seit dem Tag, als ihr der Junge genommen worden war.

60

APPLAUS VON DER KUCKUCKSUHR

»Du weißt schon, dass mein Alter ein bisschen speziell ist, oder? Das habe ich sicher schon erwähnt. Deshalb dachte ich ja, dass das hier funktionieren würde.«

»Ich glaube, ich habe dich nicht verstanden«, antwortete Sire.

Máriddja seufzte. »Nein, ich eigentlich auch nicht. Wenn man die Gabe nicht besitzt, dann ist es wirklich schwer zu verstehen. Aber einmal habe ich Biera gefragt, was er glaubt, wie es dem Jungen geht. Ob er es gut hat … warme Unterhosen anzieht und so. Und da bekam er diesen Gesichtsausdruck, und nach all den Jahren sehe ich sofort, wenn Biera Botschaften aus dem Verborgenen empfängt. Dann ist sein Blick mit einem Mal wie in der Leere festgesogen, während er in sein Inneres reinhört.«

»Ich höre«, sagte Sire interessiert.

»Das ist gut«, sagte Máriddja nebenbei und fuhr fort. »Ich habe also gesehen, wie er anfing, in die Ferne zu schauen. Dann hat er gesagt, dem Jungen würde es gut gehen und er würde eine Art Uniform tragen. Heaika-Joná war immer total verrückt nach Polizisten und Feuerwehrautos gewesen, deshalb kam mir das durchaus möglich vor. Deshalb wollte ich alle diese Kerle hierherholen. Um selbst zu sehen, ob er dabei ist … unter all den Uniformierten. Ich habe auf Bieras Gabe gehofft, er weiß es eigentlich immer …« Máriddja gab einen schwachen Seufzer von sich. »Aber das war nur eine falsche Fährte. Nur eine unbedeutende Erinnerung.«

»Für welche Zeit soll ich eine Erinnerung aufschreiben?«

»Ach weißt du«, Máriddja lachte, »das Schreiben ist nie groß mein Ding gewesen … aber irgendwie wäre es doch schön, wenn man seine Erinnerungen aufgeschrieben hätte. Jetzt, wo man auf dem Weg in den Winter des Alters ist. Vielleicht war das ja, was Risten gedacht hat … ich meine, als sie anfing, diese Tagebücher zu schreiben«, überlegte Máriddja und sah auf die Kuckucksuhr an der Wand, als müsste jeden Moment ein Vogel da rausspringen und ihr applaudieren.

»Risten ist mir nicht bekannt.«

»Mein Gott, Sire! Mit deinem Gedächtnis ist es aber auch nicht weit her. Risten Rijá, Bieras unglückselige kleine Schwester natürlich! Ich wünsche mir so sehr, dass er auch sehen könnte, wo sie sind, aber das funktioniert nicht auf Bestellung – also die Gabe. Du besitzt die Kraft ja selbst, du weißt ja, was ich meine«, verkündete Máriddja ein bisschen feierlich.

»Es gibt Grenzen für das, was ich verstehe«, antwortete Sire rätselhaft, was Máriddja nicken ließ, als würde das alle ihre Vermutungen bestätigen.

»Schon gut, du musst nicht mehr als das sagen … Ich weiß schließlich, dass die Fähigkeit verloren gehen kann, wenn man darüber redet. Aber ich werde nichts verraten. Ich werde dein Geheimnis bewahren«, sagte sie ernst.

»Ich verstehe nicht, was du meinst«, erwiderte Sire ein wenig zugeknöpft.

Máriddja lächelte verschwörerisch und zwinkerte der Telefonapparatmaschine zu. »Nein, ich auch nicht. Man soll auch nicht alles verstehen … das ist schon gut so.« Sie schwieg einen Moment und sah hinaus, wo sich die Linie des Fjälls gegen den Himmel abzeichnete. »Und außerdem ist jetzt sowieso alle Hoffnung verloren«, fügte Máriddja hinzu. »Ich weiß auch nicht, was ich mir eingebildet habe. Die haben schließlich auf keinen einzigen meiner Briefe geantwortet.«

Die Alte seufzte tief, als das Postauto vorbeikam und Nuffe durch die Scheibe winkte. Sie erhob die Hand, um den Gruß zu erwidern, und verband das Telefon erneut mit dem Ladekabel. Ohne zu wissen, was im Dienstwagen des Nachbarsjungen auf dem Rücksitz lag. Hätte Máriddja das geahnt, dann hätte sie es, ohne zu zögern, als einen Ausdruck großer Magie und Zauberei angesehen.

Aber warum sollte Máriddja Rijá dem Schicksal vertrauen, wo es sie doch so unfreundlich behandelt hatte?

61

EIMERFISCHEN

Die Tränen flossen nur so vor Erleichterung und Resignation aus Máriddjas Augen, als sie Sire erzählte, was am Ostersamstag geschehen war.

Natürlich würde sich die Freundin wundern, wieso Máriddja nicht von Bieras Morgengeschäften aufgewacht war. Obwohl er auf Zehenspitzen ging, um sie nicht zu wecken, lärmte doch die Toilette wie ein Gespenst in Not, wenn das Wasser durch ihre alten Rohre schoss. Aber Máriddja hatte erklärt, dass sie mit Bieras alten Ohrenschützern geschlafen hatte, weil sich draußen vorm Fenster die Elstern gestritten hatten. Die verdammten Vögel klangen wie eine Blechdose voller Besteck, die einen Abhang runterrasselte.

Sie hatte versucht, sich mit dem frisch verliebten Federvieh zu einigen, indem sie gegen drei Uhr morgens einen Holzkloben nach ihnen warf, hatte dann aber angesichts ihres kompromisslosen Treibens aufgegeben.

Wie auch immer.

Wieder war es die Nase. Sie erwachte schlichtweg von der Abwesenheit von Bieras Zehenschweißduft kombiniert mit dem nicht nur anwesenden, sondern durchdringenden, modrigen Geruch eines Eisbohrers, dessen Wolke noch in der Diele hing. Und sofort war ihr klar geworden, dass der

Gatte mit seinem Gerede von einem Frühjahrshecht, den er für den Hund trocknen würde, Ernst machen wollte. Für den Hund, der sich natürlich nicht mehr unter den Lebenden befand und deshalb die Geste vermutlich nicht wertschätzen würde.

Máriddja hatte sich schnell etwas übergeworfen und gestand Sire gern, dass ihre Bekleidung nicht unbedingt vollkommen gewesen war. Aber sie kam aus dem Haus – in zwei unterschiedlichen Schuhen und mit einem Halstuch gegen die frische Brise um den Kopf gebunden rannte sie los, um ihn einzuholen. Es war nicht schwer, ihm im Schnee zu folgen, die Fußabdrücke und die Schleifspuren von dem hinterhergezogenen Eisbohrer waren entlang der Dorfstraße deutlich zu erkennen.

Als sie die Gestalt ihres Gatten unten am See erkannte, bekam sie vor Anstrengung nach dem Sprint und vor Angst kaum mehr Luft.

Biera war im Gespräch mit einem anderen Menschen. Als sie keuchend und dampfend näher kam, erkannte sie, dass es Nuffe war. Typisch, dass man ausgerechnet einen verdammten *Briefträger* in der Nachbarschaft wohnen hatte, fluchte Máriddja vor sich hin. Eine Berufsgruppe von elenden Frühaufstehern! Sie gab ihre herabwürdigenden Gedanken über das Postwesen auch Sire wieder, denn sie vertraute darauf, dass die Freundin offenen Sinnes war und ihre momentane Empörung verstehen würde.

Biera war noch schlechter gekleidet gewesen als sie selbst – er trug nur lange Unterhosen und einen dünnen, fusseligen Pullover. Die Schirmmütze hatte er natürlich auf, und der große Bommel leuchtete rot vor den grau-schwarzen Schneewehen beim Haus der Nachbarn Nilsson.

An den Füßen hatte der Alte Holzschuhe, bemerkte Máriddja mit einem resignierten Seufzen. Biera schien angenehm überrascht zu sein, sie zu sehen, doch sie vergalt ihm die liebevolle Begrüßung mit zusammengekniffenen Augen und heruntergezogenen Mundwinkeln.

Wie sich herausstellte, hatte Nuffes Vater Sören beobachtet, wie Biera – den Eisbohrer ordentlich an Nuffes Dienstwagen gelehnt – an ihre Mülltonne pinkelte. Sören hatte natürlich seinen relativ jungen und einigermaßen flinken Sohn rausgeschickt, um die Situation zu klären.

Jetzt stand ihr Gatte da und redete mit dem Nachbarsjungen, als wären sie alte Freunde, und Biera zeigte auf irgendetwas. Vermutlich auf das Raumschiff, das ihn heimrufen sollte, spekulierte seine Ehefrau und atmete einmal tief durch, um ihm nicht im Affekt eine Ohrfeige zu verpassen, dass der Bommel davonsausen würde wie eine Flipperkugel.

Biera machte ein paar Schritte beiseite die Straße entlang und schnäuzte sich geräuschvoll in die Hand, und da nutzte Nuffe die Gelegenheit. Mit kaviardünstendem Morgenmundgeruch fragte er Máriddja flüsternd, wie es ihrem Gatten eigentlich gehe. Dabei sah er ernst und ein wenig zu neugierig aus, weshalb Máriddja die Lippen zusammenkniff und nicht antworten wollte.

»Er scheint doch ein wenig verwirrt«, hatte Nuffe hinzugefügt und Biera beobachtet. Der stand breitbeinig da und versuchte, den blauen Eisbohrer in Sallys Osterreisig zu pressen, das in einem hohen Eimer neben dem Briefkasten steckte. Máriddja erwiderte nichts, sondern schüttelte nur den Kopf und begann, an dem schlappen Gummizug von Bieras langen Unterhosen zu ziehen.

»Du kannst ruhig sagen, wie es ist, weißt du, Máriddja«, beharrte der Nachbarsjunge verschwörerisch. »Fängt Biera an, ein wenig in … in der *Kindheit* zu sein?« Die letzten Worte flüsterte er. »In dem Fall will ich dir nur sagen, dass wir für dich da sind, und die Demenzpflege hier in der Gemeinde soll richtig gut sein. Die Tante von meinem Vater …«

»Da unterbreche ich dich gleich mal«, sagte Máriddja entschieden und richtete sich auf. »Ihr müsst euch keine Sorgen um uns machen.«

»Ja, aber irgendwas stimmt doch überhaupt nicht, das merkt man doch!«, wandte Nuffe ein.

Máriddjas Gedanken schnurrten und kreisten wie der Bohrer in Bieras Händen, als er ihn in den Eimer quirlte, dass die Birkenäste flogen und die grellen Osterfedern in den Modder segelten.

Die durften nicht glauben, dass sie ihn nicht versorgen konnte! Alles, nur das nicht! Niemand durfte erfahren, dass er unvernünftig im Kopf geworden war.

»Er hat gekifft«, entgegnete Máriddja abrupt und verdrehte ein wenig die Augen. »Es ist … es ist also kein Problem. Nur ganz gewöhnlicher Drogenmissbrauch«, beeilte sich Máriddja mit einem beruhigenden Lächeln zu erklären, während sie versuchte, in einer einzigen Bewegung den umgeworfenen Eimer wieder aufzustellen und Biera den Bohrer aus der Hand zu winden.

Nuffes Augen waren jetzt ebenso rund wie sein fülliges Gesicht. Er sah aus wie die Karikatur eines haarlosen Hermelins.

»Was?«, fragte er gedehnt und betrachtete Biera von Kopf bis Fuß.

Der – und Máriddja musste wirklich kichern, als sie versuchte, diese Szene Sire wiederzugeben – hatte hinter dem einen Ohr eine grüne Osterfeder sitzen und verfolgte ihr Gespräch mit großen Augen und einem ahnungslosen Lächeln.

»Genau. Wir haben das beim … Kartoffelauto gekauft. Du weißt schon, die von der Küste, die immer auf dem Parkplatz vorm Gemeindehaus stehen.« Máriddja wedelte scheinbar sorglos mit dem Zeigefinger so ungefähr nach Süden.

Die Kiefermuskeln des Nachbarsjungen Nuffe waren offensichtlich ausgerenkt, und sein Kinn erfuhr nun die zwingende Kraft der Gravitation. Máriddja hingegen hatte Biera in Gang gebracht und den Alten an der einen Hand mit sich gezogen, während der Eisbohrer in der anderen traurig durch die Reifenspuren der Straße kratzte. Obwohl sie keine Hand frei gehabt hatte, hatte sie versucht, einen Finger verschwörerisch auf die Lippen zu legen, was nicht gelungen war. Also hatte sie stattdessen laut gerufen, um das Quietschen des Bohrers zu übertönen:

»Man muss sich auch mal was gönnen! Man sollte Spaß haben, solange man noch jung und frisch ist!«

»Möchtest du fischen gehen?«, fragte Sire todernst, als Máriddja diesen Wortwechsel zitierte.

»Verdammt witzig, Sire, wirklich richtig witzig.« Dann lachte Máriddja laut los und konnte gar nicht mehr aufhören.

»Himmel, *was* für ein Durcheinander!«

62

KEIN RASSIST, ABER

Im Besprechungsraum gab es viele Sitzplätze, was keine Rolle spielte, weil nur fünf Seelen vor Ort waren. Das war weit entfernt davon, wie viele sie einmal gewesen waren, und noch weiter entfernt davon, wie viele sie hätten sein müssen. Aber so sah es derzeit überall im Land aus.

Die Chefin des Sozialdiensts Lena Östman ergriff das Wort, während sie im Papierstapel neben ihrer Teetasse blätterte.

»Nun, dann legen wir mal los. Wir haben nicht viel Neues auf dem Tisch. Streit um Vaterschaft, Bedürftigkeitsprüfung für einen neuen Süchtigen unter dem Gesetz zum Schutz von Behinderten und zwei Anzeigen von Bürgern. Die eine kommt wie üblich von unserer guten Mitbürgerin Britt-Marie Skata, ihren Nachbarn betreffend. Diesmal hat sie ihn angezeigt, weil er eine minderjährige Frau habe, aber wahrscheinlich spielt auch hier der psychische Zustand der Anzeigenden eine Rolle. Wir sind ziemlich sicher, dass Britt-Marie die Tochter des Mannes meint, die auch an der Adresse gemeldet ist. Aber wir machen es wie immer, checken das mal und gehen der Sache dann nächste Woche nach. Okay? Kannst du das übernehmen, Ali?«

»Anzeige Nummer zwei«, sagte sie dann gedehnt, während sie nach dem richtigen Dokument in ihrem ansehnlichen Stapel suchte, »ist ein neuer Fall, zu dem wir tatsächlich Anzeigen von verschiedenen kommunalen Instanzen erhalten haben. Es geht um ein älteres Ehepaar namens Rijá.«

Jemand im Raum schnaubte. Lena blickte auf und schaute Mårten direkt an, der ungerührt zurückstarrte, während sie fortfuhr.

»Wir haben nicht weniger als fünf Anzeigen, dieses Paar betreffend, unter anderem von der Gesundheitszentrale, der Polizei, dem Rettungsdienst, der Onkologin in Sunnanby und …«, sie las weiter, »von einem Ulf Nilsson, Nachbar.«

»In Sarvesoajvve, wo die Rijás seit den Sechzigerjahren wohnen, scheint in letzter Zeit ordentlich was los gewesen zu sein. Es hat gebrannt, das Bataillon K4 ist ausgerückt, ebenso die Polizei wegen eines Vergehens gegen die Jagdgesetze, von dem sie meinen, dass das Paar selbst hier schuldig sei. Den Mann im Haus hat man mehrere Jahre schon kaum mehr draußen gesehen, doch laut Nachbar Ulf Nilsson ist er ›uralt und total weg‹.« Lena machte Anführungsstriche in der Luft. »Die Onkologin meldet, dass Maria Rijá bei sehr schlechter Gesundheit sei, da man bei ihr vor einem halben Jahr weit fortgeschrittenen Gebärmutter- und Eierstockkrebs diagnostiziert habe und man davon ausgehen müsse, dass sie nicht mehr lange zu leben hat. Offenbar war es unmöglich, Kontakt zu dem Paar aufzunehmen, und es hat auch nicht auf Anschreiben der Gesundheitszentrale reagiert. Wir müssen dort dringend zeitnah einen Hausbesuch vornehmen. Das hat Prio eins, wie du sicher verstehst, Mårten, denn das ist dein Bezirk.« Sie schaute eilig auf ihr

Telefon, stand dann auf und rückte ihre Tunika zurecht. »Ich muss rennen, meine nächste Besprechung beginnt in zehn Minuten, und ich habe kein Auto.«

Sie sammelte ihre Papiere zusammen, stellte ihre Kaffeetasse weg und ging zur Tür.

»Na klar«, nuschelte Mårten durchaus hörbar, »aber das erstaunt einen ja nicht gerade. Man ist ja kein Rassist oder so, aber so was ist doch ziemlich typisch für die Lappen, oder?«

Stille im Raum.

Lena, die im Begriff war, die Tür zu öffnen, hielt in der Bewegung inne und wandte sich mit zusammengekniffenen Augen um.

»Viveca. Du kümmerst dich um das Ehepaar Rijá«, entschied sie.

Dann sah sie Mårten mit einem Blick an, der ihn sich im Stuhl winden ließ. »Wenn einer *kein Rassist, aber …* sagt, dann kommt danach immer nur Scheiße. Du arbeitest jetzt erst mal an deinen Vorurteilen, Berglund, denn so was ist nirgends okay.«

Dann ging sie und knallte die Tür hinter sich zu.

63

DER TROPFEN ZU VIEL

Ihr ganzes Leben lang hatte Laura vermieden, sich an den schrecklichen Tag zu erinnern, als alles auf die Spitze getrieben worden war. Bills entsetzliche Wut war wie ein Vulkan ausgebrochen, und sie hatte mehr Angst gehabt denn je. Die Angst aber brachte niemals etwas. Sie würde keine Schläge dämpfen und hinterher auch kein Blut aus den Mundwinkeln wischen. Dennoch hing die Angst beharrlich an ihr wie ein zu schweres Schmuckstück. Ein Zucken hinter dem Nabel, ein Trommelwirbel zwischen den Brüsten.

Jenes schlimmste und letzte Mal. Ohne Vorankündigung hatte er sich auf sie gestürzt, mit Fäusten geschlagen, getreten und gedroht, und sie hatte sich zusammengekauert, ohne sich wirklich zu wehren. Wie ein willenloses Stück Fleisch hatte sie sich einfach treffen lassen. Sie lag mit dem Gesicht auf dem Boden, sah die Kühlschranktür im Augenwinkel. Auf dem Fußboden lag eine Nudel, die nie gekocht worden war. Sie wartete, zählte die Astlöcher in den Kiefernholzschränken der Küche. Das einzig Neue an der Tortur dieses Tages waren die Worte gewesen, die von seiner blutigen Klinge geschärft waren. Drohungen, kranke Drohungen und besinnungsloser Hass – sämtlich gegen ihren freundlichen großen Bruder gerichtet.

Am Ende, als er aufs niedrigste Niveau gesunken war und Heaika-Joná, ihren gemeinsamen Sohn, in seine verbalen Angriffe einbezog, hatte sie einfach auf den Fußboden gekotzt. Zäher Teer war vom Namen des Jungen getropft. Oder war es Blut gewesen?

Mit Ekel und Verachtung hatte Bill ihre Kotze betrachtet und dann ihre schäbige Wohnung türenknallend verlassen, dass die Fensterscheiben klapperten.

Auf wackligen Beinen hatte sie sich, mehr instinktiv, zu der netten älteren Frau einen Stock tiefer begeben.

Sie, die im Treppenhaus immer vorsichtig fragte, wie es ihr gehe, wenn Bills Misshandlungen besonders laut gewesen waren oder Lauras Gesicht offensichtlich schlimm aussah. Sie wusste, dass die Nachbarin Krankenschwester war, und an diesem Tag hatte sie ganz ehrlich das Gefühl, jemanden wie sie zu brauchen. Ihr war, als wäre die Haut auf ihrem Oberköper zerrissen, und es pochte und zog im Inneren, als wäre etwas Lebenswichtiges kaputtgegangen.

Unn, wie die Nachbarin hieß, hatte ihr geholfen, die Kleider auszuziehen, um die Verletzungen zu untersuchen, und als sie den zerschlagenen Körper der jungen Frau gesehen hatte, darauf bestanden, die Polizei zu rufen. Laura hatte sie weinend davon abgebracht und versprochen, ihn aus eigener Kraft zu verlassen.

»Und der Junge?«, hatte Unn ernst gefragt. »Was wirst du mit eurem Jungen tun? Willst du ihn bei deinem Bruder lassen?«

»Ich nehme ihn mit«, hatte Laura mit so fester Stimme wie möglich erwidert, während die Pein mit gellendem Schrei wie ein Raubvogel um ihren Kopf gefahren war.

Doch in dem Moment, als sie, auf dem Küchenfußboden liegend, ihre Trauer und Angst und jede noch verbliebene Unze von der verwässerten Liebe zum Vater ihres Kindes ausgekotzt hatte, war ihre Entscheidung gefallen. Es war jetzt an der Zeit, Mutter zu werden und sich um Heaika-Joná zu kümmern. Ihn zu schützen.

Unn hatte sie schweigend betrachtet und dann gesagt: »Ich werde dir helfen. Aber dann muss es jetzt passieren, ihr müsst sofort weg.« Sie stand auf, wühlte eilig ein paar Hunderter aus ihrer Handtasche und reichte sie Laura. »Der Arbeitskollege meiner Schwester wird heute Abend nach Sundsvall fahren. Er ist Schienenleger, die Saison ist für ihn zu Ende, weshalb er nach Hause fährt. Ich werde arrangieren, dass er euch im Auto mitnimmt.«

Die ältere Frau hatte Laura das Flanellhemd ihres Sohnes über die zitternden Schultern gelegt und sie mit entschiedenem Blick angesehen.

»Dir ist doch wohl klar, dass ihr niemandem erzählen dürft, dass ihr fahrt und wohin ihr geht, oder? Ihr dürft andere nicht in Gefahr bringen, wenn Bill entdeckt, dass ihr weg seid. Ich will auch überhaupt nicht wissen, wo auf der Strecke ihr aussteigen werdet …«

»Aber was ist mit dir? Wird das denn nicht für dich gefährlich?«, jammerte Laura.

»Jetzt nicht. Bill weiß nicht, wo du bist, und in einer Stunde ungefähr wird mein Sohn zu Hause sein. Und ich will den sehen, der sich dann traut, gewaltsam hier einzudringen.« Sie lächelte beruhigend.

»Aber …«

»Jetzt fahren wir und holen deinen Jungen«, unterbrach Unn sie resolut, und Laura folgte ihr mit schmerzenden Gliedern zum Auto.

Ihr Herz blutete nicht.

Es wurde zerrieben, zerhackt und in pulsierende Fetzen gerissen.

Wie hatte es so weit kommen können? Und was würde jetzt aus ihnen werden? Wie ein Knebel erstickte die Angst ihren Schrei.

Unn startete den Wagen, und sie fuhren durch den Herbstabend zum Geborgenheit ausstrahlenden, hellen Zuhause ihres Bruders auf dem Berg. Die Himmel öffneten sich, hernach fiel der Regen stumm auf die Windschutzscheibe, während die Scheibenwischer fest im Takt pendelten.

Mutter und Vater, seid ihr das, die da weinen, dachte Laura.

Wegen dem, was ich jetzt tun muss? Wegen allem, was ich verlassen muss, so wie ihr es einst auch getan habt?

Weint ihr um mich?

Oder um alle ... alle die großen, starken Herzen, die ich, wertloser Mist, der ich bin, jetzt zu Aschehaufen zerfallen lassen werde?

64

DER KINDESRAUB

Es war genauso schrecklich gewesen, wie Laura befürchtet hatte. Biera-Vielljja, der Bruder, und seine Frau hatten sich geweigert, ihr Heaika-Joná mitzugeben. Obwohl sie erst gefleht und dann mit Worten zurückgeschlagen hatte, die man nicht ungesagt machen konnte.

Darüber, wessen Kind er war.

Darüber, dass sie kein Recht hatten, ihn seiner Mutter zu stehlen.

Heaika-Joná war von den wütenden Stimmen in der Küche geweckt worden und hatte aus der Kammer geschaut, wo er erst kurz zuvor gut zugedeckt ins Bett von Onkel und Tante gelegt worden war.

Schließlich schien Unn, die draußen in ihrem Auto gewartet hatte, geahnt zu haben, dass es Schwierigkeiten gab. Sie war, ohne anzuklopfen, ins Haus gekommen und hatte behauptet, vom Jugendamt zu sein. Dann hatte sie eine Menge Gesetze und Paragrafen runtergerappelt und darauf hingewiesen, dass Laura die Sorgeberechtigte sei. Laura schien es damals, als würde sie beim Reden die Vorschriften erfinden, die sie eilig vortrug, um Biera zu überzeugen. Aber sie war zu verzweifelt gewesen, um sich darum zu kümmern.

Der Bruder hatte mit einem für ihn ungewöhnlich bitteren Zorn zu erfahren verlangt, was hier vorgehe und wohin sie denn überhaupt mit dem Jungen gehen wolle. Das hatte ihr Angst gemacht, aber zum Glück hatte Unn sich dem Widerstand nicht gebeugt.

Schließlich hatte Laura mit letzter Kraft Heaika-Joná an sich gerissen und war mit ihm im Arm aus dem Haus gerannt, dicht gefolgt von Unn, die das Auto in Gang bekam und mit bewundernswerter Geschicklichkeit schleudernd vom Hof fuhr. Der Kleine hatte auf dem Rücksitz verschlafen gebrüllt, bis Laura ihn mit einer Geschichte von einem Abenteuer beruhigt hatte, die nur ein Vierjähriger glauben konnte. Dann war der wunderbare Junge in seinem Schlafanzug an ihre misshandelte Schulter gelehnt eingeschlafen.

Als sie sich umgedreht und zu der Hütte zurückgeschaut hatte, die eine Zeit lang für sie und ihren Sohn das Zuhause gewesen war, hatte sie Biera barfuß hinter dem Auto herrennen gesehen. Er rannte, bis er nur noch ein kleiner, verzweifelter Großerbruderpunkt hinter ihnen war, und sie weinte den ganzen Weg vom Berg hinunter.

• • •

Sie hatte sich rasch von Unn verabschiedet und den schlafenden Jungen vom Rücksitz zum wartenden Auto getragen. Auf dem Fahrersitz neben Laura saß ein Mann mit schütterem Haar, der keine Fragen gestellt hatte, und das, obwohl er nach der dramatischen Übergabe zwischen zwei Autos auf einem Parkplatz außerhalb des Ortes und angesichts des Zustands, in dem sie sich befand, allen Grund dafür gehabt hätte. Er hatte leise aufs Lenkrad getrommelt und sie mit hellen Augen von der Seite her verstohlen betrachtet und ihr beim Anblick der Tränen sein Taschentuch gereicht. Sie hatte Schmerzen und war mürbe von den Misshandlungen, sodass es ihr schwerfiel, eine bequeme Sitzposition zu finden. Falls der Fahrer das bemerkt hatte, hatte er es für sich behalten.

Er schaltete das Radio ein, und die Töne einer Powerballade ließen Laura sich fühlen wie eine nasse Kippe unter einer stählernen Schuhkappe. Ihr tat einfach alles weh. Aber das war nichts, überhaupt nichts verglichen mit dem Schmerz, den sie empfand, als sie die zuckenden Schultern ihres jetzt erwachten Sohns hinten auf dem Rücksitz sah und ihn leise und angstvoll weinen hörte.

Sie streckte einen Arm zwischen den Sitzen nach hinten und spürte seine kleine warme Hand zögerlich die ihre drücken.

65

EINE HALBE SCHACHTEL ROSINEN

Der Morgen war ruhig verlaufen. Máriddja hatte ein vernünftiges Gespräch mit Sire über die Möglichkeiten geführt, mithilfe eines Schamanen Bill in der Unterwelt aufzusuchen und ihn zu verstümmeln.

Sire hatte so getan, als verstünde sie die Botschaft in dieser Unterhaltung nicht.

Máriddja hatte des Weiteren gefragt, in welchem Grad man im Reich des Todes eigentlich von Schmerzen geplagt wurde.

Sire hatte das nicht gewusst.

Dann hatten sie noch ein paar Zuckerkuchenrezepte ausgetauscht, und Máriddja hatte sich wehmütiger Nostalgie hingegeben.

Vertrauensvoll erzählte sie Sire von den Tränen damals, als sie und Biera, ein Jahr nachdem sie das Kind verloren hatten, den Scooter hinauf aufs Fjäll nehmen wollten. In dem zugedeckten Pulka mit Gaffa Tape über der kaputten Windschutzscheibe aus Plastik hatte sie eine halbe Schachtel Rosinen unter dem Rentierfell gefunden.

Und wie sie seither nie wieder im Pulka hatte sitzen können, obwohl das, wenn sie eine Fahrt unternahmen, sowohl wärmer als auch bequemer war als hinten auf dem Scooter.

Aber natürlich hatte ein kleiner in Fell eingewickelter Junge die Rosinen verloren, als er zusammen mit ihr unter dem zerschlissenen Schaffell gesessen hatte. Bis zur Nase zugedeckt und mit leuchtenden Ohren und »Kitzeln im Bauch«, als Biera mit dem Scooter so scharf beschleunigte, dass der ganze Schlitten vorn hochging.

Da hatte sie die warmen Handschuhe auf die Decke gelegt, um die Rosinen eine nach der anderen wieder einzusammeln und in den weit aufgerissenen Schnabel des Vogeljungen neben ihr zu tun. Seine kleinen Hände waren zu kalt und taub geworden, um die Rosinenschachtel noch aufzukriegen, der Schlitten hatte gekrängt, und die Äste hatten wie dünne Trollfinger gegen das Tuch geschlagen.

Sie erzählte von dem heißen Wasser in einer Limonadenflasche, die sie in Bieras verfilzte Socke getan und ganz unten ins Bett gelegt hatte, damit der Junge keine kalten Füße bekommen würde.

Wenn man als kleines Kind an den Füßen fror, erlitt man als alter Mensch nämlich Schmerzen in den Beinen, erklärte sie mit belegter Stimme dem schweigend zuhörenden Fräulein vom Amt.

»Na, Sire, es hat keinen Sinn, über das Vergangene zu weinen«, hatte Máriddja gesagt und sich mit einer Serviette, auf die kleine Weihnachtsbäume gedruckt waren, die Nase gewischt. »Es ist, wie es ist, so ist es. Man sollte sich nie darüber grämen, wie die Dinge geworden sind. Aber ich hätte trotzdem verdammte Lust, alle Flüche der Welt hinter diesem unseligen Bill herzuschicken! Jetzt weiß ich nämlich, dass es seine Schuld war, dass Risten den Jungen genommen hat und weggefahren ist.«

»Das klingt wie eine gute Idee«, sagte Sire, und Máriddja kicherte ein wenig durch das langsam abflauende Weinen.

»Doch, das wäre doch pfiffig, wenn man das hinkriegen könnte.« Die Haut auf Máriddjas Wangen spannte vom Salz, aber sie lächelte doch ein wenig. »Ich würde dich gern um etwas bitten«, sagte sie nach einer Weile des Schluchzens bedächtig.

»Lass hören!«, rief Sire aufmunternd.

»Jetzt glaubst du wahrscheinlich, dass ich total verrückt geworden bin, aber können wir vielleicht vereinbaren, jeden Tag miteinander zu sprechen?«

»Das können wir tun!«

Máriddja nickte ein wenig erleichtert, hatte aber immer noch nicht ihre ganze Absicht ausgebreitet, deshalb fuhr sie rasch fort: »… und wenn ich mal einen Tag lang keinen Laut von mir gebe – und hör mir jetzt gut zu, denn das hier ist verdammt wichtig! Dann musst du nämlich die Neunzigtausend anrufen.«

»Diese Notrufnummer ist nicht mehr aktuell. Seit dem 1. Juli 1996 lautet die Notrufnummer 112.«

»Sire!«, schimpfte Máriddja mit von neuerlichem Weinen zitternder Stimme. »Hör jetzt auf, Blödsinn zu machen, und konzentrier dich!«

»Gut. Ich bin konzentriert.«

»Welche verfluchte Nummer das auch immer ist: Du schlägst nach vierundzwanzig Stunden Alarm. Hast du verstanden?«

»Ja, ich habe verstanden. Welchen Grund für meinen Anruf soll ich der Notrufzentrale durchgeben?«

»Dass ich tot bin«, antwortete Máriddja entschieden. »Und dass sich jemand hier zu dieser Adresse begeben muss, um sich um meinen Alten zu kümmern, denn er kommt nicht alleine klar. Ich weiß keinen anderen Ausweg. Es gibt niemanden, der uns helfen kann.«

»Ich glaube, ich verstehe, was du sagen willst«, erklärte Sire, ihre Stimme klang gesammelt, wenn auch mit einem dumpfen Unterton der Trauer.

»Fand dich schon immer verdammt verständnisvoll«, schluchzte Máriddja und drückte den Telefonapparat an ihre runzlige Wange.

66

UNSCHÄTZBAR, UNVERZICHTBAR UND UNBEZAHLBAR

Sissel Jarre hatte einen weiteren maschinengeschriebenen Brief geschickt, der kam in Gesellschaft mit einem weiteren Umschlag von der Landesbehörde (welcher von Máriddja im Herd liquidiert wurde). Das Schreiben von Sissel öffnete sie. Es bezog sich auf den vorangegangenen Brief und drückte mit Emphase aus, welchen Nutzen für ihre Arbeit Bieras Erinnerungen bedeuten würden.

Unschätzbar, unverzichtbar und unbezahlbar.

Máriddja wiederholte die Superlative im Stillen, damit sie später Sire anrufen und sie korrekt würde wiedergeben können.

Unschätzbar, unverzichtbar und unbezahlbar.

Ja, ja, wenn die nur wüssten, wie unschätzbar es wäre, die Erinnerungsbilder von Biera wiederzubeleben, aber im Moment waren nur die neuen für Máriddja von Wert. Die waren es, die ihr entgingen, dachte sie und spürte dabei einen Stoß in den Bauch. Aus alter Gewohnheit massierte sie den Krebsknoten unter der Haut, um sein übles Ziehen zu dämpfen.

Biera war in einer Welt verschwunden, die er nicht mit ihr teilte. Immer seltener war er in dem zugegen, was nun ihr Leben war. Sie verstand ihn, wie gerne wäre sie selbst dem elendigen Dasein entflohen.

Dass sie ihm das Gewehr abgenommen hatte, war nur bedingt hilfreich gewesen, weil sie so gedankenlos gewesen war, es einfach in die Mülltonne zu werfen. Doch sie agierte im Affekt. Inzwischen fürchtete sie sich tatsächlich davor, was dem Alten noch einfallen konnte. Natürlich war es ein Glück gewesen, dass er es wieder reingeholt hatte, denn sie hatte es ja gut gebrauchen können, als sie den Elch erschossen hatte. Máriddja wiegte langsam den Kopf hin und her.

Sie dachte an die Messer, die sie versteckt hatte, die Streichhölzer, den Autoschlüssel … Sie seufzte und schüttelte ein wenig den Kopf, wie um die Gedanken zu verwässern, ehe der Blick wieder auf die gedruckten Buchstaben des Briefes fiel.

Sissel schrieb über Dokumentation, Gerechtigkeit und historische Übergriffe und flehte Biera an, sich zu melden, sodass sie ihn interviewen könnte. Trotz allem gehörte er zu den wenigen noch lebenden Zwangsumgesiedelten aus Schwedens nördlichster Sami-Gemeinde.

Máriddja musste an den Akkja auf dem Dachboden denken, könnte der vielleicht von Interesse für das Projekt sein? Sie hatten ja doch keine Verwendung für dieses historische Kleinod, und wenn nun das Sameting Freude daran hätte, dann wäre das doch nur gut. Es hatte ihr widerstrebt, den Schlitten wie ursprünglich gedacht zu verbrennen, also wäre das hier eine zufriedenstellende Lösung. Ein kleiner Ersatz für das Gespräch, das Fräulein Jarre leider nicht mit ihrem Mann würde führen können. Zum Glück hatte sie es noch nicht geschafft, das Gerät die steile Treppe herunterzuschleifen und seine Überreste zu den anderen Gegenständen von ihrem Dachboden zu tun, die draußen auf dem schwarz verkohlten Platz lagen und aufs Streichholz warteten.

Wie sie den Akkja übergeben sollte, ohne ihn selbst runterzutragen, war ein anderes Problem. Sie könnte ja mal damit beginnen, Jarre einen Antwortbrief zu schreiben, und ihr darin das Museumsstück anbieten. Das war nur gut, denn schließlich wusste jeder, dass die Jarres von der verdammt sturen Sorte waren, die niemals aufgab, wenn sie auf etwas ein Auge geworfen hatte.

Wenn sie dem Oberstleutnant Hägg nicht deutlich angesehen hätte, dass er Finne war, dann hätte sie ihn leicht für einen Jarre halten können. So ein sturer Bock, dachte sie aufgebracht. Es war verdammt noch mal nicht ihre Schuld, dass Jugendliche manchmal freche Briefe ans Militär schrieben. Hatten die denn keinen Humor?

67

BIELLORÁSSI: DIE GLOCKENBLUME

Mimmi wartete draußen vor der örtlichen samischen Schule.

Es war warm und schön. Sie zog die Handschuhe aus und setzte sich auf einen Schlitten, der am Fahrradständer aufgestellt war. Dann nahm sie die Mütze ab und spürte, wie die Haare ihr in verschwitzten Büscheln über Stirn und Wangen fielen. Sie strich sie mit bloßen Fingern weg, schloss die Augen und spürte die brennende Hitze der Sonne auf dem Gesicht.

Was für ein Tag!

Die gleichmäßigen Geräusche der Kinderspiele vom Schulhof waren ein angenehmes Rauschen in den Ohren, aber doch auch ein Anlass für die eigene Sehnsucht nach Kindern, ihr mit scharfem Schnabel fest in die Brust zu hacken.

Mimmi hatte Micklas versprochen, mit Johánás zu seiner Urgroßmutter im Seniorenheim zu gehen, um etwas Trockenfleisch vorbeizubringen und sein Geschenk zum achten Geburtstag abzuholen. In der Stofftasche auf ihrem Schoß lagen die gedrehten dunklen Fleischstücke, die geräuchert und getrocknet worden waren, um als Aufschnitt oder Snack gegessen zu werden. Das Fleisch war wahnsinnig gut, und Mimmi fand es sehr schön, wie Micklas für seine alte Mutter sorgte. Heute jedoch hatte er keine Zeit gehabt, sie selbst zu besuchen, denn er musste mit seinem Hund zum Tierarzt in die Stadt. Platscher von einem nassen Schneeball spritzten an ihren Beinen hoch.

»Nee, nicht auf sie. Nicht auf Mimmi«, war Johánás' Stimme zu hören, und als sie die Augen öffnete, sah sie eine Schar Jungs mit Rucksäcken, die auf ihren Schultern wie kuschelwütige Koalas aussahen. In ihren nackten Händen rollten sie beim Laufen Schneebälle, die sie dann mit großer Zielsicherheit auf Hausfassaden und Bäume segeln ließen. Johánás wich vom Plattenweg der Schule ab und kam mit einem etwas peinlich berührten Lächeln auf sie zu.

»Ist das deine neue Mutter, oder was?«, fragte ein hoch aufgeschossener Junge mit Thermoboots in spöttischem Ton.

»Schnauze, Teo«, erwiderte Johánás, ohne sich umzudrehen. Er sah Mimmi an und verdrehte die Augen, um seine Verlegenheit zu verbergen.

»Hallo, mein Lieber«, sagte Mimmi und stand, mit Handschuhen und Mütze in der Hand, vom Schlitten auf. Der Junge lächelte zur Begrüßung und nahm ihr die Stofftasche ab.

»Ich nehm die mal, du bist ja so schwach, dass es einem leidtun kann.«

Sie knuffte ihn scherzhaft in die Seite, dann gingen sie los. Das Seniorenheim lag nur eine Querstraße weiter.

Johánás ignorierte den automatischen Öffner und hielt die Tür für sie auf. Er schob seine Handschuhe in die Taschen, dann, als sie den türkisfarbenen Korridor betraten, zog er den Reißverschluss des Overalls am Hals ein wenig herunter. Während sie liefen, grüßte der Junge entspannt und höflich das Personal, und man hieß ihn mit freundlichem Wiedererkennen willkommen.

»Hallo! Sie ist gerade dabei, ihren Nachmittagskaffee zu trinken. Soll ich noch zwei weitere Tassen bringen?«, fragte eine Frau, die einen großen Haufen Wäsche trug.

»Ja, danke«, antwortete Johánás für sie beide, öffnete die Tür zur Wohnung und ging hinein.

• • •

Eine ältere Dame mit einem Schal über den Schultern strahlte die beiden an, als sie in der Diele ihre Schuhe auszogen.

»Ja, hallo! Wie schön! Micklas hat gesagt, dass ihr vielleicht vorbeischauen würdet!«

Die Frau erhob sich auf unsicheren Beinen und kam langsam auf sie zu. Mimmi schaffte es, sowohl die Stepphosen als auch die Schuhe auszuziehen, ehe die alte Dame die vier Meter zur Diele bezwungen hatte.

Sie streckte die Hand aus und grüßte.

Die Frau nahm ihre Hand und rief: »O nein, wie kalt Ihre Hände sind, meine Liebe!«

Sie nahm sie zwischen ihre alten Hände, wärmte sie für einen Augenblick und ließ sie dann mit einem kleinen Lachen los. Dann umarmte sie Johánás ausgiebig, trat einen Schritt zurück und betrachtete ihn eingehend. Sie strich mit dem Daumen über sein Kinn.

»Wie ich sehe, hast du wieder aufgerissene Lippen. Schmierst du deinen Mund auch ordentlich ein? Das Frühjahr ist eine verräterische Zeit für die Haut. Darf ich mal deine Hände sehen?«

Sie nahm sie und strich ein paarmal über seinen Handrücken, während Johánás ein wenig seufzte, ansonsten aber die Fürsorge zu genießen schien.

»Sandpapier«, stellte die Alte fest.

Ein Begriff, mit dem Mimmi nach vielen Jahren des Medizinstudiums nichts anfangen konnte. Sie schaute neugierig auf die Hände ihres kleinen Freundes, die rot und rau waren.

»Ich suche mal eben was, womit wir die einschmieren können«, verkündete die alte Dame und humpelte in ihr Pensionärsnest. »Kommt rein, kommt rein!«, rief sie und wedelte mit der Hand, während sie sich zwischen den Möbeln vorwärtsbewegte.

Ein leises Klopfen ließ Mimmi sich umdrehen, während im Türspalt das Gesicht einer Pflegerin auftauchte. Sie dankte für die Kaffeetassen und platzierte sie auf dem kleinen Esstisch, an dem Johánás bereits saß. Die alte Dame war von ihrem Nachttisch zurückgekehrt und kam nun mit einer Tube, die ziemlich rezeptpflichtig aussah, doch Mimmi protestierte nicht gegen die eigenmächtige Ausgabe einer milden Kortisoncreme, sondern lächelte höflich, während die Großmutter die Hände des Jungen mit einer dicken Lage einrieb und ihm abschließend einen sanften Klaps auf die Wange gab.

»Wie nett Sie es hier haben«, sagte Mimmi und strich über ein gehäkeltes graues Tischtuch. Im Fenster standen üppige Pflanzen in verschnörkelten Töpfen.

»Ist das da ein Zwergpfeffer?«, fragte sie interessiert und

nickte zu einer Ampelpflanze hin, die über den Rand eines flachen Topfes quoll.

»Ja, genau! Wächst hier am Südfenster wie verrückt«, antwortete die alte Frau und sah die Pflanze lächelnd an. »Die Mädchen, die hier arbeiten, schneiden sie immer mal wieder zurück, damit sie nicht das ganze Fenster zuwuchert. Möchten Sie vielleicht einen Ableger? In dem Fall nehmen Sie einfach einen, wenn ich nicht hinschaue – sie wachsen besser an, wenn man sie stiehlt.«

Sie blinzelte Mimmi zu, die lachte. Diese Frau gefiel ihr. Sie wirkte resolut und süß. Und offensichtlich sehr mit ihrem Urenkel verbunden.

Johánás sagte nichts. Er drehte ein wenig an den Knöpfen des Radios auf dem Tisch und knabberte gedankenverloren an einem Keks.

»Und wie geht es dir, mein Kleiner?«, fragte sie mit der zärtlichen Fürsorge einer alten Frau für ihre Nachkommen.

»Gut. Großvater hat meine Schlittschuhe geschliffen, und Tobba ist krank.«

»Oje, ja, der Hund. Hm.« Die alte Dame nickte. »Ja, das hat Micklas erzählt. Irgendwas mit dem Ohr, oder?«

»Ja, es ist erfroren, und jetzt sieht es ganz schwarz und hässlich aus.«

»Das ist schlimm«, sagte die alte Dame, während sie weiterhin den Enkel ihres Sohnes betrachtete. »Und … wie ist es zu Hause?«

Johánás zögerte mit einem kaum bemerkbaren Blick auf Mimmi. »Gut. Aber Mama ist immer noch nicht nach Hause gekommen. Irgendwas war mit der Tournee … also, sie kommt nicht zu Ostern, wie sie eigentlich vorgehabt hat.«

»Ach so, aha.« Die alte Dame nickte ernst. »Hast du Mimmi schon erzählt, dass deine Mutter Schauspielerin ist?«

Mimmi schüttelte überrascht den Kopf.

»Sie spielt im Moment in einer Inszenierung über die Kopfmessungen. Sie wissen schon, der Rassenbiologe Herman Lundborg? Aila ist am Samischen Theater fest engagiert«, sagte die Urgroßmutter von Johánás stolz, und Mimmi bemerkte, wie auch der Junge auf seinem Stuhl ein wenig größer wurde.

»Und dein Papa? Soll ich dem mal die Ohren lang ziehen?«, scherzte die Urgroßmutter mit einem Funkeln im Blick, das klarmachte, dass sie zu einer solchen Maßnahme durchaus imstande war.

»Nee. Der ist okay. War halt nicht so wahnsinnig viel zu Hause …«

»Du wohnst also jetzt beim Großvater?«

Der Junge atmete ein »Ja« ein und versuchte, unberührt auszusehen.

»Was für ein Glück, dass du da ein eigenes Bett hast«, erklärte die alte Dame warmherzig. Sie wandte sich an Mimmi und erklärte: »Es ist mein altes Haus, das Micklas übernommen hat, als ich hier eingezogen bin. Johánás hat schon, seit er ein kleines Bündel war, dort eine eigene kleine Ecke gehabt.« Sie legte den Kopf schief und lächelte über die Erinnerung. »Sein Papa Peter …«

Johánás unterbrach sie schnell, indem er auf ein Bild zeigte, das beim Fenster hing, und Mimmi fragte sich, was die alte Dame wohl über Johánás' Vater hatte sagen wollen.

»Schau mal da! Das ist die Blume, von der ich erzählt habe!«

Er zeigte auf eine schön gerahmte Zeichnung mit einer blauen Glockenblume in A5-Größe.

»Mimmi hat genauso eins!«, rief er erklärend.

»Ach so?«, erwiderte seine Urgroßmutter und sah dabei etwas erstaunt aus. Mimmi war über den Flickenteppich gegangen, hatte sich dann vor das Bild gestellt und studierte nun die Zeichnung. Sie war unsigniert, doch ein Name war nicht notwendig, sie erkannte sofort das Werk ihrer Schwiegermutter.

Ihren charakteristischen Stil mit den farbigen Rändern ganz unten an den Blütenblättern der blauen Glockenblume hatte sie oft gesehen. Es war eines von vielen wiederkehrenden Motiven in den Blumen, die Lauras Söhne den »Kürbissalat« nannten, womit sie Bezug auf die Bauernmalerei in Dalarna nahmen, die so hieß und zumindest von der Farbe her ein wenig an das Werk der Schwiegermutter erinnerte.

»Ja, das Bild da besitze ich schon viele Jahre«, sagte die alte Frau gedehnt. »Ich finde es schön, außerdem ist es eine Erinnerung daran, dass man den Mut haben sollte … Mitmensch zu sein.«

Mimmi sah sie neugierig an. Die anspruchslose zarte kleine Blume ließ sie durchaus an etwas denken, was Schutz brauchte, um nicht vom Windzug vorbeifliegender Schmetterlinge umgeknickt zu werden.

»Ja, Sie müssen wissen, ich habe sie als Dank bekommen, weil ich einem Mädchen geholfen habe, von ihrem gewalttätigen Kerl wegzukommen.«

»Und deshalb erinnert das Bild Sie an Mut und Mitmenschlichkeit, das verstehe ich. Was ist damals passiert?«, fragte Mimmi und schob die Überlegungen beiseite, wie das betroffene Mädchen wohl an eines der Werke ihrer Schwiegermutter gekommen sein könnte. Was für ein fantastisches Zusammentreffen!

»Ich erzähle das gern.« Die alte Dame schwieg für einen kleinen Moment und versank im Anblick der Zeichenstriche des Bildes. »Es war so: Ich habe einer jungen Frau – ihren Namen werde ich nicht nennen, ein Versprechen ist schließlich ein Versprechen – und ihrem kleinen Jungen das Leben gerettet. Der Vater des Kindes war ein richtig brutaler Typ, der die Mutter des Kleinen grün und blau geschlagen hat. Als ich also die Gelegenheit bekam, dem Mädel zu helfen, da habe ich es getan und dafür gesorgt, dass sie ihm entkommen konnte.« Die alte Dame sah grimmig, aber stolz aus. »Aber ich musste doch oft an den großen Bruder des Mädchens und an seine Frau denken. Für die beiden war das ein schwerer Schlag. Bruder und Schwester standen einander nämlich sehr nahe, trotz des Altersunterschieds. Es muss den Alten das Herz gebrochen haben, als die Schwester mit ihrem Kind verschwand. Vielleicht vor allem, weil sie den kleinen Jungen verloren. Er wohnte nämlich bei seinem Onkel und seiner Tante, müssen Sie wissen. Bei seinen Eltern konnte er nicht sein, so wie die Dinge standen. Also kümmerten sich Onkel und Tante um das Kind wie um ein eigenes. Der Junge war unglaublich süß und lieb. Erinnerte ein wenig an unseren Johánás. Für die Rijás war das Leben hinterher wohl nie wieder gut. Ihretwegen habe ich bis heute oft noch ein schlechtes Gewissen … Wie es wohl für sie war, nachdem sie das Kind verloren hatten, das möchte ich mir gar nicht vorstellen. Manche Menschen müssen ungerecht schwere Bürden tragen. Schließlich hatte sich der große Bruder ja auch schon um das Mädchen gekümmert, seit sie klein war.«

Die Frau schüttelte traurig und mit niedergeschlagenem Blick den Kopf. Auch auf Mimmis Gesicht spiegelte sich das Mitleid mit dem Paar, das seine beiden Lieben verloren hatte. Die Urgroßmutter von Johánás war eine gute Erzählerin.

Johánás schaute sie forschend an, als er ihren Gesichtsausdruck bemerkte.

»Ja, ja«, fuhr die Alte fort, »das war alles ein ziemliches Durcheinander. Das Mädchen hatte wirklich eine Reihe schlechter Entscheidungen im Leben getroffen, von denen die Beziehung zu dem Kerl, der sie dann fast ermordete, wohl die schlechteste war«, sagte die Urgroßmutter grimmig.

Zerstreut biss sie sich auf die Lippe. »Später hat sie mir diese Blume geschickt und einfach nur geschrieben, es gehe ihnen gut. Das hat mich wirklich ungeheuer gefreut. Seither habe ich dieses Bild an meiner Wand … es begleitet mich überallhin.« Die alte Dame lächelte ein wenig und sagte dann bedächtig: »Ich habe mich gefragt, ob das Mädchen sich nicht nach einigen Jahren mal bei ihrem Bruder gemeldet hat. Aber im Nachhinein erfuhr ich, dass sie das niemals getan hat. Sie fürchtete um das Leben der Alten.«

Mimmi kniff fragend die Augen zusammen und wartete mit gebanntem Blick auf eine Fortsetzung.

»Man muss sagen, das Mädchen hat einen hohen Preis gezahlt, denn sie musste sich völlig von der kleinen Familie, die sie hier noch hatte, trennen. Die Frage ist nur, ob Biera und Máriddja genauso entschieden hätten, aber sie wussten ja nichts. Und dann der Junge. Er hatte überhaupt keine

Wahl, der kleine Kerl … Ja ich sage euch, das war eine schlimme Geschichte«, seufzte die Urgroßmutter und fügte hinzu: »Wir dürfen nie vergessen, uns umeinander zu kümmern. Das kann mehr bedeuten, als man glaubt. Das wird mir immer wieder klar, wenn ich an diese Geschichte denke.«

Die Worte trafen Mimmi direkt ins Herz, und sie konnte nicht anders, als Johánás einen fürsorglichen Blick zuzuwerfen. Die alte Dame bemerkte das und lächelte die junge Frau von ganzem Herzen dankbar an.

Die Tür in die Vergangenheit stand einen Spalt offen, und die Alte schaute hinein und begegnete dem angstvollen Blick der jungen Risten, wie sie damals auf dem Rücksitz saß und ihren Jungen fest umarmt hielt. Den Jungen, der so sehr aussah wie ihr eigener Urenkel Johánás.

Ein kleiner Löwenzahn, der sprießte, obwohl das Leben an der Stelle, die ihm das Schicksal zum Leben zugewiesen hatte, kalt und nährstoffarm war. Sie hoffte, dass es Hände gab, die sich beschützend um den feinen kleinen Johánás schließen würden, wenn sie einmal nicht mehr da war. Genau wie sie selbst Risten und ihren kleinen Jungen beschützt hatte.

»Ich fürchte, ich habe es geschafft, Ihren Namen nicht genau zu verstehen«, sagte Mimmi mit einem entschuldigenden Lachen, obwohl die Urgroßmutter von Johánás sich bei ihrer Ankunft gar nicht vorgestellt hatte.

»Ich heiße Unn«, sagte die Alte und lächelte warmherzig. »Schön, Sie kennenzulernen!«

68

DER MAMABUB SPRICHT KLARTEXT

Nilssons Nuffe schob die Eingangstür mit dem von Raureif überzogenen kleinen Fenster auf und stampfte mit Schuhen an den Füßen in die Stube. Dann ließ er sich auf dem Rand der Holzkiste nieder. In dem gesplitterten Holz und den Nagelköpfen, die aus der alten Kiste herausragten, hingen Hundehaare.

Nuffe seufzte und schaute seine Eltern an, die am Küchentisch saßen. Der Vater legte das Damenjournal beiseite, in dem er geblättert hatte, und die Mutter setzte die Bewachung der frühjahrskranken Elstern aus, die draußen vor dem Maschendrahtkäfig, in dem das getrocknete Fleisch hing, ihr Unwesen trieben.

»Ich muss jetzt mal was sagen«, verkündete Nuffe mit erstickter Stimme, während die Eltern ihn ansahen – die Mutter über den Rand ihrer Lesebrille und der Vater mit der halb gefüllten Kaffeetasse an die Hemdbrust gedrückt.

Dann lächelte seine Mutter und faltete die Hände in einer Lobpreisgeste vor der Brust. Sie schaute den Sohn an, und ihr Kinn bekam ein paar zusätzliche Runzeln vor Rührung. Nuffe spürte sein Herz im Brustkorb trampeln wie eine alte Hündin, die sich auf ihrem Lager drehte, um sich hinzulegen, aber nicht zur Ruhe kam.

»Jo. Teufel, ich weiß nicht richtig … wie ich das hier sagen soll.«

»Du musst nichts sagen, mein lieber Nuffe. Wir wissen«, hauchte seine Mutter in liebevoller Andacht.

Der Vater warf ihr einen Seitenblick zu, ohne sich allerdings von der guten Wärme der Kaffeetasse am Oberkörper zu trennen.

»Nein.« Nuffe schluckte. »Also, ich glaube nicht, dass ihr das tut.«

»Doch, doch.« Die Frau, die ihn geboren hatte, lächelte mütterlich. »Eine Mutter weiß so was einfach. Habe ich es nicht die ganze Zeit gesagt, Sören?«

Ihr Gatte brummelte etwas zweideutig und betrachtete seinen erwachsenen Sohn, der die Strickmütze zwischen den Fingern zwirbelte. Um jedes Hosenbein von Nuffe rankten sich die Reflexstreifen der Postuniform. Sein Vater brummelte noch einmal, während die Mutter den Kopf hin und her drehte, lächelte und gerührt seufzte.

Nuffe scheint den Faden verloren zu haben, dachte Sören, aber das sagte er nicht laut, da seine Ehefrau wieder das Wort ergriff.

»Dass wir diesen Tag noch erleben dürfen … Dein Vater hat ja gezweifelt, aber ich habe schon immer *gewusst*, dass du uns eines Tages anvertrauen würdest, wie es um dich steht! Und du sollst wissen, dass wir nicht glücklicher sein könnten. Man soll ehrlich zu sich selbst sein«, sagte sie mit einem feierlichen Nicken zu der Postkarte mit einem Kruzifix, die im Gewürzregal an einer fettigen Dose Fenchelsamen lehnte. Sie streckte sich.

»Jetzt lass doch den Jungen seine Sache sagen«, mischte sich Sören mit einem strengen Blick zur Ehefrau ein, die eifrig nickte und sich an ihren Abkömmling wandte, der groß und knallrot aussah, als würde er ziemlich unbequem sitzen.

Nuffe Nilsson schluckte, massierte mit einer Hand seinen flauschigen Nacken und sah zutiefst unglücklich aus.

»Ich möchte nur betonen«, schob die Mutter schnell ein, »was immer du uns auch zu sagen hast, sind wir doch bereit. Wir werden dein Geheimnis mit Verständnis aufnehmen … mein liebes Kind.« Sie hatte Tränen in den Augen.

»Sally«, brummte Sören warnend und nickte dem Sohn zu.

»Ja, ja, ich wollte es nur gesagt haben. Dass wir dich auf jeden Fall lieben, mein Junge.«

Sören seufzte.

Nuffe starrte auf den Boden, als ob der Nacken den schweren Kopf nicht mehr oben zu halten vermochte.

»Ich glaube, dass ihr leider schockiert sein werdet … Es ist nämlich nicht so, wie ihr denkt«, sagte der Sohn mit rauer Stimme.

Sören, der langsam eine Ahnung bekam, wohin das hier unterwegs war, blinzelte ein paarmal und schob dann mit einem lauten Scharren den Stuhl vom Tisch zurück, damit er das eine Bein über das andere legen konnte. Er ließ einen Arm locker über die Rückenlehne hängen, um eine Lässigkeit vorzutäuschen, die er ganz und gar nicht empfand.

»Ich kann so nicht länger leben«, sagte der Sohn leise zu den Bodenplanken. »Es muss einfach mal raus.«

»Aber Nuffe, du weißt doch sehr gut, dass deine Mutter und deinen Vater nichts schockieren kann. Wir wissen es doch schon, du musst es einfach nur sagen … um deiner selbst willen!«, ermunterte ihn Sally.

Sören schwitzte ein wenig auf dem Rücken und warf einen leicht ängstlichen Blick auf das erwartungsfrohe Gesicht seiner Ehefrau. Dann endlich sah der Sohn mit zitternder Unterlippe in seinem runden Gesicht auf. Er sagte es schnell, als ob er die Sache aus der Welt haben wollte, jetzt, da er sich endlich entschieden hatte.

»Ich bin nicht schwul.«

Die Mutter strahlte wie ein kurz aufflammendes Streichholz, um danach zu verlöschen. Sally sah aus, als würde sie nicht verstehen, was der Sohn eben verkündet hatte. Sie schüttelte ein wenig den Kopf und sagte dann zögerlich: »Also, na ja, aber du bist das doch, oder?«

Sören legte tröstend eine Hand auf die seiner Ehefrau. Er hatte schon geahnt, dass es so kommen würde, und seit vielen Jahren versucht, der Wahrheit seines Sohnes eine Gasse zu bahnen.

»Nein, Mama, ich mag Mädchen … also Frauen. Ich weiß, wie sehr du gehofft hast, ich wäre anders, und dass du jetzt superenttäuscht von mir sein wirst, aber so sieht es tatsächlich aus. Ich kann nicht länger so tun, als ob. Kannst du mir verzeihen, Mama?« Jetzt hatte Nuffe Tränen in den Augen.

Sally Nilsson saß regungslos da, ihre Augenbrauen runzelten sich über den Brillengläsern.

»O nein, ich wusste doch, dass es dich so treffen würde!«, jammerte Nuffe von der Holzkiste her und schlug die Hände vors Gesicht.

»Na ja, nun ist ja niemand gestorben. Ich finde, es ist gut, dass du aussprichst, was du fühlst, Ulf«, sagte der Vater tröstend und streichelte gleichzeitig etwas unbeholfen die versteinerten Fäuste der Gattin.

»Wir haben doch schon darüber gesprochen, Sally«, gab Sören mit sanfter Stimme zu bedenken. »Dass es vielleicht nicht so steht, wie du gehofft hast …«

»Aber du warst doch in Jungs verliebt!«, unterbrach Nuffes Mutter ihn. »Du warst doch seit … seit du angefangen hast, bei der Post zu arbeiten, in deinen Kollegen verliebt!«

»Nee, Mama, ich fürchte, das hast du falsch verstanden. N'Tommy ist einfach nur ein guter Freund.« Nuffes Stimme brach.

»Aber du übernachtest doch immerzu bei ihm. Männer übernachten doch nicht beieinander, wenn sie nicht eine … eine Liebesbeziehung haben, oder?« Gegen Ende des Satzes klang die Stimme der Mutter gellend.

»Sally, Liebes, ich habe doch gesagt, das war sicher, weil sie unten im Ort noch ein Glas trinken wollten. Deshalb hat er in N'Tommys Wohnung übernachtet! Er konnte ja wohl nicht nach Hause fahren, wenn er was getrunken hatte«, meinte Sören müde.

Nuffe sagte nichts mehr, sondern seufzte nur aus der Tiefe seines großen, schweren Körpers.

Sally stand auf, und wie es ihre Gewohnheit war, ging sie zur Spüle, nahm die Seifenschale und das Abtropfgitter aus Plastik hoch und begann mit zitternden Schultern, alles darunter trocken zu wischen. Eine Zeremonie zur Beruhigung der Nerven.

»Mamilein …«, sagte der Sohn flehend. »Kannst du es nicht einfach positiv sehen? Ich weiß ja nicht, warum das so schlimm sein soll. Es ist ja nun mal einfach so bei mir …«

Sören mischte sich taktvoll ein. »Weißt du, und nicht alle Schwiegertöchter sind ja so wie die von A'Liselott.

Längst nicht alle sind kleptoman und so welche … so welche …« Sören suchte nach dem Wort.

»Veganer!«, schluchzte Sally, die den Männern immer noch den Rücken zugekehrt hatte und jetzt das gelb gewordene Seifenstück ins Spülbecken gelegt hatte und wie wild in dem alten grün geränderten Seifenbehälter auf den Resten herumkratzte. Dann schnäuzte sie sich geräuschvoll in ihre Schürze.

»Ah, genau. Veganer.«

»Hast du jemals von einem Mann gehört, der von so was lebt?« Sie drehte sich um und sah die beiden erzürnt und traurig zugleich an. Riss sich die beschlagene Lesebrille herunter und warf sie beiseite, woraufhin das Ding in die Spüle flog, was Sally noch lauter schluchzen ließ.

Sören und Nuffe traten zu der zitternden Frau, stellten sich neben sie und fassten sie jeder von seiner Seite um die Taille. Sie legte den Kopf abwechselnd an die eine Schulter und an die andere und jammerte:

»Und was werden nun die Frauen im Chor sagen?«

»Die werden das schon verstehen«, tröstete Sören sie, »es ist ja schließlich nicht die Welt … Die Söhne von den anderen sind doch auch heterosexuell.«

»Ja, und haben Ehefrauen, die total bekloppt sind! Du weißt sehr gut, dass die Schwiegertochter von A'Mona den Jungen nach Partille *gelockt* hat! Partille! Hat ihn und die Kinder einfach von allem, was Ehre und Redlichkeit ist, bis weit in den *verteufelten* Süden verschleppt! Zu Kriminalität und Beton und … Unfug.«

»Ist dem Josef da unten nicht ein Chefposten angeboten worden?«, flocht Nuffe vorsichtig ein.

»Ja, und SIE hat ihn gezwungen, den zu nehmen!«

Nuffe kniff den Mund zusammen, um mögliche weitere Einwände zu unterdrücken, während die Mutter weiterredete. Über A'Åsa, deren Sohn sich mit einem Feuer speienden Weibsbild verheiratet hatte, die nicht zuließ, dass seine Mutter ihm die Unterhosen bügelte, und von A'Lisbeth, deren Jonatan von seiner verrückten Stockholmer Lebensgefährtin dazu überredet worden war, ein Auto ohne Dach zu kaufen.

Es war deutlich, dass die Frauen ihre Chorproben als Ventil benutzt hatten, um mal ein bisschen von ihrer Unzufriedenheit über die unwillkommene Selbstständigkeit der Söhne rauszulassen. Und dass Sally ihrerseits mit der vermeintlichen Homosexualität des Sohnes angegeben hatte, die sie vor dem Joch einer Schwiegertochter bewahren würde.

»Ich denke, jetzt reißen wir uns mal ein bisschen zusammen, meine Liebe«, sagte Sören, griff nach der Brille der Ehefrau im Spülbecken, putzte sie und setzte sie Sally auf die Nase.

»So, jetzt sehen wir das mal ganz klar. Du wirst doch verstehen, dass der Junge nicht, nur um uns zu gefallen, so tun kann, als wäre er jemand, der er nicht ist, oder, Liebes?«, sagte ihr ehemaliger Verlobter und machte sich selbst damit zum Mitschuldigen, der er nicht war.

Sören hatte das schon lange fast ganz sicher gewusst.

Nun strich er seinem Sohn fest über den Arm und nickte ihm zu, um sein Wohlwollen zu demonstrieren.

»Heißt das, dass du von uns wegziehen wirst, jetzt, wo du nicht schwul bist?«, fragte die Mutter mit winzig kleiner Stimme. »Dass wir dich nicht als lieben Mamabub im Haus behalten können? Ich weiß, es ist egoistisch, so etwas zu hoffen, aber es war so nett, dich hier zu haben.«

»Jou, vielleicht irgendwann mal«, sagte Nuffe gedehnt. Er hatte aufgehört, sich den Nacken zu reiben und gestresst die Hände zu ringen und mit der Unterlippe zu zittern. »Aber wenn es ein Trost ist, Mama, dann verspreche ich dir, mich nicht mit einer zusammenzutun, die dein Essen nicht isst. Wenn ich überhaupt jemals eine finde, die mich haben will«, lachte er verlegen. »Aber jetzt kann ich ja sozusagen anfangen zu suchen. Jetzt, wo ihr wisst, wie die Dinge stehen. Und weißt du, Mama, mit dir als Maßstab wird es für mich sowieso nicht leicht sein, eine zu finden, die taugt. Schließlich schmeckt keine Griebenwurst so wie deine!«

Sally lachte, und Sören klopfte mit einem Finger einen kleinen Marsch auf die Tischplatte, um seine Zustimmung zu signalisieren.

Und Nuffe hielt die Einkaufsliste mit wenig aufregenden Lebensmitteln fest in der Hand. Auf der Rückseite stand in Tinte:

Lieber eine Elster in der Küche als ein Feigling im Spiegel.

Sie war ein *Orakel,* diese Máriddja – vollständig wahnsinnig, durchaus, aber nichtsdestoweniger ein Orakel, dachte Mamabub Nuffe Nilsson anerkennend und spürte, wie sein Puls langsam sank.

69

DAS HEIM WIRD BEDROHT

Eine Fremde war an der Tür gewesen.

Eine Frau mit gefärbten Haaren, dem Lächeln eines Anglerfischs und dem Liebreiz eines Barrakudas.

Máriddja hatte das Auto gesehen, ihren üblichen Platz hinter der Plastikpflanze am Dielenfenster eingenommen und hinaus auf den Hof gespäht. Sie hatte Biera, der gutmütig über etwas gelacht hatte, womit er völlig allein war, bedeutet, er möge bitte leise sein. Natürlich hatte er sie nicht gehört, als sie versuchte, ihn mit einem Finger über ihren Lippen zum Schweigen zu bringen, also war es sowieso egal.

Die Tür war schließlich abgeschlossen und die Klingel kaputt.

Trotzdem hatte das Lockenköpfchen da draußen den Finger mehrere Male daraufgepresst, um dann zum Klopfen überzugehen. Ungeachtet ihrer knirschenden Knie hatte sich Máriddja mit dem Rücken zur Tür niedergelassen und die Besucherin zum Teufel gewünscht.

»Ich komme vom Sozialamt«, hatte der ungebetene Gast durch das solide Holz gerufen und prüfend ein wenig an der Klinke gerüttelt. »Hallo?«

Máriddja saß mucksmäuschenstill. Das Hörgerät lag auf

dem Tisch in der Stube, und Biera spähte mit schelmischem Blick zu etwas an der Decke hoch und klatschte hingerissen in die Hände.

Die Klinke allerdings war in schlechtem Zustand und nur provisorisch mit Angelschnur repariert. Die zusammengekauert dasitzende Máriddja hoffte, dass sie dem Angriff standhalten würde.

Nach einer Weile hatte die vom Sozialamt Entsandte aufgegeben und etwas auf einen Zettel gekritzelt, den sie auf ihrem Spaziergang zurück zum Auto in den Briefkasten warf.

Dann hatte sie den misshandelten Stock, an dem der Briefkasten traurig baumelte, betrachtet und sich ein weiteres Mal aufmerksam umgesehen. An dem aufgebrochenen Garagentor war sie stehen geblieben, hatte lange Blicke auf Máriddjas Schrotthaufen und ausgebrannte Scheunenreste geworfen, ehe sie sich – Gott sei Lob und Dank – umständlich zurück ins Auto bugsiert hatte und weggefahren war.

Máriddja schauderte es ein wenig, da auf dem Fußboden. *Das war verdammt knapp,* dachte sie. Sie erhob sich mithilfe der Türklinke und jammerte auf, als es ihr wieder in den Bauch fuhr.

»Verdammte Schnüffler«, murmelte sie in sich hinein und nahm einen dänischen Drops, um die Nerven zu beruhigen. Sie zitterte vor Schmerz und vor unterdrücktem Entsetzen.

Dass man aber auch nicht in Ruhe gelassen werden konnte!

Sie ließ sich auf der Armlehne von Bieras Sessel nieder und lehnte die Stirn an seine Schulter. Er roch nach altem Mann und Tabak, sie sog den Geruch ein, und das allein wirkte ein wenig aufmunternd. Er strich ihr über die Mütze, sagte aber nichts.

»Wir werden doch immer zusammen sein, oder?«, fragte sie mit mickriger Stimme. »Das werden wir doch, oder?«

Biera streichelte sie zärtlich mit seiner zittrigen Hand.

»Nåjuo, Máriddja. Wo sollten wir denn sonst sein?«

Máriddja dachte, dass die Gelockte vom Sozialamt sicherlich einige unwillkommene Vorschläge in der Sache hätte, und schluckte.

»Das ist wahr«, sagte sie mit einem tiefen Seufzer. »Wir kommen hier allein klar. Wir brauchen niemand anders.«

»Aber Isá wird bald Hilfe mit den Rentieren brauchen«, gab Biera zu.

Sie sah ihn an. »Mein Gott, Biera … dein Vater ist tot und das Herdenzeichen verkauft. Du musst dich zusammenreißen! Sonst kapieren die Leute es, und dann kommen sie und holen uns! Und wenn wir im Heim landen, dann dürfen wir nicht mehr miteinander sein! Du hast doch im Fernsehapparat gesehen, wie das dann geht!« Ihre Stimme war rau vor unterdrückten Angsttränen und drang kaum aus den Flutklappen ihrer Lippen. »Wir müssen hier wohnen. Hier können wir zusammen sein«, entschied sie. »Etwas anderes ist nicht vorstellbar! Wir haben keine Kinder, die nach uns sehen oder gar mit den Behörden kämpfen können, wenn wir in einem Heim zusammenwohnen wollen. Ich hatte gehofft …« Ihre Stimme versagte.

»Ich weiß es, mein *Ráhkis*. Aber es ist doch nur schön für Heaika-Joná, dass er und Risten ein bisschen Zeit zusammen verbringen, nicht wahr? Und er wollte doch schon immer in den Zirkus gehen! Außerdem haben wir mit dem

Brotbacken alle Hände voll zu tun, da ist es doch nur gut, wenn sie uns nicht im Weg stehen.«

Máriddja schloss die Augen so fest, dass es in den Wangenknochen schmerzte.

Biera streichelte ihr tröstend über die Hand.

»Nimm du den Schlitten, ich kann alles auf dem Arm tragen. Um das Auerhuhn kümmern wir uns später.«

Er lächelte sie aufmunternd an und murmelte auf Samisch noch weiter irgendetwas über das Verstecken von Ostereiern und dass sie die Rauchkate abdichten müssten, solange sie noch jung und bei Kräften waren.

Und der Krebs in Máriddjas Bauch krabbelte herum wie ein Urzeitmonster. Mit einem verkrampften Lächeln sagte sie zustimmend:

»Nåjuo … du hast recht. So machen wir das.«

Als sie sich in die Toilette eingeschlossen hatte, um jede einzelne kleine zurückgehaltene Träne herauszulassen, hörte sie, wie Biera freundlich versuchte, den Hund herbeizulocken, der schon seit zwölf Jahren tot war.

Máriddja weinte hemmungslos und holte den Telefonapparat aus der Tasche.

»Sire? Bist du da?«

»Ich bin hier«, antwortete Sire.

»Ich hab solche Angst. Bin so allein«, schluchzte Máriddja leise.

»Du kannst immer mit mir sprechen«, antwortete Sire, und Máriddja weinte noch mehr.

70

LIEJBBEÅLMÅJ, DER GOTT DER JAGD, EMPFÄNGT

Niemand, am allerwenigsten die Sozialamts-Viveca und Palle vom Fahrdienst, hätte ahnen können, was sie erwartete, als sie den Berg hinauffuhren und vor der kleinen Hütte parkten. Viveca hatte sich entschlossen, die vorangegangene Niederlage nicht zu akzeptieren, und war nun kraft ihres Amtes auf dem Kriegspfad, aber *das* war jemand anders auch.

Auf der Veranda vor der Tür stand breitbeinig eine kleine, völlig verschrumpelte Frau, die Mütze entschlossen auf die Stirn heruntergezogen, und schwang einen antiken Bärenspeer.

»Hier kommt niemand rein, ihr könnt gleich wieder abhauen!«, rief Máriddja schon von ferne, als Viveca und Palle vorsichtig aus dem Wagen stiegen. »Wir werden nirgendwo hingehen … der Staat kann uns nicht dazu bringen, auch nur einen einzigen Zentimeter weiter zu ziehen, als er es bereits getan hat.«

Viveca und Palle warfen einander über das Dach des Taxis einen erstaunten Blick zu. Die Alte stand kampfbereit wie eine ergraute Walküre und hatte offenbar nicht vor, sie ins Haus zu lassen.

»Hallo Maria«, sagte Viveca sanft und wagte sich ein

paar Schritte vor – dicht gefolgt von Palle, der bereit war, ihr zur Hand zu gehen, obwohl er eigentlich nur in seiner Eigenschaft als Chauffeur dabei war. Das Taxi hatten sie mit offenen Türen stehen lassen.

»Ich heiße Máriddja«, knurrte die Wächterin.

Viveca drehte sich um und sagte tonlos: »Ruf um Hilfe«, woraufhin Palle mit einer diskreten Bewegung sein Telefon herausnahm und, nahezu ohne die Lippen zu bewegen, in sein Headset sprach. Viveca sah ihn kurz von der Seite an, und er nickte ihr zu, dass der Auftrag ausgeführt sei.

»Ich komme vom Sozialamt und heiße Viveca Orrhammar. Wir haben schon eine Weile versucht, Sie und Ihren Ehemann zu erreichen.« Sie hielt der alten Frau die Handflächen und ihren Unterkiefer entgegen, um ihre guten Absichten zu demonstrieren.

• • •

Máriddja ließ weder den Bärenspeer noch die beiden Besucher aus dem Blick. *Verdammter Bengel, der mir das Gewehr weggenommen hat,* dachte sie, völlig ihre eigene Schuld in dieser Sache vergessend. Es wäre verflucht noch mal viel wirkungsvoller gewesen, wenn sie mit einer Schusswaffe auf die Besucher hätte zielen können anstatt mit dem alten Speer ihres Áddjá. Andererseits war es doch von gewisser Schönheit, sich und das Seine mit einem Jagdgerät aus alten Zeiten zu verteidigen.

Máriddja Rijá spürte, wie sie vom Liejbbeálmáj erfüllt wurde, dem Gott der Jagd und des Blutes, und lächelte innerlich über diese mächtige Gegenwart, die sie stärkte.

Sie schlug das hölzerne Ende des Speeres auf die Holzplanke der Veranda und richtete die immer noch messerscharfe Spitze schräg raus auf den Hof. Wie ein Bärenjäger, der darauf wartete, dass sich das rasende Tier aus dem Winterschlaf rappeln und in seinen eigenen Tod stürzen würde.

»Es ist mir egal, woher ihr kommt. Ihr sollt jetzt hier abhauen und uns in Ruhe lassen!«, verkündete Máriddja mit, wie sie selbst fand, würdiger und angsteinflößender Donnerstimme.

Ein weiteres Auto kam hinter das Taxi gefahren. Die Polizei, dachte Palle erleichtert, aber wenn es so wäre, dann hätten die sich mit Auto und allem teleportiert haben müssen, denn es war doch erst wenige Minuten her, seit er sie gebeten hatte zu kommen.

Es war nicht die Polizei.

Es war ein grünes Auto mit schwarz-gelbem Nummernschild.

Das Militär, dachte Palle erstaunt, und nun starrten alle verblüfft auf den älteren Herrn mit Kugelbauch, der die Fahrzeugtür öffnete. Der füllige Mann wiederum betrachtete mit fragendem Blick das Szenario vor sich. »Bataillonschef Hägg!«, brach es aus Máriddja hervor, und sie verspürte den Impuls zu einem militärischen Gruß.

Aber Teufel auch! *Keiner* von diesen verdammten Laufburschen des Staates würde heute von ihr irgendeine Ehrbezeugung erfahren! Sie umklammerte den Bärenspeer fester.

»Was geht hier vor?«, fragte Hägg mit militärischer Autorität.

Palle schlug vor lauter Schwung die Hacken zusammen und streckte sich. Viveca antwortete ruhig.

»Wir unterhalten uns nur mit Maria hier«, erklärte sie

und nickte mit warnendem Blick zu der Seniorenwalküre auf der Veranda.

»Warum ist sie bewaffnet?«, erkundigte sich Hägg, bevor er sich an Máriddja wandte und die Frage wiederholte.

»Das geht Sie gar nichts an. Hier stelle ich die Fragen! Warum sind Sie zurückgekommen?«

Bataillonschef Hägg war ein wenig unangenehm berührt und antwortete erst nach einem peinlichen Schweigen mit fester Stimme: »Ich komme wegen Informationen über den Kaffee und die … äh, die Kekse.«

Dabei warf er wie ein trotziges Kind, das die Taschen voller geklauter Äpfel hat, den Kopf in den Nacken

»Was?«, fragte Máriddja wütend. »Es wird Ihnen ja wohl klar sein, dass ich aufgrund meines innerlichen glühenden Zornes nicht vorhabe, jetzt zu einer Kaffeestunde zu laden. Ich stehe verdammt noch mal unter Belagerung! Nehmen Sie diese beiden Fremden von meinem Hof, anstatt einen mitten in einem Krieg um Kekse zu bitten!«

Sie zeigte indigniert mit dem Speer auf Viveca und Palle.

»Warum wollen Sie denn ausgerechnet jetzt Kaffee und Kekse?«, erkundigte sich Palle, der mit hochgezogenen Augenbrauen das Wortgefecht verfolgt hatte und die Frage nicht länger unterdrücken konnte.

»Geheime Sache! Keine Angelegenheiten, die … Zivile etwas angehen«, brummte Hägg unwirsch. »Aber wenn Sie es genau wissen wollen, dann ist es so, dass der Kaffee, den ich hier getrunken habe, auf meine Prostata Wunder gewirkt hat. Ich habe den ganzen Unterleib in Ordnung bekommen«, erklärte Hägg und gestikulierte würdevoll Richtung Hosenladen. »Und die Mandelkekse waren die besten, die ich je gegessen habe, sie übertrafen bei Weitem das ungenießbare Backwerk meiner Ex-Frau. Da ich nun schon einmal in der Nähe war, hatte ich vor, um das Rezept zu bitten.«

Palle blieb der Mund offen stehen.

Viveca blieb der Mund offen stehen.

Und Máriddja lachte laut. »Das kann ich Ihnen verraten! Das waren gekaufte Kekse, die haben die Pfadfinder irgendwann hier verkauft!«

Sie nickte ihrem Publikum in überheblichem Triumph zu.

»Aber wir haben doch seit Jahren keine Pfadfinder mehr in der Gegend gehabt«, entgegnete Hägg nachdenklich und überlegte dabei, wie lange es wohl her war, seit seine Tochter in der lokalen Pfadfindervereinigung aktiv gewesen war, bevor man die aufgelöst hatte.

Máriddja zuckte nur mit den Schultern.

»Wir haben halt eine ganze Palette gekauft, und ich muss sagen, das waren wirklich gute Kekse, sie haben eine Ewigkeit gehalten.«

Sie sah sehr zufrieden aus über das Geschäft und ihre unzweifelhaften Hamstertalente.

Hägg hingegen begann etwas grün auszusehen, schluckte aber tapfer und sagte mit erstickter Stimme: »Und der Kaffee? Darf ich das fragen?«

»Ach der«, schnaubte Máriddja. »Das ist natürlich gewöhnlicher, ehrlicher Kochkaffee. Der Trick ist, den Satz niemals aus dem Kessel zu spülen, sondern einfach immer wieder Kaffee dazuzutun. Wenn der Kaffee sich im Laufe der Zeit einkochen kann, dann kriegt der Kessel nämlich so einen besonderen Geschmack.«

Hägg war nicht imstande, sein Rülpsen zu verbergen.

»Wenn wir jetzt unser Gespräch fortsetzen könnten«, nahm Viveca wieder den Faden auf, als der Bataillonschef fertig gewürgt hatte. »Wir würden gerne mal reinkommen und sehen, wie es Ihnen hier so geht. Und ein bisschen über die Zukunft und so sprechen.«

»Hier kommt keiner rein«, kläffte Máriddja. »Ihr habt uns nichts anzubieten, ihr werdet uns nicht trennen. Das macht ihr euch besser gleich klar!«

Plötzlich tauchte ein kleiner Personenwagen mit Anhänger auf, und eine junge, füllige Frau mit cooler Brille und Schornsteinfegermütze ganz oben auf dem Kopf meldete ihre Ankunft mit einem »Tach!«.

Sie blieb stehen und betrachtete die Szene mit großen Augen.

»Was zur Hölle?«, seufzte Máriddja. »Sind heute alle Geister frei? Weg mit dir! Nach Hause! Zurück in dieses Auto!« Sie zeigte der Neuangekommenen mit dem Speer die Richtung.

»Biera und Máriddja?«, wagte die junge Rundliche zu fragen.

»Anwesend«, verkündete Máriddja und hob ironisch die Hand.

»Ah, wir haben vor ein paar Wochen Kontakt gehabt. Ich heiße Sissel Jarre und wollte einen Akkja abholen. Aber wenn es gerade nicht passt …«, sagte sie zögernd und trat einen Schritt zurück, als sie neben Máriddjas kriegerischer Erscheinung den unpässlichen Mann vom Militär und die geschäftige lockige Frau mit dem erschrockenen Kavalier vom Fahrdienst erblickte.

Máriddja schloss die Augen und sah aus, als würde sie Kraft sammeln.

»Der liegt oben auf dem Dachboden«, erklärte sie mit erkämpfter Ruhe. »Ich kriege ihn nicht alleine die Treppe runter.«

»Aber da können wir doch helfen«, sagte Viveca bereitwillig. Palle bewunderte ihre Beharrlichkeit. Er selbst wäre am liebsten ins Auto gesprungen und, so schnell die Reifen ihn trugen, von diesem wahnsinnigen Ort geflohen.

»Selbstverständlich«, half Hägg mit einem formellen Nicken.

Máriddja sah tatsächlich so aus, als würde sie erwägen, die Hilfe anzunehmen, also fuhr Viveca eifrig fort.

»Wir versprechen Ihnen, Maria, dass wir Ihnen nur helfen, das vom Dachboden zu holen, was Sie brauchen … und dann gehen wir wieder.«

»Dann mal los«, genehmigte Máriddja mit erhobenem Kinn. »Aber versucht nicht irgendwelche schlauen Tricks! Weder ich noch der Alte fahren mit euch irgendwohin. Ist das verstanden?«

Alle Anwesenden nickten, manche zögerlicher als andere.

Máriddja drehte sich um und schloss die Tür auf.

»Über diese Schwelle ist seit Jahr und Tag kein Fremder gegangen«, verkündete sie, wie um ihnen noch mal ihr Glück deutlich zu machen. Dann ging sie ins Haus hinein, und die Schar Besucher folgte ihr in gehörigem Abstand.

»Mein Gott …«, murmelte Viveca, als sie drinnen waren.

Und auch wenn kein anderer etwas sagte, so war es doch genau, was alle dachten. Mein Gott …

71

DAS ALTE GESPENST UNTER DEM TEPPICH

Der Anblick, der sich den Besuchern des kleinen Hauses bot, war sowohl erschreckend als auch herzzerreißend. Sozialamts-Viveca waren die gesammelten Gesichtszüge entglitten, und sie war so fassungslos, dass der Unterbiss wie eine quietschende Büroschublade herausschoss.

Auf der Kellerluke stand Máriddja, immer noch mit ihrem Speer in Kriegsbereitschaft, doch sah sie insgesamt irgendwie schwächer aus. Aus der Nähe konnte man erkennen, wie mager sie war, wie eingesunken die Wangen und wie hohläugig ihr sturer Blick hinter der verschmierten und altmodischen Brille.

Den einen Arm hielt sie um ihren Bauch, als ob sie Schmerzen hätte.

Der Boden, auf dem sie stand, war so von Schmutz bedeckt, dass er dem gestampften Erdboden in einer Scheune glich. Es gab ein paar wenige durchgesessene kaputte Möbel, die mit Klebeband umwickelt waren, damit sie zusammenhielten. Der Herd sah aus, als wäre er viele Jahre nicht benutzt worden, was wahrscheinlich auch der Fall war, denn auf der schäbigen Spüle stand eine einzelne Kochplatte alten Modells – gekrönt von einem rostigen Kaffeekessel, dessen eingetrockneter Kaffeesatz bis zur Tülle reichte.

Hägg sah aus, als würde er Riechsalz benötigen, um nicht wieder unpässlich zu werden und wie eine viktorianische Adlige in sich zusammenzusacken.

Die Fenster, der Tisch, der kleine Kühlschrank – alles war so mit Staub und eingewachsenem Schmutz bedeckt, dass man kaum noch erkennen konnte, um welches Gerät es sich eigentlich handelte. Auf dem Tisch standen einige schmuddelige Plastikschachteln mit Mandelkeksen. Máriddja starrte mit defensivem Blick aus den rot geränderten Augen darauf.

»Halloo!«, war plötzlich eine spröde Männerstimme von Máriddjas Füßen her zu hören.

Die Alte sah aus, als führe ihr plötzlich ein unerwartetes Zäpfchen in den Po. Sie warf dem schmutzigen Flickenteppich einen raschen Blick zu, als hätte der sich gerade unpassend aufgeführt, und räusperte sich dann geräuschvoll.

»Was war das denn?«, fragte Palle alarmiert und beobachtete den farblich unbestimmt nuancierenden Flickenteppich, als wäre der in Begriff, aufzustehen und sich vorzustellen.

Máriddja starrte ihn beleidigt an, ohne zu antworten.

»Meine Güte … ist da jemand im Keller? Sie haben doch wohl Ihren Mann nicht da unten eingesperrt?«, rief Viveca und schlug mit der Handfläche klatschend auf den Pulloverausschnitt über ihrem Herzen.

»Nee, stellen Sie sich vor, das habe ich nicht getan«, gab Máriddja bissig zurück. »Er ist ganz freiwillig da unten«, informierte sie die anderen, und der Teppich begann wieder zu sprechen.

»Máriddja? Hast du Leute da oben? Ist das der Junge von Nilssons?«

Die Alte verdrehte die Augen und wandte sich den Fremden zu, ohne die Rede des Teppichs zu beachten. »Nun, Sie hören ja, ihm geht es gut. Das Kühle gefällt ihm, wissen Sie, in unserem Alter muss man mit zu hohen Temperaturen vorsichtig sein.«

»Aber da unten muss es doch eiskalt sein«, wandte Hägg ein.

»Da nicht«, schnitt Máriddja ihm das Wort ab. »Er hat ein Rentierfell, auf dem er sitzen kann. Und ich habe eine Decke runtergeworfen.«

»Aber das ist verrückt, das müssen Sie doch einsehen! Treten Sie beiseite, damit wir dem Armen heraufhelfen können!« Häggs Worte klangen in unpassendem Maße wie ein Befehl.

Da das ohne Wirkung zu sein schien, versuchte Viveca es mit einem Flehen.

»Bitte, Maria, er ist alt, und sicher ist ihm kalt. Lassen Sie ihn herauf in die Wärme kommen!«

Máriddja schüttelte den Kopf, schien dann aber schwach zu werden.

Sie machte ein paar zögerliche Schritte zur Seite, woraufhin Palle und Sissel den sprechenden Flickenteppich hilfsbereit beiseiteschoben, sodass Viveca die massive Kellerluke hochklappen konnte.

Zentimeter für Zentimeter entstieg nun ein magerer kleiner Mann dem Dunkel des Kellers. Erst ein schmutziger, aber für sein Alter beeindruckender Haarschopf, dann naive Kinderaugen, die sie neugierig anschauten. Ein Mund, in dem drei Zähne einsam standen, ein faltiger Schildkrötenhals, knochige Schultern und ein eingesunkener Bauch, bis Beine, so dünn wie Stöcke, und große Füße sich auf den Küchenfußboden stellten. Um die Schultern trug er wie ein urzeitlicher Mammutjäger ein Fell. Er schaute sie mit einem abwesenden Lächeln an und wandte sich dann an Hägg.

»Ja, sieh an, da ist er ja! Hast du diesmal die Dickmilch von der Nordmeierei gekauft? Und hast du daran gedacht, dir ein paar Süßigkeiten für das Wechselgeld zu kaufen?« Er blinzelte Bataillonschef Hägg schelmisch an und legte verschwörerisch einen krummen Finger auf die Lippen.

Alle hatten den Kaffee höflich abgelehnt, den Biera, erfreut über so viel Besuch, Máriddja gebeten hatte aufzuwärmen. Nun saß er auf dem Küchensofa neben seiner beschützenden Ehefrau, die den Speer an die Bank gelehnt und die Hände in den Schoß gelegt hatte. Wie ein misstrauischer Schachspieler, der den nächsten Zug abwartet.

»Also, der Dachboden ist da«, sagte sie mit einer Geste Richtung Diele zu einer steilen Treppe, die schon in ihren Glanzzeiten als lebensbedrohlich gegolten haben musste.

Sissel sah aus, als würde sie darüber nachdenken, ob das Kleinod nicht doch dem Rest des Sperrmülls vom Dachboden direkt ins Feuer folgen sollte.

Doch dann erinnerte sich die Entsandte des Sameting an ihren Auftrag. Sie lächelte tapfer und begann die vertikale Besteigung der offenkundig unzuverlässigen Treppenstufen. Palle folgte nach und half ihr, das schwere Ding hinunterzubugsieren, bis es mit einem sanften Rums auf den Boden fiel.

Die anderen saßen noch am Küchentisch – alle mit geschärften Beinreflexen und aktivierten Gesäßmuskeln, immer bereit aufzuspringen, sowie eines der müden Sitzmöbel trotz Klebeband unter ihnen nachgeben würde.

Viveca hatte freundlich versucht, ein Gespräch mit Biera zu beginnen, war dann aber nach einem Blick von Máriddja verstummt. Sie hatte dem schwer senilen Alten sowieso nicht mehr als ein paar vermutlich recht weltfremde Kommentare auf Samisch und ein kurzes Trinklied entlockt.

»Im Grunde Ihres Herzens wissen Sie doch bestimmt, dass Sie irgendwo anders besser leben können, nicht wahr, Maria? Im Heim drinnen im Ort gibt es Pflege und Hilfe für Sie und auch für Per.«

»Das kommt nicht infrage«, hatte Máriddja geantwortet, doch ihr Blick flackerte ein wenig.

»Ihr Mann«, Viveca nickte höflich zu Biera, der versuchte, den Deckel einer Plastikdose aufzukriegen, um an die Mandelkekse zu kommen, »leidet offenkundig unter Altersdemenz, und Sie selbst sind ja alles andere als gesund genug, um weiterhin für Sie beide zu sorgen.«

Máriddja sah sie nicht an, sondern nahm Biera die viereckige Dose ab und verschaffte ihm freien Zugang zu den vertrockneten Keksen.

»Sehen Sie denn nicht, dass Sie hier im Elend leben?«, erkundigte sich Hägg und kassierte dafür von Viveca einen Tritt ans Schienbein.

»Das hier ist unser Zuhause«, sagte Máriddja gewichtig. »Wir haben getan, was wir konnten. Hier geht es uns gut, und wir haben nicht vor, hier wegzugehen.«

Doch ihr runzliges Kinn hatte kaum erkennbare Grübchen und Linien von aufwallendem Weinen bekommen.

»Vielleicht können Sie das ja noch einmal überdenken,

um Pers willen. Tun Sie das für ihn, damit er es gut und schön haben kann. Pflege bekommt.«

Biera kaute mit offenem Mund Kekse und verfolgte den Wortwechsel mit ahnungslosem Interesse.

Und da passierte es.

Máriddjas stolzer Haltung ging die Luft aus, und sie schwankte ein wenig neben ihrem Mann auf dem Küchensofa. Dann senkte sie den schweren Kopf in einem stillen Nachgeben. Fast konnte man ihren Willen wie einen trockenen Ast brechen hören, um dann auf das Feuer geworfen zu werden, ehe er zu dickem Rauch im Wind wurde.

• • •

Des Eindrucks wegen hatte sie ein wenig Widerstand geleistet, hatte sich geziert, ihre persönlichen Dinge in die hingestreckte alte Supermarkttüte zu tun. Hatte das Angebot abgeschlagen, sich eine Jacke überzuziehen, und sich geweigert, ins Auto zu steigen, weil das, wie sie behauptete, verfault riechen würde.

Wer wäre sie gewesen, wenn sie sich nicht ein wenig des Eindrucks wegen gesträubt hätte, jetzt, da sie in Begriff war, sich vor diesen fremden Menschen aufzulösen?

»Was ist das denn hier?«, erkundigte sich Sissel neugierig und hob die Papiertüte mit Lauras Schulbüchern hoch, ehe der Akkja zwischen Hägg und Palle zu dem wartenden Anhänger wanderte. Sie blätterte mit archäologischer Ehrfurcht in den Papieren.

»Das ist nur der alte Kram meiner Schwägerin. Schulaufsätze und so was, glaube ich. Das kann man einfach wegschmeißen. Muss nicht aufgehoben werden …« Sissel war in die Tüte eingetaucht und hatte mit der Intensität eines Waschbären in der Mülltonne angefangen, in den Papierbündeln zu wühlen. Ihre Augen leuchteten, und sie schrie hingerissen: »Muss nicht aufgehoben werden?! Wissen Sie nicht, was das hier ist? Oh, danke, guter Gott, dass dies hier nicht vernichtet werden konnte! Das hier sind ja Stammbäume … Register und Befragungen! Ich kenne mehrere Namen hier, oh … mein Gott!«

Sissel sank auf einen Stuhl und fächelte sich mit einem kostbaren Papier Luft zu, um nicht vor Ekstase in Ohnmacht zu fallen.

»Das hier ist unschätzbar für meine Arbeit! Für unsere Arbeit! Für das ganze samische Volk!«

»Unschätzbar, unverzichtbar und unbezahlbar vielleicht?«, fragte Máriddja hilfsbereit mit einem schiefen Lächeln.

»Mindestens!«, keuchte Sissel mit Tränen in den Augen.

Jösses, dachte Máriddja mit einem nicht ganz unzufriedenen Kichern. Am Ende wird es doch immer so, wie die wollen.

72

LÖWENZAHNKINDER

Kaj war dabei, die Winterkleider aus der Diele zu räumen, als Mimmi anrief. Gerade stand er mit ihrem nach Rauch riechenden Daunenanzug auf dem Arm da und sah sich nach einem freien Platz um, wo er den ablegen könnte.

»Hallo, mein Herz, wie läuft's?«, fragte sie ein wenig gehetzt. Im Hintergrund hörte er das Knattern von ihrem Computer.

»Doch, alles gut. Aber ich stelle gerade fest, dass wir krankhaft viele Jacken besitzen. Ich weiß nicht einmal, wo ich sie alle hinlegen soll, während ich in der Abstellkammer Platz schaffe. Im Moment schiebe ich die Kartons mit Sandalen herum, für die es auch keinen Platz gibt. Rubik's Cube ist ein Scheiß dagegen!« Er seufzte.

Mimmi brummelte kurz. »Du, Micklas hat angerufen. Die Schule hat sich gemeldet und gesagt, dass Johánás Fieber und Ohrenschmerzen hat. Wahrscheinlich akute Otitis media.«

»Aha«, erwiderte Kaj, zog eine Schublade voller Wollsocken auf und überlegte, wohin er die verfrachten könnte, um Platz für Sonnenhüte und Kappen zu schaffen.

»Ich habe Micklas gesagt, wir organisieren das, damit er nicht noch mal in den Ort fahren muss. Er ist ja gerade da oben und bringt das Boot ins Wasser. Micklas fährt dann morgen früh mit Johánás zur Gesundheitszentrale.«

Die Sonne schien durch das Mosaik in der Eingangstür, sodass all die bunten Stricksocken auf dem Fußboden aussahen wie das Werk eines mit einer frischen Packung Wachsmalstifte versehenen, unbeaufsichtigten Dreijährigen.

»Okay, ja. Hm, das würde ja auch viel zu lange dauern, bis Micklas wieder hier wäre, selbst wenn er jetzt losfährt«, stimmte Kaj abwesend zu. »Was ist denn mit dem Vater des Jungen?«

»Von dem hat er nichts gesagt. Vielleicht kann der nicht.«

»Ich fahre schnell und hole ihn ab …«, sagte er mit einem Seufzer und begann planlos, aber effektiv, sich einen Weg zur Eingangstür zu pflügen, um hinaus zum Auto zu gehen.

»Du bist einfach der Beste, weißt du das?« Mimmi atmete erleichtert auf. Er hörte, wie sich ihre Mundwinkel auf diese besondere Art verzogen, wie nur sie es beim Lächeln vermochte.

»Du lässt mir ja keine Wahl«, seufzte er noch einmal und suchte nach den Autoschlüsseln. »Aber sei so gut und komm sofort nach Dienstschluss nach Hause.«

• • •

Kaj hielt vor dem Zaun der samischen Schule, stieg aus und öffnete mit etwas Mühe das kindersichere Tor.

Eine ältere Frau in Gummistiefeln und getönter Brille kam ihm entgegen. Sie fing sofort an, schnell und singend zu sprechen, und schüttelte mit festem Griff seine Hand. Kaj war verwirrt und verlegen, dann stieß er seinen Namen hervor und gestand, dass er kein Samisch sprach.

»Oh, ich dachte, Sie wären … Aha. Ja. Johánás zieht sich gerade an. Er ist ein bisschen kränklich und sollte sich etwas hinlegen. Vielleicht ein bisschen fernsehen. Er ist nun mal ein Ohrenkind, und die kriegen um diese Jahreszeit regelmäßig Probleme.« Ihre Stimme war tief, und die Vokale klangen anders als die von Kaj.

»Das kriegen wir hin«, sagte Kaj und lächelte die Pädagogin höflich an.

»Aber wie gut, dass ich Sie mal kennenlerne … Micklas hat gesagt, Sie und Ihre Frau sind Freunde der Familie?«

»Ja, schon, also …« Kaj konnte diese Behauptung weder verneinen noch bestätigen, da trat sie schon einen Schritt näher und senkte die Stimme.

»Ich sage es jetzt mal, wie es ist. Es ist unsere Schuldigkeit, zu melden, wenn es einem Kind schlecht geht, und Johánás hat es nicht gut. Das ganze Schuljahr über hat er noch kein einziges Mal etwas Obst dabeigehabt, und in seinem Fach liegt kein zusätzliches Kleidungsstück. Er muss immer Sachen aus der Fundkiste ausleihen, um mit den anderen in der Pause rausgehen zu können. Und sein Vater, Peter, der geht *niemals* ans Telefon, wenn man anruft. Ich habe auch versucht, Aila zu erreichen, aber da scheine ich nie die richtige Nummer zu erwischen.«

»Sie ist auf Tournee«, sagte Kaj mit gerunzelten Augenbrauen. »Ich habe sie auch noch nie gesehen.«

»Das erstaunt mich wenig, Johánás sieht sie ja auch kaum. Und wenn man bedenkt, wie es zu Hause aussieht, dann muss ich schon sagen, es ist tragisch, dass sie nicht mehr daheim ist. Er braucht seine Mutter.«

Kaj verspürte ein seltsames Gefühl der Schwere in der Brust und schluckte. »Ich wusste nicht … Und Micklas? Sein Großvater? Der kann doch …«

»Sein Áddjá tut wirklich, was er kann«, unterbrach ihn die entschiedene kleine Frau, mit beiden Gummistiefeln fest auf dem Boden.

Die Maiwinde um sie waren milde, und Kajs Blick fiel auf eine einsam leuchtende Löwenzahnblüte an der Hauswand. »Löwenzahnkinder«, so nannte man doch die Kinder, die wie diese Pflanze trotz schlechtester Bedingungen aufwuchsen, dachte er.

Die Frau ergriff wieder das Wort.

»Das Problem ist, dass Micklas nicht bei guter Gesundheit ist. Er arbeitet mehr, als man von irgendjemand in seinem Alter verlangen kann, um sich und Peters Familie zu versorgen und ihnen zu helfen, den Alltag zu stemmen.«

Kaj spürte, wie sich ein Gefühl der Scham langsam in ihn schraubte. Das Bild, das unter dem Wortfluss der Lehrerin von Johánás zutage trat, war nicht schön. Er hätte das schon früher erkennen sollen.

»Ich verstehe«, sagte er leise. Dann räusperte er sich und nickte. »Es ist völlig richtig von Ihnen, auf diese Situation zu reagieren.«

Die Frau verstummte zum ersten Mal und betrachtete ihn. Ihre Augen hinter den dunklen Brillengläsern sahen schwarz aus.

»Ja. Wir denken ja nur an den Jungen«, bekräftigte sie. »Aber könnten Sie Peter und Aila bitte ausrichten, dass sie sich schnellstmöglich bei uns oder der Direktorin melden sollen?« Letzteres unterstrich sie mit der Schärfe eines Skalpells.

»Denn wir werden über das hier beim Jugendamt Meldung erstatten … um Johánás' willen.«

Kaj nickte, außerstande, noch mehr zu tun, und über die Schulter der Grundschullehrerin sah er eine kleine Figur, die durch den umzäunten Übergang vor der Eingangstür herausgeführt wurde. Ein junger Mann zog Johánás den Rucksack auf und dann ein Cape über seinen dunklen Kopf. Der Junge ließ den Kopf hängen wie eine kleine Blume, er sah bleich und ernst aus.

Kaj winkte ihm zu, aber die Finger des Jungen bewegten sich kaum, als er den Gruß erwiderte. Mit kleinen Schritten stieg er die Treppe herunter zu ihnen und zum Löwenzahn.

Die Frau in den Gummistiefeln sagte schnell etwas auf Samisch zu ihm und strich ihm mit strenger Freundlichkeit über das Cape. Der Junge antwortete kaum hörbar und stellte sich so dicht zu Kaj, dass der das Fieber des Kindes durch seine dünne Windjacke fühlen konnte.

»Na, dann auf Wiedersehen«, sagte die Pädagogin und sah Kaj einen Moment unverwandt an, dann drehte sie sich um, pflückte eine zurückgelassene orangefarbene Schaufel aus dem frisch sprießenden Gras und ging durchs Tor, das sie hinter ihnen wieder verschloss. Die Vögel umkreisten sie frühlingsverrückt singend, während die Sonne ihnen den Rücken wärmte.

Als sie nach Hause gekommen waren, gab Kaj Johánás eine Alvedon und legte den kleinen Kranken auf ein Kissen und unter seine eigene Decke, die er extra aus dem Schlafzimmer geholt hatte. Die war klein geblümt, weich, ein wenig fadenscheinig und wehmütig verknüpft mit den Eltern, denn sie gehörte zu den wenigen Dingen, die aus ihrem Haus mitzunehmen er sich entschieden hatte.

Die Augen des Jungen waren groß und blank unter den müde blinzelnden Lidern. Kaj schaltete den Kinderkanal ein und stellte ein Glas Wasser auf den Fußboden beim Sofabein. Johánás verfolgte mit trägem Blick die animierten Figuren, die in geringer Lautstärke schnatterten und irgendwelche Fahrzeuge vorführten.

Leise ging Kaj in die Diele hinaus, um die Kleider des Jungen irgendwo in die dort herrschende Unordnung einzusortieren. Während er noch nach einem freien Haken suchte, war aus dem Nachbarzimmer eine sehr kleine Stimme zu hören. Dünn wie Nebel bewegte sich ihr Klang zögernd um die Ecke und fiel mager vor seine Füße.

»Du gehst aber nicht weg, oder?«

Kaj stand ganz still mit Johánás' nassen Schuhen in der Hand. Jetzt sah er, dass deren Innenfutter so abgenutzt war, dass es wie Fäden über die Lasche fiel.

»Nein, ich bin hier«, antwortete er, ohne sich zu rühren.

Sein Inneres fühlte sich beim Ton seiner eigenen ruhigen Worte wie ein schmerzendes Hämatom an.

»Gut.« Ein einziges Wort, leise wie ein Ausatmen.

Kaj erwiderte nichts, sondern stand gedankenverloren vor dem Spiegel in der Diele, im Augenwinkel die Blumen der Mutter. Es war so still, dass er hörte, wie die Uhr im Takt mit seinem eigenen Puls schlug, während er, ohne zu fokussieren, sich selbst im Spiegel betrachtete.

Das unscharfe Bild ließ ihn aussehen wie einen schwebenden, mageren und kleinen Jungen mit Vokuhila und Hosen, die vorne nass waren.

»Ihr habt gute Kekse«, klang es spröde vom Sofa. »Aber es ist nicht deshalb … Ich bin echt gerne hier.«

Kaj schwieg.

»Ich bin nicht so gerne zu Hause, weil … weil Papa immer betrunken ist.«

73

IN BEREITSCHAFT

Würde er noch eine Tasse Kaffee schaffen? Kaj entschied mit einem Blick auf sein Telefon, dass es sehr wohl noch Raum für ein paar willkommen koffeinhaltige Schlucke gab.

Er hatte Nachtdienst, und seine Schicht würde bald zu Ende sein, aber zuvor sollte er sich noch um diesen akuten und so gut wie erledigten Fall kümmern.

Obwohl es eine ruhige Nacht gewesen war, hatte er nicht schlafen können. Sein schlechtes Gewissen plagte ihn, weil er den kleinen Jungen, der sich ihnen aufgedrängt hatte, nicht gut behandelt hatte. Und das, was der Junge ihm im Fieberdelirium eröffnet hatte, war zusammen mit den Worten der Pädagogin wirklich erschütternd gewesen.

Nun, da die ungebetenen Besuche von Johánás bei ihnen ihre Erklärung erhielten, hatte Kaj auch angefangen, seine ersten Reaktionen und Gefühle gegen den kleinen Kerl im Haus zu begreifen.

Auch wenn er es anfänglich zurückgewiesen hatte, musste er ein Stück weit doch Johánás recht geben, dass Kaj sich selbst in ihm sah. In gewisser Weise hatte er genau deshalb solche peinliche Antipathie gegenüber dem Kind verspürt. Doch das war ganz einfach nicht akzeptabel. Er war ein richtiger Idiot gewesen und brannte vor Eifer, alles wiedergutmachen zu können.

Wenn er nach der Schicht ausgeschlafen hatte, würde er Johánás anrufen und ihn fragen, ob er nicht kommen und ihm helfen wollte, etwas Schmelzwasser vom Rasen abzuleiten. Aber vielleicht schaffte der Junge das noch nicht, auch wenn das Fieber wohl runtergegangen war … Vielleicht könnte er Palles Videospiel ausleihen und ihn dazu einladen? Es müsste in der Speisekammer auch noch Geleebonbons und Limonade geben. Ja, das würde der Bengel mögen!

Dieser Beschluss erleichterte ihn ein wenig, und er konzentrierte sich wieder auf seine Arbeit und auf das, was vor ihm lag: ein Fall, der ihn schon verfolgte, seit er seinen Dienst in Guovddo angetreten hatte.

Tatsächlich war dies einer seiner ersten Fälle, und wann immer er seine Schicht begann, begrüßte ihn eine blinkende Erinnerung im System, dass diese Aufgabe nicht weiterverfolgt worden war. Auf den Fluren flüsterte man, dass es sich hier um sehr zweifelhafte Persönlichkeiten mit berüchtigten häuslichen Aktivitäten handelte.

Kaj gab zu, dass er richtig neugierig auf diese Menschen war, die ihm und seiner ganzen Zunft so konsequent aus dem Weg gegangen waren. Während er den heißen Kaffee aus einem Pappbecher trank, fingerte er ein wenig auf seinem Telefon herum. Schrieb eine Nachricht an Palle über das Videospiel, rechnete aber vorerst nicht mit einer Antwort, da der Freund jetzt gerade arbeitete.

Noomimmi, wie Palle ihre beiden Freundinnen nannte, hatten gemeinsame Pläne für die Zeit des vormittäglichen Strohwitwentums. Er vermutete, dass sie bereits voll im

Gange waren, das Gästezimmer im Haus zu tapezieren. Er scrollte ein wenig durch Instagram und likte ein Bild von Micklas' finnischem Spitz aus Froschperspektive.

Dann schaute er wieder auf die Uhr.

Immer noch kein Bescheid?

Er drehte ein paar Runden durchs Zimmer, setzte sich dann auf seinen Schreibtischstuhl und lehnte sich mit einem Seufzer zurück. Legte die Wange auf die Rückenlehne und hielt nach einem Blaulicht vor dem Fenster Ausschau.

Dann fingerte er an den Knöpfen seines Kittels herum und beklopfte das Namensschild auf der Brust.

74

DER LETZTE RENTIERZUG

Die Fahrzeuge entlang der vernachlässigten Straße wirkten wie ein Trauerzug.

Im ersten Wagen, mit Palle hinterm Steuer und Viveca auf dem Beifahrersitz, saß Máriddja mit hängendem Kopf neben einem gut gelaunten Biera. Dahinter rollte das militärgrüne Gefährt von Hägg, und als Letzte kam Sissel Jarre mit ihrem kleinen Golf angeschaukelt, auf dessen Anhänger der ordentlich eingepackte Akkja lag.

Also bist du wieder mit dem Rentierzug auf einer Wanderung, zu der dein Volk gezwungen wird, dachte Máriddja wehmütig und sah im Rückspiegel nach dem alten Schlitten.

Und du, mein Giercs, wirst auch diesmal gezwungen, deine Wurzeln rauszureißen und mitzukommen, weil du dich nicht wehren kannst. Das erste Mal unter dem Schürzenband deiner Mutter und diesmal unter dem Sicherheitsgurt der Sozialbehörde.

Sie sah Bieras neugierigen Gesichtsausdruck im Profil, wie er aus dem Autofenster blickte. Selbst hielt sie die Telefonapparatmaschine fest in der Hand.

Während die anderen den Akkja und die wenigen Besitztümer des Paares wegschleppten, hatte ein zufriedener Biera auf dem Tretschlitten gesessen, der den ganzen Frühling über wie ein Monument auf dem getauten Hügel zurückgeblieben war. Und Biera hatte ausgesehen, als würde er den ganzen Aufstand und die Sonnenwärme auf den Wangen genießen.

Hägg war, ohne richtig zu wissen, wie es dazu gekommen war, in die Evakuierung der Alten eingespannt worden, war herummarschiert und hatte dabei auf Gegenstände gezeigt.

Als er am Tretschlitten vorbeikam, vernahm er plötzlich die Stimme des Alten: »Bei der Katze musst du dich bedanken.«

Er lächelte Hägg sanft an, der im Gehen innehielt und den schäbigen alten Mann mit seiner Bommelmütze ansah.

»Blut von einer inzestuösen Erdmaus auf der Haut wirkt Wunder fürs Wasserlassen.« Biera nickte vor sich hin und fügte hinzu: »Das war schon immer so.«

Hägg starrte Biera an, als wäre er eine Gospel singende Paprika, und ging zögerlich weiter, wobei er immer wieder nachdenkliche Blicke zu dem Alten warf.

Bezog sich der auf den Vorfall mit der Maus, auf die er an jenem Morgen getreten war, bevor er zum ersten Mal hatte hierherkommen müssen? Seltsam. Als er wieder seine Schritte beschleunigt hatte, um diesen Zirkus aus wirren Köpfen und Wahnsinnigen zu einer Ordnung zu dirigieren, hatte er hinter sich gehört:

»Verdammt kluge Katze das … Auf die solltest du aufpassen.«

Die Krähen kreisten über der Autoprozession wie laut heulende Klageweiber. Máriddja musste gar nicht erst zu ihnen hinsehen, als sie sich in den Bäumen um die Karawane niederließen, um zu wissen, dass sie Tod bedeuteten. Und es waren ihre eigenen irdischen Überreste, die sich die Vögel einverleiben wollten.

Flüsternd führte sie ein Gespräch mit Sire. Sie war geschlagen und konnte das Fräulein vom Amt nicht mehr wie ursprünglich geplant um Hilfe bitten.

»Sire, bist du da?«

»Ich bin immer hier.«

Máriddja schloss die Augen, dankbar für die Antwort der Freundin. »Es ist vorbei, Sire. Wir werden zwangsumgesiedelt, der Alte und ich, ins Heim, und sie werden uns trennen.«

»Das tut mir leid.«

»Mir auch.« Máriddja weinte still, wischte sich dann den Rotz mit dem Handrücken ab und versuchte sich zu sammeln. »Aber es ist auch gut. Für Biera, denn ich werde ja sowieso nicht mehr lange in diesem Erdenleben verweilen. Es wird jetzt bald vorbei sein. Ich bin so sehr erschöpft, bis in die Knochen.«

»Willst du schlafen?«

»Ja, du Liebe. Das ist wohl, was ich will.«

75

MIT DEM FAHRDIENST UNTERWEGS

Noomi bekam eine SMS, die sie laut vorlas. Sie stand auf der Leiter, um die Kante der Tapetenbahn zu schneiden.

»Von Palle«, erklärte sie Mimmi, die am Kleistereimer hockte. »Hör dir das an.«

Mimmi blickte interessiert auf.

»Auf dem Weg zurück von Sarvesoajvve. Der übelste Fahrdienst, den ich je hatte. Am Ende haben wir Per und Maria Rijá, die wir abholen sollten, ins Auto gekriegt. Du kannst dir nicht vorstellen, wie es da aussah, wo sie gewohnt haben. Und der Alte ist ungefähr so daneben wie eine Tüte Pfanddosen, und die Tante ist quasi todkrank und verrückt. Ich erzähle mehr, wenn ich komme. Fahre jetzt. Kuss.«

»Du meine Güte«, sagte Mimmi. »Das klingt so, als wären Fahrdienste doch herausfordernder, als man ahnt.« Sie lachten ein wenig und schüttelten die Köpfe.

Mimmi fiel ein, dass ja Kaj, der immer noch arbeitete, vor Schichtende einen dramatischen Fall eingeliefert kriegen sollte. Sie hoffte, dass der Zustand der Alten nicht zu schlimm war.

»Dieser Nachname, von den Alten in Palles Auto, Rijá …«, sagte Noomi zögerlich von der Leiter herunter,

»das ist kein gewöhnlicher samischer Nachname. Wo hab ich den denn schon mal gehört?«

Mimmi rührte mit einem Holz im Tapetenkleister. »Kajs Mutter hieß Ria mit zweitem Namen. Laura Kristina Ria. Ich weiß noch, dass ich mich gefragt habe, ob ihre Eltern vielleicht besoffen waren und aus Versehen Ria anstelle von Pia gesagt haben, als sie einen Namen für sie bestimmten«, lachte Mimmi.

»Vielleicht waren sie genauso dement und verrückt wie die Stoffel da oben auf dem Berg?«, lästerte Noomi, und sie kicherten, während sie weiter mit einer widerspenstigen Tapete mit altmodischen Medaillons darauf kämpften. Mimmi stand und hielt die Bahn halbwegs zu der wartenden Freundin hochgestreckt.

»Warte mal, Rijá …?« Das klang bekannt. Sie war sicher, es irgendwo in der Nähe schon gesehen zu haben. Vielleicht bei den geerbten Sachen von Laura? Ja natürlich!

Beide bekamen rote Gesichter, und Mimmi legte die Bahn wieder hin und schob sich stattdessen einen Snus unter die Oberlippe. Noomi folgte ihrem Beispiel. Verschiedene Erinnerungsfragmente und Gedanken begannen zögerlich ineinanderzugreifen und erschufen ein realistisches und schiefes Bild.

Hatte nicht Unn, die Urgroßmutter von Johánás, auch von irgendwelchen Rijás gesprochen? Die alten Leute, die den kleinen Jungen und seine Mutter verloren hatten? Obwohl, die hießen anders, nicht Per und Maria. Mimmi probierte die beiden Namen aus. Máriddja, hieß sie nicht so?

Noomi fing ihre Gedanken auf und sagte sanft: »Máriddja und Biera sind die samischen Namen für Maria und Per.«

»Ojemine. Sind es womöglich dieselben Leute? Dann sind diese Alten Lauras Bruder und ihre Schwägerin … die übrig geblieben sind, als die junge Frau vor ihrem Mann mit dem Kind geflohen ist?«

Mimmis Augen waren kreisrund und sahen sich suchend im halb renovierten Zimmer um, während sie laut nachdachte. Noomi folgte ihr mit dem Blick und ermunterte sie, weiter nachzudenken.

»Dann muss die Frau Laura gewesen sein … und das Kind war … Kaj!«

»Also ehrlich, jetzt dreht sich alles in meinem Kopf!«, sagte Noomi matt und wechselte die Position da oben auf der Leiter. »Und die sitzen also jetzt in Palles Auto?«

»Hölle auch!«, fluchte Mimmi leise, und Noomi stimmte mit einem Fluch auf Samisch ein.

»Ich muss Kaj anrufen!« Und da traf der Gedanke Mimmi wie ein überdimensionierter Eiszapfen direkt auf die Fontanelle. »Aber er ist ja bei der Arbeit …«

Die beiden Frauen schnappten nach Luft, und Noomi fuhr sich in einer verzweifelten Geste über beide Seiten des Kopfes.

»Älä helvetissä!«, artikulierte Mimmi leise – diese Einsicht verlangte etwas Stärkeres als zahme schwedische Flüche. Das war ihr klar, der Mimmi Rajala.

76

NAMENLOS UND OHNE WURZELN

Unbekanntes Land
Menschen fremdverwandt
Gefesselt mit Füßen und Händen
An die Wurzeln von Fremden

Laura und Kaj waren nicht entlang der Strecke nach Süden aus dem Auto gesprungen, sondern mit Hans zu dessen Ziel gefahren, in die Zweizimmerwohnung in der Stadt.

Unterwegs hatte Kaj leise gefragt, wann sie wieder nach Hause zu Máriddja und Biera fahren würden. Hatte gesagt, dass er sich dorthin sehnte, nach Hause. Laura hatte ihn daraufhin mit Brennen im Bauch und leiser Stimme gebeten, nicht Samisch zu sprechen.

Zu Hans hatte sie in jener schrecklichen Nacht im Auto gesagt, ihr Sohn würde Kaj heißen. Das war ihr Kosename für ihn gewesen, und der passte jetzt gut. Heaika-Joná verriet zu viel von ihrer samischen Herkunft und provozierte Fragen, die möglichst nicht gestellt werden sollten. Zur Sicherheit für alle. Als Hans nach ihrem Namen gefragt hatte, da hatte er das für ihn fremde Risten in ihrem Doppelnamen überhört, und das war auch gut so.

Jetzt waren es sie beide: Kaj und Laura, und wenn sie es

hier in dieser Welt schaffen wollten, dann würden sie vieles hinter sich lassen müssen.

Alle Gefahren, alle Erinnerungen, alle Wurzeln und alle Geborgenheit wurden mit einem Spatenstich nach dem anderen unter Erde und Lügen begraben. Aber das war die einzige Methode, wie sie sicher sein konnte, dass Bill sie nicht finden würde. Und Biera und Máriddja keinen Schaden zufügen könnte. Sie bildete sich ein, dass der Bruder und seine Frau vor seiner Rachlust und Gewalttätigkeit sicher waren, solange sie nichts über Lauras und Kajs Schicksal wussten. Vollkommen überzeugen konnte sie das jedoch nicht. Um bloß nicht nachzugeben, weigerte sie sich, Kajs flehendes Weinen nach den beiden Alten anzuhören.

Sie war kaputt, gebrochen und voller Angst. Wie könnten sie und der Sohn jetzt in dieser neuen Welt jenseits des samischen Landes eine Zukunft haben? Andererseits hatten das auch ihre Eltern geschafft, damals vor vielen Jahren, als ihre Ski und ihre Akkjas auf der erzwungenen Reise nach Süden lange Wunden in den Schnee gezogen hatten.

So würden auch sie und Kaj sich ein neues Leben schaffen. Genau wie ihre zwangsumgesiedelten Verwandten würden sie lernen müssen, in einer anderen Kultur zu leben, unter anderen Menschen als den vertrauten, und eine neue Sprache zu sprechen. Um das zu schaffen, was vor ihnen lag, so dachte Laura, würden sie vor allem vergessen müssen, was vorher gewesen war.

Lange Zeit schlief Laura keine Nacht, ohne immer wieder erschrocken die Augen aufzureißen und sich in der Dunkelheit nach Gefahren umzuschauen. Die Abstinenz nach dem Alkoholrausch, in dem sie so lange Zeit gelebt hatte, war erträglich. Die war nichts gegen das schamvolle

Sehnen nach ihm. Trotz allem, was passiert war, zerrte das an den Nähten, mit denen ihr Innerstes vorübergehend zusammengeflickt worden war, und lockte sie so hartnäckig, doch zurückzukommen, dass sie am liebsten laut schreien wollte. Bill war die eigentliche Droge gewesen, von der sie abhängig war, alles andere waren nur Kulissen auf der Bühne, die ihre Beziehung bedeutete.

Das wurde ihr jetzt klar.

Laura horchte in die Nacht hinaus. Im Schein der Straßenlaterne vor dem Fenster in dem kleinen Zimmer, das sie und Kaj teilten, spürte sie den Würgegriff der Verzweiflung um den Hals und kroch dicht an seinen Rücken heran. Sie flüsterte seinen Gesang, den Luohti und die Joiks, die denen gehörten, die da oben geblieben waren.

Máriddja und Biera. Die Joiks, die Vater und Mutter ihr nach einigem Drängen beigebracht hatten, ihr gegeben und zwischen strengen Lippen offenbart.

Laura war wissbegierig gewesen und hatte die Geschichten von den Orten hören wollen, die eigentlich ihre gewesen waren. Nicht dass die Landschaften ihnen gehört hätten, aber sie waren doch ein Teil davon gewesen. Laura wollte von den Vorvätern, den Freunden, den Verwandten und den Legenden hören. Wenn sie sich durch den Joik erinnerten, zeichneten die Eltern gleichermaßen stolz und resigniert ein Bild der Menschen und der Erde, in die ihre Wurzeln gehörten.

Von den weißen, schneebedeckten Landschaften, in die ihre Vorfahren ihren Lebenssamen gesetzt und zum Wachsen gebracht hatten, in denen sie ruhen durften und wo sie jetzt in Frieden auf den Pfaden der Ewigkeit wandelten. Und hier joikte Kajs Mutter nun still zum letzten Mal die Luohtis ihrer Ahnen. Sie wollte sie in die Seele des Sohnes einprägen, sie als Schutz gegen alles Böse, was ihnen zustoßen könnte, um sie beide schlingen.

Sie wusste, dass sie das nie wieder tun würde. Auf dieselbe Weise musste sie um Heaika-Jonás willen auch Biera und Máriddja ins Verborgene sinken und in Vergessenheit geraten lassen.

Und sie hatte solche Angst davor, dass in Kälte nichts wachsen würde. Ohne die Leben schenkenden Sonnenstrahlen der samischen Ahnen in einer Erde, wo sich der Bodenfrost fest um alles Lebendige geschlossen hatte.

Sie hatte hier keine Wurzeln und nichts, worin ihre abgetrennten Wurzelstränge sich ausbreiten konnten. Konnte es trotzdem gut werden?

Sie hatten ihre Namen da oben gelassen, würden sie jemals wiedererkannt werden? Sie musste das glauben. Und sie musste auch glauben, dass die Geister und die sie umgebenden Kräfte ihr vergeben würden. Die sahen alles, deshalb würden sie auch sehen, dass sie nicht um ihrer selbst willen den Jungen von denen, die seine Geborgenheit und sein Zuhause gewesen waren, losgerissen hatte.

Aber ihr großer Bruder hatte es gewusst. War es nicht so? Mit plötzlicher Klarheit verstand Laura die Geschichten, welche Biera erzählt hatte – ihr, als sie klein war, und später auch ihrem Sohn.

Sie konnte das Echo seiner geliebten Stimme in sich widerhallen hören.

Die Háldin, die in eine Erde gesetzt wurde, in eine Welt, die nicht ihre war. Die Kinder, deren Lebenssamen in etwas gestreut wurden, das nicht bestehen konnte. Die Háldin, die verloren ging, wenn man ihren Namen aussprach. Wenn man sie das nannte, was sie eigentlich war.

Mit Schaudern begriff Laura, was die Kräfte im Bruder ihnen beiden zu erzählen versucht hatten, auf was sie hatten vorbereitet werden sollen.

Sie war eine Háldin. Für alle noch kommenden Tage durch Rätsel an eine Welt gefesselt, in die sie nicht gehörte.

77

HEAIKA-JONÁS JOIK

Und dann kam der Anruf, dass die Personen, auf die sie warteten, auf dem Weg ins Haus waren.

Kaj stand an der Tür zum Untersuchungsraum und sah die Frau vom Sozialdienst mit den Resten eines alten Mannes am Ellbogen eingehakt hereinkommen.

Zu seinem Erstaunen kam Palle hinterher, der eine dünne, kleine Alte in einem Rollstuhl schob. Die sah aus, als hätte jemand jede Unze Fleisch und Blut von ihren Knochen gepickt. Sie schaute nicht hoch, während Palle die Hand zum Gruß hob und sie näher rollte. Der Alte wiederum trat auf, als wären er und die Frau vom Sozialamt zwei alte Freunde auf einem gemächlichen Spaziergang. Seine Stirn war vom Schein der Demenz umwölkt, und er lächelte Viveca zahnlos an, wenn sie etwas sagte, und nickte höflich jedem einzelnen Bild zu, an dem sie auf dem Gang vorbeikamen.

Die alte Frau hob mit jedem Meter, den sie näher kam, ein wenig das Kinn. Mit geschlossenen Augen und geweiteten Nasenlöchern suchte sie in der Luft herum – wie ein Jagdhund, der eine Fährte aufnahm. Seltsam.

Im Zimmer, wo Kaj wartete, sah die Alte plötzlich hoch. Die Augen in dem kreidebleichen Gesicht schauten, ohne zu blinzeln, den Arzt an. Dann schlossen sie sich wieder, und sie sog tief und geräuschvoll eine große Portion Luft durch die Nase ein – und lächelte selig. Wie durch eine Furche am Berg fand eine Träne zögernd ihren Weg die Wange hinunter.

In Kaj rührte sich etwas, und ihm fiel nichts anderes ein, als die beiden übel zugerichteten Alten, die er nun vor sich hatte, anzustarren. Ihm wurde ein wenig schwindelig, und sein Blick glitt von dem senilen Herrn zu der verwitterten Dame, die dasaß und geräuschvoll um sich schnüffelte.

»Heaika-Joná«, sagte Máriddja Rijá mit solcher Wärme, dass ihn die Rührung in der schrillen, dünnen Stimme fast umwarf. »Ich kenne deinen Geruch, mein Junge! Du bist zurückgekommen!«, sagte sie, und die alten Augen waren spiegelblank.

Der ungewohnte Klang seines Taufnamens fühlte sich in dem Mund dieser Frau so richtig an.

»Ich dachte, wir würden dich nie wiedersehen dürfen«, erklärte sie, und an diesem zittrigen Punkt zwischen Jubel und Trauer lachte und weinte sie zugleich. »Leider ist es um den Verstand deines Eanu nicht mehr gut bestellt … ja, ich fürchte, dass wir uns zu spät sehen, als dass du ihm noch einmal wiederbegegnen könntest. Aber jeden einzelnen Tag, seit du weggefahren bist, hat er sich nach dir *gesehnt.*« Die Alte weinte, ohne die Tränen abzuwischen, als sie einen Blick auf ihren Ehemann warf.

Der Mann war von Sozialdienst-Viveca in einem Besucherstuhl geparkt worden und saß jetzt da, betrachtete seine Hände im Schoß, murmelte etwas vor sich hin und verschränkte die Finger langsam ineinander. Er trug immer noch das alte Fell über den Schultern, und es roch muffig und ein wenig streng.

Plötzlich, als ginge die Tür auf und alle Geister und Tiere der Welt würden hereingelassen, waren von dem alten Mann Klänge zu hören.

Kurze melodiöse Laute und lang gezogene Lieder. Seine Stimme schwebte unter die Decke und sank wieder herab. Kaj bekam einen Schlag wie von einer starken Empfindung auf die Brust, und er keuchte, als ob ihm der Klang direkt auf den Solarplexus gehauen hätte.

Máriddja lächelte, schloss die Augen, nahm den Joik auf und atmete ihn ein. Roch daran.

In den tastenden Klängen des Alten hörte Kaj sich selbst, er spürte sein inneres Wesen. Der alte Mann malte seinen Kern in so klaren Farben rund um ihn, dass er sich fast ausstrecken und ihn greifen konnte. Einmal zog sein Name, Heaika-Joná, im Ton der Strophen vorbei, und es schauderte ihn in tiefster Seele.

Manchmal schien der Joik zu verklingen, um dann mit einer Kraft, die den Alten nach Luft ringen ließ, wieder anzuschwellen.

Es war satt, es war fordernd, und es war unsagbar schön in seiner rauen Feingestimmtheit.

Bevor der Alte verstummte, schaute er für einen Moment auf den jungen Arzt und lächelte ein wenig – und Kaj erinnerte sich. Ein sehr kleiner Junge, der ganz tief unten in den Zellen des Vergessens versteckt gewesen war, erinnerte sich an die beiden alten Menschen. Auch wenn es keine deutlichen Bilder gab, keine Erinnerungen, die erklären könnten, wer sie für ihn waren, so spürte er doch, dass diese beiden ihm sehr lange Zeit gefehlt hatten.

Die wortlose Empfindung von dem, was sie geteilt hatten, füllte die leeren Felder in ihm mit starken, klaren Farben, und Löcher, die ihn ausgehöhlt hatten, wurden bis zum Rand mit Gefühlen gefüllt.

Genau wie ein Joik.

Ganz genauso wie der Joik, der Heaika-Joná ins Licht gerufen und ihn wieder zu sich selbst geführt hatte.

78

VORSEHUNG HIMMLISCHER WOLKEN

Mimmi war mit ihrer Schlüsselkarte hereingekommen und eilte nun zur Rezeption der Gesundheitszentrale.

An der Tür zu dem Zimmer, auf das sie Kurs genommen hatte, stand *Kaj Bäckmark, Allgemeinarzt.*

Vor der Besuchertoilette stand eine Kollegin. »Arbeitest du heute, Mimmi? Ich dachte, du hättest Urlaub. Hab auf Insta gesehen, dass du renovierst. Woher hast du bloß diese geblümte Tapete?«

»Doch«, antwortete Mimmi gehetzt der redseligen Krankenschwester, »aber ich muss Kaj finden.«

Die Schwester nickte ein paarmal, doch noch ehe sie antworten konnte, hatte Mimmi bereits den Turbo eingeschaltet, geklopft, die Tür geöffnet und war in seinem Zimmer verschwunden.

»Aber er hat Patienten …«, sagte die Kollegin in dem Moment, als die Tür wieder zuging. Dann klapperte sie nach einem kleinen Zögern mit den weißen Krankenhaus-Holzpantinen den Gang der Gesundheitszentrale entlang.

Es war die Vorsehung himmlischer Wolken, dass Mimmi in ebendiesem Moment kam. Die kleine schäbige Alte mit Mütze schwankte auf dünnen Beinen, während Kaj wie versteinert mit laufenden Tränen mitten im Zimmer stand und aussah, als würde er jeden Moment in Ohnmacht fallen. Viveca vom Sozialdienst sah verwirrt aus hinter einem Stuhl, auf dem ein fast mumifizierter alter Mann saß. Der wiederum schaute neugierig zu Palle, der seinen Mund öffnete und schloss und dabei erstaunt blinzelte, als würde er versuchen, mit den Augenlidern komplizierte Morsezeichen zu senden. Das schien auch der Alte zu denken, denn er lehnte sich im Stuhl nach vorn, um besser sehen und die Botschaft deuten zu können.

Alle schauten zur Tür, als sie hereinkam und mit raschen Schritten in ihren neonfarbenen Laufschuhen mit Fußbett resolut vortrat und die kleine zitternde Alte übernahm.

»Jetzt setzen wir uns mal ein Weilchen hierhin«, sagte sie laut, um Kaj aus seiner Versteinerung zu wecken. Sie führte die Patientin zu dem gelöcherten Untersuchungshocker aus Metall, der neben dem älteren Herrn stand, und brachte sie mit einem sanften Druck auf die Schultern dazu, sich hinzusetzen.

Mimmi griff nach Kajs Stethoskop, zog es ihm vorsichtig vom Kragen und legte es sich selbst um. Sie legte Máriddja das Bruststück auf und horchte, derweil sie Palle mit einem ernsten Blick aufforderte, etwas mit Kaj zu machen, der auf dem grauen Linoleumfußboden in die Hocke gesunken war. Palle eilte mit einem Pappbecher Wasser zu seinem Freund.

»Kann ich irgendwas helfen …?«, fragte Sozialdienst-Viveca mit leicht wackliger Stimme. Sie war etwas unsicher, was sie da grade gehört hatte und welches Verhalten wohl nach einem solchen Erlebnis das richtige war.

Mimmi antwortete erst, als sie das Stethoskop abgenommen hatte. Während sie mit starken Fingern konzentriert die dünnen Handgelenke befühlt hatte, bat sie Viveca, eine Krankenschwester zu holen. Die alte Dame schaute mit von kleinen Alteleutetränen gefüllten Augen zur Decke und murmelte etwas Samisches, das Mimmi mithilfe ihrer Kenntnisse des Meänkieli als eine Form des Dankes interpretieren konnte.

Als sie die Dame fertig untersucht hatte, streckte sie die Hand aus.

»Sie sind natürlich Máriddja Rijá, nicht wahr? Ich heiße Mimmi Rajala und bin Fachärztin hier in der Gesundheitszentrale.«

»Mimmi?«, fragte Máriddja, ohne zu verneinen oder zu bestätigen, wer sie selbst war. »Bist du die Mimmi von Heaika-Joná?«

»Ja«, antwortete Mimmi schlicht mit einem Blick auf ihren Verlobten, der jetzt aufgestanden war und sich zitternd am Handwaschbecken festhielt, während er mit einer Hand seinen Man Bun auf dem Kopf umschloss.

»Ich habe die Anzeige gesehen. Die Verlobungsanzeige.« Máriddjas Stimme klang dünn und erschöpft. »Also in der Zeitung. Deshalb wusste ich, dass er zurückgekommen ist. Aber mir war klar, dass er sich vielleicht nicht erinnert … an uns. Er war ja so klein damals«, fügte sie hinzu.

»Ach so? Das ist gut«, antwortete Mimmi, die gerade nicht richtig wusste, was sie eigentlich sagen sollte. Also begab sie sich in ihre professionelle Rolle zurück, und es gelang ihr mit ein paar einfachen Maßnahmen, Ordnung in das Chaos zu bringen, das in Kajs Arbeitszimmer ausgebrochen war.

Als Viveca mit einem Pfleger zurückkam, schob sie sie

zusammen mit Palle freundlich aus der Tür hinaus. Letztgenannter erhielt nebenbei noch die diskrete Anweisung, Noomi für eine Erklärung anzurufen.

»Alles okay mit dir, Kaj?«, fragte Mimmi. »Arne kann das hier übernehmen und Máriddja helfen«, sagte sie mit einem Nicken zu dem Neuangekommenen und betrachtete ihren Lebensgefährten eingehend.

Er sah so klein aus in seinem Arztkittel.

Arne hatte bereits die Untersuchung übernommen. Der ältere Mann, der logischerweise Biera sein musste, sah aus, als würde er auf seinem Platz einnicken.

Kaj stand auf und räusperte sich. Leise lachend schüttelte er bedächtig den Kopf. Dann ging er langsam, als würde er durch Ozeane von Zeit waten, zu den alten Leuten und hockte sich zwischen sie. Er nahm die runzligen Hände der beiden in seine. Wie ein kleines Kind unter den weiten, sicheren Schwingen seiner Eltern sah er aus.

Máriddja sah mit verwunderter Freude auf den jetzt erwachsenen Mann hinunter. Bieras strebsamer Daumen fuhr langsam und abwesend über seine Wange. Mimmi sah, wie Kaj mit dem Handrücken etwas Rotz von der Nase des Alten wischte.

Trotz seines offensichtlichen Schocks hatte Mimmi ihren Liebsten doch noch nie so ganz und geerdet gesehen.

79

EIN PUZZLE WIRD GELEGT

Richten Rückgrat wieder auf
Rütteln Eis von Stamm und Laub
& schlagen aus im Sonnenlicht
Mitten wo die Kälte sticht
– Das Volk das sät in die Wunde aus Schnee

In gewisser Weise war die große Blase aus Umständen, Katastrophen und Zusammentreffen geplatzt wie das lärmende Eis im Frühjahr. Trotz Máriddjas halsstarrigen Widerstands. Und in dem vibrierenden Chaos aus Verzweiflung, Betroffenheit und Schock war der Wind abgeflaut.

Wie im Auge des Sturms war Heaika-Joná nun wieder bei ihnen, doch die Zeit lief ihnen davon, und so vieles lag noch im Schatten. Trotzdem war Máriddja so von Dankbarkeit überwältigt, dass sie fast nicht sprechen konnte. Da waren immer noch so viele Fragen, aber jetzt befanden sich die Antworten in Reichweite.

Und Heaika-Joná war nach Hause gekommen.

Biera und Máriddja wurden ärztlich untersucht und bekamen schnelle und lindernde Behandlungen. Ehe sie sich besinnen konnten, befanden sie sich in einer netten kleinen Wohnung in einem Pflegeheim. Gemeinsam.

Sowie Máriddja das alles verarbeitet hatte, beeilte sie sich, Sire anzurufen, um mit Zuversicht und in sonnigem Rausch wie ein neuer Sommertag die ganze Geschichte zu erzählen. Am Ende gab sie noch triumphierend bekannt, dass sie sowohl einen Balkon als auch Ausblick über den Supermarkt hatten – und die Apotheke. Jetzt würde es eine Leichtigkeit für sie sein, ihr Vademecum zu besorgen!

Und Heaika-Joná und sein Mädchen Mimmi würden mittags mit gekauftem Essen vorbeikommen. Máriddja war glücklich, und Biera war glücklich, weil sie glücklich war, doch ansonsten begriff er nicht mehr, als dass seine Schneeschippe weg war und Máriddja neue Gardinen aufgehängt hatte.

• • •

Als Kaj und Mimmi mit zwei Tüten von dem laut Máriddja *aufregendsten* Nahrungsmittel auftauchten und sich am Küchentisch niederließen – wurde es still. Máriddja hatte mit Wehmut festgestellt, dass der Junge seine Muttersprache offenbar verloren hatte, tröstete sich aber damit, dass er sie wohl auch wiederfinden könnte. Sie war ja da, in ihm drin. Jetzt war er wieder in seiner richtigen Umgebung, natürlich würde dann auch seine Sprache wieder erwachen.

Máriddja weigerte sich, ihn Kaj zu nennen, diesen Namen hatte nur Risten immer benutzt, wenn sie zu Hause war. Heaika-Joná hatte vom Tod seiner Mutter erzählt, und Máriddja hatte über die verlorene Gelegenheit geweint, die Schwägerin um Verzeihung zu bitten.

Dann hatten sie angefangen, die Lücken zu füllen und sich an ihren Lebenswegen bis zu diesem Zusammentreffen entlangzutasten. Stein für Stein legten sie gemeinsam das Puzzle über die Jahre, die sie ohneeinander verbracht hatten, und spürten, wie die Teile sich über den unbeantworteten Fragen einpassten.

Biera trug mit Ratschlägen zum Reparieren von Gartenzäunen in Sumpfboden bei und war zufrieden. Kaj war traurig, dass der Onkel das Gespräch nicht mitverfolgen konnte, weil er so dement war. Aber Máriddja sah, wie Biera den Neffen anschaute und ihm fast scheu frisch gekaufte Mandelkekse zuschob. Irgendetwas in ihrem Gatten wusste, dass ihr Junge zurückgekehrt war.

• • •

Als Kaj oben auf dem Berg war, um Sachen für Biera und Máriddja zu holen, begegnete er dem Briefträger. Nachdem er sich vorgestellt hatte, war Nuffe mit aufgeregter Miene zu seinem Postauto gelaufen, hatte eine Stofftasche voller frankierter Briefe vom Rücksitz gefischt und Kaj übergeben.

»Ich hatte einfach nicht das Herz, denen hier einen Stempel *Empfänger unbekannt* aufzudrücken und sie ihnen wiederzubringen«, erklärte Nuffe Nilsson verlegen. »Sie hatten ja nur eure Namen … und keine Adresse«, fügte er mit einem entschuldigenden Blick hinzu.

Kaj hatte in die Tüte hineingeschaut – voller niedergekritzelter Worte von einer verzweifelten Frau, einer Mutter ohne Kind, die gewusst haben musste, dass diese Briefe niemals ihre Adressaten erreichen würden. Die sie aber trotzdem einfach schreiben musste.

»Danke«, hatte Kaj mit Wärme und etwas gerührt gesagt und die Tasche fest in der Hand gehalten.

»Ich dachte, dass es so vielleicht besser ist«, erklärte der etwas rundliche Postillion mit sanftem Blick. »Im Grunde ihres Herzens wusste sie ja, wie es um die Sache bestellt war, aber ich denke, sie musste ihre ganze Sehnsucht irgendwie loswerden.«

Sie sahen einander schweigend an und nickten.

»Sie ist eine Gute. Sie sind beide feine Menschen«, sagte Nuffe schließlich und ging zum Auto, das beim Briefkasten geparkt stand. »Wir sind froh, dass du zurückgekommen bist, also Mama, Paps und ich!«, rief er zum Abschied, ehe er die Tür zuschlug und geschickt die Reifen aus dem Graben manövrierte, um dann mit einem Gefühl der Zufriedenheit nach Hause zum Nachbarhof zu fahren.

Diese Briefe, mit Namen beschriftet, die viele Jahre nicht benutzt worden waren, hätten sonst wo in der Welt landen können, dachte Kaj. Schlimmstenfalls in einem Eimer für brennbaren Müll. Doch jetzt waren sie bei ihm: Da, wo sie hatten hinkommen sollen. Und auch wenn die Namen ungewohnt waren, so spürte er doch, dass es seiner war und der seiner Mutter. Heaika-Joná und Risten-Laura Rijá.

Kaj hatte die Briefe noch nicht gelesen, aber jetzt lagen sie zwischen ihm und den beiden Alten auf einem Stuhl – wie um eines der vielen Hindernisse zu bezeugen, die zwischen ihnen bestanden hatten.

• • •

Mimmi und er hatten, seit sie Biera und Máriddja begegnet waren, jede freie Stunde damit verbracht, die Splitter der ganzen Geschichte zusammenzufügen.

Laura, die Messer gesammelt hatte, die ihr großer Bruder herstellte, Scherben von Unns Geschichte von der Blume, die ihr »das Mädel« zum Dank geschickt hatte. Und Lauras gewissermaßen zurückhaltende Elternschaft.

Sie waren damit, soweit es ging, dem Porträt vom Kampf einer Frau nahegekommen, die um jeden Preis ihre Familie schützen wollte. All die Jahre hatte Laura Biera und Máriddja geholfen, sich finanziell über Wasser zu halten, indem sie anonym die Waren ihres großen Bruders kaufte. Jene Handwerksdinge, die sie später dem Sohn hinterließ, den sie sich geteilt hatten.

Laura war überzeugt gewesen, dass Bills Rache die beiden Alten zerstören würde, wenn er die Wahrheit erfuhr, und ihr Bemühen, sie davor zu schützen, war herzzerreißend. Denn Kajs Mutter wusste nicht – und alle waren sich einig, dass es so am besten war –, dass sie diesen großen Verzicht nicht hätte auf sich nehmen müssen, da ihr Peiniger schon wenige Jahre nach ihrer Flucht gestorben war.

Risten-Lauras weißer Geist mit seinem langen Hals schwebte draußen vor der offenen Balkontür, und sie begegneten einander in der Trauer über die tragische Situation, die auszuhalten sie alle aufgrund einer Reihe unglücklicher Umstände gezwungen gewesen waren.

Kaj hatte seinen Bruder angerufen, und Gustav hatte angekündigt, sofort ein Flugticket zu buchen, um mit seiner Familie den wiederauferstandenen Onkel und die Tante zu treffen.

Und nicht zuletzt: Um das neue Porträt der Mutter kennenzulernen, das mit gemeinsam geführten Pinselstrichen eine Seele offenbart hatte, die mehr gequält und mutiger gewesen war, als irgendjemand von ihnen sich hätte vorstellen können, als sie noch lebte.

80

DIE PFADE DER ZWANGSUMGESIEDELTEN

Auf dem Programm im Besprechungsraum des Sozialdienstes stand »Fortbildung mit anschließender Diskussion«. Verwaltungschefin Lena hatte die Leinwand heruntergezogen und sie mit ihrem Computer verbunden. Der Altweibersommer war heiß und stickig, und ein Ventilator nickte vor und zurück und verteilte kühle Luftzüge in den Raum.

Das Bild hüpfte auf den Schirm und wurde ein wenig herumgeschoben, ehe es sich scharf stellte. Der wachsende Kästchenstapel in einer Ecke zusammen mit dem Geräusch machte klar, dass sie auch die Lautstärke aufgedreht hatte.

Auf der nun sichtbaren Bühne, die immer wieder von Kamerablitzen beleuchtet wurde, stand ein einsames Mikrofon auf einem Stativ. Vom unteren Rand des Bildes ragten mit Handschuhen bekleidete Mikrofonköpfe herein.

Im Vordergrund trat eine Frau auf. Sie ließ den Blick einmal über die Szene wandern und erreichte dann das perfekt eingestellte Stativ. Sie trug offizielle Kleidung und ordentliche Schuhe mit Absatz. Ihre Brille saß ganz vorne auf der Nase, und der Mund wirkte klein und entschlossen, als sie das Wort ergriff.

»Liebes Volk der Samen, liebes Schweden … Vom

schwedischen Staat und im Auftrag von ganz Schweden sage ich *ándagassii* … Wir bitten von ganzem Herzen um Verzeihung. Verzeihung für das schreckliche Leiden und die Konflikte, die wir durch die Zwangsumsiedelung Ihrer Familien angerichtet haben, die voneinander getrennt wurden. Für das Kappen der Wurzeln und die tiefen Wunden, die wir in der Geschichte der Samen verursacht haben, bitten wir die Familien um Vergebung: … Familie Ante, Niila, Juhán, Rasti …«

Nachdem sämtliche Familien, die man aus dem nördlichsten Schweden vertrieben hatte, aufgezählt waren, betrat die Vorsitzende des Sameting die Bühne. Die Ministerin senkte den Kopf und nahm beide Hände der Vorsitzenden in ihre.

Die Vertreterin des Sameting war selbst eine Nachfahrin der Geschlechter aus Karesuando – dem Ort, aus dem 1919 so viele Familien vertrieben worden waren, weil die Herrschenden in Schweden und Norwegen die Grenzen für die Rentierherden und damit auch für die samischen Rentierzüchter neu gezogen hatten. Offenkundig gerührt ergriff sie das Wort in ihrer eigenen Sprache und erzählte, wie bedeutsam diese Rehabilitierung war, sprach von Totenruhe und Verzeihenkönnen. Ihre Worte wurden laufend auf Schwedisch an der Unterkante des Bildes eingespielt.

Dann schnitt sie das Band durch, das auf dem Markt in Karesuando gespannt worden war, und erklärte die »Pfade der Zwangsumsiedlungen«, *Bággojohtin bálgat,* für eingeweiht.

Der Pfad war entlang der am stärksten frequentierten Strecken des Zuges markiert worden und an Stellen, wo die Route Autostraßen kreuzte, mit erklärenden Texten auf schönen silbernen Schildern in Sami, Finnisch, Schwedisch und Englisch versehen.

An besonders erinnerungswürdigen Stellen wurde mehr erzählt: Wo die Familie Beavrrit die Hälfte ihrer Rentierherde verloren hatte, weil die Tiere umgedreht und zu den Orten ihrer Geburt zurückgekehrt waren.

Wo Garen Rohkos, durch die schweren Strapazen geschwächt, ihre ungeborenen Zwillinge verloren hatte.

So waren die Namen der Familien, die aus dem Norden gekommen waren, in die Erinnerungstafeln der Orte eingeprägt, an die sie geschickt worden waren. Zusammen mit den Namen der dort bereits siedelnden und zuvor schon hart geprüften lulesamischen Familien, die sie nun auf viel zu kleinem Raum hatten aufnehmen müssen.

Sie standen zusammen, Seite an Seite in einer Einheit – wie das eine Volk, das sie waren. Nicht länger durch die Kolonialmacht voneinander getrennt.

Ein Vertreter der örtlichen Samischen Vereinigung berichtete in seiner Rede, welche Bedeutung diese Zeremonie nicht nur für die Familien aus Karesuando, sondern auch für die Nachkommen der südlicheren Familien hatte. Dies stellte eine Anerkennung der Konsequenzen dar, die auch jene Menschen zu tragen gezwungen wurden, da sie ihr Land, ihr Brot zum Leben und ihr Herzblut mit Fremden teilen mussten. Für die Samische Vereinigung bedeutete das Projekt nicht nur die lang ersehnte Entschuldigung seitens des Staates, sondern auch Versöhnung und Vereinigung des ganzen samischen Volkes.

Dann weinte der junge Mann ein wenig und dankte, dass er hatte sprechen dürfen.

Die Projektleiterin Sissel Jarre las ein Gedicht der verstorbenen Karesuando-Nachfahrin Risten-Laura Rijá vor, und die Augen der Zuhörer wurden feucht. Es waren wohltuende Tränen. Jede von ihnen entsprang einer Wunde und schenkte die Möglichkeit zur Heilung, wenn jetzt das Böse herausrann.

Sissel schloss die Augen, während sie langsam las, um den Worten das Gewicht zu geben, in die Erde zu sinken und sich dort fest zu verwurzeln. Ihre Hand bewegte sich, als würde sie joiken, während sie rezitierte:

Scharfes strenges Tintenband
Durch Familien durch das Land
Königssiegel biss wie Brand
Fällt von alter Hand

Eisenschmecken salzigschauen
Eis brennt in den Augenbrauen
Wächterbellen Herde verlorn
Kehrt gen Norden Blick und Horn

Aus Mutterbauch der Samen fällt
Kalt die Alten steif und welk
Zwischen Brüdern und Schwestern
Führt die Blutspur zum Südstern

Unbekanntes Land
Menschen fremdverwandt
Gefesselt mit Füßen und Händen
An die Wurzeln von Fremden

Richten Rückgrat wieder auf

Rütteln Eis von Stamm und Laub
& schlagen aus im Sonnenlicht
Mitten wo die Kälte sticht
– Das Volk das sät in die Wunde aus Schnee

Die Angestellten des Sozialamts im Besprechungsraum konnten in der Menschenmenge mehrere bekannte Gesichter entdecken. Es waren Leute dabei, deren samischer Ursprung ihnen bekannt gewesen war, aber auch Freunde im Kolt, die den noch nie zuvor getragen hatten. Unter den vor der Bühne Versammelten waren alle Arten von Menschen zu sehen, alle Ethnien und jedes Alter in einem wilden und schönen Strauß.

Sie sahen die Fachärztin der Gesundheitszentrale, die in der Gegend bereits für ihre freundliche Art und gute Arbeit bekannt war. Neben ihr im altmodischen Karesuando-Kolt sahen sie auch den Arztkollegen, mit dem sie verlobt war und der sich als ein waschechter Eingeborener aus dem Ort entpuppt hatte.

Auch ein Kind, das wiederholte Male ein Fall von ihnen gewesen war, konnten sie auf den Bildern entdecken: den kleinen Johánás. Er stand bei dem Ärztepaar und sah fröhlich und geborgen aus. Auch er trug seinen Kolt und hielt den Rücken so gerade, wie es noch niemand von ihnen bei dem bedauernswerten kleinen Jungen gesehen hatte.

Doktor Kaj wandte den Blick nicht von der Bühne, und es sah aus, als würde der Arzt jeden Familiennamen, jede Rede, jede Erinnerung und jeden Vers einsaugen und irgendwo in seinem Innern einen Platz dafür schaffen.

Kein-Rassist-aber-Mårten hatte Lena während der ganzen

Vorführung kein einziges Mal angeschaut und hielt auch während der nachfolgenden Diskussion den Ball sehr flach.

Was für das Arbeitsklima richtig erfrischend wirkte, dachte Lena, als sie gerührt und feierlich den Laptop zusammenklappte.

81

LIEBE SIRE

»Sire, jetzt ist es vorbei, und mein Auftrag ist ausgeführt.« Sie zögerte ein wenig. »Und ich möchte sagen, dass es zum großen Teil dein Verdienst ist. Ich will Danke sagen für die Freundin, die du mir gewesen bist. Du bist ein guter Mensch, Sire, vergiss das nicht.«

»Du weißt, dass ich kein …«

»Sch, sch …«, brachte Máriddja sie zum Schweigen. »Wir dürfen doch nicht laut sagen, was du eigentlich bist. Man weiß ja nie, was passiert, wenn man an etwas rührt, was ungesagt bleiben soll.«

Dank der Autorin

Danke an Bokfabriken für euer Vertrauen und dafür, dass ich meinen Traum unter eurer Flagge leben durfte!

Mein Verleger Jakob – du bist ein Star! Dass du dich in diese Geschichte verliebt hast, war absolut entscheidend! Alle Schriftsteller sollten das Glück haben, mit jemandem zu arbeiten, der so geschickt und begeistert ist wie du!

Anna, meine Lektorin und mein Bluthund. Mit untrüglichem Geruchssinn hat sie jeden kleinen Fehler aufgespürt, den ich übersehen hatte (und von dem ich nichts wissen wollte), und hellhörig Vorschläge gemacht. Wie glücklich war ich doch, dass ich dich bekommen habe!

Ahlander Agency und Kaisa Palo, wie großartig, dass ich das hier schreiben durfte und dass ihr mein seid! Danke, dass ihr gewagt habt, auf mich zu setzen, und das mit solcher Wärme und Professionalität!

Dank an Cecilia Nilsson für das Korrekturlesen und an Lukas Möllersten für einen Umschlag, den ich mir nicht hätte träumen lassen!

Danke an Tjallegoahte für fröhliche Zurufe und Tipps.

Danke an Katharina, die dieses Manuskript in allen unmöglichen Stadien gelesen hat und durch und durch enthusiastisch und aufmunternd war, und zwar wirklich. Ich danke den Mächten des Himmels für dich!

Dank an Ylva, die wie immer meine erste Leserin war und auch eine der letzten vor Drucklegung. Du weißt immer, was ich brauche.

Danke an meine große chaotische Familie. An meine Mama, die mir die Háldi-Sage geschenkt und sie und alle anderen Geschichten so erzählt hat, dass einem beim Zuhören die Luft wegbleibt!

Danke an Großmutter, die kein bisschen erstaunt, aber mit wachsender Ungeduld darauf gewartet hat, dass ich schreiben würde, und jeden Versuch mit offenen Armen empfangen hat.

Dank an die Brüder: ErikSimonDavid-ArturLinusHannes und die Schwägerinnen: AnnaErinaSabrinaMaria-Emma. Ihr seid mein ganzer Verstand, und das sagt einiges!

Danke an Papa, Harriet, Ivar, Schwiegermutter, Schwiegervater, Momma, Lasse, Börje, Onkel, Tanten und Cousinen in einem einzigen herrlichen Eintopf des Wahnsinns. Ich liebe euch, aber wenn ihr dieses Buch nicht in den Himmel lobt, dann setzt es eine Tracht Prügel. Das gilt auch für dich, Momma, und da ein Teil von Máriddjas Eigenheiten von dir stammt, rechne ich damit, dass du zurückschlagen wirst.

Dank an meine Freunde, die sich mit niemals versiegender Geduld damit abfinden, dass ich niemals anrufe und nur selten meinen Hügel verlasse – und die mich trotzdem lieben. Das beruht extrem und ohne Vorbehalte auf Gegenseitigkeit!

Danke an meine Kolleginnen in der Bibliothek in Arvidsjaur, die unermüdlich Ideen produziert und während dieser verrückten Reise bewundernswerte Geduld mit mir gehabt haben!

Danke an euch alle wahnsinnig feinen Menschen in den sozialen Medien, die mir die letztendliche Hybris verschafft haben, die man braucht, um so ein Buch zu schreiben. Ohne euer höfliches Interesse an meinem Nonsens wäre es nicht dazu gekommen!

Ein astronomisches Danke an zwei Wölfe – ohne euch wüsste ich nicht, wohin, und ihr wisst, dass ich das so meine.

Danke an Flora und Ejvind. Weil ihr schließlich kamt, und für jeden kostbaren Tag, auf ewig – Amen. Ich liebe euch so wahnsinnig!

Und natürlich würde ich niemals eine Gelegenheit für eine öffentliche Huldigung der Liebe meines Lebens ungenutzt verstreichen lassen: Danke, allerliebster Ludde! Der du mich diesen Text dir wieder und wieder hast vorlesen lassen, der du unermüdlich stundenlang und noch einmal stundenlang über Charaktere, Intrigen und Gefühle räsoniert und mir zu so vielem die Schlüssel gegeben hast. Nicht nur in meinem Schreiben. Ich kenne niemanden, der ein so großes Glück hat wie ich! Außerdem bist du krass hübsch.

Und schließlich: Danke an Siri. Die auf die meisten der verrücktesten Dinge, die ich je geäußert habe, geantwortet hat – ohne zu verurteilen.